U0643890

网球公子的忧郁

[日] 村上龙

张唯诚 译

上海译文出版社

1

网球公子被狗吠声吵醒，他全身还留着酒气。昨晚，网球公子和超市相机专柜的女店员喝了酒。女人独自住在刷了洋灰的公寓里，网球公子送她回公寓，打算顺便和她干一回，不料两人都醉得不轻，说不出话来，那女人在磨破了的地毯上大吐不止，继而又哭又叫，说她的隐形眼镜掉进了污秽不堪的呕吐物中，于是网球公子对女人彻底没了兴趣。后来，网球公子来到自家附近的自动售货机前买了瓶奥乐蜜 C[1] 和一本名为《口交少女卖淫》的写真集，他想手淫想得头疼欲裂，可那口交少女的乳头细长而下垂，活像细小的茄子，网球公子恶心得要吐，只好就此睡去。

狗还在叫，是父亲豢养的爱尔兰赛特犬，快要醒来时，这狗吠声便成了人的思考进入梦中：你们是人类的垃圾，原因很清楚，就因为你们继承了劣等的基因。你们的种是垃圾，所以应该消失。快快挖坑吧，挖三个，你老子、老娘和老婆一人一个，挖得不深可是要遭乌鸦扒的哟。你自己睡的坑让你儿子来挖吧。汪汪汪汪汪，汪汪汪，汪——汪——汪——当思考又变成了狗吠声，网球公子彻底醒了。

网球公子本名青木重久，就这地头上的人，在附近开了两家牛排店。这地方是横滨北部新建的住宅区，二十年前全是山。网球公子是地主的独生子，他父亲手里握着几十亿却不干别的，只用仅存的土地种茄子和西红柿，所以青木家虽是土地暴发户，却并没有出现因挥霍浪费带来的家庭不和，家庭成员也不至于在精神上颓废沉沦。算起来，网球公子明年就要年满三十了。

昨天的醉意尚未消失，猎狗还在叫，声音直刺网球公子的眼睛，血仿佛要从眼里流出来。"什么时候揍死它！"网球公子大叫着从床上下来，把腿伸进西裤。天花板打着旋儿，网球公子跌了两跤。

口里黏糊糊的，不仅口里，整个脸，脸皮里侧仿佛都紧紧粘满了纳豆。"刷牙去，见到谁都不打招呼。"网球公子拿定了主意。

---

1 Oronamin-C，日本大塚制药公司出产的一种用于补充维生素的 120 毫升装碳酸饮料。

从卧室出来，下了楼梯，网球公子和女仆阿秋在楼梯上打了个照面。阿秋正抱着要洗的衣物，脸丑得厉害，听说三年前她凭这张脸在自由之丘的小酒馆当过女招待，这是阿秋自己说的，从那以后网球公子就不去小酒馆了。每次看到阿秋的脸朝自己压过来，网球公子直想装死，然而今天是醉酒后的次日早晨，他竟不可思议地视若无睹，人们在情绪低落的时候，无论多么阴郁沉闷的小说都可以读，这道理大概也存在于此吧。想想这脸如此难看，阿秋竟也吹着口哨在太阳底下晾晒衣服，一想到这个，网球公子就不觉得这世上还有什么可怕的事了。"真臭呀，真臭呀，待会儿我给你沏杯涩茶去。"阿秋笑着这样说，想必她是笑着说的吧，谁知道呢？

来到用加拿大花旗松搭建的走廊上，网球公子瞧见父亲在院子里做体操，是海军体操，身体上半截光着，合着呼吸，旋动着屁股。迄今为止，网球公子的父亲捕杀过八十九头野猪。"喂，重久，快过来瞧瞧，吉彦说话了，看着狗汪汪地叫哩。是你教的吧，你教他汪汪叫了？"网球公子摇摇头穿过廊子，一面想，笨蛋，吉彦半年前就会汪汪叫了，每天说这个，每天说同样的话。

网球公子使用绿色和白色的糊状牙粉，是从关岛买来的，被称作海蓝宝石。他非常仔细地刷着，如果可能，他甚至想用牙刷好好刷刷脸皮内侧，他想大概这绿色和白色的海蓝宝石是可以除去那种黏糊糊的感觉的。

"我说，你昨天把隐形眼镜怎么啦？"

网球公子全身起了鸡皮疙瘩，镜子里映出老婆的身影，抱着一岁半的小崽子吉彦。这女人干吗悄无声息地从后面过来啦？干吗一大早穿着匡威慢跑运动服问起隐形眼镜的事儿来啦？

"你把隐形眼镜怎么啦？"

网球公子一下子把口中的海蓝宝石吐出来，脑子里盘算着是否撒个高明的谎，然而那脑浆仿佛被保鲜膜团团缠绕，一点水汽儿也没有，网球公子只好作罢。

"啊，早上好。"

"有个女的打电话来。"

"吉彦会汪汪叫啦，声音好像挺清楚的，不是吗？"

"那女人要你赔她隐形眼镜，不论我怎么问，她都只说这个。那女人是谁？"

"说什么呀？"

"我带吉彦回我妈那儿去了，爸爸那里你去说吧。"

一岁半的儿子冲网球公子笑，挥手说拜拜，网球公子也不由得举起牙刷挥了挥手，然而他很难过，悲从中来。我究竟干什么啦，网球公子想，他看到穿匡威慢跑运动服的老婆戴着纪梵西墨镜遮掩着眼睛，似乎的确哭过。网球公子没有想太深，电视里曾说，刚醒来就想艰深的问题容易得胃癌。网球公子一面剃胡子一面唱 Yuming[1] 的歌，是首名为《好想回到那一天》的歌，这歌是第一次和老婆上床时在位于表参道的老婆的公寓里听到的。首先，网球公子冲着映在镜子中的自己自语道，我根本没打算和那家伙结婚，只不过想玩一回罢了。她是我干过的第三个女人，第一个是吉原的妈妈桑，第二个是比我年级高的学生，长得比阿秋还难看。我并没有打算和那家伙结婚，可为什么我一醒来她就要我难受呢？我没有和那女人上床，连接吻都没有，她却问我那女人的隐形眼镜的事，还要回娘家。想到这里，网球公子觉得自己是世上最倒霉的男人，自己很可怜，不被任何人理解，于是，这种情绪照例把他带回了过去，他又陷入了回忆中。在剃着胡子而又感到孤独的时候，网球公子总会想起那件事，那时他四岁，独自登上了屋后的一座小山，现在那山已被削掉，变成了一排排商品楼。网球公子已想不起登山的缘由，只记得登山时很心虚，想回家，然而就在这时，他看到了一群滑稽演员，这些人经常在社区服务中心演一些乡下戏，变变戏法。为什么他们穿着戏装在山上走呢？网球公子弄不明白，反正他跟着这群滑稽演员快步往山上走。山腰上有一条细细的碎石路，停着一辆机动三轮。网球公子记得很

1　歌迷对日本著名歌手松任谷由实的爱称。

清楚，三轮上插着两面旗子，旗子是橘红的，上面画了画，画的是大鼓、蝴蝶和蛇，这些东西全都明明白白地有着一张脸。橘红旗子的对面，太阳正在西沉，滑稽演员们全上了三轮，只留下网球公子一人。网球公子意识到自己被落了下了，于是大声哭，一直哭到他明白再怎么哭也无济于事为止。随后，网球公子继续朝山上走，他搞不明白，为什么当时不原路返回呢？山路很快暗下来，能看到下面山麓处的灯火，网球公子便朝着那有灯光的地方叫起来。

"啊嗬——啊嗬——"

网球公子之所以这样叫，是因为刚有人告诉过他，说爬山的时候就要这样叫。

是啊，那时的心情和现在完全一样，望着正忙着将东西往行李袋里塞的老婆的背影，网球公子这样想，谁都不理解我，谁都无视我，我就像走在黑暗的山道上，明知没人听见也一个劲儿地叫，啊嗬——啊嗬——啊嗬——望着老婆后背上匡威的星星标记，网球公子惊讶地意识到自己的眼里已溢满泪水，他慌忙离开了。

车库的自动门升起来，这种时候，门的声音总能把网球公子从郁闷中解救出来，嘎啦嘎啦嘎啦嘎啦嘎啦嘎啦嘎啦嘎啦嘎啦嘎啦，仿佛预示着一个新的开始，光照进车库，聚氨脂橡胶的保险杠出现了，然后是金光闪烁的文字标牌，依次显现出 4、5、0、

S、L、C[1] 的字样。打开车门，车内弥漫着皮革的气味，网球公子闻了二十秒钟。

将身体深深地沉在座椅上，他发现今天早上还没抽过烟，于是挡风玻璃上忽地升起了香烟的烟雾。当烟雾缭绕成趣的时候，网球公子发动了引擎。路上有幼童正在玩扮青虫的游戏，网球公子轻轻踩住刹车，等待幼童母亲的出现，母亲戴着肥大的眼罩，冲 450SLC 的文字标牌鞠了十一个躬，然而目光深处却透着憎恶。不要嫉妒吧，穷苦的人，即使坐在奔驰车里，非常不幸的人也大有人在哩，网球公子自言自语地说。

营业开始后的牛排店厨房里弥漫着卷心菜甘甜的香气，主厨山崎脸上带着睡迷糊的神情过来道："老板，我终于去成了。"山崎虽已年届四十却还在打光棍。"去哪儿啦？"山崎是黑道出身，但在选肉方面眼光非凡又有本事。"3P 呀，3P。"山崎在前端埋了黑珍珠的。"3P 是什么？""公司旅游去汤河原[2] 时在大浴场里看到的，就是三个人干那事，是三个人玩的简略说法呀。喂，我在杂志上应召了，不是说过吗？我的男根拍了特写照片的，寄给京都、神户和三宫的相思君、三毛猫君和红肉皮皮君了，不是说过吗？"

---

1 一款奔驰车的型号。
2 位于日本伊豆半岛，以温泉闻名。

网球公子见过山崎的黑珍珠，怪可怕的。山崎是夫妻交换信息杂志的老主顾，有一次他把应召的原稿给网球公子看，那上面写道："不论前往何方，不论艰难险阻，我都可以到达。本人喜欢嬉闹闲聊，是法式料理的肉部主厨，P[1]前端可爱的珍珠君正睁大眼恭候热情的你的垂青。要求大学毕业，和蔼可亲，本人系有社会地位之人，故请严守秘密！不论是否得到先生的许可，本人都愿意与之交往，3P、4P、SM、夫妻交换，请随意选择，并有美味的洋葱奶酪烤菜汤和黑珍珠盛情款待。另外，很不好意思，本人有个任性的条件，高中文凭者、以赚钱为目的者请予以回避。"山崎常对网球公子鼓吹说这种玩法最省钱。"我和红肉皮皮君玩了一回。厉害呀老板，那红肉皮皮名不虚传，果真是红肉。啊啊，老板，我说的名不虚传是指那个地方，老板，好像她男人给她剃了毛的，刺刺的……"网球公子尝了尝褐色调味汁，虽说尝了味，其实也说不出所以然，然后是员工训话。山崎站在第一的位置，随后是厨师、侍者、服务生、调酒师、收银员，共十九人站成一排。"早上好，昨晚和马路对面'丹尼斯先生'的老板同席来着，他们打算明年春天开张。据说根据最近的统计，美国人在外用餐的比率已接近二分之一，即两餐中就有一餐是在外面吃的，日本在这方

1　阴茎的英文单词 penis 的首字母。

面接近三分之一。听说日本餐饮市场的需求量有十兆到十五兆日元，预计可望达到二十兆，看来经济越发展，这个市场的巨大化就越显著。人们要追求丰富多彩的生活，而且女性在社会上……"一个店员打了个哈欠，网球公子也想打哈欠，他觉得不得不想点别的，于是脑海里浮现出他崇敬的心灵导师阿瑟·阿什[1] 的教导：上网后不要耽搁一秒钟，击出快速球后假若还考虑球的去向，那是很难逃脱触网的命运的。假若你站住脚，目送你打出的球，就没有时间来到网前截击的位置了。"稍候吧，阿什先生，杂事很快全部完毕，我马上就要回到您的身边了。"网球公子在心里嘀咕着。

网球公子跳上自己的爱车，今天这个日子是我残留人生的第一天，网球公子想，一面激动得心口直跳。啊，真正的一天开始了，今天的主题是和信山教练打两局，还要掌握反手连击，感觉上要像艾略特·泰尔切尔[2] 才好。啊啊，那工整的长方形正等着我哩，仅仅这样一想，网球公子眼前的景色便突然变得熠熠生辉了。网球公子的母亲是六年前患子宫癌去世的，那阵子网球公子每天买上不同的花去医院探望。母亲的确一天天衰弱下去，有一天，由于止痛药的副作用，母亲的全身起了肿疱，身体肿起来，脸歪得厉害，网球公子去病房总是强忍着恐惧。那段日子里，网

---

1 美国非裔男子网球选手（1943—1993），曾获得包括 1975 年温网男单冠军在内的三个大满贯。
2 美国男子网球选手（1959—　），单打最高排名世界第六。

球公子发现了一个奇怪的现象，那就是随着母亲的身体每况愈下，随着母亲的脸歪得越来越厉害，身上的肿疱越来越多，随着母亲离死亡越来越近，网球公子在探视完母亲走出病房时所见的景物越来越美丽起来，周围的树、草、花和鸟都看着特别新鲜而生动。是啊，现在和那时完全一样，从死亡的世界回到现实，迎接我的景色就熠熠生辉了。旁边座椅上靠着杰克·克莱默明星系列球拍，网球公子握住球拍柄皮，感受着柄皮的粗糙，他很想向所有的路人打招呼，说声"早上好"，乃至觉得连正在河边拉屎的狗也是自己的朋友了。网球公子想，从奥斯威辛解放出来的人们保准也是这样的感觉吧。他知道，握着方向盘的手指在发抖，铁丝网已出现在视野中，那边就是长方形的令人心动的战场。

"哎呀，青木君，今天怎么这么早？又怠工了吧。"

讨厌的家伙，网球公子想。说话的男人是个室内装修设计师，从城中心越过多摩川搬过来的。网球公子觉得打网球有这种家伙掺和，网球运动就要被人误解成男同性恋者的运动了。那男人开一辆黑色保时捷，时常和朋友们一起来，那些朋友挤在一辆美国破车里，里面总有两三个高个子女人。虽说眼下是秋天，女人们却显露着被太阳晒过的健美的皮肤，和阿秋、网球公子的老婆以及那超市相机专柜的女店员相比，这几个女人宛如另外一种完全不同的生物。

"青木君，网球学校上完了？"

"我已经不去学校了。"

"啊啊，是吗？"

"自从你不再上学后，我也就不去了。学校有不少问题，听说有的学校一上来就教抽球，有的连握拍法、击球姿势都不教。"

"不过，有些人是应该上上学的，他们做学生时压根儿就没搞过体育，这种人应该上学，是吧？"

他是在说我，网球公子想，他在拐着弯儿损我。室内装修设计师和网球公子在网球学校做了三个月同学。网球公子用半年时间通过了初级和中级，室内装修设计师几乎是个初学者，却一下子从中级开始。室内装修设计师留胡子，身体矮小，听说他学生时代曾是速滑运动员。

"青木君，待会儿单打，怎样？"

网球公子点头，看着室内装修设计师搂着一个比自己还高的女人走远了。网球公子感到一阵发冷，心开始狂跳，他说跟我单打？这家伙本事多大啦？他不是连反手击球都不会吗？室内装修设计师开始胡乱地和高个女人打网球。女人球艺太差，网球公子看不出室内装修设计师的水平。高个子女人脱了热身运动裤，女人的腿进一步令网球公子的心脏感到了压力，那腿光滑得令人难以置信，那大腿和腿肚子的曲线，那皮肤的表面，所有地方都那样光滑，是穿了连裤袜的吧？拜托，但愿是穿了连裤袜的，网球公子想，单打的时候，那女人想必是要为室内装修设计师加油的，假若有一双不穿连裤袜也能这么光滑的腿为他加油，我可不和他单打。假若我输了，那光滑的大腿一定会高兴得蹭蹭蹦老高，那多悲惨啊。网球公子紧张得想撒尿，他觉得紧张得想撒尿的自己很悲惨，然而去小便的时候倒是可以仔细看看那光滑的腿究竟怎么回事儿。假若女人穿着连裤袜，就提醒一下她，用若无其事又调皮的口气说："喂，球场上可不要穿连裤袜，为了你的健康，也为了我的健康。"

行，这话妙得很，网球公子反复练习了几遍便向女人靠过去。到了最近的距离，看到女人的大腿，网球公子一下子想起了戴隐形眼镜的女人，在颜色难看的地毯上，那女人吐得一塌糊涂，想起那腿的粗糙，网球公子直起鸡皮疙瘩，窝心得小便都要尿出来了。他想，假若他有权力现在就在这人工草坪上撒尿该多好啊。想想相机专柜女人的腿肚子宛如喷了沙的猕猴桃，自己身上色彩鲜艳的运动上衣也被女人的呕吐物弄脏了，而自己竟然没有和她干上一回，再想想室内装修设计师，竟有这样不穿连裤袜肌肤照样光鲜的女人为他加油。假若我在单打中输了，网球公子想，那就表明《彻子的房间》[1]里那小说家所言果真正确，那小说家说，

—————————————

1　日本朝日电视台一档谈话性节目的名字，主持人名叫黑柳彻子。

所有人都闭着眼睛无视现实，这个世界根本就是不平等的，不，正因为我们生而不平等，这世界才能正常而健康地运行。

"哎呀，青木君，要回去？"

"去趟厕所。"

"要玩得高兴哟。"

网球公子三年前才握网球拍，而沉迷于网球则是近一年的事，这其中的缘由连网球公子自己都搞不明白。网球这东西颇像海洛因，类似的药物还有山崎偶尔爱用的兴奋剂，不过兴奋剂和海洛因不同，兴奋剂好像第一次用就能让人感觉不错。据山崎说，仙台的美丽梦想家君在那翻着的女阴上也打了兴奋剂，结果那玩艺儿竟变得如熏制的牛舌一样硬邦邦的了。海洛因据说初用时很不舒服，比如会呕吐什么的，但打着打着就悄然有了快感，而当你感受到了那种快感时，你便已身陷其中，无法摆脱了。网球和海洛因是一样的东西，当人生失去了希望，人们就选择网球或者海洛因。不错，网球公子想，我的人生就失去了希望，我不是喜欢网球，而是被网球所吸引。以前我也搞过一点体育，那只是读中学时玩的剑道，只玩了四天便放弃了。再就是上体育课和开运动会时学了一点中南美洲印第安人的祈雨舞蹈，是模仿猫的，学着猫样将爪子的内掌在黏土上擦一下，然后放在嘴上舔，前爪舔三下，后爪舔四下，是一种祈雨的符咒。啊啊，想起来了，那是我发现自己喜欢的二十八岁的小酒馆女人和山崎失踪的时候，他们一见面就好上了，还用牙粉口交。就是那一天，信山教练在网球学校夸奖了我，他说青木君，学生时代搞过体育吧，是软式网球吗？嗯，要不就是羽毛球？

就在那一瞬间，青木重久变成了网球公子，那用美丽直线勾勒的长方形一下子有了魔力。想当年网球公子曾因粉末果汁喝得过多，闹坏肠胃住进了医院。那果汁是一种名为渡边的浓缩葡萄汁。出院后，网球公子被严禁饮用那种饮料，但网球公子又渴望得不行，结果他焦躁不堪，乃至最后打了一个叫渡边的同年级同学。那时网球公子梦见将渡边浓缩葡萄汁放进了一个同丸之内大厦[1]相同大小的杯子里，倒上冰和水，网球公子很想在那杯子中哗哗地游泳，他想，假若高兴到极限，我就会溶化到这葡萄汁中的。啊啊，这巨大的杯子就是天堂，所谓天堂就是这种让人渴望溶化于其中的地方。被剪裁成长方形的空气清澈得令人颤栗，穿过铁丝网，跨进网球场，这瞬间的感觉就仿佛刚刚脱离了母腹的胎儿，全身包围着强烈的紧张感。长着绒毛的网球带着干涩的声响离开对手的球拍呼啸而至，它附着着对手的力量和灵魂像飞越大海的蝴蝶般精神抖擞地越过球网，接着又好似一个一切都已

---

1 位于东京都千代田区的著名大楼。

OK 的女人般浑身无力地划一道美丽的弧线弹跳一下，那弹跳就宛若女人低下头，解开前裆拉链，优雅地触摸阴茎，仿佛在说，来，亲爱的，快来上我吧。此时的自己正拿着球拍，摆着架势，周围的视线集中在球上，而扣击这个球的只有自己。将球击出去，那球背叛了对手又重新越过球网离自己而去。干得不错，好孩子，不要讲客气，狠狠地冲向底线吧，没必要讨好敌人，用力弹跳后即使滚到了铁丝网跟前也没有关系。网球带着灵魂，灵魂飞越障碍直捣对手。这样愉快的长方形还能在哪里找到呢？网球场是冷酷的天堂，至于那些女人，无论年纪多大，她们都是网球场上欢腾雀跃的天使。

"青木君，发球练得怎样了？能发好吗？会反手握拍了吗？"

在厕所里，网球公子遇到了信山教练，他抑制住怦怦乱跳的心告诉教练，他要和室内装修设计师打单打。

"单打么？不错，单打是要好好练习的，要练到熟练自如的程度。"

"教练怎样预测？"

"啊？"

"谁会赢？"

"青木君和室内装修设计师么？"

"对，我会赢么？"

"我告诉你一个办法吧，单打准赢。"

"啊，拜托了。"

"放高球拖他。"

高个子女人登上了裁判席，室内装修设计师说些丝毫不觉有趣的笑话："阿幸呀，对于成城[1] 的麦肯罗[2]，你可不准误判呀，否则粗暴的指责就要纷至沓来的，大家会说你是人类的耻辱的。"高个子女人以低沉沙哑的嗓音笑起来，光滑的大腿晃荡着。网球公子的心脏要裂开似的，他左手拿着两只球，脑海里回响起他崇敬的比利·简·金夫人[3] 的名言：放心吧，在你的球越过球网之前，谁也打不着它。

室内装修设计师站在靠前的地方等着接球，好像还在笑，他对接球充满自信这一点是确定无疑的。在单打中，头局是整场比赛的关键，而头局的第一分又至关重要。好，他的空当在后侧，那我就给他来个削球，从外侧打他的中心，网球公子拿定了主意。

抛起球，网球公子觉得有点偏左，不打又显得失礼。不行，一开始就这样是会被人瞧不起的，网球公子迟疑起来，而这片刻的迟疑使他失去了击球的时机。啊啊，糟糕，网球公子嘟囔道，

1 日本地名，位于东京都世田谷区。
2 美国著名男子网球选手（1959— ）。
3 美国著名女子网球选手（1943— ）。

同时不温不火地挥动了球拍。噗，声音听起来像关掉开关时的收音机发出的，那球落到脚下，然后有气无力地滚向邻近的网球场。一位身着网球裙的大妈——球场上的天使——拣起球，喊了声"接球"便扔过来。网球公子臊得脚直打颤，他想即使是练习也不曾发过这种烂球呀。他看了看高个子女人，女人的表情没有变化。但她一定很惊讶，网球公子想，她一定在蔑视我，想着这人怎么这样发球？这水平能比赛吗？网球公子想逃了，他想，假若时间能倒流，能够取消这场比赛，我宁愿从今以后只受用老婆的阴道，即使难受也愿意忍耐。

此后的情形分不清是打网球还是接受拷问，室内装修设计师不费吹灰之力便连胜四局，而每次得分，他只需触球一次就行了。网球公子不断告诫自己看好球，看好球，这样他便只看球，而对手、球网、底线、地面以及自己的球拍全不看，于是重复发球失误，拍框打出极低劣的出界球，接球铆足力气，身体大幅摆动，几次把室内装修设计师身后的铁丝网打得摇摇晃晃。

轮到网球公子第三次发球了，这是第五局，网球公子虽然还没赢上一局，但喉咙已渴得直冒烟，呼吸很不流畅，啊啊，真想躲到什么地方去，有谁能帮我一把就好了。网球公子不由得轻声叫起"啊嗬——"来。他忽然想起来，那天在黑暗山路上独自行走的时候也是今天这个样子，滑稽演员们在三轮上消失了，只留下自己一个人一筹莫展地哭，那情形和现在完全一样。那时我为什么要登那屋后的山呢？网球公子还记得山顶黑黝黝地耸立着，像巨人的影子，风撼着树，山脊线微微颤动，脚腕痒得厉害。大概是夏天吧，蚊虫在耳边嗡嗡地掠过。也许是蚊虫多的缘故，网球公子一面哭一面打自己的手腕、脚和脸蛋儿。一旦走起来，而且一旦走得快，那蚊虫便少了。可是，网球公子想，为什么我不朝有灯的方向下山呢？我反而是继续往黑暗的山顶上攀登的。黑地[1]的周围飞着萤火虫，田里的水面反射出它们苍白的光，每当有风吹过，水面上的光波便幻化出流动的波纹来。网球公子这时才知道，萤火虫的光不论多么微弱都会在水面上清晰地反映出来。

"啊嘀——"

网球公子握紧长满绒毛的球又一次轻声叫起来。高个子女人换了换交叠的大腿，依然朝这边望着，她似乎很寂寞，双臂抱在胸前朝天打了个很大的哈欠，粉红的舌尖向上卷起，牙齿和牙床显露出来。网球公子终于放心地舒了一口气，他发现了两颗金牙，高个子女人的口中隐藏着不幸。那不是金牙吗？网球公子想。他觉得肩上的肌肉松弛下来。这么说，咱老婆的牙还是很漂亮的哟，就连阿秋也没有镶金门牙呀。原来大家都是不幸的，大家都啊

1　瞒着国家和政府，逃避课税而耕种的田地。

嗬啊。

网球公子抛起了球，球悬在空中，绒毛闪着光。不错，只要我朝这家伙狠狠揍去，它就会箭一般地飞向对方的中心。网球公子挥动了球拍，他想：这么说，也许我会赢。

2

网球公子一面哼着《好想回到那一天》开头的曲调，一面洗淋浴。每次打完网球淋浴的时候，网球公子总爱琢磨，这热水是从什么地方来的呢？它们是如何到了我这儿呢？从云变成雨，变成河水，流进大坝，经过贮水池，流过净化设备和弯弯曲曲的管线，被煤气喷嘴加热，最后从喇叭形圆筒的前端小孔中只为了我而哗哗地喷出，为我冲掉已被冷却风干的汗水。简直不可思议，多么令人感动，值得赞叹啊……发明淋浴器的家伙是天才。网球公子一面把鸡鸡摇得左右乱晃，一面这样想着。摇动的鸡鸡慢慢地竖起来，抱歉，网球公子撒开手嘟囔道，抱歉，最近没怎么让你正儿八经地干活儿了，这是作为经营者的我的不是，是我的失职。把雅男仕[1] 牌沐浴香波抹在肚皮上擦着，网球公子再次体验到了快感。他知道，自己的嘴角此时已自然地吊了起来。那家伙

----

1 Aramis，男士美容护肤品牌。

以为他胜券在握了，他大概在盘算着赢了后乘势和那有光滑大腿的大金牙女人上床了。看来我最初的慌张失态是盛宴前的小插曲啊。那家伙想必已经在想着一边揉大金牙的屁股一面对她吹牛了，比如那土地暴发户的傻小子没有运动细胞再怎么折腾也不行啦，没有运动细胞的家伙连女人的乳头都不会舔啦什么的。然而我赢了，那家伙慌得什么似的，尤其是第五局的第一个发球，就是那一球，它是扭转局势的炮弹快球。在专业比赛中也常有这种情况，嗯嗯，就在最近，在精工世锦赛上，博格[1] 败下阵来，那扭转局势的一球就是蒂姆·格利克森[2] 的一个发球。想起来真好笑，我记得很清楚，球拍击向那邓禄普 3 号黄色网球的一刹那我就想笑了。那球嘎地一声，仿佛女人被触到阴蒂一般地弯腰笑着掠过与中线和发球线直角相交的地方。那矮子室内装修设计师挥拍迎球，却因个子太矮打了个空，还摔了个屁股墩子。混蛋！啊啊，情况突然变得很糟啊。即使到了那个时候，室内装修设计师还从容不迫的样子，他并不知道屁股墩子改变了整场比赛的形势。接下来，他接一个温和的回球，触网，丢了第二分；反手击球出界，丢了第三分；拍框触球后将球击向侧边，丢了第四分。至此，室内装修设计师不赢一分地输了全局，他瞥了一眼大金牙，似乎这时才

1　瑞士前世界排名第一的男子网球选手（1956—　 ）。
2　美国著名男子网球选手（1951—1996），曾是美国网球名将桑普拉斯的教练。

有点明白自己气数已尽了。第六局，网球公子依然吉星高照，不紧不慢的回球全打在室内装修设计师的后场。手忙脚乱的室内装修设计师想用强劲的发球负隅顽抗，结果竟弄得三次双发失误。第七局，网球公子极其成功地把球发到角落里，而狂怒的室内装修设计师则忙着追赶浅球，他时而稀里糊涂地把球打在网上，时而截击失误，要不就是让球从头顶飞过吃一个小便吊高球。这一下，室内装修设计师的脸上完全失去了笑容。行，这回好好打，他仰面朝天地这样地叫了十三次，结果还是越打越蔫，只会重复地主动失分。终于打到四比四了，在这个节骨眼上，大金牙竟然记错了分，气得室内装修设计师大嚷着要她好好干活！大金牙当时还咋咋舌，笑了笑糊弄过去了，然而当大金牙把关键的一分判给了网球公子时，室内装修设计师又大叫起来："怎么看球的，蠢货！"这一下，大金牙的脸叭地一下就鼓起来啦。"我不干啦。"她从裁判席上下来，"这么冷的天，交了三千元场地费，啥也没玩成，专门给你们当裁判，看你们这种烂水平比赛。自己水平烂，自己水平这、这、这、这么烂，自己打得一无是处，干吗朝我撒气啦。"网球公子浑身轻松，脸上露出了笑容。室内装修设计师一脸哭相地目送着渐行渐远的大金牙的背影。上床的事儿黄啦。那室内装修设计师恐怕原打算在女人面前显摆一番，请她吃顿美餐，然后上床的，然而现在事情黄了，所以才满脸哭相的吧。室内装修设计师已经丧失斗志，网球公子则占尽优势，前景光明，最后获胜而归。

将头发弄干，剃去胡子，网球公子在耳垂、腋下和睾丸里侧洒上雅男仕沐浴古龙水，最后在脸上敷上热毛巾。他发现鼻子下渗着血，血上附着一层雅男仕霜的油膜，形成火柴头般大小的血珠。将血珠用小指弄破，网球公子想起了老婆，被胜利弄得晕晕乎乎的脑海里浮现出老婆的脸，老婆的头发用电吹风吹成了卷儿，脸上搽了厚厚的化妆水。那家伙真的回娘家了吗？

"人间快乐多。"网球公子一面喝着罐装喜立滋[1]啤酒一面这样说。

这咖啡小吃店名为"群青"，是网球公子的同年级同学，一个叫郡城的人经营的。从小学到高中，郡城和网球公子一直是同学，后来网球公子上了中央大学法律系二部，而郡城却违逆父母的意愿上了摄影学校，在那里，郡城待了一年后便退学游历了印度和阿富汗。"群青"的店里摆着民族服装、民族乐器、装饰品、相片、纸币、陈设器物、日用器具、家具和老式枪等。对于游历的事，郡城几乎只字不提，只是一味谦和持重地微笑，不紧不慢地

---

1 Schlitz，美国著名啤酒品牌。

做着仪式般的冲咖啡操作：用珐琅手冲壶将水烧开，将意大利式的钥匙牌咖啡豆碾碎，暖杯子，暖卡莉塔[1]咖啡壶，放上卡莉塔滤纸，最后使用一上二下三旋四切的手法注上开水，这是郡城的咖啡仪式。"青木呀，用滴流器冲泡的咖啡是最有味道的哟。"他经常这样说。

"人间快乐多。"网球公子又冲郡城道。

"你说什么？"郡城在柜台边擦杯子，他望着网球公子问，"你说人间什么？"

"我说人间快乐多。"

"这个，什么意思？"

"老话不是说人间痛苦多吗？我这是反着说。"

郡城的嘴角进一步吊了起来。

"青木倒是容易满足，一罐啤酒就乐癫癫的了。"

"你不懂，这啤酒全渗进发着汗的细胞中了，你不懂吧。"

"打网球了吗？"

"和一个讨厌的家伙比赛来着，赢了。"

"有长进了呀。"

"哪里，只是打得卖力了些。"

---

1 Kalita，日本著名咖啡器具制造商。

郡城将擦拭好的咖啡杯整整齐齐地放在食器架上，杯子之间的距离好像必须保持两厘米，假若稍有不对，他便用食指中段轻轻蹭蹭杯子，调整一下间距。

"哦，是吗？青木，今晚上我要到你那里去。"

"去干吗？不过没问题，今晚咱老婆有事儿出门了。"

"不是的，是会长叫我去。"

"会长怎么啦？莫非你也要打猎？"

网球公子的父亲是横滨西北猎友会的会长。

"还没领到打猎证，不过今晚去拿申请文件，还要吃野猪火锅，大兽会的人好像打到了野猪，火锅是有野猪内脏的。"

"野猪火锅？在我们家？"

郡城点点头。这么说，老婆也许并没有回娘家，网球公子想。自从母亲死后，每逢猎友会聚会，总是网球公子的老婆掌厨，弄些竹鸡汤、野鸡汤、照烧土鸡、生冷鹿片、野猪竹笋火锅之类，所以老爷子夸奖顺子，说她菜弄得不错，学得快。而女仆阿秋虽说脸长得比野猪还吓人，却根本不碰肉，声言受不了那气味，只能切切菜什么的。所以网球公子认为，老婆也许在家里，往行李袋里塞东西只不过吓唬人而已。网球公子想打个电话问问，他握着十元硬币，拿起听筒，却又犹豫不决。刚才的胜利使他心情很好，而假若在电话中听到老婆的声音，或者知道了老婆不在家，这沉浸在胜利中的晕乎劲儿就要醒一半，想到这里，网球公子放下了听筒。

"青木，吉彦君可好？最近没见着，长大了吧，是不是长大啦？"

"还小哩，但比过去是长大了些。"

"很好玩吧，现在几岁啦？"

"一岁六个月吧。"

"会说点什么啦？"

"汪汪什么的。"

"喂，中学时候有个佐佐木，三级跳获得冠军的，记得吗？"

"就那瘦得什么似的佐佐木？"

"对，那家伙经营炸薯片，两三天前来过，要我的店也用他的炸薯片。他的孩子才两岁，我问他孩子刚开口时说什么，你知道那孩子说什么？"

"佐佐木和谁结的婚？"

"嗯嗯，听说和公司内部的人。"

"到处推销炸薯片？这有意思吗？他没说没意思？"

"吉彦君最初开口说的是什么来着？"

"说的是什么？我和他待的时间不是很多，大概还是汪汪之类的吧。"

"佐佐木的女儿好像说的是蝶蝶。"

"蝶蝶是什么?"

"奇怪吧,不过挺可爱哟。"

"有点不正常,蝶蝶蝶蝶地叫。"

"下回带吉彦君来玩吧。我这里现在也做布丁、蛋糕之类。布丁什么的他能吃吗?"

郡城没有孩子,他老婆比他大七岁,是个奇怪的女人,每次网球公子去玩都见她双手捂着耳朵嗯嗯地或者唔唔地哼哧,问郡城,他说是在做冥想。这女人拖着长至脚踝的印度裙,十冬腊月天也穿皮凉鞋。

"喂,青木君,请和会长说一声,我八点钟去。"

"还是不要摆弄猎枪什么的。"

"好像只要去吃就行了。"

"只去吃,为什么?"

"啊啊,打猎很残酷是吧? 听说把打掉的家伙吃掉就是上了供,所以会长教导说必须把猎物吃掉。"

"哪有这种事。啊啊,知道啦。"

"下次真的带吉彦来哟,我这里的布丁是自己做的,好吃着哩,没用添加剂和防腐剂的。"

郡城的老婆好像不能生孩子。有一阵子网球公子损她,说她是从印度拣来的叫花子。这世界怎么偏不让人称心如意呢？网球公子想，像郡城这样喜欢孩子的家伙却不能有孩子，而我这样的人只干一回，第一回，一面听《好想回到那一天》，一面就有了吉彦。现在想起来，那时似乎连小便都喷了出来，现在却只是稀稀拉拉的，好像果然不济了……把吉彦送给郡城怎样？他开始一本正经地琢磨，当然把顺子也捎带上，顺便这猎友会会长的头衔也让他替我拿去得啦。网球公子想象自己坐在空旷的客厅里一面喝啤酒一面看《新航世界大网球》[1] 的情景，觉得不坏。他发现此时忘了吉彦的脸，只有吉彦的气味还留在鼻孔里，那是草莓牛奶的气味，这种牛奶吉彦每天早晨都要喝的。

太阳刚落山，两边种有白杨树的道路笔直延伸。网球公子一面冲慢吞吞前行的自行车按喇叭，一面想：残留人生的第一天结束了，啊啊，记得谁说过，一天的终结出现于看不到球的时候，而不是上床睡觉的时候。这是谁说的？大比尔·蒂尔登[2]？等待红绿灯的时候，一辆轻型摩托停在了和网球公子并排的地方，车兜里堆着白菜和萝卜，车上主妇模样的女人似乎很冷，有两三次，她一面往双手哈气一面朝这边望过来。女人的唇裂开了，像炒过了头的维也纳香肠。女人旋着加速器，舔了好几次唇。想到这世

---

1 日本东京电视台的一档节目，由新加坡航空公司赞助播出。
2 美国网球运动员（1893—1953），被誉为历史上最伟大的网球运动员之一。

上还有和这种女人接吻的男人，网球公子就很高兴，并按动了450SLC上的暖气开关。

晚餐时的店里闹哄哄的，山崎穿着两件套西装，打着领结，推着装有T骨牛排的餐车在餐桌间穿行。网球公子和熟识的老顾客打招呼，闲聊生蚝、训练犬和高仓健，听说税务师来访后又去了办公室。网球公子在四份文件上盖印的时候，电话来了，是父亲。"重久，顺子去哪儿啦？还没回来呀。""有急事，回娘家啦。"网球公子回答。离开店时，山崎跑过来问："今晚有观赏会，你来吗？""观赏会？什么观赏会？"由于摆弄T骨牛排上的肥肉，山崎的右手拇指泛着光。"录像呀，瞧，和三号桌上的客人们一起看。"山崎指了指刚才和网球公子谈高仓健电影的三个中年女人：本地超市的总务部长夫人、花店的女老板和陶艺班的老师。"老板，和她们一起看吧，是我出演的哟。因为不好意思，所以戴了面具的，我戴的是机动战士高达。来看吧，演完后怎样还不知道哩。"

"哎呀，公子来啦公子来啦，快请坐，快来这里坐。野猪内脏还有呢。"

客厅里野猪火锅已经开始，空气中弥漫着日本清酒蒸腾的气息。往砂锅里倒上清酒，煮沸后点上火，在酒精燃起的当儿倒入用干香菇熬出的汤汁，放入野猪内脏、肉、蔬菜，待煮到恰到好处时再放入豆酱和砂糖，这就是青木家有着家传历史的野猪火锅。

今晚这一切好像都是父亲准备的。"公子，怎么回事？夫人拿个大包气呼呼地走啦，是不是你做什么坏事啦？"阿秋一面用盆子运送啤酒一面朝网球公子竖小指头，"玩女人了吧？"网球公子摇摇头，和客人们挨个打招呼，心中却怒不可遏，这混蛋，真的走啦，她以为自己这么了不起么？想到缺了门牙、右脚有点瘸的父亲在厨房里一面担心儿子儿媳的关系一面切野猪内脏的情形，网球公子下决心待老婆回来揍她一顿。这世上不是还有穷困之极的人吗？她们裂着嘴唇冒着严寒买来白菜和萝卜，在小摩托上颤着身子盘算如何弄一顿像样的晚餐。可那家伙怎么啦？事情没搞清楚，只接到一个陌生女人找隐形眼镜的电话，嘴唇也没裂开便一走了之，完全不体谅人呀。父亲正和客人推杯换盏，表情和平时一样。网球公子拿起阿秋递过来的啤酒杯，满满倒上酒，一仰脖喝干。"好好好好。"客人们纷纷称赞，都拍手。喝第二杯的时候，郡城来了，一面说"来晚了"，一面在末席坐下。坐在这群猎手中，郡城的脸不一样。今晚的客人有五个：公务员、电器店老板、木匠、会计师、园艺师，他们干的活儿各不相同，却有一个共同之处，那就是眼睛，这些人一谈起打猎，一摆好射击的姿势，那眼神儿就变了。但一般的时候，猎手们的脸是松弛的，仿佛缺了点什么，这种欠缺奇怪地让人觉得有股血腥味儿，这是由于那欠缺的东西，那隐藏着的东西让人感觉到杀气的缘故，对于他们来说，杀生的一刻是至高无上的瞬间，所以他们的身上散发着特有的血腥味儿。郡城不是那种人，他身上找不到那种东西。看着郡城的眼睛，网球公子想，这家伙怎么想起摆弄猎枪了呢？怎么看他都是一个被猎枪射杀的主儿呀。

"我说，真遇到野猪还是会害怕吧？"郡城喝着酒问。

"哎呀呀，当然会害怕，野猪和熊我都打过，不过最吓人的应该是蛇。"

"啊，是蛇么？"

"哎呀呀，蛇可吓人啦，首先，蛇让人发怵，对不对？"

"对呀对呀。"坐席里响起一片赞同声，于是大家开始谈蛇。野猪的内脏和玻璃杯中的酒使网球公子感到肚子里面发热。老婆的事儿渐渐抛了脑后，他开始讲起在曼谷看到的眼镜蛇和獴决斗的情形来。"这獴在决斗前是不让吃东西的，那可是厉害的家伙哟。开始的时候，双方中间隔着板子，木头的，谁也看不见谁，假若让它们相互看见那会怎样？双方都会害怕吧。"

"谁的个头大？"

"个头这种说法不恰当，比长短那是眼镜蛇占上风，但若比块头，那就是獴了，这很自然，种类不同呀。"

"眼镜蛇有毒吗？"

"毒性大着哩，有被眼镜蛇咬着的家伙的照片，脸啦背啦，皮肤都皱着。喂，郡城，修学旅行时去九州看过长崎原子弹爆炸的照片吧，看过吧？就是那样的，可吓人啦，还从嘴里流出绿汁来。"

"比原子弹爆炸还厉害？"

"嗯，厉害，所以獴要是被咬上就完啦，重要的是闪动身子不让被咬着。那隔着双方的木板在时机终于成熟后就拿掉。"

"怎样才叫时机成熟呢？"

"这个嘛，看的人聚得足够多了就是时机成熟了。那时我正吞着唾沫哩，只听叭的一声，木板被拿掉。那眼镜蛇似乎已经狂怒了，正在呼呼吐气，舌信子一伸一缩的，脑袋抬起来，吓死人啦，我要是那獴早就逃之夭夭了。"

"尾巴还发响吧？嘎啦嘎啦的，以前和儿子在一部沙漠电影里看到过。"

"笨蛋，尾巴是不响的，尾巴响那是响尾蛇。这蛇呼气，噗噗的，游自由泳时要侧过脸换气吧，就是那种声音。那时真叫紧张，互相对视着，一时间没了声音，只是狠狠地相互瞪眼。"

"曼谷的女人也和菲律宾女人一样吗？"

"好好听好好听。那短暂的对视结束后决斗就开始了，真的，突然开始，快得眼睛都跟不上。这个时候，就是在这个时候，獴的动作绝对快，一下子咬住了眼镜蛇的脑袋，而且咬上后不论怎么着都不放松。"

"有打不过眼镜蛇的獴吗?"

"哎呀呀,这个问题提得好。在这里,关键是动作,明白吧,动作若慢了,即便是獴也会像挨了原子弹似的浑身起皱,一命呜呼的。所以,开始我不是说过吗?三天不让吃饭,不论是什么,道理都一样,吃饱了便不想动,若饿着它便焦躁,动作也就敏捷了,是吧?打猎、打网球、獴都是这个理。"

"眼镜蛇不抵抗?"

"当然抵抗,将獴团团地缠着,所以獴也很痛苦。就这样,倒在地上咬着眼镜蛇,但它饿着呀,所以决不放松。啊啊,后来我喝了眼镜蛇的血。"

"眼镜蛇的血?怎么听着像故事片的名字似的。"

"用小刀把斗败的眼镜蛇嚓地一下从肚子上剖开,取出心,是的,有拇指大小,然后用针戳着喝里面的血。"

"很养人吧?"

"那家伙厉害,一喝下便精神抖擞了。"

"我也看过蛇同其他动物打架的。"

"是中华眼镜蛇和獴吧?"

"不对,是蝮蛇。"

"蝮蛇和什么动物呢?"

"螺蛳。"

"螺蛳?"

"那是在后面,就那,网球场的后面,那里有墓地,还有一些尚未毁掉的水田吧,就那地方。好像是六月,我牵着狗在那里溜达。我的狗是个神经质的家伙,刚才会长先生的公子不是说过吗?就是那样的,我早上不给它饭吃,就是为了让它敏捷地找到野鸡什么的。那天,我带着狗溜达,走到田里看到好大一条蝮蛇,它在田中间正和一个螺蛳互相瞪眼。"

"胡说,螺蛳怎么瞪眼?"

"螺蛳你知道吗?它的整个身体就像一只眼珠,不是吗?被整个身体像一只眼珠的家伙盯着多吓人呀。那蝮蛇很着急,螺蛳虽然小,可它躲在壳里,怎么也咬不着呀。就在这时,那螺蛳从田里蹦起来一下子跳到蝮蛇的脸上。蝮蛇狂怒不已,可螺蛳紧紧地吸着就是不离开,这当儿不断吸蝮蛇的血,最终,那蝮蛇就长长地躺在田里了,螺蛳则慢悠悠地离开蝮蛇的脸回到水中。那螺蛳了不起,在水田里保准是个头领。"

网球公子想起了过去,那时母亲还在,父亲的牙也没缺,每月都有一次这样的猎手聚会。当时的酒宴很快乐,客人们给年幼的网球公子带来各种小礼物,其中以绘本居多。有个叫鸟饲的,和父亲同辈,网球公子清楚地记得他。鸟饲买来的绘本讲的是一个中国的古代故事，读起来怪吓人的。

那故事名叫《大象与小人》，网球公子至今还没忘。故事的主人公是一个叫庆成的好心和善的小人儿，有一天，庆成接到了一个神谕，神对他说："三年之内你将被突然出现的大象踩死。"庆成没见过象，就向熟人和朋友到处打听，这象是怎样的呢？根据大家的描述，庆成想象的象有长过大蛇的鼻子，胜似大扇子的耳朵，牙比魔鬼可怕，脚似支撑华都大寺院的立柱，象的全身足以堵塞大河，四只连在一起足以驮起地球……于是庆成感到了狂风骤雨般的恐惧，乃至最终发疯而死。天神俯瞰了这一切后便小声叹道："可怜的小人啊。"每个人都承受着遭遇大象的命运，没有人能够最终逃脱，然而由于大家都在努力劳作，忙着养家糊口，因而忘了大象的存在，也因此得以获得快乐。庆成多么愚蠢啊，正因为他是小人儿，对巨大的东西就有了不必要的恐惧，所以他的遭遇是上天的惩罚，是当然的报应。在绘本上，神的背后有用鲜艳的红色画的巨大的象，比地球还大，非常可怕。鸟饲把这故事读给网球公子听的时候吓唬他说："你要是调皮捣蛋，也会被象踩死的哟。"鸟饲这人有个坏习惯，醉了后爱往墓碑上撒尿，他喝醉酒后若要小便并不去厕所而是往墓地里跑，并大笑着把散发着酒气的尿撒在碑石上。鸟饲是犯脑溢血死的，当时大家都传言说他的死是往碑石上撒尿的报应。

"那个，我先走一步了，店是托别人看管的。"郡城过来，凑到网球公子耳边轻声说，"请代我问会长好，告诉会长春天我一定拿到打猎证。"

"老头子不在?"

"刚才离开了，去洗手间了吧。"

"我说，怎么你又想起摆弄猎枪了呢? 喜欢? 枪这玩艺儿没弄过吧?"

"和青木爱网球一样呀。"

"和我爱网球? 一样?"

"啊啊，想必是这样的，相似。"

"不要口出狂言。来，这里坐一下，怎样? 南非拥有矿山的大富翁用三样东西克服他们死一般的无聊，那三样东西你知道吗?"

"我，要回店了，不然麻烦。"

"首先是宗教，然后是毒品，第三就是网球。网球是非常深奥的运动，即使每天打十个小时也无法穷尽其中的奥妙。赢得过二十次温布尔登网球公开赛冠军的比利·简·金说过，要成为一个十全十美的网球手恐怕需要三辈子。就这么深奥。只有有钱的家伙才玩网球。不谈出身，不论教育，只要现在有钱就行，所以网球是不能和枪什么的放在一起的，郡城。我每天打网球，有时也厌倦，盼着下雨，即使在那种时候，当我看到一个完全陌生的人因一个截击而赢取了胜利，我也要流泪。网球同毒品、宗教是一样的东西。毒品和宗教你不懂吧？既然不懂，就不要把网球和猎枪搅在一起。"

"对，我的确不懂。"

"不懂就不要乱说。"

"只是，有趣不是吗？瞧瞧今天来的人，一谈起打猎就高兴得跟孩子似的，所以我想打猎一定很有意思，当然，打猎和打网球不一样。"

阿秋悄悄过来喊网球公子。"大掌柜的有点不舒服。"她说。……洗手间里父亲在呕吐，阿秋摩挲着他的背。是野猪肉吃多了，网球公子想。野猪肉的口味和气息很刺激，内脏尤其如此。有一次网球公子也吃多了，弄得发起烧来。野猪肉很结实，热量很高，只要吃到牛肉、猪肉的一半，鸡肉的三分之一就饱了。

"要紧吗？是不是吃多了？"

镜子里映着父亲和阿秋的身影，看着父亲被阿秋这种丑得可怕的女人抚着背，张着缺牙的嘴呕吐，网球公子很难过。父亲的脸歪着，嘎嘎地咳嗽，从眼睛和鼻孔里滴出一些黏液。"睡去吧，客人那里我去说。"网球公子说着要回客厅。"别多事，"父亲回过头瓮声瓮气道，"别多事，我马上回客厅。你给我向顺子道歉，打电话道歉。"

客人都走了，阿秋去睡了，父亲也去睡了。网球公子一面吃着酒宴上剩下的菜肴，一面欣赏1981年全美网球公开赛男子单打决赛的录像。第三盘第六局，麦肯罗以一个上旋吊高球赢得了这场比赛的胜利。刚才在电话中，老婆带着哭腔说她明天回来。吉彦在外婆家弄碎了玻璃杯，碎片进入口中吞进肚里，老婆在电话中哭着说："真不知道该如何道歉。"网球公子很不快。"混蛋，有什么担心的，我的一个朋友还吃玻璃哩。"他一面这样安慰老婆一面想，说不定现在山崎的黑珍珠也正埋在哪个女人的阴道中哩。

野猪肉使下腹热烘烘的，网球公子想去自动售货机前买一本新写真集，然而脑海里浮现出了吉彦的脸，血糊糊的。网球公子身上起了鸡皮疙瘩，他害怕起来，那红色的象是否也会在什么时候踩着我呢？他决定以后不管喝得多么醉都不去墓地小便了。网球公子一下子迷糊起来，脑海里出现郡城的笑声、大金牙的女人，山崎黑乎乎的阴茎从太阳穴边压迫过来，眼前晃动着阿秋和父亲相拥的身影，睡梦里正想吐，只听得哇的一阵欢叫和掌声，网球公子睁开眼，录像画面上约翰·麦肯罗正在高举双手做着表示胜利的姿势。

拭去口水，网球公子想，明天去练习打上旋吊高球吧。

3

行道树开始落叶了，天空清澄如洗，像特意为打网球作了准备似的。现在，网球公子要去岳母家。打开自动门，上午柔和的阳光照进车库里，车身上金色的文字标牌更显清晰：4、5、0、S、L、C。当这一带的土地尚未显示价值的时候，这地方是被称为"横滨的西藏"的，网球公子曾踩着这里泥泞的红土路去上学，那时他常想，那些坐外国车的家伙是怎样的人呢？网球公子对那些人一无所知，只能想象他们大概是政治家、演员或者黑帮老大什么的。对于网球公子来说，那些家伙同哥斯拉一样，是超乎想象的动物。

　　网球公子打开这奔驰车的门，座椅上皮革的气息令他喜欢。旋动车钥匙，车身轻轻颤动，引擎响起来，声音像嗓门嘶哑的女人发出的叹息。这东西到手后没有什么反应呀，网球公子想。网球公子买奔驰是老早就决定了的。当初由于实力雄厚的电气铁路公司开发项目，父亲卖掉了尚有野鸡筑窝的杂树林，得到的钱可以买二百辆 450SLC。有一天，网球公子听一个女人说："说到奔驰车我只认 450SLC。"那是大学一年级的暑假，网球公子去沟口喝酒，那沟口的拉面馆在距沟口繁华街市稍远一些的府中路旁边，深夜里，网球公子参加完一个吃喝聚会，回来时来到这拉面馆吃拉面，一面吃一面看漫画周刊一面便硬了起来。店里还有四个穿胶皮底袜子的客人，一伙的，另外还有一个带眼罩的老奶奶，大家都流着汗，吃着拉面。就在这时，那女人进来了，派头像个开国外品牌西服专卖店的，旁边有个皮肤晒得黝黑的年轻男人，那年轻男人环顾了一下店后用播音员般的嗓音问女人："这里可以吗？""挺亮敞呀。"女人回答，一面从鸵鸟皮的手袋中拿出纸巾，擦去眼前的拉面汁后坐在柜台边。网球公子的鸡鸡硬着，手拿着方便筷，方便筷上垂着拉面，目不转睛地望着女人。女人着黑色连衣裙，布料光闪闪的，右肩上有块牛痘疤。"喂，有皮蛋吗？"女人隔着柜台问拉面馆的老板，老板正在看黑白电视，他看也不看女人道："菜谱上没写的都没有。"女人的胳膊很白，覆着汗毛，网球公子的视线顺着女人戴金色手镯的手腕滑向显露着血管的手指，再延伸到夹着香烟的纤细的红指甲，他想：轻轻地握住坐在她旁边那年轻男人的鸡鸡的就是有着这种指甲的手么？这样一想，网球公子便被失败感所包围，觉得自己变成拉得很长的拉面了。从大腿滑过腿肚子，女人的脚描绘着一种不可思议的曲线被吸进高跟鞋中，那高跟鞋挂在脚尖儿上晃悠着。女人圆圆的眸子忽闪忽闪，时隐时现，晃悠着的高跟鞋后跟打着地板发出砰砰的声音。网球公子一面听着这声音一面想象和这女人做爱的情景，鸡鸡也似乎随着砰砰声埋进了女人潮湿的身体中。网球公子留下还有一半的拉面急忙向店外走，走过女人身边时闻到了一股酸酸的气息，是从女人腋下发出的，与此同时，他听到女人说："说到奔驰车我只认 450SLC。"不知怎么回事，这句话被网球公子记下了，而且相信女人的话绝对正确。回到家，网球公子在浴室里一面手淫一面不住地念叨：450SLC450SLC450SLC。在脸盆中射精的时候，网球公子决心把450SLC弄到手。假若不弄到450SLC，我就永远是失败者，我永远是拉长了的拉面，网球公子想。

然而，到手后没反应呀，女人也这样么？上床后没反应的女人还没弄过呢？网球公子一面开车一面这样想着。高速公路入口处的跟前有一长溜儿竹林，是这附近一家大地主的。在这一带，只剩下这片竹林是尚未规划的土地。那大地主是一对年迈的兄妹，都没结婚，为了避免分割财产的纷扰，他们疏远了所有的亲戚，两人得到的钱已不下两百亿。他们在竹林附近的路边放上长木椅，整天坐在长木椅上，一边望着过往的行人和车辆一边卖毛甲蟹。为什么要卖毛甲蟹呢？谁也不明白，传说他们这样做是为了防止竹林中的笋子被人偷走，假若那竹林也被开发，他们俩还能获得上百亿，而且也不会有人偷笋子了。

"瞧瞧来晚了不是，是不是又迷路啦？"

岳母把网球公子迎进了门。岳母的家在东大久保的住宅区，那里的道路纵横交错，狭窄拥挤，到处立着禁止入内的标志牌，骑自行车的送菜伙计从巷道里突然窜出，提购物篮屁股下垂的女人们对汽车喇叭无动于衷，走在路上旁若无人，搞得450SLC和网球公子都很烦，到达岳母家的时候神经已经疲惫不堪了。

"工作怎样，还顺心吧？"

岳母的脸上总是不断笑，似乎真的很幸福。网球公子想，来日老婆老了是否也这副模样呢？岳母虽已上了年纪，却穿漂亮的衣服。

"还没吃午饭吧？顺子去买猪排三明治了。"

每次来岳母家，岳母都用猪排三明治和啤酒招待网球公子。结婚前，有一次网球公子来访，岳母用被称作东大久保特产的猪排三明治招待了他，网球公子很夸张地把这东西称赞了一番，从那以后，每次网球公子来，便总少不了猪排三明治和啤酒了。网球公子的老婆是三姐妹中的老二，妹妹嫁到宇都宫，姐姐招的上门女婿，这女婿是银行职员，只喜欢滑雪，性情腼腆得可怕。姐姐在医科大学事务局上班，他们夫妇都上班，并不是出于经济方面的原因，而是没有孩子。在三姐妹中，这位姐姐最漂亮，办事又麻利，网球公子第一次见她时很懊悔，心想若是她就好了，然而这位姐姐那时已经结了婚。岳父从战前就是商社职员，死前在调布购置了土地，现在岳母家把土地租给别人开家庭餐馆。岳母喜欢玩股票和虎头金鱼。

"我回来啦。"门口传来老婆的声音，岳母站起来，从廊上探出脸道："吉彦呀，爸爸来啦。"外面响起细小而又不安的脚步声，吉彦从岳母身边挤进来，出现在网球公子的面前，他张开双手，口齿不清地喊了声"爸爸"便跑过来。哎？网球公子抱起儿子，蹭蹭他的脸，心想这孩子的脸怎么变得陌生了？

"还是和爸爸亲热呀。"岳母把两瓶啤酒放进盆子里这样说。

好久没仔细端详吉彦的脸了，吉彦笑着用小手打网球公子的脸。老婆进来低头道歉道："我太任性了，对不起，看来是我误会你了。"

"可不是么，近来总有奇怪的电话，男的女的都有，仅凭一个电话就胡乱猜测，还跑回娘家，这要是在过去可是不得了的哟。"

吉彦的右手食指受伤了，网球公子冲老婆点点头后便点着吉彦的嘴唇道："听说你吃玻璃啦。"

"是呀是呀，现在不能离人啦，顺子狠狠责怪了我。重久呀，你可别再怪我啦。"

"啊啊，没关系的，我有个朋友还吃玻璃哩，灯泡啦，玻璃杯什么的，电视里播过两三回哩，没关系的。"网球公子这样说着，端起大啤酒杯喝起啤酒来。岳母双手抱着啤酒瓶等待啤酒杯里的啤酒减少，一旦啤酒减少便刻不容缓地斟满。吉彦从网球公子的膝上滑下来，不时抓起猪排三明治往嘴里放。吉彦的牙已大致出齐，只是缺乏咀嚼力，但幼儿大概有一种智慧，首先是彻底地舔，直舔得那面包和猪排三明治黏黏糊糊地变得柔软起来。啤酒杯里的啤酒总是满的，岳母抱着啤酒瓶如同侦察兵手握轻机枪，只要啤酒杯里的啤酒稍有减少，岳母便迅速地探出身子将杯子斟满。老婆打开了电视，是幼儿节目，身着橙色T恤的年轻女人正在唱歌："哎呀哎呀，小猪滑倒啦；哎呀哎呀，小象跌倒啦；哎呀哎呀，小羊吓坏啦……"那年轻女人没戴乳罩，乳头从T恤中跳出来。岳母不停地斟酒，咕咚咕咚咕咚咕咚，啤酒已没了气泡，小便颜色的液体始终将大啤酒杯装得满满的。吉彦在啃着已舔得湿漉漉的猪排三明治，仅看那牙齿、嘴唇和猪排三明治碎片便感觉这小子像个成人。电视中映出年轻女人的下半身，宽松长裤上显现着内裤的轮廓。"哎呀哎呀，小象也跌倒啦；哎呀哎呀，小羊吓坏啦。"吉彦吞下已变成黏糊糊褐色团块的猪排三明治，岳母还抱着啤酒瓶，老婆脱下了一只袜子，脚趾上的指甲油脱落了一半。网球公子想象山崎那有着黑珍珠的大家伙黏糊糊地插进电视中那年轻女人身体中的情形。大啤酒杯中的啤酒永远没个完，咕咚咕咚咕咚咕咚咕咚咕咚……"哎呀哎呀，小猪滑倒啦。"网球公子跟着电视也唱了一句。"哎呀呀。"岳母抱着啤酒瓶笑起来。

"好像要下雨啊。"木岛说。

早上天气原本那样晴好，可待网球公子将老婆和吉彦送回家再急急忙忙赶到网球场时，天空就布满厚厚的乌云了。

"我怎么老觉得青木君一来就要下雨呢，是不是？"

网球场上空荡荡的，除了一群每天必来的球技糟糕的主妇外，只有木岛。木岛前年从银行退休，六十三岁，是个攻击型的网球选手，他几乎每天骑自行车到球场来，而且太太也一定跟着。太太不打网球，夏天她带着佳得乐，冬天则带上装了红茶的茶壶、盒饭、曲奇、饼干和橘子，每次来，她只坐在长椅上怔怔地看木岛打球。

"青木君，后场练好了吗？"

"啊啊，削球可以对付了，不过你要知道，我想对付的是抽球。"

"说什么呀，好像很了不起似的。"

"削球不宜进攻不是吗？"

"你这家伙，满嘴削球啦，抽球啦，像个高手啦。"

网球公子喜欢木岛，木岛经常说他要拼命打好网球，木岛的球龄已有二十四年，网球公子尊敬木岛，他要尊敬所有网球比他打得好的人。

"那么我们练练？我专打你后场，如何？"

网球公子和木岛开始在一号球场练对打。啤酒在腹中咕咚咕咚地闹腾，网球公子觉得身体很沉。

"你怎么回事？像你这样根本打不下去呀。"

木岛的太太朝这边看着。听说他俩是再婚，有一次大家喝酒，有人问："像木岛君这样的，还和太太亲嘴吗？""蠢东西，和老婆在一起不亲嘴有啥意思，我们每天都亲的，还要做那个，不是每天做，一星期两次。"网球公子不信，笑着说："你这是撒谎。"于是木岛道："我现在就把老婆喊来，在你面前亲给你看。"木岛说完就给老婆打了电话。在郡城的店"群青"里，木岛太太低着头走进来，网球公子和大伙都拍手，木岛太太两手交握着垂在胸前，脸羞得通红。"来，到这里来。"木岛站起身，拉着太太的手让她坐在身边。木岛太太向大家打招呼："我是木岛的内人，感谢各位平日对丈夫的关照。"木岛太太每天坐在那球场边的长椅上，网球公子没少见她，但她非常不爱说话，所以网球公子从未和她交谈过。"得啦，这些话不说也罢。"木岛对太太说，"你今天喝点酒，喝红酒吧，红酒怎样？"木岛说着向郡城要红酒，太太脸朝下拼命摇头："不行的呀，今晚你又要喝得醉醺醺的，我要用自行车推你的吧？不行的呀。"虽然太太不愿意，但木岛还是让郡城拿来了红酒。"放松点，好吗？现在我们亲个嘴。"木岛说。话音一落，太太表情很认真地仰起脸道："我说，你说些什么呀？"网球公子和大伙哇地叫起来，又冲他们鼓掌。"是我和青木他们说好了的，说好了的，是吧？青木君，到了我这个年龄就不怎么和太太亲嘴了，我说我们不同哟，我们每天都亲的哟。""还吸舌头吗？"在座的一个人问。"当然啦，"木岛敲着桌子回答，"不吸舌头那叫亲嘴吗?"突然，太太哭起来，低着头，抖着肩，双手捂着脸，口里不住地嘀咕:"真是的真是的真是的真是的。""怎么啦? 怎么哭啦? 不哭好吗?"木岛为难了，伸手抱太太的肩，却被太太推开。"我知道啦，你老和大伙讲这个，老讲这种话，多羞人呀。"太太捂住脸，抽抽搭搭地哭，指缝里露出噘起的唇，因为要会丈夫打网球的朋友，所以太太大概是仔细化了妆的，那眼泪混着睫毛膏变成了黑色。"明白啦，对不起，是我不好，原谅我吧，是我喝多了。"木岛说着站起来，"啊啊，咱回家吧，回家吧，是我不好，你坐自行车，我来推你，原谅我吧。"太太从手袋中拿出带饰边的粉红色手绢，擦去黑眼泪对大伙道:"今天晚上对不起了。"说完深鞠一躬，便提着裙摆快步走出店，木岛随后追上，走了一半回过头，一脸哭相地对网球公子他们叫:"你们干的好事!"两人走远后，大伙一面笑一面说，这样看来他们真是每天亲嘴的。

"我们赛一局怎样?"

"不行，我肚子咕咚咕咚的不舒服，还是叫信山教练来和你打吧。"

"今天他不来呀。算啦，和你单打也没意思，打后场接不好也没法比赛。"

木岛太太削好了苹果，正坐在长椅上做编织。"这织的是什么?"网球公子问。"球拍罩呀。"太太红着脸,低头小声回答。太太说话时习惯噘嘴,网球公子觉得这女人像鱼,他时常产生和这种嘴唇接吻的想法。木岛吃完一片苹果便一个人去对着墙练球。网球公子吃了四片苹果。

"夫人不打网球吗?"

"嗯。"

木岛太太戴着眼镜,手始终没有停,椭圆形的球罩大致编好了一半,罩面上似乎要编出一个 F 的字母来。

"是木岛君的名字吗?"

"哎?"

"啊,我说那字母,F。"

"啊,这个么?是斐乐[1]的标志呀。"

"就是斐乐的首字母么?为什么要编进斐乐的标志呢?这是自己做的呀。"

"木岛只穿斐乐。"

"是木岛君要这样编的吗?"

"是啊。"

"真奇怪。"

_____

1 Fila,意大利运动品牌名称。

太太似乎想起了什么，表情突然调皮起来。

"告诉你个秘密怎样？"

"什么秘密？"

"我和丈夫的秘密呀，秘、密。"

"莫非是亲嘴的事？"

"哎呀，讨厌，哎呀，你这个人真讨厌。我说的不是那个，我是说打网球的秘密。"

"打网球有秘密么？"

"是呀。"

"真了不得。"

"其实呀，最开始打网球的是我，不是他。"

"哦。"

"很吃惊吧，这是我和他的秘密哟。"

"为什么这是秘密呢？"

"最开始呀，是我教他打网球的。吃惊了吧？"

"嗯嗯，有点吃惊了，这么说，夫人的网球打得很好吧？"

"现在可能打不过丈夫了，不过当初我打网球的时候还在读女子学校。吃惊吧？"

"那为什么你们不一起打呢？可以一起打的。"

"是啊，但很难，真的很难。"

"倒是挺难的。"

"明白了?"

"类似网球这种高难度的运动在其他……"

"错啦,你没弄明白,错啦,你把我的意思理解错啦。"

"啊啊,错了么?"

"开始我和他一起打网球的时候,他已经,怎么说你才明白呢?他已经痴迷得只有网球了,这个你明白吗?"

"是啊是啊,木岛君总是说他要拼命练好网球。"

"我说,你厌倦吗?"

"厌倦网球?"

"是啊,每天打,你厌倦不?"

"这个啊。"

"你没有期待明天下雨?"

"累了的时候……"

"是么?木岛总是嘀咕,在家的时候,一面喝啤酒一面搓着脚,明天下不下雨呢?明天下雨就不用打球啦。就这样,老嘀咕,还嚷着忧郁呀忧郁呀。"

"忧郁?"

"是呀。"

"假若这样,休息一下不就得啦。"

"因为要拼命努力呀，怎能休息呢？对于我丈夫来说，网球可不是乐事，我是说并不是那种能和老婆一起轻松自在地享乐的事儿，明白吗？"

"啊啊，有点明白啦。"

"网球这东西挺寂寞的。"

网球公子向太太谢了苹果便离开了球场。木岛还在对着墙练球，太太还在编那 F 的标志，木岛大概要打到天黑看不见球为止，太太也会就这么编着织物一直等着，然后，两人在暮色中骑自行车回家。木岛大概还会想，明天又是晴天吧，又要打网球，又要对着墙壁练球，今晚上又要和太太亲嘴，弄不好还得干那个。网球公子仿佛听到了木岛的嘀咕，忧郁呀忧郁呀忧郁呀忧郁呀忧郁呀忧郁呀……

店铺里灯火辉煌，人影攒动，许多人正来来回回地忙活。今天是网球公子经营的牛排店 BON[1] 拍摄电视广告的日子。早在半年前，神奈川频道的插入式商业广告就开始播出了。刚才山崎似乎同代理店的人谈得不快，见到网球公子，脸色一变跑过来道："店长你怎么回事？又打网球啦，出大事了呀。"山崎穿着新做的

---

1 在法语中是"好、妙"的意思。

晚礼服，准备出演广告，他曾说在电视上露露脸对搞夫妻交换非常有用，这意思大概是说对于面孔熟悉的人，对方容易放松吧。"啊，青木君，你好。"代理店负责人走过来，一面擦汗一面打招呼。"什么你好你好的。店长，来了个难看的家伙，这广告咱甭拍吧，明摆着涮人呀。"山崎气鼓鼓的，好像对什么不满。

"模特不是以前说好的那个了，店长。"

"换啦？不是五十铃集装箱的玛丽吗？"

拍摄广告的模特是山崎推荐的，是五十铃集装箱 AZ8000 的封面女郎，一个叫玛丽的混血儿，网球公子、山崎和代理店的负责人曾一起见过她。那混血儿十九岁，夏威夷人，黑发，手臂修长，胸脯和脸上有些雀斑，指甲长得可怕，染得鲜红。据山崎说，这女孩的阴道硬邦邦的，妙不可言。"实在抱歉，玛丽因姑姑突然重病，回毛伊岛了。"代理店负责人一面擦汗一面解释。店里有人正在反复调试灯光，所以热得很。这负责人是个小个子，上穿褐色鹿皮猎装，下穿运动短裤，脖子上扎一紫色围巾，眼神泛黄，很混浊。这男人盛气凌人，脚蹬网球鞋，还是耐克的戴维斯代言款的。

"店长，如果玛丽不来我们就不拍吧？合同上明明写着玛丽·萨特的，不拍吧？"

"你说不拍了，可人不是都来了吗？"

灯光集中在零号餐桌上，在被砖墙交错分隔着的牛排店 BON 里，这零号餐桌是最好的席位。沙发上坐着一个摆姿势的摄像助手，肤色难看的脸上贴着曝光表，那里原本应该是玛丽坐着的。餐桌边围着垂叶榕盆栽和仙人掌。"有补偿的，尽管玛丽没有来，我有补偿性的安排。"小个子负责人这样说着，把一个留胡子、双手抱在胸前正在闭目养神的摄影师模样的男人喊过来。"这位是摄影师取垣君，业内的红人，一流中的一流，那法国床的广告你们知道吧，就那大象在床上做倒立的片子，那就是取垣君的作品。U 局[1] 的电视广告——我这样说也许失礼——取垣君一般是不拍的，我们费好大劲儿才把他请来，希望你们能明白我们的诚意。"留胡子的光头摄影师傲慢地打了个招呼，也就是抬了抬下巴道："今天，嗯，我很为难，导演先生说模特一面笑一面吃牛排，然后据此拍四个镜头，但这样子弄没啥意思吧？嗯，我觉得没创意，的确没创意，嗯，感觉就是吃呀喝呀的嘛，不是吗？嗯，所以我就想，采用什么风格呢？斐济风格？墨西哥风格？采用哪种风格好呢？社长先生是哪位？啊，就是他么？那么，你说哪种好？"留胡子的光头摄影师望着网球公子问。这人黑衬衣上套一背心，下身是马裤，脚蹬一双钓鱼靴。

1　独立 UHF 放送局的简称，是日本"全国独立 UHF 放送协会"的加盟电视台。

"墨西哥风格？什么墨西哥风格？"山崎火急火燎地问。

"是这样的，墨西哥风格以红色为主，给人以辣椒酱的印象，这种颜色最前卫。阿维顿[1]就是这种风格。斐济风格偏重黄色，像泥巴，给人的感觉就是黏糊黏糊黏糊黏糊黏糊黏糊黏糊黏糊，是很久以前流行的玩艺儿，有印度咖喱和萨蒂亚吉特·雷伊[2]的《大地之歌》的味道。你说哪一种好？"

"哪一种都无所谓，我们这里没有咖喱和辣酱，我们是卖肉的，卖肉的！"山崎大叫。

然而那光头摄影师的表情纹丝不变。"哦，搞错啦，印象，是印象，这肉不是黏黏糊糊的吗？应该从这种印象中跳出来，肉这种东西，喂，牛排给人的感觉就是黏黏糊糊的吧？"

"玛丽不行，那谁来？"网球公子环顾店堂问。

山崎一面点烟一面朝办公室方向抬抬下巴道："那女人老得什么似的，假若把玛丽比作松阪雪花牛肉，那个女人就是澳洲冻肉筋。喂，那模特过三十了吧，三十三、三十四，对吧？"山崎转向代理店负责人，把薄荷香的烟雾喷了他一脸。

"没有的事，二十五，二十五，我有她的履历表，就是二十五，她拍过旧唱片店的广告，电视上没看到？"

---

1 美国最伟大的肖像和时尚摄影艺术大师（1923—2004）。
2 印度知名导演（1921—1992）。

"甭搞笑啦。什么地方拣的？小酒馆是不是？自由之丘的小酒馆是不是？化那么浓的妆。店长，用那种女人，我们店的肉要卖不出去的。要不你去看看？因为本身难看，所以还染了发，真是!"

女人在喝牛奶，嘴里衔支吸管，一面把钢制旋椅弄得嘎吱乱响，一面读《女性7》[1]，见网球公子进来，女人抬起脸，显出惊讶的表情。女人的脸的确化了浓妆，赤脚上趿拉着低跟的轻便舞鞋，连衣裙的肩头绣了饰边，裙外罩着艾力士[2]的对襟毛衣，瓜子脸上眉目小巧而整齐，只是下巴尖尖的，头发染成生硬的褐色。穿艾力士么？网球公子想，这么说她也打网球？女人一直怔怔地望着网球公子。

"初次见面，我是店长青木。"

女人摇摇头。"还是不对呀。"女人嘀咕道。

"你叫青木？"

"是呀。"

"冒昧问一下，长野你待过吗？"

"偶尔是去的。"

"不对，我是说小学的时候，大町第三御影小学。"

"唔，我一直住这里，从小学到高中。"

---

1 日本一本女性杂志的名字。
2 Ellesse，意大利高级运动品牌名。

"是这样啊，还是认错了，挺相像的。"

"像谁？"

"和你没关系，算啦。我说，拍广告的事，是不是把我取消啦？"

多漂亮的女人啊，网球公子想。女人投来撩人的眼神，抬起下巴，眼珠子上翻，嘴唇的一端歪了歪，很拘谨似的向网球公子笑了笑。

"玛丽好像是不行了。"

"他们说今天用我呀。"

女人喝干牛奶，白皙的喉部咕咚咕咚地响。

"我是不是被取消啦？这个由你决定吧。"女人用舌舔去沾在嘴唇下的牛奶这样问。在网球公子看来，女人的神情好像是在说，我由你决定吧？我喜欢你呀，我是你的呀。

"你怎么称呼？"

"吉野爱子，当然，这不是真名。"

"你会打网球？"

"倒是常想打，怎么啦？"

"我决定了，用你。"

"哎，真的？"

"嗯，但是，有个条件。"

女人紧张起来，然而当听到网球公子说下个星期一起去打网球时，女人笑起来。"网球?"女人道，"你真是个怪人。"

4

网球公子犯难了。

广告拍摄的准备工作已大致完毕，模特吉野爱子身着茶色的绣有金银丝线的女式晚礼服，右耳后侧稍高些的地方扎个垂髻，手拿刀叉正在做吃牛排的样子。排演已进行了四回，为了显现烛光的效果，灯被照明组的人用蜡纸包好。牛排冒着热气，牛油正在溶化，只待吉野爱子吃一口牛排，然后微笑，这就完了，整个广告只有三十秒钟。

网球公子很犯难，他觉得必须尽早说出来，然而工作人员都在大声嚷嚷，四处奔忙，所以找不到机会。假若还不说，摄影机就要转起来啦。

网球公子来到厨房，拿起酒瓶，对着瓶嘴喝做菜用的红酒，他想酒精是可以壮胆的，由于喝得急，酒流进气管里，呛得网球公子咳了二十秒钟。半瓶酒下肚后，肚子终于辣辣地热起来。现在好了，网球公子想，他握住双手，做了个表示胜利的姿势，然后一面回摄影现场，一面默诵比约·博格[1]的名言：必须一举成

1　瑞典男子网球选手（1956— ），曾排名世界第一。

功，当你打出上网球，你就成了球场杀手，不能有丝毫妥协，要一举成功，要像杀手一样截击，要一举成功，不能有丝毫妥协，你是杀手，你是杀手……"青木君，就要正式开拍了，但愿拍摄成功，拍摄不求同步收音，所以有声音也不要紧，但还是希望尽量安静。"

山崎把刚做好的嫩牛排放在手推车上，等待开始表演的信号。

"对不起，大家稍等一下。"网球公子喊起来，声音很大，连他自己也吃了一惊。店堂里的人不知出了什么事，都看着网球公子。要一举成功，不能有丝毫妥协，网球公子再次默诵比约·博格的名言，他慢慢环顾四周，终于说出了自己一直想说的话。

"是这样，作为广告主，我这样做也许很任性，我想让模特小姐穿网球服。"

大伙儿都笑起来，以为他开玩笑。滑行车上的摄影机就要开动了，代理店的小个子男人跑过来。"有什么不满意吗？"他问。"没有，所以我才提这个要求。"网球公子满嘴酒气，山崎在摄影机对面粗声大气道："拍吧拍吧，老板像是有点喝醉了。"于是代理店的小个子男人、摄影师和大伙儿都大笑起来，这笑声把网球公子弄得畏怯起来，他慌忙默诵比约·博格的名言，然而没有用。网球公子求救似的将目光投向模特吉野爱子，吉野爱子正目不转睛地望着网球公子，吉野爱子没有笑，表情很认真，咬着嘴唇。

网球公子一直望着她，他用眼神问："我错了吗？"吉野爱子的目光不离开网球公子，过一会儿，她眼珠子上翻，羞涩地朝网球公子轻轻一笑，这一笑，几乎使网球公子掉下了眼泪，腹中红酒强有力的醉劲儿重又显现，比约·博格的名言再度响起：不能有丝毫妥协，要像杀手一样截击……可不是吗？刚才我触网了，也许打了个不完美的上网球，现在已没有退路，只能用强劲的截击解决问题……

"我没醉，我是认真的，我一直都想说的，请模特小姐穿上网球服吧。"

网球公子的声音洪亮而且清晰。代理店的小个子男人把鹿皮猎装弄得哗哗直响跑过来问："青木君，你怎么啦？有意见说出来，不要刁难。"

"我没有刁难。"

"喂，青木君，你不满意模特就明说，这样胡搅蛮缠有意思吗？"

"模特么？……棒极啦！"

网球公子又看了看吉野爱子，她一直在忍受着大伙儿的嘲弄，她的礼服不合身，松松垮垮的，成什么样子啊，像自由之丘小酒馆的女招待穿的，她应该穿网球服，网球公子想，我要保护她，她是需要我保护的……吉野爱子正上翻着眼珠子看着网球公子。

她在向我求救哩，网球公子感动了，所有人都成了网球公子的敌人，他因此兴奋得全身发热。

代理店的小个子男人擦着汗，一把摘下脖子上紫色的围巾道："青木君，穿网球服不像样子呀，咱这是搞正宗牛排宴的店不是？穿网球服多别扭呀。"男人慌得语无伦次，表情很难看。漂亮，网球公子想，第一个截击击中要害，咱处在优势地位了。

"别扭？我看你才别扭哩。穿礼服有什么意思？穿礼服的女人吃牛排多的是，有什么意思？再说那礼服，也太粗劣了不是？"

代理店的小个子男人朝站在角落的服装师招呼道："喂，礼服，拿几件来啦？"服装师敏捷地跑向一个被褥袋似的帆布包，吱地拉开拉链，"四件。"服装师噘着嘴回答。"全都拿来。"男人脱去鹿皮猎装，露出下腹，皮带上的赘肉向外鼓着。什么呀，这家伙傻瓜一个嘛，网球公子一下子有了优越感，大腹便便，肤色苍白，显然不是打网球的，不打网球却穿耐克的戴维斯系列产品，这不傻帽儿吗？代理店的小个子男人右手拎两件礼服，左手拎一件，一面把它们哗啦哗啦地抖一面道："怎么样？这可都是阿尔法立方[1]的呀。"网球公子看着这鲜红色天鹅绒、淡蓝色袖口折边、带花纹的紧裙，摇摇头，鼻子哼了一声笑道："我说，看过电影

---

1 Alpha Cubic，日本知名时装品牌。

《黑艾曼纽》吗?"

代理店小个子男人伸着双手直摇头,他臂腕上全是礼服,活像个花花绿绿的稻草人。

"哎,没看?不用功嘛,拍广告,那样好的电影不看怎么行。告诉你,那电影中就有穿网球服的女人,三个,有她们吃鸽肉馅饼的场面,当然,背景是观光地,非洲、泰国什么的。要知道,鸽肉馅饼非常棒,是最高级最高级的食物,所以那三个女人非常性感,非常可爱,我这也是一种借鉴,穿网球服参加宴席是最好的,绝对漂亮。"

"可是,现在的问题是,这里没有网球服呀。"

"我说你懂网球吗?网球是'king of sport, sport of king[1]'。"

"真糟糕。"小个子男人嘀咕道。"喂喂,"山崎指着手推车问,"怎么回事啊?肉都硬啦,这么好的里脊要变成炭啦。"

网球公子慢悠悠地点燃一支香烟道:"这肉不要啦,给摄影师吃吧,看来还要等一等。山崎,再弄块里脊来。"

山崎把牛排递给摄影师,摄影师道:"不要,肚子是饱的,给助手吧。"于是年轻的助手们哇哇叫着扑向里脊肉。弥漫在店里的正式拍摄前的紧张气氛散去了,代理店的小个子男人垂头丧气

---

1 意为"运动的国王,国王的运动"。

地败下阵来，他冲服装师大叫："快去，到那边店买去！别忘了开发票，发票要交给青木君的。""是。"服装师回答着就要出门，这服装师有点胖，脸红扑扑的，涂着红指甲。

"小姐等等，"网球公子喊住服装师，"那边店不行，不行，车站前的伊藤洋华堂里是有体育用品店，但那里只有弗莱德·派瑞、阿迪达斯、尤尼克斯和雅马哈，不行。我觉得适合这位模特的绝对是艾力士，要有鲜红的保暖罩衫，黄色的网球裙，短裤应该是藏青和白色的，就是克莉丝·埃弗特[1]穿的那种，只能是这样，绝对！"

"那时你说过有条件的。"

"条件？什么条件？"

"就那，你不是说可以用我拍广告，但有个条件吗？"

"哦哦，是说过。"

"就那个时候。"

"你以为要你和我睡觉，是吗？"

"嗯，当时好紧张，后来你说打网球。"

"常有那种人么？"

---

1 美国女子网球选手（1954—　）。

"没有要打网球的。"

"不是，我是说睡觉。"

"有过两次。"

"是什么人？"

"嗯……伊东一个观光酒店的社长，还有个眼镜店老板。"

网球公子请吉野爱子吃寿司，又邀她来到"群青"。网球公子找了个最靠近柜台的地方坐下，这是为了向出入店的客人炫耀一下吉野爱子，吉野爱子纤细的臂腕和手指、上翻眼珠含羞带笑的眸子和唇让网球公子感到很荣耀。

"那么，后来怎样了呢？"

"你以为我会和他们上床吗？"

"不会吧。"

"当然没有。你猜猜，今天的拍摄，他们给我多少演出费？"

"五十万吧。"

"哪有那么多，十万呀，十万，实际拿到的总共十万。"

"哎，我给的可是五百万呀。"

"是呀，可这些钱还要给电视台、代理店、工作人员，方方面面的。"

"什么呀，这很荒唐吧。"

"为什么？"

"就给你十万？这很荒唐吧，一百万也应该呀，不，如果是我就给二百万。不过，要是和那代理店的蠢货亲热亲热的话……"

吉野爱子又害羞似的笑起来。吉野爱子正在喝兑了苏打的波本威士忌。有一次网球公子在菲律宾买邦邦女郎，在和邦邦女郎喝兑苏打的波本威士忌时，被邦邦女郎倒贴的情夫拿着自制的手枪敲了一笔钱。自那以后，网球公子就绝对不喝兑苏打的波本威士忌了。不过现在，看着吉野爱子将溢着泡沫的玻璃杯送到漂亮的唇边，网球公子便想，那菲律宾的邦邦女郎其实说不定是个好女孩，只是为生活所迫才干那种事，也许她的心肠是善良的。

"拿十万就被自己不喜欢的男人抱，还不如去泡泡浴池，你说呢？"

"这个……可是你是不适合去泡泡浴池的呀。"

"你常去？"

"哎？泡泡浴池？不去，不喜欢。"

"去过吗？"

"以前去过，大概三次吧，不，两次。"

柜台里边的郡城笑着插话道："据我所知，你去堀之内[1]就十二次了。""胡说什么呀，混蛋！"网球公子发火了，是当真的，脸

---

1 红灯区聚集的地方。

涨得通红。吉野爱子尖声笑道："这有什么呀，男人嘛。"说着便去了洗手间。网球公子并未觉得去泡泡浴池在伦理上有什么羞耻，他是怕被吉野爱子认为自己不招女人喜欢，所以要去那种地方解决。在吉野爱子去洗手间的当儿，网球公子喊过郡城压低嗓门道："不要乱说，那女人是模特，模特，我对她是认真的，你不要糟践我，要抬举我，求你了，抬举我，她可是模特。"

"现在几点？"吉野爱子问，一面用粉红的手绢拍打似的揩手。

"十二点差五分。"网球公子高举胳膊，亮出伯爵表道。

"你没问题吧？"网球公子又道，"我会送你回去的。"

"只是问问时间，没说要回去呀。"

"那么再喝一点。"

"我说，那网球……"

"嗯，一定打。"

"需要装备吧？"

"鞋什么的，今天不都给你买了吗？就剩下网球拍了。"

"给我买吗？"吉野爱子向上拢着头发问。

"啊啊，没问题。"

网球公子很快作了肯定的回答，但他开始感觉不安，这女人，会不会想骗我？网球公子想。他无法弄清这个问题，在此中断谈话很觉难堪。网球公子不想让吉野爱子怀疑他买网球拍的诚意，他开始搜索话题，刚才还有很多话要对吉野爱子说，很多事要问吉野爱子，然而现在全被一句"给我买吗"弄到爪哇国里去了。网球公子的脑海里只有"给我买吗"这句话和吉野爱子说这句话时的表情。吉野爱子默默地喝着兑苏打的波本威士忌，用细细的指尖搅动玻璃杯里的冰。她后悔了吗？网球公子不安地想，她是否在后悔不该说那句话？是否觉得我在猜测她，认为她怀疑我的诚意？是否在想，假若这样就难办啦，和这种男人还是离远点吧，假若她这样想，我们就没戏啦⋯⋯

"我有个朋友，和青木君很像。"吉野爱子突然说，"我父亲是自卫队的，所以我经常转学。"

网球公子一下子没转过弯来，过了好半天才明白吉野爱子把网球拍的事儿给忘了。网球公子放心了，又觉得奇怪，便独自笑起来。

"搬到长野的时候，我好像正在读五年级，是冬天，非常冷，这之前我们住在宫崎，那里更冷。转学那天，我来到学校时正在上体育课，大家打雪仗，你相信吗？上体育课打雪仗。"

"啊，我们也打的，喂，郡城，我们也打吧？"

郡城右手拿菜刀，左手拿法兰克福小香肠道："雪仗是打的，不过是不是上课时打就不记得了。"

"混蛋，当然是。反正那时大家称这里为'横滨的西藏'，人烟稀少，学校也远。"

"有游泳池吗?"

"既然是'横滨的西藏',所以不大可能有游泳池,东西都很少,记得好像踢过足球,是皮球,只有三个。"

一股莫名的气味忽然窜进了网球公子的鼻孔里,是以往在阴冷、潮湿、黑暗的地方常常闻到的。过了好半天,网球公子终于明白,那是石灰。不知为什么,不论是小学还是中学,体育用品室总是处在见不着阳光的校舍北侧的一隅,相比之下,音乐室倒是经常阳光充足,就连厕所也有夕阳照射进来。然而体育用品室却不知为什么,一定是阳光照不进的房间,那里昏暗、阴冷,空气凝重而潮湿,有跳马、球、垫子、球网、水壶、旗子、栏架,更为奇怪的是,甚至还有榻榻米之类的东西。地上老撒着白粉,那是石灰,那石灰的气味不知怎么的就飘了过来,温暖的感觉一直延伸到身体的最里面。吉野爱子的头发和肩膀也散发着甜甜的气味,那是让·巴杜香水的味道,这种香水使石灰的气味更加浓郁,也使网球公子伤感起来。

"哎,刚才我说什么啦?"

"你问游泳池了吧?"

"不对,莫非我醉啦。"

"你说打雪仗来着。"郡城道,一面把装了法兰克福小香肠和烤马铃薯的印度盘放在柜台上。网球公子奇怪地想,怎么现在我没有琢磨上床的事儿了呢？和女人相会或者谈话的时候，网球公子照例要想一回那种事的，有时还想象女人阴部的样子和颜色，有时也可怜起那必须和这女人做爱的男人来。此时吉野爱子正用叉子无聊地叉盘子里的法兰克福小香肠，网球公子总觉得在这女人的阴部前还有某种东西，那不是肚脐、乳房之类的器官，也不是内衣之类的具体物品。网球公子咬碎了一块方冰，心想，这种女人，第一次见。

"对呀，就是打雪仗。那时只有我穿着裙子，班里的其他女孩都穿长裤。"

"这是多少年之前的事？"

"讨厌，告诉你这个不是知道我年龄了？"

"这么怕老么？"

"倒也不是。"

"我不是说醉话，你现在的样子最漂亮，啊，这种话我可不经常说，不经常说的。"

"谢谢，不过要说漂亮，还是年轻时漂亮。"

"不对，不是有那么一句话么？女人的脸蛋是账单。不信你瞧瞧艾薇塔[1]，许多女人都这样。"

---

1 阿根廷前第一夫人，即贝隆夫人。

"我有个朋友，在青山开小酒馆，她恋人是写剧本的，也这样说，他说你和女人相好吗？假若相好，你就要认为那女人的一生中与你相好的时候最漂亮。"

"这倒有点奇怪。"

"为什么？我觉得这想法挺好的。"

"那和四五十岁的女人相好也那样想吗？不自然呀。"

"你会和四五十岁的女人相好吗？哎呀，讨厌，女人到了五十还风流吗？青木君，你怎么想？你见过五十还风流的女人么？和这种女人好过？"

"没有，别乱说。"

吉野爱子低着头笑了好半天，网球公子非常嫉妒那写剧本的，决定即使他掉进水里即将淹死也不救他，他还怀疑那家伙就是吉野爱子的恋人，这样一想他就讨厌起自己来，多么阴暗的性格啊。网球公子确实搞过五十岁的女人，那是他的第一次，是在吉原的日式旅馆里。为什么不去泡泡浴池呢？也许是因为那里的入口太明亮了吧。他看到一个扎着围裙的婆婆向他招手，然后指了指昏暗的屋里，那里有个穿连衣裙的女人，婆婆说："真的只要五千元，是二十六岁的阿瞳哟。"阿瞳，啊，怎么连名字都记得？在那屋里，阿瞳看上去确实像二十五岁不到三十的样子。进了旅馆，和阿瞳爬上一条狭窄的楼梯，网球公子发现她膝盖上有赘肉，脸颊松垮垮的。哎，这不三十好几了吗？网球公子想。进了屋，屋子面积只有四张半榻榻米大，被褥已铺好，网球公子和阿瞳直面相对，一看，什么呀，这不过了四十吗？比妈妈的皱纹还多哩。阿瞳的脸擦了不少白粉，但皱纹很深，掩盖不掉。阿瞳没脱衬裙，也不说话。"初次见面。"网球公子对她打招呼，阿瞳依然不作声，只默默地捋网球公子的阴茎。完事后，阿瞳从手袋中拿出手纸递给网球公子便出去了，拉门那边传来小便的声音。网球公子很难过，难道阿瞳是哑巴不成？网球公子想。手袋的口还开着，网球公子看了手袋中的国民健康保险证，原来阿瞳五十三岁了。

"哎，刚才说什么来着？"

"艾薇塔吧。"

"啊啊啊，我醉啦，青木君刚才说过要送我回家的。"

付账的时候，郡城的老婆来了，这女人铁青着脸，拖双男人的木屐，颧骨高耸，面颊扁平，嘴唇很薄，眼角吊起，身子虽然消瘦，但个头很高，双肩耸起，鼻翼上还镶着钻石，干枯的头发搭在额上，目光呆滞无力。"你怎么回事？"郡城问，女人不答理，"不是跟你说了吗？来店前先打电话。"郡城看到她脚上拖着木屐，"回家吧，今天我早点关门，早点回去。"女人怔怔地望着吉野爱子问："你不在喀布尔了？""哎？""对不起，唬你的，是我唬你的。"女人说着就出了店，外面响起一阵木屐声。网球公子想跟出去看个究竟，却被郡城摇头制止了，他说："那家伙经常这样，也许是累了，不过那木屐是谁的呢？我没有木屐呀。"

东名高速和首都高速上都没有什么车辆，450SLC不到二十分钟就到了涉谷出口。

吉野爱子的公寓位于原宿明治路和二四六号国道之间，那里道路交错，路面狭窄。在一幢坐落于路边的八层公寓楼前，网球公子说："下车吧。"他喉咙渴得厉害，本还想说句请休息之类的话，但说不出，只发出一点嘶哑的喉音。吉野爱子的手已扶在450SLC的车门上，但老不下车，只低头想着什么，长筒袜中的脚在微微地颤动。假若她邀我在这里过夜怎么办？网球公子心里疼得难受，脑海里一下子出现老婆的脸，老婆刚从娘家回来，自己若在外面过夜，她会怎么说？这样一想，网球公子就很不舒服。就说车出故障了吧，网球公子想，遇到了老朋友，在"群青"喝了酒，恰巧来了个高中同学，那家伙住在原宿，于是开车送他，不想蓄电池没电了，车发动不起来，喊 JAF[1] 也不来，为什么JAF不来呢？不知道，大概晚上这样的事总是有的吧，于是，没办法，只好在那家伙的公寓睡。没打电话是因为那家伙的屋里没

---

1 日本汽车救援协会。

有电话。名字？名字待会儿想。那家伙是个穷鬼，推销员，推销美国锅的，反正是有趣的人，所以就住下了，想和他聊一宿……给老婆编的话在脑袋里乱转，太阳穴要破裂似的。网球公子看了看周围，发现还有个难题不好解决：车没地方停。公寓的停车位已经停满，路又这么窄，假若停在路上是一定会被机动警察拖走的。

"啊，想起来啦。"

吉野爱子突然抬起头，网球公子惊得差点儿扭了脖子。

"刚才说过打雪仗的，是吧？"

"怎么啦？"

"哎，就刚才，在那小吃店里，我不是讲了我最初打雪仗的事吗？我老想不起那个，脑袋痒痒的。"

什么呀，这么说，并不是身体痒痒啦，网球公子一下子泄了气。

"那时只有我穿裙子，其他女孩都穿的长裤，因为我是刚转来的，所以大家都用雪砸我，我的内裤全湿了，便逃进了厕所。"

现在内裤湿了吗？网球公子想。他很寂寞，一只野猫出现在车前灯下，网球公子真想杀了它。

"我在厕所里哭起来，这时一个男孩帮了我，不要再扔雪啦，他对大家说。那男孩的名字我忘了，但脸记得很清楚，像青木君。"

"像我?"

"对呀,啊,这下好啦,想说的事终于想起来啦。今天多谢啦,很高兴呀,要打网球给我打电话,号码告诉你了吧,上午和深夜我是一定在家的,尽量提前一个星期打来哟。"

吉野爱子从 450SLC 上下来,穿过车前的灯光向公寓的门口走去。为了目送网球公子,吉野爱子在公寓楼的阴影前站住。网球公子打开窗子,他有一句非问不可的话,于是鼓足勇气,使出全身力量道:"那个,假若打电话,会不会有男人接?"

吉野爱子没有笑,只甩过来一声"混蛋"便在建筑物的阴影中消失了。

含着为蒙混治安盘问准备的清凉薄荷糖,网球公子驾车奔驰在返回的路上。接近用贺高速出入口时,他又勃起了,阴茎发痛。看看表,凌晨三点,网球公子不打算在自动售货机前买色情书了,他想象老婆的身体,那想象中的身体似乎很硬,比 450SLC 的车身还硬,硬得抓不起肉来。他想吻吉彦,想轻轻地吻熟睡着的吉彦,吉彦的脸颊总是那样柔软、滑嫩,很漂亮。他想听女人的声音,打 177 吧,他想,只要问,请告诉我十一日上午九点发布的神奈川县东中部地区的天气预报,电话中的女人就会回答。晴天,没有风,是宁静温暖的一天,女人也许会这样说,于是他就会想起那微风下轻轻摇动的球网了。网球公子决定睡前读阿瑟·阿什的《网球讲义》。只读两页吧，网球公子想，读哪一章呢？就读讲解上网球的那一章吧，有维塔斯·吉鲁拉提斯[1]的画像的……网球公子有点明白吉野爱子阴部前的东西是什么了，原来那是网球场似的东西，是晴日朗照下的网球场似的东西，网球公子觉得，在吉野爱子的阴部前是罩着那种东西的。

驶出高速公路，网球公子打开450SLC的所有窗户，潮湿的风吹进车来，弥漫在车里的吉野爱子身上的让·巴杜香水味儿散去了。

5

吉野爱子的声音一直在耳朵里纠缠萦绕，挥之不去。

那天夜里，送吉野爱子到了原宿，网球公子想射精，想得要哭，于是不由自主把车停在了自动售货机前，他原想买一本名为《为你衔着》的色情写真集的，然而一看到那封面上吐着舌头的女人，网球公子就反胃，酸酸的胃液随着不快感从身体的底部直涌上来。到家的时候大概是凌晨四点，父亲的爱尔兰赛特犬拼命冲网球公子叫。来到二楼的洗漱间，正巧碰上给吉彦把尿的老

---

1 美国网球名将（1954—1994）。

婆，吉彦拖着鼻涕在哇哇地哭，老婆一面擦着浮肿的眼一面说："你这样，若是出了事大家也不知道，喝酒倒也罢了，开车是绝对不行的。"网球公子没回话，愣愣地站着。"你不舒服吗？脸色很难看呀。"老婆一面用清洁棉揩吉彦的屁股一面道。这女人不坏呀，网球公子想。老婆穿着匡威牌的慢跑运动服，是当睡衣穿的。她并不那么丑，偶尔还有人说漂亮，难道他们这样说并不是完全出于客气？现在一看，这女人的屁股还紧，腿也不赖。网球公子这样想着就蹲下来，抚摸老婆的脚趾甲。"你干什么？出什么事了吗？"老婆的脚趾甲很漂亮，网球公子的脑海里浮现出老婆洗完澡必定在手脚上涂抹护肤霜的样子。啊啊，这女人也在努力地生活，只是别人未曾察觉啊。网球公子吻了吉彦小而柔软的脸，又吻了老婆残留着牙粉味的唇。上床好半天后，吉彦还在哇哇地哭，爱尔兰赛特犬仍在高声狂吠，然而吉野爱子的声音却始终没有消失，不是在耳边，而是缠绕在身体上，声音回荡着，很沉闷，像电视中日本老电影的台词，又像临终者发出的噪音。假若我患了癌症什么的，住进医院，马上就要死去，被吉彦、老婆、医生和亲友围着，是不是也要发出这种声音呢？想到这里，网球公子很难过。对呀，就是打雪仗呀，对呀，就是打雪仗呀，对呀，就是打雪仗呀，对呀，就是打雪仗呀，雪把内裤打湿了呀……

网球公子仰望天空，一个劲儿地感谢老天爷，谢谢，谢谢，今天非常想练球，而恰巧就遇到这么好的天气，真的非常感谢。

网球公子没去店里，急匆匆直奔网球俱乐部。

穿过住宅区的单行道时，网球公子看到一辆出了事故的车，一个骑轻型摩托的主妇告诉他，这车撞着了孩子。警官们正拿着量具忙着勘测现场，一个车主模样的男人蹲在路边，蓝色尚酷[1]的前灯已经破碎，路面散布着点点黑色的污迹。网球公子又想起昨夜的情形来，说也奇怪，吉野爱子坐上 450SLC 怎么就没有一点感动的样子呢？网球公子想。这车以前也有几个女人坐过，当然她们和自己并不一定上了床。"好车呀。"女人们对 450SLC 总是要评价几句，有时口气中还不乏讥讽，"发财了吧。"但吉野爱子怎么就不吱声呢？这样缄默不语是否表明她有钱，不缺坐奔驰的机会？要不就是她穷得根本不识车，所有外国车在她眼里都一样？大概不外乎这两种情况吧。莫非那家伙做了有钱人的情妇？那公寓倒是不坏……

"你说有事和我商量，什么事？"信山教练正在给球拍穿拍弦，见到网球公子便停下手中的活儿笑着问。

"啊啊，商量谈不上，就是想打好球。"

---

1 Scriocco，大众运动型跑车品牌名。

"这么说，青木君是想下功夫提高球技喽。"

"是啊是啊，不过有些特别，我要短期的，花的时间不长，球技却要大提高。"

"练习，练习，练习，只能靠实实在在的练习，重复的练习。"

"这个，我是懂的。"

"要参加大会什么的了吗？"

"不是，这个……我是想达到能够教别人的程度，当然，是教初学者。"

"要当教练？"

"不不，不是那个意思。"

"教初学者，现在就可以了吧。"

"啊啊，还是不明白么？这么说吧，不少家伙教女人，是吧？他们教完全不懂网球的女人，球技却多半很糟，不是吗？认真打球的家伙一心想提高球技，所以教女人什么的反而不行，是不是？"

"不错，网球是一种很自私的运动。"

"是么？"

"学生时代前辈们常说的，他们说，网球，只有两种情况可以和女人打，一是那女人比自己打得好，另一是对那女人有企图。"

"啊啊，说得对。"

"打网球有善心可不好。"

"没有善心，企图倒是有。"

"谁?"

"我，我呀，现在就有，企图。"

"的确，我明白了。那么，你要怎样?"

"例如，我这是打比方，例如去伊豆，啊啊，箱根很冷了，所以还是去伊豆。"

"伊豆? 好，有生鱼片、温泉、网球。嗯，不错。"

"不错吧，那就去伊豆，打网球，带着企图。"

"带着企图，好。"

"于是就要教初学者了，这时，隔壁网球场上却总有认真打球的家伙，是不是? 大学俱乐部会员什么的，我不喜欢这个，我不行。"

"这没什么呀。"

"教练，你不知道吗? 我是尊敬网球的，所以这么努力，那种像同性恋打网球的样子，我可不愿意被人看到。"

"就因为这个要提高球技?"

"不错，这样即使遇到认真打球的家伙，假若他球技一般，我也能对付一下，就算有企图，这也是可以理解的吧。"

"那么，计划什么时候?"

"计划?"

"就是带着企图的旅行呀,去伊豆。"

"啊,这个么,越快越好。"

"这就难办了。"

"难办? 怎么难办?"

"这么短的时间要提高球技是不容易的,我原想教你美式的抽球法,现在看来还是不行,即使单人练习也不好办。"

"还是不行么?"

"不好办。"

"是吗? 好吧,那么,现在开始和你商量。"

"哎,刚才不是商量吗?"

"啊啊,刚才也是,现在接着商量,作为一个网球爱好者,上来就进入正题有点怪不好意思的,所以先设个伏笔。教练啊,你知不知道,在伊豆,哪里有好的网球场?"

"网球场?"

"对,适合带着企图打网球的地方。"

"有好几百个吧,伊豆多得是。"

"所以,我不是说了吗? 要适合打带企图的网球,有些球场带家庭旅社,去的人多是大学俱乐部、同仁会中认真打球的年轻人,不好。我要去适合打带企图的网球的地方,类似法国南部,或者佛罗里达这样的地方，就是和女人上床前可以打网球的，费用高也没关系。”

"啊啊，原来是这样啊。"

"明白了吧?"

"这样的话，就那里吧。"

"哪里? 快说。"

"在距热川不远的地方有一个叫海洋帕克斯的酒店，那里的高尔夫很有名，有两个英国人设计的高尔夫球场，时常举行锦标赛什么的，网球场有两个。"

"哎，就两个?"

"大家并不是都打网球的，有钱人和名人们常带着女人，例如银座的女招待什么的去那里打高尔夫。"

"有钱人和名人?"

"对，那网球场很漂亮，看得见大海，周围是草坪和花圃，像外国哩，就是很贵。"

"好极了，唔，这个好极了。"网球公子说着抓住信山教练的手道，"下次到店里来，我请你吃最好的神户炭烤牛排，管够。"

网球公子跑向黄色电话，拨动拨号盘，当拨到最后一个默记下来的号码时，他发现脑子乱得很，心脏仿佛要蹿到喉头上，恶心，口渴，甚至晕眩，于是连忙放下听筒。这样可不行，网球公子想。他跑进更衣室，用冷水洗了脸，然而不管用，太阳穴和额头反而更加躁热起来。

混蛋，慌什么？难道你还是毛毛糙糙的中学生吗？对，说什么，必须想好说什么……他把双手放在胸前，想使自己镇静下来，不想背后有人拍他的肩。"怎么回事？阿青，什么时候成基督徒啦？"这人是季岛，被大伙称为"横滨赤鬼"和"绿区莽汉"。季岛在希尔顿酒店法式餐厅当厨师长，脸和身子白白胖胖的，但个子不高，长发披肩，身穿Ｚ码的雅马哈网球服，手拿价值近十万的王子大号球拍，是个擅长打侧翼抽球的攻击手。"阿青，把手放在胸前怎么回事？忏悔么？我们快点打单打吧。我发球有变化了，没人再说我打变速球啦。瞧，以前我只靠手腕的运动打削球，别扭是吧？现在不那样了，我现在学吉鲁拉提斯的发球了，不久前在世界网球大赛上他和特尔切尔交锋过吧。我现在使用轻缓的拉拍，像这样，用肩部回旋。阿青，你怎么回事，病啦……"季岛把他那又厚又软还带着奶油香的右手掌放在网球公子的额上。

"行啦，没有病。"

"可是，好像脉搏跳得挺快呀。"

"喂，季岛，问你个问题行不？"

季岛笑嘻嘻地点头，一面把大网球拍的拍弦弹得嘣嘣直响。

"是涉及女人的，啊啊，算啦，问季岛君也没用。"

"说什么呀阿青，女人的事我也挺在行的。怎么回事？恋爱了吗？"

"就是邀请女人的技巧什么的。"

"最好直接说，不要想太多，坦诚的表达最可爱，现在欣赏这个。对她说了吗？直截了当地说了吗？请接受我的邀请这样的话。"

"是想邀请她旅行来着。"

"是正经人家的姑娘还是妓女？"

"是模特，模特。"

"模特么？唔，这么说，一半是妓女。那么用香槟如何？"

"什么？香槟？"

"你请她喝香槟，她也打网球吧？于是，先打网球，打完三局完美的比赛后就对她说，咱们去喝香槟吧？她肯定会问，去哪里？于是你就撒个谎，找最好的地方说，这种时候撒谎是可以的。"

"不不，场所是热川。"

"海洋帕克斯？"

"对，就是那里。"

"那不就成啦？那地方属于希尔顿名下，前台有我认识的人。三年前我去过，不错的地方，当时我带了一个学美容的女孩，高中时打过水球的，胸围一零七，厉害吧，阿青，一零七。"

"一零七，嗯，厉害，一零七厉害呀。季岛君，我去打个电话就来，然后我们去球场单打。"

"香槟香槟，野鸭馅饼和香槟。"季岛一个劲儿地强调，网球公子朝他点头，重新转向黄色电话，深呼吸做了四次，吸了两支烟，一面念叨着香槟香槟，一面拨动拨号盘，听筒里传来女人的声音："你拨打的号码是空号。"原来网球公子忘记拨东京的市外区号了，他知道自己太紧张，独自笑出声来。蠢货，有必要紧张吗？又不是要命的事。笑完后，网球公子稍微放松了一些。

呼叫音响了四次，吉野爱子略带睡意的声音出现了。

"喂，我是吉野。"声音黏黏的，似乎整个儿地缠绕在身体上。

"啊啊，我是青木，昨天非常愉快。"

"哎呀，是青木君么？昨天谢谢啦，很高兴呀。"

"想约你打网球。"

"可是，现在几点？"

"十二点半了，天气好着哩。"

"屋里窗子贴着黑纸，我眼神儿又不好，所以时间呀天气呀都不知道。"

"挺像鱼的呀。"

"哎，你说什么？"

"我是说，你这样子不是像鱼么？"

"鱼？为什么像鱼？你这人真怪。"

吉野爱子笑起来，电话那头响起打火机的声音，网球公子听到喷吐烟雾时的呼气声，好像没有男人。网球公子心里憋闷得难受，仿佛吉野爱子身上的让·巴杜香水味儿飘了过来，昏暗的房间也似乎浮现在了眼前。屋里一定有立式钢琴吧，不知为什么，网球公子这样想，那光滑的琴面上想必映着吉野爱子纤细的脚和烟头上微弱的光，屋里一应俱全，潜藏着所有的可能，说不定在那里我会听到"最后的女人[1]"的声音哩。

"打网球，怎样？"

"好呀，什么时候？"

"你能休息三天吗？"

"休息？三天？要旅行么？"

"伊豆有个很棒的酒店，叫海洋帕克斯，非常棒。"糟了，网球公子想，怎么说起酒店来啦？蠢货，这不明摆着跟说想上床做爱一样了吗？

"好呀。"

"哎？"

网球公子的眼眶发热了，俱乐部会馆窗外的景物仿佛忽地揭

1　经典演歌《陆奥孤旅》里的一句歌词。

去了薄薄的一层皮，一切变得新鲜而又明朗。口里的唾液不断渗出，太阳穴处的血液扩散开去，整个脑袋变得清凉起来。

"那个酒店我知道。"

"海洋帕克斯？"

"嗯。"

"是吗？你去过？"

"不是，我在一家旅馆办过事，那里看得见那家酒店的，记得和同伴们谈起过它，都说那酒店好。"

"我认识海洋帕克斯前台的家伙，他们会关照我们的。"

"请稍等一下，具体怎样要等去事务所后才知道，估计下下个星期的周三、周四、周五可以。"

"下下个星期，周三、周四、周五，行，啊啊，那里有非常棒的餐馆，好像香槟和野鸭馅饼挺不错。"

"期待着呀，喂，这之前，我们再见一次面吧。"

"行，再喝一杯，我给你打电话。"

"我等着，现在这个时候我一般在家。"

放下听筒，网球公子呆呆地朝窗外望了好半天。小时候这一带尚未开发，网球公子的家位于一座神社的后面，神社面对着旧中原街道，街道的路面当然没有铺装，从廊上看到的景色总是灰蒙蒙的，神社绿色的屋顶、院子里的铺路石、杉树、路边丛生的山茶、午睡的猫、竹林中漫步的竹鸡、不时出现在神社院内的老人，所有这些东西都被红色的尘土笼罩着，呈现出一片茶褐色，网球公子非常不喜欢那种颜色，觉得一切都包裹在混浊凝重的空气中。假若起风，景物就更加模糊。网球公子盼望夏日的骤雨，只有夏日激烈的骤雨能拂去风景上的荫翳，揭去景物的外表，就如同忽地一下了剥去桃子的表皮，露出了甘美含露的果实一般，每一块铺路石，每一片山茶叶，乃至鸟儿们身上的羽毛都变得熠熠生辉了。当吉野爱子在电话那头回答行啊的时候，网球公子觉得，窗外又变得同当年夏日骤雨之后的景色一模一样了。

"周三、周四、周五，周三、周四、周五。"网球公子一面唱歌似的嘀咕，一面向网球场走去。

几个穿网球裙的中年天使正在追打着网球，季岛孤零零地坐在休息区的长椅上。

"啊，阿青，今天好像没有男的来，我正等着哩。"

"木岛和樱井呢？他们应该来呀。"

"大概上午来过，现在回去了，你瞧，季风越来越大了呀。"

季岛的长发飘起来。记得季岛说过他简直不明白自己怎么搞起了厨师这个行当。"吃，我是喜欢的，"季岛说，"可是，我不是很懒吗？而且自由散漫，邋邋遢遢的，平时不刷牙，只有去同性恋酒吧的时候偶尔刷一回。"即使是大热天，季岛打完球也不洗淋浴，头发和网球服时常臭烘烘的。他极怕老婆，打网球是瞒着老婆的，所以汗湿的衣服老婆不给洗，网球公子曾见他在自动洗衣店前站着，很寂寞的样子。至于决不同大伙儿一起淋浴，据说是由于他的性器太小，这也是在大伙儿中流传最广的说法。

季岛四十二岁，比网球公子大一旬，他有三个孩子，是个男同性恋者。

"阿青，顺利吗？香槟。"

"托你的福，非常成功。"

"多好呀，很高兴吧。我不行，我累得慌。"

"还没到那样的年龄吧？"

"不是不是，阿青和我的趣味不同，我变态是吧？变态的确累，成倍的累。"

"现在和过去不是很不同了吗？"

"倒也是，不过有些地方我还是不喜欢，最近不是有这样的人么？说变态就不要隐瞒，要表达自我，这个我不喜欢。阿青，现在很激动吧，心口在怦怦跳吗？"

"嗯，景色很明朗，闪亮闪亮的，我真是服了。"

"现在可以了吗？喂。"

"干吗？"

"想打单打了吗？想拼着命单打了吧？"

这是仪式。一个三十岁和一个四十二岁的男人打开铁丝网上的门,在网球场边行走,将毛巾和球拍放在场边的长椅上,然后开始做伸展运动。身体很累,心跳无力,肩膀和胳膊肘酸麻疼痛,腿上的肌肉因存积的疲劳松软萎缩。这么累,为什么还要打网球呢?网球公子诘问自己,然而运动使身体渐渐地发热,肌肉一舒展,自我的诘问便放松下来,场上的线条、支柱和球网重新恢复了亲切感,那分割球场的白色直线也显得漂亮起来。

隔着球网,两个男人对峙着,这个距离正好合适,网球公子想。在一对一的运动中,网球的距离感完美无缺,严酷冷峻而又奥妙无穷,比较而言,格斗竞技就低级得多了,这并不是因为它们流血,把汗擦在对手身上,而是因为过于信赖与对手之间的相关性,乃至到了直接接触对手的身体,将对手击倒在地的程度。那种竞技拼命谋求信赖对手,依赖和渴求关系,所以是寂寞者的运动。

网球场最接近古罗马的圆形竞技场,这反映在距离感上,而同样是有网运动,乒乓球却非常适合穷人,那是时兴于中国内地或者娱乐中心地下室的运动,双方的距离总是太近,脸对脸地注视着,弄得不好对手的汗水会飞过来。乒乓球的飞行距离很短,即使果断地得分,即使完全控制了场面、肌肉和球,获得的快感也十分有限。

网球则是完美的，隔着球网，双方在各自的底线上相互对峙，这样的距离恰到好处，能使你清楚地明白，所谓人与人形成关系就是这么一回事。对手当然在视线之中，脸也看得见，然而表情却难以洞察，心理状态无从揣测。在网球中，对手的形象是模糊的。

于是想象应运而生，不了解对手的恐惧和不安驱使想象力发挥作用，也催生了对自我的敏锐的洞察力。

的确，在网球中，对手是冷酷的，在那样的距离下，他并不代表厌恶和痛苦，而是要求你绝望，要求你自己明白一条道理，那就是人们归根结底是无法理解他人的。

你是孤独的，站在网球场上，你能听到这种来自天上的声音。不错，拳击场也一样，然而拳击的双方相互接触，拳头飞舞，扭成一团，因此，拳击在告诉你，你是孤独的，然而你被需要。

网球则更冷酷，对手把球打在与你疏离的地方，你不被需要，你给我消失吧，当对手得分的时候，你听到的必定是这样的声音。

季岛的发球的确进步了，这是一种从以前被认为较为理想的开球法中半道改进而来的方法，这种方法出球平缓，然而由于后拉动作大，随着肩部的回旋，球的速度会不断加快，尤其厉害的是直取后场的平击发球，网球公子必须使出浑身解数才能勉强够着球，至于季岛的发球局，网球公子终于无一可破。

发球得分在比赛中特别美，它显露了网球的本质，接球者一旦受控于发球得分便非常寂寞，那来自天上的声音响亮到了极点，看吧，球和你毫无关系地飞过去了，你是不被需要的，你是孤独的，快快消失吧。在这种情况下，接球者一蹶不振，失望之极，他必须耗费大量精神上的能量才能恢复斗志，振作精神。

然而，当你突然抬起头，对手却不会消失，在网球运动中，在被对手算计的冷酷气氛中，这一点最为重要。

也就是说，尽管你对对手一无所知，尽管了解对手困难到了令人绝望的程度，尽管对手对自己的冷酷几尽极限，且明确地表示要你消失，然而他却没有离去，他始终就在那个地方，隔着球网，他必定站在那边，隔着通常的距离，他在那边等你。

当对手离去的时候，比赛已经结束，而且他会再一次接近你，和你握手。

"啊啊，我的状态太好了，打赢阿青，最近可是没有过的哟。"

网球公子被季岛以六比三击败了。

"算上今天，已经连着三天了。"坐在长椅上，季岛一面吸烟一面嘀咕。

"脚痛得受不了，还有腰，老睡不安稳，总是抽筋，肩膀酸麻，经常失眠。前不久和樱井说过，他感冒，老咳嗽来着，他说他身体很糟，再这样打网球就要得肺炎死去，他一面说一面和我打了五局。真为难，怎么办呢？"

"什么怎么办？"

"啊啊，明天是我晚班，六点开始，这样五点下班后就必须来吧？接着第二天是早班，两点下班后三点钟要来。怎么好呢？身体不知受不受得了呀。"

"我说季岛君，这不奇怪啦？"

"怎么？"

"有必要这样一本正经地苦恼么？休息不就得啦。"

"上班是不能休息的，有相应的责任。"

"我没说上班，我说打网球。"

"啊，可不是么？还没想到哩，为什么打网球不能歇一下呢？哎，为什么呢？"

穿网球裙的中年天使们还在神情认真地追打网球，她们的孩子趴在铁丝网上等待着，有些在哇哇地哭，然而天使们决不中断打球。

季岛今天又没有洗淋浴，他把脏网球服夹在腋下骑着轻型摩托消失在了暮色中。想必他是去自动洗衣店了，洗完衣，将干了的网球服藏在伊藤洋华堂的购物袋里，然后回家。身子累得像块破抹布，然而明天照例还是要去网球场的吧。

很想弄明白，很想把对手——也等同于自己，还有那隔着球网的，对自己极尽冷酷而又决不离去的他人的存在——弄明白。

在太阳西沉之前，网球公子带着吉彦去附近的公园散步。吉彦欢叫着在落叶上踉跄地奔跑。傍晚时分的天空被夕照染成粉红，三架直升飞机低低地飞来，它们奇异的形状和声音让吉彦感到恐惧，他呀呀呀地叫着向网球公子求救。网球公子抱起这欲哭而柔软的生命，全身却被吉野爱子发黏的噪音包裹着，行呀，行呀，行呀。

直升飞机飞远了，吉彦的视线一直跟随它们，直到看不见为止。

网球公子抱着吉彦，嘴里唱着周三、周四、周五，周三、周四、周五，一面向家里走去。吉彦望着唱歌的父亲，知道他很高兴，于是满足地笑起来。

第二章

1

　　映照在 450SLC 引擎盖上的云彩正在慢慢移动，后视镜中的景物交错纠结着向车后流去。

　　从东名进入厚木—小田原公路，右前方出现了富士山，和吉野爱子的会合地点定在伊豆快车的热川车站前。网球公子对老婆撒了谎，说是参加针对主顾的网球招待旅游。握着裹了黑皮革的方向盘，网球公子回忆着吉野爱子纤细的指甲、纤细的手指、纤细的胳膊和纤细的脚腕儿。那次打了邀请旅行的电话后，吉野爱子过来打过一次网球，她自己买好了网球拍，威尔逊牌的，还是克莉丝·埃弗特的签名款。吉野爱子的运动天赋之高超出了网球公子的想象。"你挺能跑的呀。"网球公子夸奖道。"高中的时候我可是打过手球的哟。"吉野爱子回答。那天是工作日，中午时分的网球场上尽是没怎么化妆的中年女人，所以吉野爱子非常引人注目，她拼命奔跑，追球，乃至连凑巧赶到的木岛和季岛也对她产生了好感，于是他们要求双打。木岛的球技最高，和吉野爱子一组。在这次对打中，网球公子既惊讶又感动。虽然吉野爱子是个十足的初学者，却不用下手发球，而且一回也没有双发失误，她忠实地按照比赛前木岛所教的方法打得一丝不苟。木岛教她发削球时最简单的握拍方法，教她摆姿势和抛球，然后告诉她发球的关键是咄咄逼人的气势。"怎么样？小姐，集中注意力、咄咄逼人的发球、有力的击球，这些都是为了击退对方，必须独自完成。发球要坚决果断，不管自己水平多么糟都要不顾一切地打下去，怎么样？要有绝对成功的信念，只想到成功，坚信自己的球一定能过网，一定能打到对方的发球区，千万不要想可能击球落空或者出界什么的。"吉野爱子执行着木岛的教诲，接球时眼神凶狠，发球时表情严峻，仿佛遇见了爹妈的仇人，那带着气势的球总能成功，即使击偏了球，即使把球打在拍框和拍柄上也能打到界内。望着认真发球的吉野爱子，网球公子感动了，木岛也在比赛结束后对吉野爱子赞不绝口："青木君，我喜欢她，这小姐打球一次也没有笑。"那天夜里，木岛太太也来了，五个人一起吃中国菜。吉野爱子被大家夸得不好意思，便谦虚地说："发球的时候想着发手球的样子就好打了，是碰运气的呀。"后来，在另一个店里，季岛唱《白兰地酒杯》，网球公子和吉野爱子合着季岛的歌声跳贴面舞。隔着毛衣挨着吉野爱子的身体，沉浸在让·巴杜的香水味儿中，网球公子觉得全世界都在支持自己。吉野爱子的皮肤呈现着日晒后的颜色，脚腕上留着短袜的印痕。

450SLC内飘荡着小林旭的歌声。网球公子喜欢小林旭，小时候，他曾在沟口的电影院好多次目睹小林旭骑马歌唱的银幕形象。网球公子觉得小林旭的歌虽然寂寞但充满活力，闭目静听，眼睑内的黑暗便要扩展开去似的。听他的歌在高速公路上驱车疾驶，感觉非常惬意。

左边出现了大海。

对着热海，网球公子停下450SLC，打开车门，一面听小林旭的《流浪》一面喝老婆为他准备的糙米茶，糙米茶的味儿比在家里的浓。"想睡觉了一定要喝这个。"老婆递过保温杯时对他这样说。

大海被一条从脚下延至地平线的光带撕成了两半，这是太阳所为。闪光的部分和阴影的部分并没有什么不同，它们都是大海呀，网球公子想，然而同样是大海，这闪光和阴影却绝不会混为一团。老婆为我泡了浓郁的糙米茶，而现在的我却在回想吉野爱子那经过日晒的腿，这一点老婆绝对没有想到吧。"夜晚又来临，勾起相思情。"小林旭的歌声飘过来。谁的心里都有一道鸿沟，网球公子想，就像糙米茶和经过了日晒的腿一样不可调和，难以逾越。望着大海，网球公子伤感起来，想必经过了日晒的腿绝不会了解糙米茶，糙米茶也绝不会明白经过了日晒的腿，然而在时光的流逝中它们只能成为闪光的部分和翻腾着阴影的部分，就像这大海有了光和影的区别一样。我真幸运，网球公子想，他被闪着光的大海所吸引，一下子进入到了忘我的状态中。小林旭还在唱："假若为恋生，欢乐亦渺茫。"网球公子在心中跟着哼："生来本孤零，至死形影单。"网球公子很惊讶，因为他听得要落泪了。谁都无法了解他人，可为什么所有人都对我这么好呢？老婆为什么要给我泡浓郁的糙米茶？季岛为什么要为我预约海洋帕克斯？吉野爱子有那样漂亮的经过了日晒的腿，为什么还愿意在热川站等我？网球公子感谢每个人，觉得现在自己真可谓光芒四射了，然而一想到这四射的光芒也许会在某个时候消失，网球公子便又害怕起来。目的地有美丽的女人等着，网球公子正在前往这目的地的途中，他一面听小林旭的歌一面眺望大海，心中却涌动着不安，这舒畅之极的时刻以后还会有吗？"来日回头望，心中复茫然。"小林旭还在唱。"人生如行旅，寂寥终难散。"网球公子跟着哼。现在的情形是我得意的顶峰吗？以后还有比这更美好的时光吗？网球公子不知为什么要这样想，他把容器中剩下的糙米茶倒在海边的地上，试图赶走这种思绪。我的行旅比我想象的要长，网球公子想，他的脑海里又描绘起独自跋涉在黑暗山路上的情形来。"一日复一日，迢迢路漫长。"小林旭的歌声使那情形变得更加清晰了。对，就像吉彦这么大，像吉彦这样刚刚会走路，网球公子在山路上行走，越走越远，山还是老样子，没有水泥、钢钎、推土机和汽油的味道，山慢慢暗下来，空气越来越冷，然而网球公子没有停下攀登的脚步。在一棵大夏橙树下，那群滑稽演员出现了，滑稽演员们穿着色彩各异的服装，化了妆，一面跳舞一面引诱网球公子。来到半山腰，出现了一条碎石子路，那上面停着一辆自动三轮，自动三轮上插着两面旗子，橘红的颜色，上面画着画，是大鼓、蝴蝶和蛇，大鼓和蝴蝶都是有脸的。旗子对面，太阳正在下沉，滑稽演员们全上了三轮，把网球公子孤零零地留下来。网球公子哭起来，一面哭一面继续往山上走，山路很快暗下来，视野前的山麓下亮起了灯火，网球公子对着那灯火一面哭一面叫，啊嗬——啊嗬——啊嗬——啊嗬——啊嗬——啊嗬——啊嗬——啊嗬——啊嗬——啊嗬——

　　网球公子重新坐进 450SLC 里，关上门，系好安全带，将小林旭的磁带换到 B 面，点上烟，发动引擎，挂上挡，一面留意后面一面踩油门。就在这时，那撕裂大海的光带移动了位置，网球公子突然想起来，他突然明白为什么四岁的自己要爬那座山了。

在爬山的前一天，父亲和邻近的四个大人捣了大胡蜂的巢，四岁的网球公子目睹了一切，这是网球公子第一次见到这样的事。手提油灯发出暗淡的光，照着腐烂的树根，两只大胡蜂正在看守蜂巢，听得见它们振动翅膀的声音。大人们很紧张，他们告诉网球公子，假若捣巢失败，大胡蜂飞出来，他们就发信号，看到信号要马上滚下山坡，逃离现场，不然被蜂蜇着胸口，那可是会死的哟。汽油喷灯在手提油灯的旁边喷着青白色的火苗。"怎么样，重久，看到了吧。"父亲抱着网球公子的肩对他讲述捣蜂巢的过程，"太阳落山，天完全黑下后，蜜蜂们要睡觉了，和人一样呀。蜂巢中的蜜蜂安心地睡下，而那两只蜜蜂却并不睡，它们要值班，但不久值班的蜜蜂也要回巢的，要进攻，必须抓住这个短暂的时刻，假若错过，巢里的蜜蜂就会跑出来蜇人，它们的个头可是比大拇指还要粗哟。"在手提油灯的光照下，那两只看守的蜜蜂仍在蜂巢的入口警戒着，于是人们立即熄了灯。当手提油灯第四次亮起时，看守的蜜蜂正要回去，第一只蜜蜂进了巢，第二只也跟着进巢了，刹那间，汽油喷灯长长的青白色火苗伸进了蜂巢的入口。"怎么样，重久，这些蜜蜂可不是烧死的呀。蜜蜂的身上有气门，用作呼吸的，当汽油喷灯的火苗喷进洞中，蜜蜂们便闷死了。必须一举成功，使它们全部闷死才行呀。"袭击成功了，只有父亲的一个朋友右手无名指的指尖被轻轻蜇了一下，其他人都安然无恙。将蜂巢拿回家，大家享用了一顿大胡蜂蜂蛹的宴席。蜂蛹一个个紧紧蛰伏在六角形的穴里，白色的肚子一起一伏地蠕动，挺可怕，网球公子没有吃。过了一会儿，那手指尖被蜇伤的男人脸色变了，很痛苦的样子，一看，手腕又红又肿，衬衣袖子紧绷着，要胀破了似的，被蜇的无名指肿起来，紫色的肉鼓鼓的，指甲完全看不见了。那人痛得在地上打滚呻吟，望着同伴肿起的无名指，父亲和大伙儿都笑起来："像阴茎了。"父亲把喝得通红的脸冲着网球公子吓唬道："喂，重久，快吃蜂蛹，不然你的手指也要肿得像阴茎的。"网球公子于是咬了那胖乎乎的蜂蛹，蜂蛹比网球公子的手指大几倍，一起一伏地动着，皮儿惊人地薄，体液涌出来，黏稠的液体积在下面牙龈的内侧。"不准吐！"父亲叫着。幼虫体液的味道很像牛奶。

对了，第二天，我想再看一看那烧毁的蜂巢，这样才上了山，这么说来，那蜂蛹倒是好久没有再吃了啊……不过，那体液的味道还是没有忘，它依然留在牙龈的内侧，用舌尖触触那地方便会立即感觉到炼乳混合着菜油的味道。好半天，网球公子很愉快地回忆着那种味道，它从舌尖扩展到了全身，他完全忘了吉野爱子被太阳晒过的腿和那发黏的嗓音，也忘了吉野爱子正在热川车站前等他，他则正在去那里的途中。过了伊东，网球公子才仿佛醒悟过来，慌忙把留在舌尖上的蜂蛹体液的味道从意识中清除。今天有点不对劲儿呀，网球公子想，一定是兴奋了，于是他有些不好意思，连忙大声唱起《流浪之歌》来。

吉野爱子身着粉红的对襟毛衣，车里又充溢起让·巴杜香水的味儿了。

"等好久了吗?"网球公子问。

"可不，正在看返回的列车时刻表哩，再晚一刻钟我就要乘这趟车回去了。"

"哎，这么性急么?"

"开玩笑呀。"

啊啊，这个时候可不要开玩笑，网球公子想，光芒四射的时候是非常疲劳的呀。

"在热海欣赏了一下海景，所以来迟了，实在对不起。"

吉野爱子没有回答，只瞅着粉盒中的小镜子重新描着口红。"今天好天气，挺不错的。"她说，眼睛并没有看网球公子。

海洋帕克斯建在悬崖上，橘红的瓦，洁白的墙，地中海式建筑。

车到大门口，身着制服，肩佩饰带的迎送员急忙跑过来打开副驾驶座的门点头致意，然后问："要住宿吗?"吉野爱子有点紧张，下车时不断理裙摆。450SLC 果然好啊，网球公子想，一面竭力使自己跳得厉害的心缓和下来，假若是阳光[1] 的客货两用车，那些做服务生的家伙大概是不会这么客气的。大厅的地上铺着意大利瓷砖，有黑白相间的方格花纹，沙发全是黑皮的，立柱是真正的大理石，休息厅的壁上蒙上了巨大的挂毯，上面描绘着法国革命的场景。在服务生的招待下，一对外国男女正在饮茶，边上摆着十几个爱马仕小旅行箱，那女人大概过了四十，正在用钢笔写明信片，男人坐在旁边看着，头发银白，表情不耐烦。从气氛上推测，大概他们已经结账退了房，而妻子突然想起忘了发一张明信片，于是忙着补写，丈夫只好老大不快地看着她忙活。

服务生把他们引到前台，吉野爱子的眼里闪着光，她对网球公子轻声耳语："像外国的老式酒店呀。"网球公子在住宿卡上填写姓名、住址和职业。"请问同行这位的名字?"前台服务员问。"哎? 哦，她，她叫吉野、吉野爱子。"网球公子嗫嚅着回答。前台服务员看了看住宿卡，又看了看吉野爱子，然后柔声道："那就以青木重久及一名随同的名义开房间，可以吗?""可以。"网球公子回答，吉野爱子在他身后笑。

网球公子等待着，他知道服务员肯定还要问是否开一个双人

---

1 Sunny，日产汽车公司的一款汽车品牌。

间，网球公子想反正决定权操在自己手上，他决定不看女人的脸色堂而皇之地作肯定的回答。

"行，开一个房间吧。"网球公子说，声音有点发颤。

"知道了，本酒店下午三点结账，到时再入住可以吗？今天是工作日，打球的人很少，想必你们喜欢高尔夫吧。"体格魁梧的前台服务员语气沉着而又流畅地说。

"不，我们不打高尔夫，"网球公子抬起头，挺了挺胸，然后指指包中鼓起的网球拍道，"我们打网球。"

走下中间铺了红地毯的大理石台阶，右边是瞭望室，那里的整面墙都是玻璃，还有自助餐台和宴会厅，然后是长长的走廊，走出长走廊是一个室外的曲廊，曲廊的地上为高尔夫鞋铺了油砖。穿过修剪得很好的花坛就终于到了高尔夫球、网球服务窗口，一路上他们两次走错了路，不得不三次询问工作人员。

窗口的工作人员都是年轻的教练，身材高大，皮肤黝黑，身着蓝色的运动衫，他们无言地俯视着网球公子和吉野爱子。

"我们想打网球。"网球公子说。

"请报姓名和房间号。"工作人员懒洋洋地拿起圆珠笔道。

换好衣服，在蓝色运动衫们的视线下，网球公子想，打个网球怎么要这么繁琐的手续呢？网球场怎么这么远呢？好在带来的女人是模特，假若是个丑娘们儿就要难受了。不一会儿，吉野爱子也从女更衣室里出来，穿着黄色的艾力士，只看着网球公子淡淡一笑道："久等了吧。"声音还是黏黏的，蓝色运动衫们的视线全低了下去。"瞧瞧吧，多么靓的女人啊，泄气了吧。"网球公子自言自语地嘟囔道。

海洋帕克斯有两个十八洞的高尔夫球场，一个望得见富士山，另一个望得见伊豆七岛。网球场在高尔夫球场的中间，环绕着平缓的草丘、树丛和花圃。

大海透过树林的缝隙时隐时现，海浪击石之声不时传来。

球场内没有人，站在小丘上能看到白墙的建筑和起伏绵延的草丘，极目所见，所有这些地方亦不见一个人影，只有巴士不时地从各个球场对面驶过，扬着烟尘，看上去像电影中的慢镜头。

各色各样的鸟儿飞了来，它们在草地上鸣叫，跳跃，寻食，飞上无云的天空。太阳正当头顶，鸟儿们盘旋的影子投在球场上。两人什么都不想，只顾着追赶带绒毛的黄色和白色的网球，用球拍上聚合了羊腱的拍弦拼命地叩击，汗水滴落在硬地的球场上形成圆形的斑点。吉野爱子和上次一样，目光依然炯炯有神，每一拍都打得认真卖力。

我就是为了这一天才打网球的，网球公子想。远方的大海透过松林隐隐地闪现，松树黑色的干和泛着闪光的海面构成了美丽的方格图案。

"累了呀。"当站在底线上的自己的影子延长到发球线上时，吉野爱子笑着这样说。她的艾力士黄色球衫已被汗水紧紧地贴在身上，发带下露出的头发搭在额上，形成一个 S 形，脸颊被太阳晒得有些红了。

每至傍晚，当网球公子离开球场的时候，他总是很欣赏这种疲劳的感觉，觉得与之相比，其他一切都失去了意义。打网球的疲劳是独特的，和其他种类的疲劳无法同日而语。跟随想象力运动的肌肉松弛得像一个浑身脱力、微笑着躺在床上的金发女人。想象和肌肉通常由于球的作用连在一起，然而在网球中，球总是希望解脱出来，飞到对手的球拍够不着的地方，而且不愿再度飞回。请就这样打我吧，带着绒毛的网球这样说。例如平局的时候，对手发过来一个旋球，这是非常正确的，大脑瞬间作出了这种判断。假若回击也用上旋则很勉强，因为发球的对方会顺势发起快攻，大脑第二次作出判断。假若打斜线又会受到截击的威胁，球划着险峻的斜线落在发球区，大脑最后一次作出了判断。于是手腕固定，尽可能竖起球拍，为平缓击球而旋动身体，一面让对方以为打斜线，一面则穿过敌前直取边线之间的狭长地带。当带着这样的想象将球击出的时候，当球穿过敌方一侧沿着边线直取角落的时候，产生于肌肉中的喧噪之波便向大脑直压过来，然而当攻击并没有像想象的那样变为现实的时候，则产生于大脑的沉郁之波又反过来流向肌肉。就这样，在反反复复的击打中，肌肉中存积了沉郁的疲劳物质，而大脑中则存积了喧噪的疲劳物质，在疲劳中，这样的类型是完美疲劳的一种，完美的疲劳不欢迎性欲的进入，即使存在于"夜"中也是完美无瑕的。

网球公子用凉水洗淋浴，他想，吉野爱子脚腕上的短袜印痕一定更加清晰了吧。这样一想，他便迅速地硬起来。凉水不断冲洗着性器，直到睾丸绷得像遇冰收缩后的橡皮糖，这一招是山崎教的，山崎说："老板，和重要的女人做爱前是要冷却睾丸的哟，最好冷却到感到疼痛为止，这样一来精虫们便哇哇地嚷着，都叫冷，于是又紧张，又渴望，待温度恢复后，它们的伙伴便增加了。和重要的女人做爱虽然很特别，但第一次总是容易失败，怎样？要努力哟，一旦精虫蜂拥而出，诚意便表现出来了，只有诚意……"

两人的房间面临大海。

太阳虽沉了下去，海面却还泛着微弱的颜色，和吉野爱子的对襟毛衣一样，是淡淡的粉红。

渔船沿着水平的方向移动着，船头的灯光在薄暮中隐约地闪动，行船的尾迹荡起一些微波，波光上的粉红在渐渐地变暗。不久，集鱼灯亮起来，映照着海面，夜晚的潮气弥漫开来，乃至飘进了屋子里。

"喂，想喝啤酒了呀。"吉野爱子打开电视道，"哎呀，这里和东京一样呀，十二个频道都能看。"她轻轻咬着食指的指尖儿，身体深深陷在沙发里，一面看《汤姆和杰瑞》。

网球公子正在跟主餐厅预约晚餐，电话中传来柔和而中性的声音："是，今天是工作日，没有规定打领带，穿茄克就行，女性除不要穿牛仔裤外，其他请自便……"吉野爱子从沙发上伸出脚，用高跟鞋尖儿关掉电视。

"喂，快去喝啤酒呀。"

伸出的脚尖上，那指头挑着的高跟鞋正在摇晃着。

在酒吧喝了两瓶喜力啤酒后，他们去主餐厅，走过休息厅里的穿衣镜时，吉野爱子整了整淡灰褐色套装的袖子和衣领。

牛排店开业那会儿，为了进行礼仪教育，网球公子请人给员工上过课，那讲课的人原是外务省的一名官员，现在则是画商。讲课进行了三天，那原外务省官员使用的教科书是一本名为《法式晚餐礼仪汇编》的小册子。

在海洋帕克斯的主餐厅，网球公子很钦佩那里的侍者和服务生，他们似乎完全理解和掌握了《法式晚餐礼仪汇编》中的内容，例如那教科书中规定，侍酒师听客人点开胃酒时和客人的对视时间应为 0.8 秒，点葡萄酒则为 2.2 秒，那海洋帕克斯主餐厅的塌鼻子侍酒师倒是忠实地按照这些规定倾听客人的要求的。

吉野爱子开始很紧张，高大的穹顶、水晶枝状吊灯、比客人还多的服务生使她感到了某种气势，然而三杯香槟下肚后，她的下巴便搁在了抱于桌面的胳膊上，舌头也利索起来。

"喂，你不觉得奇怪吗?"

"菜怎样？尝尝这虾吧。"

"说起来，我们只是第三次见面呀。"

"虾用凉拌菜卷着好吃，蘸点儿盐。"

"为什么我们在这里呢？喂，你不觉得奇怪？难道青木君不觉得奇怪?"

"我？唔唔，倒是没怎么觉得奇怪。"

这是撒谎，现在的网球公子，身体似乎散了架儿，正在甜得腻人的果汁中游泳，现实的感觉仿佛已经消失，虾和冷汤全然没有了滋味，怎么喝酒也不醉，只觉得身体虽然在这里，灵魂却在别处扑腾着挣扎，唯有被冷却的睾丸火辣辣的，他觉得能把握自己位置和状态的东西只有这睾丸了。

"虽说奇怪，但这菜的味道很好。喂，我点的什么主菜来着？"

"马赛鱼汤吧。"

"是吗？怎么点马赛鱼汤了呢？奇怪。"

"什么呀，不喜欢干吗点它？"

"唔唔，不是这样的，我是说，肉分我一半吧。"

"好的，两人都吃点肉挺好，现在吃点肉一定不会有问题。"

"不对不对，啊，我想起来啦，我是想闻那藏红花的味道，还想吃点蛤蜊什么的，想起来啦。"

两人一杯一杯地喝葡萄酒，在肉和马赛鱼汤上来前，他们喝了两瓶夏布利，一瓶博若莱也喝得只剩四分之一了。

"说实在的，真是不错。"

"可不，奶油土豆浓汤也好喝。"

"不是，我是说爱子的网球，水平提高了呀。"

"哎呀，网球么？水平提高了？可是，网球这东西挺深奥吧。"

"深奥得没有止境。金夫人说过，要掌握完美的网球技术恐怕需要三辈子，三辈子，厉害吧。"

"那人是谁？"

"比利·简·金，获得过二十次温布尔登冠军的。"

"哦，知道了，是女同性恋吧？"

"不错，不过那人特棒，了不起。"

"同性恋好啊，我也想做一回哩。"

"现在做也可以呀。"

"不行了，这是要年轻的，我就要成大妈了，所以不行。同性恋适合年轻的时候，热衷于在布满爬山虎的小教堂里做祈祷的年龄，我已经不行了。"

"没有的事，我觉得你可以。"

"我说青木君，你为什么这么喜欢女同性恋？男同性恋也喜欢吗？"

"胡说，我讨厌男同性恋，总之我喜欢的是女人。女同性恋要两人都是女的才行吧？我若是女人就可以。"

网球公子想起了山崎的话："关键是脸蛋儿，老板，女人最终要看脸蛋儿，即使是瘦女人，只要脸蛋儿润泽，那地方就润泽，脸蛋儿不行，那地方便涩涩的，也不行。脸蛋儿滑嫩，漂亮，尤其是肉薄薄地贴在颧骨上的女人最棒。从脸形上看，圆筒形，四方形都不错，但更妙的是橄榄球形，像橄榄球一样，能抱着跑的。要抱女人的脸，橄榄球形最合适。"

"爱子的脸……"

"什么？"

"啊啊，没什么。"

网球公子原想说她的脸像橄榄球，然而终于没有说出来。吉野爱子的嘴边正衔着一片鲷鱼肉。

2

回房间前，吉野爱子邀网球公子去了酒吧，酒吧在棋牌室旁边，弹子房对面，有打磨过的橡木柜台和黑皮沙发。两个系宽边饰带的侍者将他们引到露台上，那里镶着一块大玻璃，隔着玻璃望得见对面夜色下的游泳池。"这地方安静，我想两位会满意吧。"平头的侍者这样说。露台的地上铺着瓷砖，比周围的地面低一级台阶，隔着玻璃餐桌，两人在白色的藤椅上坐下。"请问要点什么？"侍者问。

"白兰地。"吉野爱子不看侍者，一面点燃一支柔和七星一面回答。

游泳池在来自三个方向的光照下泛着苍白的色调，摇曳的水面将反射出的光波投到大玻璃上。黑皮沙发上坐着四个男人、三个女人，他们不时瞥一眼吉野爱子，男人大概是公司职员，女人怎么看也像是银座的女招待。网球公子感到口酸，葡萄酒喝多了吧，网球公子想，听说葡萄酒喝多了起不来的，这是山崎说的？不，《骷髅13》吧？对，就是《骷髅13》里面说的。

"喂，现在我什么都能说呀。"吉野爱子双肘撑着圆玻璃桌，口里含着白兰地道。

"嗯。"

"我这个人呀，挺讨厌的。"

"哎?"

"挺讨厌，明白吧?"

"啊啊，你这样突然一说我倒是糊涂了。"

"喂，你认为只有香槟才是人生吗?"

"这个，什么意思?"

"只有香槟是不能生活的，对吧?"

"我，大概是醉了，怎么全然不明白?"

"做婴儿的时候需要牛奶，做高中生的时候需要柠檬汽水，需要的东西各种各样不是吗? 头天晚上喝了酒，第二天醒来就要喝番茄汁，对不对? 累了要喝奥乐蜜 C，就是这样，需要是各种各样的。"

"哎呀，给婴儿酒喝恐怕还是不行，这样做好像很蠢。"

"我这个人呀，怪任性的。"

"听说婴儿也都任性，不任性的婴儿好像不正常。"

"我就任性呀，总是只考虑自己，但哪能事事顺心呢，是吧? 反正老是接二连三地失败，这种时候我就把自己关在漆黑的屋子里，一个人，只喝咖啡，电话来了也不接，也不出门，很够呛的哟。"

"这种时候不寂寞吗?"

"嗯嗯,不一样,和寂寞有点不一样。"

"我不行,老关在屋子里首先就不能打网球了,不是吗?"

"假若有个好人出现就好了,在代官山或者广尾附近为我买套公寓,还给我买很多东西,车最好是瑞典的萨博。"

"啊,这车我知道,比约·博格坐的就是它。"

"喂,你说这种人有吗?要对我非常温柔,什么都依我,年龄不大也不小。"

"职业呢?"

"哎,什么?"

"那家伙的职业。"

"这个么,艺术家呀。"

"这种人,我讨厌。"

"讨厌,为什么?"

"为什么?这个我也不是很明白。"

"可是,实业家很忙不是吗?也许他们有钱,但艺术家最有气质,而且他们很清闲是吧?我没听说哪个艺术家忙忙碌碌的,青木君听说过么?"

网球公子觉得自己的身体整个儿地变得酸起来。等等,香槟是什么做的？也是葡萄吧？葡萄酒喝三瓶了，加上香槟就是四瓶，一个人喝两瓶了呀，啊，还有白兰地，第三杯，不，第四杯了，葡萄酒喝多了，假若再来些葡萄味芬达什么的保不准就要吐啦。虽然只隔着一张小小的玻璃圆桌，但对面的吉野爱子仿佛离得很远，游泳池水面的反射光在吉野爱子的脸和淡灰褐色的套装上摇晃，斑驳的光点在脸上闪动。吉野爱子正在吸烟，烟雾从噘着的唇中喷出来，摇曳的光斑投在袅袅升起的烟雾上。网球公子一口喝干杯中残留的白兰地，他知道泛着葡萄气息的液体正在腹中上下翻腾。“回屋去吧。”网球公子对着那已经变得朦胧的摇曳着的光斑道，“我，好像是醉了。”

网球公子手脚麻木，指尖儿没有感觉，在酒吧的记账处签字时手指不听使唤。通往电梯的走廊斜坡和深红的地毯使他的身体变得更酸，他觉得自己变成了烂葡萄，为了酿酒，自己被捣烂，正在运往工场的途中。电梯动起来，网球公子踉跄着碰到墙上，吉野爱子将手伸到他腋下支撑住他的身体。

“爱子啊，你挺能喝的呀。”

“可是，青木君一个人只顾着喝博若莱了，肉留下一半，尽喝博若莱了。”

“肉，肉，我不喜欢，我，我，就是，卖肉的。”

随着电梯的上升，呕吐感从趾尖直涌上来。忍着，网球公子凝视着显示楼层的数字，一面忍耐着。刻在薄金属板上的数字闪着绿光，火辣辣生痛的眼睛在绿光的刺激下仿佛从里侧肿胀起来，整个视线被遮盖了，只有闪着绿光的 11 出现在视野中。不要吐，绝对不要吐，网球公子对自己说。吉野爱子打开房间的门，网球公子踉踉跄跄向后倒，灯突然亮了，被单整片的白色跳入眼中，网球公子仰面倒在了床上。

"喂，领带解下来呀。"

仿佛全身都变成了血管，整个身体在搏动，腹中发了酵的烂葡萄汁血液流向脚尖后又掉头涌向脑袋、喉头和太阳穴，并在那里存积下来。

"我要去睡了，你这样睡要感冒的呀。"

网球公子麻木的指尖伸向领带，坚硬的领带结似乎成了身体的一部分，成了长在喉部的一块讨厌的瘤。

"请休息吧。"

灯熄了，屋里响起吉野爱子的肌肤摩擦被单的声音。这是什么地方？网球公子睁开眼，觉得眼球的表面很干，痛得难受。窗帘缝中淡淡地流进一些光来，天花板也隐隐闪动着光亮。怎么剩下我一个人啦，网球公子一面喘气一面解掉那系于喉部的像瘤子一样的结，目光停留在天花板上想象吉野爱子的脸，那是酒吧中的脸，摇晃着游泳池水面光波的脸。"爱子，爱子，"网球公子冲着这脸呼唤吉野爱子的名字，"求你了，到这里来，到我身边来。"没有回答。睡着了吗？装着没听见？要不我根本就没出声？不错，没人回答和怀疑自己没出声，这是很不安的，那时也是这样，在太阳西沉的山上，在被滑稽演员们遗弃在山上的时候也是这样，我啊嘀啊嘀地叫，然而谁也不回答，我害怕了，怀疑自己根本就没有发出声音，世界突然收缩了，变成电梯似的小箱子，只有我一个人住在里面，怎么叫声音也只是通过声带直接传向自己的鼓膜，却并不散开去，仿佛自己不得不蛰伏在自身这个肉袋子中了……想什么啦？我在哪里？刚才还在我身边微笑着的那个漂亮女人哪里去了？"吉野爱子，吉野爱子，吉野爱子，吉野爱子，吉野爱子，求你了，到这里来。吉野爱子，睁开眼看看我。吉野爱子，告诉我，说你听到我的喊声了。"吉野爱子没有回答，移动枕头的声音和喘息的声音传过来，网球公子感觉到一个疲乏无力的女人的气息。眼和太阳穴的疼痛难以忍耐，坐起身，觉得被单变成了压向自己的雪白的铁板，下腹开始痉挛，无法忍受的呕吐感像波浪一般涌上来。网球公子用手紧捂住口，从床上翻落到地上。这是什么地方？怎么墙、天花板、床，所有东西都是雪白的？我现在应去哪里？网球公子顺着墙移动身子，终于，他摸到了浴室的门把手，黄铜的把手冰凉凉的，多么舒服啊，看来在这屋子里，同情我的只有这门把手了。浴室的瓷砖很滑，他发现袜子还没有脱，网球公子很害怕，他想假若膝盖狠狠地磕到什么东西，碰破了器皿什么的，碎片刺进肉里，不能打网球了，那可怎么好？来到便器前，网球公子呕吐了，手几乎抱着便器。以前网球公子吐过几次，但像今天这样吐这么酸的东西却是头一回。说什么酸东西有益健康，胡说八道，网球公子想。西装衬衣已经脏了，浴室中的网球公子只穿一条三角裤，摸摸胯间，那性器怯怯地蜷缩着，葡萄酒的酸性物质溶化了阴茎中的海绵体么？他试着用手捋了捋阴茎，发现手和阴茎完全没有感觉。浴缸柔软的乳白渗进眼里，珐琅的缸体像个躺着的裸体女人，那样安静、柔美、光滑。洗个淋浴吧，网球公子想，洗个淋浴也许会恢复过来。他爬向浴缸，一面想，这样匍匐着爬进浴缸，像吉彦呀。想到自己像一个婴儿，网球公子很难过。进入浴缸，网球公子觉得凉丝丝的，很舒服，他仰躺下来，将踏脚垫枕在头下。啊啊，像棺材呢，死的时候是否就是这种感觉呢？也许真正死的时候并不那么可怕哩。大概是吐了的缘故，他觉得肚子舒服了些，太阳穴和眼睛的疼痛也逐渐地缓和下来。

网球公子惊醒了，他做了可怕的梦，梦中很冷，他被抽了血，他梦见自己被人放进一只木桶中，身上开了一个洞，身体越来越轻，桶里很快存积了不少血，眼看着自己就要死了。网球公子慌忙抬起身，头撞在了喷管上。身体很冷，只有口中火烧着似的热。令他惊讶的是，他勃起了，而且硬得感到了疼痛。睡着了么？他想，他不知道自己睡了多长时间，也许三小时，也许五分钟。打开浴室的灯，网球公子照了照镜子，多难看啊，嘴边全是茶褐色的污迹，胸脯、肚子和大腿也沾了不少污物。网球公子首先整理了一下已经被脱掉丢弃的衣服，用薄棉纸拭去西装衬衣上的污物，然后仔细叠好，茄克衫和西裤挂在洗脸台边的毛巾架上保持平整，袜子扔掉，重新洗个热水淋浴，从头发开始洗，慢慢地一直洗到脚丫子。渐渐地，网球公子的头脑清醒起来，他一面看着镜中自己的裸体一面擦干身子，然后做最后一件事：刷牙。

阴茎还硬着。网球公子光着身子走出浴室，屋里只有吉野爱子睡着的鼻息声和从远处传来的微弱的波浪声。网球公子不弄醒吉野爱子，他轻轻揭开毛毯，上了床，滑到吉野爱子的身边。吉野爱子没有醒，穿着睡衣，脸埋在枕头里，屁股朝网球公子这边翘着。网球公子的手掌放在了这屁股上，毛毯被揭掉，那纤细的脚趾露出来，它们柔嫩得仿佛从未接触过地面。网球公子将左腕插进吉野爱子的头和枕头之间，拂开头发，长久地打量她的耳朵，吻她的耳根，当他轻咬耳朵时，女人醒了。

"喂，还没天亮吧？"女人将脸转向网球公子轻声道，"我还要睡哩。"

网球公子揽过女人的身体，伸手解女人睡衣的前襟。早晨干当然好，但现在我也要，网球公子想。他引导女人的手触摸自己露在外面的硬着的阴茎。

"讨厌。"

女人迅速缩回手。

"我可不喜欢这样。"女人说。

网球公子再一次确定了自己阴茎的状态，非常坚硬，于是他很放心，又兴奋起来。不喜欢？这可不是喜不喜欢的问题，他忽然变得有些残忍，这是复仇，他暗自嘟囔，这是抗议，我要抗议，我从来没有正正当当地抗议过，现在我要抗议，对遗弃我的滑稽演员，对这个家，对这个世界，对夜晚，对葡萄酒，对女人。怎么样？不要把我一个人落下！不要把我一个人落下！不要把我一个人落下！

"喂，轻点呀。"

网球公子咬女人的乳头，他用两手抓住乳房，让乳头鼓起，然后咬乳头的根部。解开睡衣的衣带，敞开衣襟，网球公子用手指触摸女人的身体，手指从肩膀滑到腋下，他感到了砂一样的东西，那是浅浅生着的腋毛，网球公子一拉那腋毛，女人便不好意思地笑起来。

"这个季节没有剃呀。"

网球公子将腋毛衔住，用牙齿咬着拔下来，女人唔唔地发出短促的呻吟想说什么，嘴却被网球公子的手堵着。网球公子又咬乳头，就这样，一面轮番咬腋毛和乳头，一面用右手做成碗似的形状放在女人的胯间，用指甲在内裤上抓挠。腋毛还留在舌上，舔乳头时发出沙沙的声响。不要把我一个人落下！网球公子在心中自语，现在我的活力如此充沛，所以，不要把我一个人落下！网球公子把内裤从女人的脚上拉掉，大叉开女人的腿，开始干起来。女人的每一次呼吸都泄出痛苦的呻吟。混蛋，不要高兴，我这是复仇。女人的嘴被网球公子的手堵着，呻吟从指间泄出，每承受一次强烈的冲击，女人的嘴便压向网球公子的手。"就这样行了吧？喂，行了吧?"女人从指缝间这样说。每当网球公子听到这样的话，他便伸出手拔腋毛，女人的脸歪得厉害，眼紧紧闭着，眉间的皱纹越来越深，鼻孔大开，被按着的嘴唇翻开来，露出牙齿和牙床。网球公子额上的汗水滴在女人的脸颊上，继而露珠一般顺着脸颊奇怪的斜面往下滑，滑到嘴角一度停下来，然后又沿着下巴滑，待网球公子再一次用劲，女人挺起身子时，那汗水便移到了耳朵后侧并吱溜一下滑到被单里没影儿了。渐渐地，网球公子复仇的意志衰弱下来，他觉得女人歪斜的脸很美。这女人，在屁股颤栗的时候怎么还这么美呢？网球公子这样想着，抓住女人的脚腕并将其抬起，然后向着脸的方向深深地压过去。女人的身体弯曲着，那黏黏的地方泛着光，暴露无遗。网球公子的视线在女人的脸和那正被插入和摩擦的地方来来回回地移动，他发现，每次用力地插入，那脸便歪得更加厉害，然而即使如此，吉野爱子的脸也依然是美丽的，平常的美一点也没有丧失。放下弯曲的脚，网球公子将上身压向吉野爱子，抱紧她纤细的颈。真是没的说啦，这女人漂亮！网球公子想，不论什么时候——张开腿，插入，抽动，即使是被看着，这女人也不羞羞答答。她一定知道自己的身上散发着美，这样的女人，第一次遇到。网球公子害怕射精，在射精的瞬间，复仇的力量会消失殆尽，感觉像是要道谢似的，然而快感高涨起来，欢悦之波从沉在女人身体中的尖端处涌向头部。"你也舒服吗?"网球公子终于问女人。"唔唔，就这样行了吧? 喂，行了吧?"吉野爱子的手抱着屁股，指甲翘着。你真漂亮，真漂亮，真漂亮，真漂亮，你真漂亮，真漂亮，真漂亮，真漂亮，真漂亮，真漂亮，网球公子在吉野爱子的耳畔轻声低语，与此同时，他射精了。

"喂，想喝可乐了呀。"

"可屋里没冰箱，什么也没有呀。"

"水也行的，去盥洗台含口水来，移到我嘴里，喂，就这么着吧。"

"你喜欢这样么?"

"求你了,快点,我都快死了,假若现在来地震,我死了……讨厌呀,就这么嗓子眼儿干着死去多难受呀,你不觉得?"

这家伙相好过多少男人?网球公子嘴里含满水想,做爱做得正火热的时候脸还那么美,这样的女人果然妙啊,只是一想起以前和她睡过的男人,网球公子就窝心,觉得胸口要裂开似的。网球公子想,人生并非仅仅是做爱,还有网球什么的,他想这样安慰自己,然而不行。

吉野爱子喉咙咕咕地响着,闭着眼,慢慢将网球公子送来的水咽下。网球公子的舌头在吉野爱子的口中一圈圈地搅动,他想在水中尽量多地混进唾液,在吉野爱子的身体里留下自身的部分。送完水,网球公子移开唇,透明的唾液拉出一条线,吉野爱子微笑着把线弄断了。

网球公子吐了很多葡萄酒,醒后的感觉糟透了,他按着肚子在便器上坐了二十分钟,刷牙直到牙刷变成红色,还洗了个淋浴。身体里仿佛装满了腐烂的葡萄皮,浑身没有一点力气,但性器除外。

"昨晚上你没有到么?"

网球公子硬得厉害,重新上床滑到吉野爱子的身边。

"最近都没有到了呀。"

"是不是我不好?"

吉野爱子笑着骂了声混蛋,又在网球公子的鼻子上亲了一下。

"不是你的原因,最近呀,即使干那事儿,脑子也一片空白,总弄不好。"

妈的,看来除我之外果然还有别人,网球公子觉得血从脚尖被抽走了似的。

"喂,今天也打网球吗?"

"打呀。"

"天气怎样?"

"刚才看了,阴天。"

吉野爱子光着身子起来,走到窗子前,把窗帘打开大概十厘米。

"真的阴着呀。"

她屁股后面露出了一些阴毛,网球公子想,待她从窗帘那里往回走,走到亮地方时再看看她的腋毛吧。

网球场上没有人影,似乎要下雨了,空气很潮湿,马球衫吸了汗后贴在皮肤上,汗里有一股葡萄酒味儿。

两人用邓禄普3号黄色网球打对打,腿肚子的肌肉松弛着,步态不大敏捷，网球公子因此告诫自己好好看球，眼盯着黄色的球，他想起了早餐的荷包蛋，那在口中复苏的蛋黄味儿使他想吐，他含一口水，想忍一忍，然而鸡皮疙瘩起来了，没办法，网球公子只好跑上草坪奔向洗手间。

你不要紧吧，对着盥洗台上的镜子，网球公子自言自语，从昨天到今天，所有吃进肚里的东西都吐啦，现在吐的木瓜你知道多少钱吗？八百元，八百元呀。

返回网球场时，网球公子想，下雨就好啦，假若下雨就可以在屋里睡一天啦。

只觉得球拍沉得厉害，腿肚子软绵绵的，对打的时候，肌肉好几次扑扑地跳，从洗手间出来，那呕吐感和鸡皮疙瘩老是不消失。

午饭在十九号餐厅，吉野爱子吃了俄式炖牛肉和面包卷，网球公子点了鸡肉咖喱，但只闻了闻味儿，一口也吃不进。这女人真强啊，望着吉野爱子，网球公子钦佩不已。吉野爱子喝兑了姜汁汽水的啤酒，把剩在盘中的棕色调味汁全蘸在面包上吃进肚里，还吃了满盘的海鲜色拉和果子露冰激凌，吃完后，她笑着说："不能吃了，像猪了。"

"爱子啊，你总这么好身体么？"

来到镶着玻璃的瞭望台，两人坐在摇椅上，海上阴云低垂，大岛的山脊线模糊不清。

“我的身体并不是很好呀。”

“可是挺能吃的不是吗?”

“可不，能吃是很要紧的哟。”

“能吃的人身体就好。”

“啊啊，现在心情也好哩，真想一直这样。”

瞭望台上没有其他人，灰色的海面上看不到渔船的影子，网球公子望着吉野爱子的腿，朦胧间，他打了一会儿盹，梦见了吉彦，长长的廊子上，地毯一直铺到尽头，吉彦一个人在那里玩，弱小的脊背透着寂寞，令人想流泪，网球公子叫了他一声，吉彦回过头，脸上却笑嘻嘻的。

下午，两人比赛单打，吉野爱子想学网球公子的样儿在网前果断进攻、截击，但网球公子却放了个高球，球从吉野爱子的头上飞过，吉野爱子生气了，嘴噘得老高道:“我说，你这样把球刷地一下打得从女人头上飞过去，有意思么?要像电视中常见的专业选手那样，打有力的超身球。”

细小的雨点儿开始打湿网球场，吉野爱子终于打了一次成功的截击，当时网球公子将对方的发球击回，并顺势来了个网下强攻，吉野爱子啊的一声叫，将迎面而来的网球打了个斜线快速截击，网球公子拖着颤抖的腿勉强追上球，但击回去的球毫无杀伤力，于是吉野爱子乘势来了个完美的反手截击，以陡峭的角度将球击出得分，那时的吉野爱子高兴得跳起来。"喂，我像麦肯罗吧？现在的样子像不像麦肯罗？"吉野爱子问。

雨使身体冷下来，吸了水的网球变得很沉，网球公子打着球，感觉身体正在变得空灵而轻松，很舒服，体内什么也没有了，葡萄酒、香槟、肉、生蚝、木瓜全吐了。雨水合着汗水从脸和手上流下来，假若身体也这样融进球场里该多好啊，网球公子想。

"下雨也打渔么？"

屋里暗下来，打开窗帘，两人从床上眺望夜色下的大海。吉野爱子光着的身子汗水已干，身体凉下来。对于这女人，我能做的还有什么呢？网球公子想。渔船在地平线上排成一列，因为在下雨，集鱼灯看上去一闪一闪地明灭着。除了为她舔那个地方，除了忍着不射精以延长做爱的时间，除了给她买衣服、手袋、请她品尝马塞鱼汤和香槟外，我还能做什么呢？刚才做完爱，打开窗帘以前，吉野爱子讲了她的家庭，她的父亲曾是自卫队军官，两年前退休，现在一家制冰公司上班，她的母亲穿和服，作短歌，喜欢吃年糕片，妹妹和乡下的房地产商结了婚，有了自己的土地和家，她有一个年长三岁的哥哥，但十二年前生病死去了。

"喂，什么音乐适合表达现在这种气氛？你觉得呢？"

"我，我不太懂音乐。"

"中岛美雪吧，啊，不对，完全不对，喂，中岛美雪你喜欢么？"

"没怎么听。"

"嗯，虽然我也谈不上喜欢，但有一组歌词让我流泪哟，就是'说说吧，你儿时喜欢的歌'，还有'待在我的臂弯里，让我唱歌给你听'什么的，假若只是说这些，哪怕说得心都要睡了也只会觉得别扭，但经中岛美雪一唱就好听了。"

网球公子想笑，他想起了吉彦喜欢的歌《大象》，又想象把吉野爱子抱在怀里唱"大象大象鼻子长"的情形，觉得挺滑稽，假若仅仅是唱唱《大象》当然简单了，网球公子想。

海上的雾扩展开去，地平线隐去了，闪烁的集鱼灯也看不见了。

结果这女人露出最高兴的表情的时候并不是在吃日本火锅，吃马赛鱼汤，或者做爱的时候，而是在打出那反手截击的时候，网球公子握着方向盘想。

过了小田原就看不见海了，坐在副驾驶座上的吉野爱子正在跟随广播哼唱歌曲。

进入首都高速，网球公子急切地要小便，他拼命忍着，打算待会到达目的地后借用吉野爱子家里的洗手间。

"非常感谢，好久没这么愉快地旅行了。"

在住宅楼前，吉野爱子一面致谢一面从 450SLC 上下来，网球公子忙追上去道："对不起，不好意思，请让我用一下洗手间。"

"哎？"吉野爱子满脸困惑，网球公子又道："哎呀，要尿出来了，用完洗手间我马上走。"吉野爱子低着头，似乎是在想什么。

"你一个男人，就在这附近解决不行么？"

"不行的，要被抓住的。"网球公子哭丧着脸，一面想，肯定屋里有男人。

然而网球公子想错了，吉野爱子是不好意思，以前网球公子送她，吉野爱子并没有领他到这幢八层的住宅楼跟前来，住宅楼的旁边是条狭窄的胡同，胡同尽头有幢灰浆的公寓楼，他们总是在那里分手的。

屋里漆黑一片，窗上贴着黑纸，厨房只有半张榻榻米大，烤炉上放着锅，里面剩着半锅酱汤。没有立式钢琴，吉野爱子从冰箱里拿出瓶装苹果汁递给网球公子，网球公子拿着苹果汁，抱住吉野爱子吻她的耳朵，一面小声说："以后再去那个酒店吧。"吉野爱子微笑着抬起头。"我好像恢复了，"她说，"脑子里不再一片空白，好像恢复了。"

回到家，吉彦马上跑过来抱住网球公子，老婆一面在围裙上擦手一面笑着问："和顾客谈得好吗？"网球公子啊啊地点头，一面吻吉彦的脸蛋儿。口里好像有东西，网球公子装作上洗手间去了盥洗室，他在口里找，最后在牙床上把那东西取了出来。

是吉野爱子的腋毛。

3

早晨，狗吠声吵醒了网球公子，他口里全是葡萄酒的味儿，黏糊的感觉一直延伸到喉咙，身体软绵绵的，什么都不想做，晚上还做一些清晰可怕的梦，在海洋帕克斯太累啦，真是没有料到啊，网球公子想。

从伊豆回来第三天，口里葡萄酒的味儿才最终散去，但身体虚脱的状态依然持续着，即使去店里，网球公子也只是在办公室里喝咖啡，心里烦得很，无心看经营方面的文件，也不对员工搞训示了，还借口身体不适取消了两次和肉食批发商的谈判。

这天山崎来了。"老板，新品出来了，尝尝吧？我试着用奶油薄饼包里脊，调料里多加了些红酒，按日本人口味加了些甜辣的味道，估计差不多三千元。"山崎说着，把升腾着热气的银盘子放在网球公子的办公桌上。"怎么样？奶油薄饼的白色配上水田芥，挺显眼吧？"网球公子忍着要吐的感觉道："啊啊，好像不错，嗯，一定好吃，年轻的家伙们也会喜欢。"他一面说一面用咖啡杯压住自己的鼻子和嘴，以便挡住从那包着里脊的奶油薄饼中冒出的红酒味儿。"老板，你有点不对劲儿吧？"山崎拈起一撮水田芥放进嘴里，然后用围裙揩手指。"不对劲儿，怎么不对劲儿？我这不挺好么？"网球公子使身体远离那装着里脊肉的银盘子。山崎一面用舌尖儿在口中转动水田芥一面说："啊啊，我明白啦，搞成了是吧？""搞成了？什么意思嘛。"网球公子从椅子上站起身，走出办公室，不再理会那剩着奶油薄饼包里脊的银盘子。山崎满脸怪笑着跟上来，在网球公子的耳边小声道："就那模特呀，上床了是吧？"网球公子差点儿说是，但转念觉得不妥，便慌忙把话头咽下，叮嘱山崎不要乱说，然后走出了店外。

只有网球是完美无缺的，只有网球场始终不同凡响，网球场是中和精神的场所，尽管人们并不因网球场而兴奋，但在网球场上，他们也不会消沉，网球场使精神处于中和的状态。

每次来网球场前和离开网球场的时候，网球公子一定要给吉野爱子打电话，旅行归来已经六天了，这期间网球公子打了十八次电话，其中听到吉野爱子声音的只有三次，这一切网球公子都记得。那三次分别发生在第三天的傍晚、第四天的正午和第五天的早晨，第四天正午的电话显得非常匆忙，时间也短，好像她正要出门似的。

"喂，是我。"

"哎呀，对不起，车来了。"

"车？谁的车？"

"工作方面的车呀，请晚上再打来吧。"

就这些，那天晚上网球公子打了四次电话，但吉野爱子不在。第五天早晨网球公子又打，吉野爱子似乎还睡着，声音里有些不高兴，第三天傍晚的电话虽然长一些，但内容挺没劲，老谈伊豆的事，网球公子很失望。每当电话的呼叫音空响了二三十次依然没人接，网球公子失望地走出电话亭的时候，他便自我厌恶，你究竟怎么啦？网球公子自言自语，怎么搞得像个中学生似的？想要怎样？想从那女人身上得到什么？想对她说爱她？甭开玩笑啦，简直是……有一天，网球公子一大早就开始打电话，每隔两小时打一次，打到第七次依然没能听到吉野爱子的声音，于是网球公子把藏在壁橱里面从自动售货机里买来的色情书全扔了。

"对不起，太忙啦，人都要忙疯啦。"第八天，吉野爱子在电话中这样说。

突然间，塞在网球公子头脑中那些破抹布似的乱七八糟的黑东西全没啦，这劈头的一句"对不起"便使网球公子神清气爽，全身的肌肉恢复了蓬勃的力量，现在，无论多么刁钻古怪的球，他都有力气追赶着对付了。

"一直烦着哩。"

"遇到什么事了吗?"

"工作上的事，很要命的事儿。"

"你干的什么工作?"

"不想说，想起来就讨厌。"

网球公子想象吉野爱子光着身子站在照相机前，有时张开双腿，有时把屁股翘老高，他胸口要裂开似的，嗓子眼儿渴得厉害，一想到自己对这女人一无所知，网球公子就很难过。

"是脱衣服这类事儿吗?"

"唔唔，不是那样的，是和年轻的女孩子们一起穿上白大褂推销医疗器械，酬金又低得离谱，那些女孩子像是高中毕业生，都挺傲慢。"

什么呀，就这个么? 知道她并未承受侮辱和伤害，网球公子放心了，他想一定是吉野爱子被那些年轻的模特看成了"大妈"，她很生气，对于这样的生气，网球公子觉得挺可爱。

"真是够辛苦的。"

"还好，并不那样辛苦。"

"我想见你。"

"我也想见你呀。"

我也想见你呀，当这句话从听筒那边传来的时候，网球公子仿佛沐浴在一阵清凉的风里，感觉正在被那爽快的风轻轻地吹拂着。小时候，网球公子常闹扁桃腺肿大，发烧，那种时候让医生打一针，再睡一觉，一股清冷的凉气便会从头到脚传遍全身，与此同时，那热也随着汗水悄然而退了。现在，网球公子就想起了那种解热的感觉，我也想见你呀，吉野爱子的这句话反复在大脑中回响，那清冷的凉气也直向脚尖涌去。

"去吃饭吧?"

"好呀。"

"你说吃什么? 日式，西餐，中国菜，都行。"

"像办婚礼哩。"

"见面再决定怎样?"

"好像很长时间没见面了呀。"

"嗯嗯，八天四小时零十八分了。"

"哎，坐飞机的话，可以环游世界了。"

"哎呀，现在，十九分了。"

"现在，你在干什么?

"正要去打网球。"

"打网球？好，加油吧。"

"谢谢。"

"是比赛么？"

"算是吧。"

"可要赢呀。"

"嗯。"

"不要像女人似的放高球，要像博格，猛攻猛打。"

"明白了。"

这天下午，网球公子没有猛攻猛打，一次也没有学博格，原因是他几千次地回味着吉野爱子的那句话：我也想见你呀，因而一直沉浸在幸福的感觉中。和木岛他们打双打的时候，对方几次发球得分，然而网球公子却并没有因此产生争斗之心，木岛大叫："干吗有气无力的？拿出劲儿来狠狠打。"对于这样瞎嚷嚷的木岛，网球公子一点也不懊恼，相反觉得他可怜。像平时一样，木岛太太坐在休息区的长椅上做编织，沐浴着暖暖的太阳，脸上涂着厚厚的白粉，手指呀，腿肚子呀胖得更加难看了，和吉野爱子清秀的脸颊，纤细的手和腿相比，简直就像是另外一种生物。每天和这种女人接吻的人不大会讨厌网球，网球公子这样想。每次发球的时候，网球公子总是很感慨，让地球上所有的人都一起幸福是不可能的吧，他想，这就像打网球，和打网球毫无二致，比如我这样抛起球，将球发出去，球要么触网，要么过线，或者飞到对方够不着的地方，球总是把网球手分成幸福的人和可怜的人，双方都幸福是不可能的，而且……自己发出球，自己再打回来，这也不可能，总是要别人把球打回来的，是别人把自己置于幸福或者是可怜的境地的。自己一个人既不能使自己幸福，也不能使自己可怜。自己一个人能做什么呢？那就是对着墙打球，墙使自己的技术变得精湛起来，但目的还是为了和别人对打。比赛结束后，木岛大概又要对着墙打到天黑，然而离开墙后，等待着他的却只是那长椅上猪一般的女人的吻……在被夕阳染成粉红、由线条构成的美丽的长方形中，网球公子轮番地想象吉野爱子的脸和性器，球飞过网去的时候，他的眼前出现脸，球飞回来的时候他的眼前出现性器……

"马提尼。"

网球公子衔着烟，要了马提尼酒。这酒吧位于市中心，在一幢高层的酒店里。和吉野爱子约好的时间是七点钟，网球公子提前十五分钟到了，吉野爱子还没有来。

酒吧在六楼，楼下是日本庭院，灯光下，庭院泛起一片绿色，院里有葫芦形状的水池，池上跨着拱桥，有小鹅卵石和石灯笼，有铺了毡垫的长凳和红黄蓝的伞，有修剪过的花木和茶室。几个外国人正在拍纪念照，看上去是一家人。一个小学生模样的男孩正往水池里扔石子儿，旁边有个胖男人看着他，看来是男孩的父亲。

这日本庭院被涂了黑色的围墙围着，对面矗立着建设中的高层大厦，天已完全黑下来，大厦却还在施工，照在脚手架上的灯光和焊接时青白的亮光令人目眩。

网球公子不住气儿地吸烟，因为七点差五分了，吉野爱子还没来，而且网球公子也不喜欢这酒吧的气氛，酒吧里有几组客人，却很安静，客人几乎都是男女成对，只有一组像在谈生意，四个人，穿着套装，还夹杂着外国人，大家都低声说话，男女相互耳语，远处有乐声飘来，声音很小，听不清是什么曲子，只有玻璃杯中冰块融化的爆裂声不时响起，听得非常清楚。

马提尼已要到第三杯，装模作样地要了一点苦艾酒，另外加上没吃东西的缘故，到第三杯喝到一半的时候，网球公子有些醉了，假若吉野爱子不来了怎么办？网球公子想，他突然觉得恐惧，施工大厦上的灯火正在一点点地熄灭，关键是，那家伙若不来……我接下去不知道做什么呀，一个人做什么好呢？好像起风了，水池边丛生的长草在大幅地摇曳，网球公子渐渐地担心起来，男男女女们挨着脸挽着臂开始接二连三地经过网球公子的身边往外走。网球公子把450SLC的车钥匙放在桌上大家容易看见的地方，并哗哗地弄出声响，现在能保护网球公子的就只有这饰着梅赛德斯-奔驰标志的450SLC的车钥匙了。

距约定的时间已过了十五分钟，吉野爱子还没有出现，网球公子开始琢磨除喝酒吸烟外还能做什么，他慢慢地，一点点地嚼鸡尾酒杯中的橄榄，把橄榄核吐进烟灰缸后，网球公子真的没事可做了，香烟已吸得过多，喉咙很涩，左边太阳穴疼痛起来，网球公子从口袋里掏出钱包，打开通讯录，从日语假名的第一行开始回想每个记在通讯录上的人的脸，第一行，第二行，第三行，第四行，一下就出现了六十二个人，去死吧，网球公子对每个人嘀咕，你们无论如何也救不了我，所以不要活了，去死吧。

七点半，侍者过来催促网球公子追加酒水，遭网球公子拒绝后，侍者收走了空酒杯。无礼的家伙，网球公子想，他很生气，仿佛那侍者对他说了不喝酒就请出去之类的话似的，大概像我这样的人，这些侍者每天晚上都看得到，那些可怜的男女怔怔地在这里等待，他们没有其他可去的地方，即使被人抛弃也懵懂不知。网球公子这样想着又从钱包里掏出网球俱乐部会员卡，卡是塑料的，有白熊手握球拍的标志，他开始回想迄今为止自己打了哪些最可得意的球，忆起了很多比赛。日本庭院的水池被灯光照得白晃晃的，网球公子一面望着那青白的光一面想象网球场，脑子里鲜明地浮现出一次跑动反手击球直接击败对手的情形，那对手就是季岛，那时自己打了一个漂亮的截击，球打进对方纵深的角落里，却被季岛打了回来，球沿着边线落向纵深的界内，又朝外侧斜飞过来，于是我全力奔跑，终于追上去……当想到自己举起球拍将球斜擦着打过去的时候，让·巴杜的香水味儿便把网球公子包围住了。

"对不起，出租车遇到堵车了。"

吉野爱子一边脱深绿色的外套一面上翻着眼珠子看着网球公子，她猛地鞠个躬，又顽皮地冲网球公子一笑，那是如同热水淋浴般的微笑，它洗掉一切，冲掉所有的不快。

"吃什么？"

"等一下，先喝点呀，青木君喝的什么？"

"马提尼，我，醉了，喝了四杯。"

"真对不起，那我也来马提尼吧。"

"不喝那个了么？香槟？"

"行，那就香槟吧。"

他们要了香槟和生蚝，上生牡蛎的是个穿黑套装的侍者。"恐怕这是今年最后的生蚝了，"侍者说，"每年吃生蚝的季节一结束，我们便会想，啊，春天又要来啦……请……"

"记得爱子说过什么的。"网球公子想起了在海洋帕克斯的那个夜晚，"还记得吗？对于香槟，爱子说过什么的。"

"不记得了。"一块柔软的生蚝堵在吉野爱子的喉头上，所以嗓门儿发颤。

"你说过的。"

"说过什么？"

"你问我认不认为香槟就是人生，忘啦？奇怪呀，我都记得哩。"

"啊，想起来啦，不对不对，我是问是否只有香槟是人生，对不对？"

"对对，这话好像书里面常有。"

"挺难为情的。"

"是什么意思呢？"

"甭说这个啦。"

"是不是说人生像香槟的泡沫一样虚幻无常？"

"青木君真逗。"

"哎呀，快告诉我吧，我书读得少，没有学问。"

吉野爱子眺望着那建设中的大楼，然后不好意思地低下头，大楼的灯火已经全部熄灭了。

"挺无聊的，并不值得说呀。"

"说说看吧。"

"我是二十四岁干上模特的，是朋友介绍的，年龄相当大了。

当了模特后，我有生以来第一次喝了香槟，那可不像圣诞节喝的像果汁似的东西，是真正的香槟，好喝极了。"

穿黑色套装的侍者拿来半瓶装的波马利香槟，是冰镇过了的，暗绿色的瓶子上附着细小的水珠儿。侍者先让网球公子确认了商标，然后将波马利放进装满冰的冷却器中。

"这以前我一直住在乡下，所以惶恐不安。"

"乡下是哪里？"

"长野那边。现在想起来，当时那餐馆很一般，但我认为非常奢华，我这个人胸无大志，又放任惯了，所以并不想被闪闪发光的东西束缚住，明白吗？"

"和我家老爷子一路的。"

"哎？"

"我家是土地暴发户，老爷子说人一有钱就爱生事儿，所以现在还在种西红柿和茄子。因为在调整区域[1]内，所以要交很高的税，算入成本后一个西红柿五万日元，厉害吧？"

侍者拿起附着水珠儿的酒瓶，倒上香槟，两人碰杯。

"不过有时候我也想，也许只有香槟才是人生呢。"

"啊啊，也许那种东西才有生机，才美好哩。"

---

1 十年内不进行开发和建设的区域。

"闪闪发光的时候终究令人高兴呀。"

一个穿粉红长裙的女人挺着胸脯走到酒吧正中的一架钢琴前，女人坐下，竖起乐谱，戴上眼镜，开始弹《落潮》[1]。吉野爱子望着女人在键盘上跳动的手指，一只手撑着脸颊，另一只手拿着装了香槟的玻璃杯，舌头上浸润着泛着光影和泡沫的液体，她并不看网球公子道："会弹钢琴多好啊。"

两人一面回忆在伊豆的日子一面吃法国菜。

这以后吉野爱子去了爵士酒吧，那里放着好多酒瓶，店的布局是中间一架白色钢琴，四周围着柜台。吉野爱子要了可寄存的波本威士忌，两人兑上苏打喝起来。

透过窗子能看到闪着霓虹灯的酒店，那是适合外国人出入的地方。"这里像纽约吧?"吉野爱子说。网球公子含混地点头，他并不知道这地方哪里像纽约。"青木君喜欢什么音乐?"吉野爱子问，她的眼睛湿漉漉的。网球公子本想说小林旭和 Yuming，然而觉得不合时宜，于是改口道："没什么特别喜欢的，太吵嚷的不爱听。"网球公子的眼光落在了吉野爱子纤细光滑的指尖上，那指甲经过修整却并没有弄尖，表面涂了极淡的粉红，呈漂亮的椭圆，

---

1 *Ebb Tide*，流行乐经典曲目之一，由美国竖琴演奏家罗伯特·马克斯韦尔于 1953 年创作。

还有纵向的细纹。这家伙，网球公子想，这家伙这么美，自己却不知道。

"想做一首能引人回忆的曲子呢。"吉野爱子说。

吉野爱子要网球公子点歌，网球公子望着留着胡子的钢琴师道："爵士乐之类的东西我不懂。""那，只要曲子有名就行，点大家都知道的曲子吧。"吉野爱子想了想，对钢琴师报了曲名："《蜜糖滋味》[1]。"

把450SLC停在涉谷附近的停车场，两人乘出租车来到吉野爱子的公寓，吉野爱子从手袋里取钥匙的时候，网球公子看到一只猫跑上了公寓的铁楼梯。

屋里弥漫着潮湿的空气和陈腐的蔬菜味儿，吉野爱子从冰箱里拿出纸盒装的橙汁喝起来。"喝吗？"她问，网球公子摇头。"我更想洗个淋浴。"他说。吉野爱子来到屋角，背过身，脱下长筒袜，走进浴室，浴室里传出几声燃气热水器打火的声音。"好了，水要热了，洗的时候要小心哟。"从浴室泄出的灯光衬出吉野爱子身体的轮廓，她挽着袖口的手腕是湿的，腿肚沾着水滴。"还是不洗啦。"网球公子解下领带，躺倒在床上。"爱子，过来呀。"吉野

---

1 *A Taste of Honey*，20世纪60年代前期流行的一首乐曲。

爱子笑着走过来，在网球公子的左边端正地坐下，脚还是湿的，网球公子翻转身，轮番吻那齐齐并着的两个膝盖，右手则在裙下沿着大腿内侧向前移。隔着裙子，吉野爱子按住网球公子的手，把腿慢慢地张开，身体压在网球公子的身上。

每次离开缠绕的舌，吉野爱子都说脸很热，网球公子不知道她是说谁的脸热，他将吉野爱子的两只手腕抬到耳朵的高度，用舌舔她的腋毛，那感觉就仿佛在舔细小的砂，腋下凹处的坡度很平缓，网球公子因此有了一种奇怪的安心的感觉，吉野爱子用脚尖催促网球公子，脚板心儿很烫。

吉野爱子用嘴将可乐送到网球公子嘴里，一面问："喂，还没有来吧？"网球公子感觉有可乐从嘴里溢出来，直流到耳根，他移动下巴点点头。"我来吻你。"吉野爱子说，于是抬起身子，将屁股冲着网球公子把他的阴茎衔了在了嘴里。"这样就不用了。"网球公子轻声道，一面想，这家伙喜欢口交么？对谁都这么么？他抚摸吉野爱子的屁股，一边摆摆身子道："喂，别这样。"吉野爱子的脸羞红了。"一旦到了下面就对不起了，我不行呀。"说着把脸埋在网球公子的胸前。"不是这样的，"网球公子用手指梳弄她的头发，一面轻声道，"不是这样的，这种事你是可以不做的，什么都可以不做，不要迁就我。另外，就那香槟的事，你也用不着那样烦恼，像你这样漂亮的女人若是和其他女人一样有那么多烦恼就不正常了。"天花板上摇动着灯罩的大影子，网球公子望着那影子，一面不停地小声地说着，吉野爱子想说话，网球公子用手指示意她不用开口，然后继续说："你不仅漂亮，而且有运动天赋，对吧？在酒店的网球场上，你那个决定胜利的反手截击，多厉害呀，是不是？那些丑女胖婆们，不会打网球的多的是，那样的女人才衔阴茎，骑摩托车，你若烦恼就绝对奇怪了，你不是说过吗？闪闪发光的东西终究令人高兴，是吧？你一定可以那样生活的，我要你闪闪发光，我要你一直就这么闪闪发光……"吉野爱子听了好半天后仰起了脸。"比我漂亮的女人多的是呀。"她说，然后笑起来。

在黎明时分的首都高速上，网球公子把车开到时速一百四十公里。回到家，听到二楼卧室传来吉彦的哭声，老婆拿着奶瓶从楼上下来。"又喝得醉醺醺开车了是吧？"老婆说，她头发凌乱，眼睛浮肿，然而奇怪的是，网球公子觉得她比平时可爱些了。

"没喝那么多。喂，六本木的"假面舞会"，去年你生日的时候去过的，是吧？我去那里试吃奶油薄饼包里脊来着，这回山崎想在 BON 也做这种东西，我去了解一下，做个参考。"

老婆用微波炉热牛奶。

"'假面舞会'的好吃吧？"

"不，山崎做的也很不错。"

"我在'假面舞会'吃了什么来着？不记得了呀。"

"奶油煮芦笋、蜗牛、柠檬牛排吧，肯定是这些。"

"是吗？"

"今年我还带你去，大概吉彦也可以一起去了。"

"他不行的，桌上的东西都会被他掀翻的。"

网球公子跟着老婆上了二楼，吉彦正坐在床上抖着身子大哭。

"是不是在发烧？"

"只是口渴了。"

"该起床了吧？"

"还早呀。"

"我带他去散步怎样？"

"为什么？你有点奇怪呀。"

网球公子抱起喝完牛奶的吉彦，拿纱布给他揩脸，一面说：
"喂，吉彦，咱们散步去。"老婆给吉彦换尿布。"爸爸醉啦，变得
不正常啦。"她苦笑着说。

起雾了，空无一人的公园里，吉彦欢叫着四处奔跑，地上的
坎儿把他绊了两跤。网球公子一面给吉彦拭去小手上的污泥一面
想，中断口交是不是太可惜啦，让她做下去就好了，完事后再装

模作样地说说也许就行啦。

把吉彦扛在肩上，网球公子走在阳光初照的路上，开始咿呀学语的吉彦见到什么都指着问："那，什么？"

"那是树。"

"那是鸟。"

"那是花。"

"那是云。"

"那是石头。"

"那是影子。"

网球公子这样一件件地告诉他，心里在说，吉彦啊，快快长大吧，这世上的乐事儿多着哩。吉彦咿咿地叫着，手指着横空飞过的鸟，他的左手抓住网球公子的头发，右手握着一根草茎儿。

4

十四次，网球公子一面胡乱地打球一面自言自语，这是指他和吉野爱子睡过的次数，不过严格地说应该是十三次，初春的一次她来月经，那天晚上他们没有做爱。

"你怎么回事？球老打不好，速度也太快。"球网那边季岛的声音传过来。由于太阳大，湿度高，季岛已经浑身是汗。"阿青，一切顺利吧，说给我听听怎样？"季岛道。

望着季岛乱舞的发和汗津津的脸，网球公子想，和年轻男人说话的时候，他脸上的表情会变得怎样呢？

在有着四块场地的网球场上，除他俩之外还有一个正在练发球的高个子外国人，那人叫约翰，荷兰人，他总是只练发球，不对打也不比赛，练完发球就回去了。只有三个男人的网球场很神秘，被绿色的挡网和白色的线条围住的长方形地面充满着波澜不惊的安宁和倦怠。那荷兰人面对着球网，横握着拍，铆足了劲儿练平击发球，然而十球九出界，尽管他身长两米，击出的平击球越网之后还是很难进入发球区。

"阿青，和那叫爱子的姑娘还在来往吗？"

"什么还在来往吗？本来就没和她认识多长时间。"

"半年了吧？"

"半年，嗯，差不多。"

"恋情过了冬天和春天还没结束就要成真的呀，你可要小心。"

"小心？为什么？"

"那是要陷进去的，很可怕哟。"

"季岛君，莫非你有经验？"

荷兰人似乎正在惩罚自己，白色的切瑞蒂[1]网球服被汗水紧

---

1 Cerruti，意大利时装品牌。

贴在皮肤上，里面的胸毛显露出来。荷兰人正用一个帆布桶拣网球，那些球在极广的范围里滚得到处都是，看上去并不像只是练过发球的样子。荷兰人拣球与众不同，例如一般人总是先将球赶到网下，或者把十几个球先拣到球拍上，然而荷兰人决不那样做，他把球拍留在发球区，左手拿着帆布桶，弯着腰一个一个地拣，像奴隶摘棉花似的。

季岛倚在张着网的支柱上，一动不动地望着忍受苦行的荷兰人。

"喂，季岛，你有那种可怕的经验吗？你陷进去过？"

"很久了，是很久以前的事，那时奥黛丽·赫本还很漂亮，妖精似的。"

"赫本？"

"两人去看了《蒂凡尼的早餐》。"

"和恋人？"

"是啊，虽然不像阿青去海洋帕克斯，但一想到对方来不来就激动，心咚咚地跳。"

"是男的吧？"

"不错，年轻的推销员，过去有个叫卡巴雅的点心生产商，生产橙味饼干，那男孩就推销那个，非常漂亮，皮肤很美。"

"这么说，你陷进去啦？"

把球拣进帆布桶中的荷兰人拿着球拍回到发球线，荷兰人确认网球的数目，假若数目不足，哪怕只差一个，荷兰人也要重新彻底地搜索，他沿着挡网一圈圈地找，看看是不是滚到了铁丝网那儿，是不是落进了沟里，然后，重新练习平击发球。一球，两球，荷兰人把球放在左手掌上，用祈祷的目光望着球，将球在眼前低低地抛起，抡起硬得金属眼镜框似的球拍砸下去，球发出破裂般的声响携裹着吓人的力量冲向底线。荷兰人前倾身子，眼光追随着飞离了发球区又弹起的网球，继而垂头丧气地擦汗，那表情总是很忧伤。

　　"你迷上那推销员不能自拔了么？"

　　"阿青，你和那叫爱子的姑娘合得来吗？"

　　"合得来什么意思？"

　　"就是做爱的时候一起来呀。"

　　"啊，这个么，大抵那家伙先来，一起的时候也有。"

　　"这可是非常重要的哟。"

　　"喂，都是男人的时候，一起来是怎么回事？"

　　"情况各种各样，这种情形尤其复杂。喂，阿青，你可要珍惜，不太多的，遇到合得来的对手很难的，所以心怦怦跳的时候便感觉靠不住，特别靠不住。"

　　荷兰人使用旧球，球上的绒毛已被空气磨掉，每个球都用珐琅漆描上他名字的第一个字母J。即使用旧球，由于弹性各异，对练习也没有太大的意义，然而荷兰人显然并不打算做有意义的事。尽管他属于怎样的情况无法断定，然而用网球惩罚自己的人却不在少数，那些人打网球不是为了找乐，而是为了受苦，他们来到网球场，目的就是体验日常生活中无法得到的现实的痛苦。

季岛的头发散发着一股汗味儿。

网球场上已经没有其他人，荷兰人还在默默地练发球，据说他是个画商。

在新宿副中心的超高层酒店里，网球公子订了房间，他对老婆撒谎说要同肉类进口商谈判。老婆对网球公子的话深信不疑，尤其是最近，老婆比以往更好糊弄，因为网球公子变得热心工作了，他每天务必亲临店铺，查账本，作训示，时常和店员同去采购，还张罗起山崎老早就提出的寻找牛肉新货源的事情来，据说只要和南美的日裔畜产业者联手合作，肉的关税便有望下降，不经由公司的进货新渠道可望获得开通。网球公子开始学习法律和外语，和新聘的律师签合同，对于网球公子的这种变化，老婆自不必说，即便山崎、郡城和父亲也都感到惊讶，大家都想，那家伙到三十了，终于知道努力了。

然而，实际情况却不是这样的，网球公子对肉什么的并不关心，一旦离开吉野爱子便只想着她，吉野爱子的声音萦绕于耳际久久不散去，这种情形使他自己也觉得难受。你究竟怎么啦？怎么老想女人呢……他几百次地问自己。无论做什么，和吉彦散步，和郡城饮酒，驾驶450SLC，乃至于打网球，网球公子都摆不脱吉野爱子那萦绕于耳际的声音。吉野爱子没在电话中出现的夜里，网球公子便想，她现在是不是正和别的男人抱在一起呢？回到家也时常睡不着。网球公子从床上爬起来喝威士忌，却又不醉，喉咙很涩，心跳很快，他抓起450SLC的车钥匙跑向车库，尽量不弄出声响地打开自动门，坐进驾驶座。要发动引擎的时候，他发现了映在挡风玻璃上的疲劳之极的自己的脸，我累了，网球公子想，已经没有体力和精力抛弃吉彦、老婆、父亲和店，跑向吉野爱子那阴暗的六张榻榻米大的房间里去了，这是三十岁男人的界线，就如同现在无论怎样练习也不可能打出吉鲁拉提斯的那种截击一样，这不仅仅是肌肉的问题，而是在所有方面都衰竭了。网球公子被恐惧包围着，是衰老的恐惧。从第二天起，网球公子又忘我地投入到工作中，奇怪的是，工作使他忘记了吉野爱子，他开始琢磨牛排店资金短缺的问题。面对牛肉，网球公子根本没有热情，店铺很无聊，倒是那店长的办公桌成了个舒适之极的地方。为什么只有在工作的时候才能忘记吉野爱子呢？网球公子不明白，大概男人的工作都是这么回事，网球公子想，大概大家都如此，对于工作，谁也不会有太大的热情，只是为了忘掉女人，为了医治心病才工作的，想必古往今来一直如此吧。

"大厅好热闹呀，莫非今天大减价？"

吉野爱子一身淡紫色的连衣裙出现在屋里，那样的连衣裙是年轻的母亲们在参加孩子入学仪式的时候常穿的，袖口和裙摆上印着海豚的图案。

网球公子坐在窗前的沙发上向吉野爱子招手。"爱子，过来过来，好久没在一起了，我们好好亲个嘴吧。"吉野爱子没有过去。

"等一下，我好渴，外面可热啦。"

打开冰箱，取出啤酒和姜汁汽水，吉野爱子把它们混在平底酒杯中，咕咚咕咚地喝进肚里。

"喂，我们只能偶尔见面，在一起的时候可要抓紧些。"

"抓紧些怎么回事？"

"像电影里一样，虽然有点不好意思，但一开始就亲吻。"

吉野爱子笑着倒在床上，弓起腿解开鞋扣，一晃脚尖，那高跟鞋便落在了地板上。望着吉野爱子白皙的腿儿，网球公子衔在嘴上的香烟险些掉下，她最隐秘的地方网球公子也看过几回，但为什么对大腿的一瞥竟这样令人心动呢？

"像电影是不行的。"

"为什么？这我就不明白了。"

"那可是电影，是要剪辑的。"

"剪什么？"

"剪辑，你不知道？"

"啊啊，剪辑么？可是，怎样剪辑呢？"

"首先，有我这样躺在床上的画面，对吧？紧接着青木君从椅子上起来，朝我这边走，再下面就是两个人抱在一起了。"

"啊，的确是这样。"

"这中间，很多是可以省略的。"

"脱内裤什么的就经常省略，一下子两人就在壁炉边光着身子叠在一起了，不过在电影里，这还算详细的。"

"电影，我喜欢。"

网球公子从沙发上站起来。"到这里应该是一个镜头，"他说，然后踩着地毯慢慢走近床边，"这样走是要省略的，"吉野爱子笑着，网球公子站在床边脱鞋，"这一段也是一定要省略的。"吉野爱子一直在笑，一边摘下耳环，"不过也有不省略的哟，新式电影就是这样。"网球公子躺倒在吉野爱子身边，左臂伸到女人的头下。

"刚才。"

"唔。"

"我招手，你干吗不过来？"

"唔。"

"那样挺伤人的，对于男人。"

"多傻呀。"

"我家老爷子，打猎的，跟你说过吧？狗，一生下来就训练，要想成为猎狗就要做各种各样的训练，不过，作为家犬，它有一个最低的条件，知道吗？"

"不知道。"

"要它过来就过来，这是最低的条件。"

"什么意思？我和狗一样么？这也太不像话啦？"

"不对，我是说狗也好，其他的什么也好，要他来他不来，就挺伤人的。"

"我这不是好好地来了吗？不是到这里来了吗？"

"所以，我才奖赏你呀，不论是狗还是孩子，做对了就要奖赏，不然会学坏的。"

"青木君，你胡说八道。"

"我是想见你呀。"

网球公子吻吉野爱子的手背。两人分开的时候，伴随着萦绕于耳际的甜甜的声音，他的眼前同时浮现出吉野爱子的手腕和脚腕。他让她靠着，触摸她薄薄的皮肤及细致和缓的曲线。吉野爱子剃了腋毛，网球公子轻轻抓起手腕，将唇压向胳膊的内侧，一面想，什么时候给她买个漂亮的手镯吧。

　　为了打发晚饭前的这段时光，吉野爱子提议看电影，找遍信息杂志的每一个角落，她选中了一部东欧战争片。开演十分钟内假若没听见枪声我就要腻烦，网球公子这样期望着。

　　电影的名字叫《烧掉翅膀的灰鸽子》，讲一个年轻士兵的故事。主人公十九岁，原是流浪巡演的马戏团滑稽演员，后应征加入国民军，纳粹进攻时做了俘虏，被关进了犹太人区，在那里，他与安了假眼的盲少女恋爱，养护一只误入家中的鸽子，并收养一个五岁的孤儿。主人公想在犹太人区积极地生活下去，在马戏团和军队里，他受尽苛责，而犹太人区则使他感觉到是一个新的天地。这时一个同性恋者的党卫队军官看上了他，请他在自己的派对上演出，给他奶酪和红酒，他把这些东西分给鸽子、孤儿和盲少女。犹太人区不断暴发起义，游击队命令主人公做他们的间谍，他拒绝了。对于祖国的胜利，主人公并没有什么热情，只希望待在鸽子、孤儿和盲少女的身边，只希望自己是一个被需要的人。不久，盟军开始反攻，孤儿和盲少女死了，鸽子的翅膀烧掉了，主人公作为纳粹的合作者遭到审判，他抱着烧掉翅膀的鸽子作了最后一场演出。

　　当电影演到孤儿死去的时候，吉野爱子握住网球公子的手哭了起来，网球公子第一次看到吉野爱子的眼泪，望着那微微颤动着的纤细的手腕，网球公子决定，为她买的手镯要是银的。

两人挽着手走在傍晚喧闹的人群中，网球公子有一种奇妙的感觉，仿佛很久以前便有过类似的体验，似乎老早就和吉野爱子这样的女人行进在拖着长长身影的人群中。他熟悉那些令人怀念的声音——身后驶过的电车声和纷纷萦绕于耳际的人语声、从堵塞的车列中飘来的汽油味、被夕阳染成粉红的高楼群的轮廓线、在所有这一切中行走着的自己和对身边女人的亲切的感觉。是以前做过的梦？还是现在的心情像是在做梦？网球公子不知道。只有一次，网球公子曾有过类似的心情，那是高中时期的一次修学旅行，去九州，第三天的时候，因为疲劳，网球公子在巴士中一直睡着，醒来时已到了阿苏山麓下平缓起伏着的草原了。太阳将要落山，从一辆接一辆地停着的巴士中吐出几百个穿黑色校服的学生，网球公子对着阳光看过去，人群变成一团逆光中的影子。从巴士上下来，混入到人群中，浴着橘红的光，网球公子想，旅行还是令人怀念的啊。现在的情形也是这样，网球公子觉得自己正在和有着纤细手腕的女人一起旅行，正在前往某地的途中，然而那地方是哪里却并不知道。网球公子走进一家刚要打烊的商店，为吉野爱子买了纯银的手镯。

电梯中，吉野爱子欢呼起来，透过电梯的玻璃，他们俯瞰到了外面闪烁的灯光。

在酒吧，吉野爱子解开包装，迅速将手镯戴上。

"衣服的颜色若再深一点就好看了。"

"嗯，不过这也挺好的。"

一个高个子中年男人抱着一叠厚厚的乐谱出现了，中年男人坐在钢琴前，从最靠近的桌上拿过烟灰缸放在键盘的旁边，然后叼着香烟弹起钢琴来。钢琴发出的生硬的乐声使网球公子微醉的身体很舒服，他感谢钢琴师，也感谢刚才电影中出现的那做滑稽演员的主人公，还感谢商店金银柜台的女店员和送来白兰地的扎领结的侍者，谢谢你们所有的人，是你们大家使我们如此地愉快……网球公子在心里说。

"喂，青木君，你觉得孩子可爱吗?"手镯在手腕上转着圈儿，吉野爱子问。

"怎么?"

"可爱吧?"

"那又怎样?"

"没怎样。"

"可爱。"

"孩子是很可爱的。"

"你怪怪的，怎么回事？"

"想起妹妹了，刚才的曲子是妹妹喜欢的，妹妹学过吉他。"

"哦，原来这样。这曲子，叫什么来着？"

"《朝阳般明朗》。"

"妹妹可爱吗？"

"唔唔，她可是个丑女，不过丑女小时候不是也可爱吗？妹妹
比我小六岁，在我眼里既小又可爱，我常和她玩，也欺负她，幼
儿的时候看到她受欺负而哭泣的样子也觉得可爱。不知为什么，
我总是忆起她三岁时的脸蛋儿。"

网球公子的钱包里放着吉彦的照片，他想把照片拿出来给吉
野爱子看，然而很快便打消了这个念头。

"青木君有个男孩吧，几岁？"

"刚两岁。"

"挺可爱吧？"

"可爱，不过这个不好说的，只能说可爱，还是别谈这个吧。"

吉野爱子回应了一声后拿起桌上的纸片，是点歌卡，从手袋
中掏出钢笔，吉野爱子凑近蜡烛写道：请再演奏一遍《朝阳般
明朗》。

每次做爱，吉野爱子都弯着脚，脸出现在两腿的内侧，每当

她发出呻吟，网球公子就想，我对这女人一无所知，现在的这个瞬间，我们连在一起，每次我用力，她便叫唤，每次我问她是否舒服，她都歪着嘴回答舒服，然而发生在这女人身体中的刺激究为何物我却无从知晓，那是别人的身体，我绝不会知道，想知道别人身体的感觉根本行不通，既然行不通，那么对别人的身体付出力量施加影响也一定是错误的吧。

网球公子在吉野爱子的大腿上射精，将黏稠的液体擦在大腿的内侧。吉野爱子脚上的拇指一抖一抖地动。"哎，哎，哎，"她闭着眼招呼网球公子，"哎，我想和青木君做爱的时候，你要怎么着都是可以的呀。"吉野爱子微微睁开眼这样说。

这家网球俱乐部实在够呛。

第二天，他们去了吉野爱子学网球的那家网球俱乐部，俱乐部位于环八号线的旁边，球网低垂，破破烂烂的，混合着小石子儿的粘土地面裂开了缝，线带脱落了，线条几乎看不见。

吉野爱子为网球公子介绍她的朋友，他们似乎是约好了在那里会合的。那男人年过四十，在出版社工作，女人很年轻，推销化妆品的，两人都没穿网球服，男的穿着米老鼠的 T 恤和牛仔裤，女的一身运动服，就是妈妈排球赛上选手们穿的那种。

"喂，这网球场不太好，我说过的吧，请原谅呀。"虽然吉野爱子对网球公子表示抱歉，然而网球公子的心情还是渐渐地变得不愉快起来，这世上竟有破烂成这样的网球场么？网球公子想。球场有四块，它们夹在菜地和收费钓鱼池的中间，菜地里排列着腐烂的卷心菜，鱼池里的水则是黄色而混浊的。虽然有三台自动发球机，但那围着围腰、蹬着橡胶草鞋的三个工作人员却在挥舞球棒打棒球，还发出嘎嘎的笑声。

球场上到处扔着烟蒂，拿着气球的孩子们在球场的角落里玩沙子。

尽管如此，网球公子还是和吉野爱子打了对打，新开罐的白色邓禄普网球一下子脏成黑色，地面的裂缝使球弹得很不好，一只球还飞进了钓鱼池里。

"怎么进这种破俱乐部，网球学校不是到处都有吗？"

网球公子很生气。

"没办法呀，只有这里什么时候都可以来。"

"胡说，这种地方多得很。"

"是这样的，我做的工作啊，什么时候能休息并不知道，所以只能去那种可随到随学的地方，我到处找过，只有这里行。"

网球公子和穿牛仔裤的男人以及妈妈排球赛选手装扮的女人打了比赛，比赛没劲透了，即使截击得分或者发快球得分，网球公子也根本高兴不起来。

吉野爱子没有变，和在海洋帕克斯的时候一样，她打得非常卖力，神情专注地抛球，发球，每次得分都高兴得叫起来，然而看着这样的吉野爱子，网球公子没有再次感动，他现在觉得她可怜，在这样一个破烂的地方，和不穿网球服、球技拙劣的朋友打网球，在网球公子的眼里，这样的吉野爱子变得可怜起来。

吉野爱子脸上的妆已脱落，嘴唇的颜色变得很淡，眼睛有些浮肿，缺乏光泽的鼻尖冒着汗，第一次，网球公子觉得她不美了。

"吉彦又学会了一招哟。"老婆在门口接网球公子的提包时这样说。根据老婆的描述，吉彦在吃东西的时候，如果说好吃呀好吃呀，他就会用右手轻轻地拍打脸颊。

喝了阿秋泡的糙米茶后，网球公子抱着吉彦去散步。

父亲正在往花盆里浇水，网球公子对父亲打招呼，说自己要去散步，问父亲愿不愿意一起去。父亲先是不好意思地摇头，待网球公子进一步催促后，他便跟了上来，网球公子的身后响起木屐的声音。

吉彦不时地仰望天空，手指着鸟，嘴里叽叽地叫，后来他们发现了蚁穴，便坐了下来。

"你对工作好像有兴趣了。"

父亲一面把蚂蚁放在食指上给吉彦看，一面对网球公子说。

"不太清楚，总归是自己的店啊。"

父亲笑了笑，抱起吉彦朝公园走去。望着父亲的背影，网球公子有一种奇妙的感觉，他仿佛看到了自己，吉彦就是很久以前的自己，而父亲则是很久以后的自己，他似乎正在看着这样的自己，感觉并不坏。

5

网球公子来到唱片店，唱片店有一种独特的气味，网球公子不太喜欢，这种气味书店也有，是纸和塑料这类东西特有的，网球公子从小厌恶它们。"欢迎光临。"脸色难看的女店员向他鞠躬，一面上下打量他深蓝的赛乔德奇[1]网球服。"店长在吗?"网球公子问。这里的店长是网球公子的中学同学，比网球公子低两个年级，算是"后辈"，和网球公子同是商店工会的成员。"说是买烟，刚出去。"女店员回答。女店员年轻，妆却化得浓，望着她那穿着宽松长裤的显露着内裤皮筋线的屁股，网球公子想，这女人说不定是那家伙在酒馆之类的地方弄来的，在附近为她租个房，让她在自己的店里干活儿。他想起吉野爱子说过比她漂亮的女人多得是的话，于是头脑中浮现出吉野爱子的脸。不是这样的，他想，

---

1 Sergio Tacchini，意大利运动时装品牌。

一面来到写有"情绪音乐"的地方，伸手拿起一张唱片端详，网球公子对自己头脑中吉野爱子的脸自言自语，不是这样的，比你漂亮的女人也许的确多得是，可我不认识，然而比你丑的女人却更是多得多啊。比网球公子小两岁的店长回来了，手里正撕着香烟的封盖。"啊，青木君，你真了不得，我听说了。"这店长中学时爱打篮球，当过学生会秘书长什么的，也讨女人喜欢，和同年级的同学结的婚。"什么真了不得？"网球公子望着唱片封套上裸体女人的大腿问。"郡城他们说了，说你从巴西直接采购肉，这样弄行吗？批发商那边没问题？"唱片封套上躺在熊皮上的女人全身长着金色的汗毛，在壁炉火光的映照下那汗毛的尖端闪着橘红的颜色。"还有东京的四家，横滨的三家，和他们合起来进货，光我一个人，人家批发商早把我踢啦。"网球公子的手指在有汗毛女人的唱片上滑动，他一面寻找歌曲一面说，"那曲子这里面好像没有，不然这封套会更漂亮的，这唱片也早就卖出去了。"女店员时常低下头，轮番打量网球公子和有裸体女人的唱片。"喂，青木君，你要去巴西吧？"年轻店长点上第二支烟。"不错，是里约，和那边的负责人见面。"这次将和网球公子一起去巴西的还有自由之丘的牛排店老板，他去过一次里约热内卢，据那老板说，科帕卡瓦纳的妓女有两万。网球公子想，无论头发的颜色、眼睛的颜色，还是皮肤的颜色，金发碧眼的女人还是最理想，金发碧眼的女人生着金发碧眼女人特有的汗毛，是啊，恰恰和这唱片封套上的女人一样。那自由之丘牛排店的老板也是这样说的，他说金发碧眼的姑娘出汗的时候更漂亮，还说金色汗毛的尖端挂着汗珠闪闪发光。"假若去里约，青木君，我想托你一件事，我想请你为我买桑巴唱片，有个叫克拉拉·努内丝[1]的，是当代的桑巴歌手。"年轻店长翻开烟灰缸旁边的一本名为《中南美洲音乐》的杂志，指了指彩色卷头画页中一个张大嘴唱歌的红发女人道："青木君，就是这个女人，克拉拉·努内丝，新桑巴女皇。"网球公子没有看画页上的照片，他本想说，我的这种旅行是没有工夫买礼品的，然而没说出口。这家伙为什么开唱片店呢？网球公子琢磨起这属于后辈的店长来，这么说，这家伙喜欢音乐。文化节的时候，他弹着吉他唱过歌，好像是《也许，也许，也许》和《卡米尼托》什么的。假若凭兴趣开店，我看还是得了吧，买个香烟，让这化了浓妆的女店员去不就行了？想必和她上过床吧，所以不好对她呼三喝四。和员工发生关系，这种经营者最不是东西。网球公子将有女人裸体封套的唱片放回架上，然后问那后辈的店长："我在找收了《蜜糖滋味》的唱片，有吗？"

1 著名巴西女歌手（1942—1983），被称为 20 世纪巴西三大桑巴天后之一。

和吉野爱子没有联系上，上次见面是两周前，这个星期打电话，吉野爱子老不在家。两周没亲热，这是头一回啊，和那家伙搞成后这可是头一回，网球公子握着450SLC的方向盘这样想。吉野爱子说是去罗塔岛[1]了，她说是去拍泳装照的。"那杂志叫《Mrs》哟，可笑吧？他们要搞宣传，让大妈也大着胆子穿比基尼，不过我问了的，那里有网球场，我要在罗塔岛打网球，打好了再回来。"给吉野爱子的寓所打电话的时候，呼叫音响了二十多回依然没人接。放下听筒，听着十元硬币退回来时发出叮当的声响，网球公子已经体味不到以前那种强烈的焦躁感了。网球公子和吉野爱子做爱，她的裸体、乳房、屁股和性器都能在大脑中完整地回想起来，然而没有焦躁感并不是因为这个。

　　吉野爱子说了她爱网球公子。有一次，因为工作的缘故，网球公子来迟了，吉野爱子因此在大厅里候了两个小时。那天夜晚做完爱后，吉野爱子说她四年没有像这样爱过人了，而且还哭起来。

　　"喂，人是不能完全掌控自己的，青木君不这样认为吗？我的话你明白吗？"

　　那时网球公子想，自己活了三十年，以前有女人为自己哭过

1　旧称萨尔潘岛，太平洋西部马里亚纳群岛南部岛屿。

吗？老婆是哭过的，但那是因为吉彦患了支气管炎，而那个时候自己又恰巧把夜总会的火柴放在口袋中带回了家。四年前一个体重达六十三公斤的美容师也哭过，那女人原是垒球运动员，丈夫遇车祸死了。那是在新横滨站附近一个城堡式样的汽车旅馆里，在散发着霉味的旅馆洗澡间，地上铺着粉红色的浴巾，那女人一面和网球公子口交一面哭起来。"我不是这种女人，我不是这种女人。"体重六十三公斤的女人这样说。除了这两件事以外，网球公子再也记不得还有什么女人为自己哭泣过。

"今天在大堂里，我等了你两个小时哟。"

"所以，我不是道歉了吗？"网球公子不住地抚摸吉野爱子男孩式样的头发。望着昏暗灯光下这美丽女人的脸颊慢慢地潮湿起来，他想，这世上还有比这更美的东西吗？大概还是有的吧，例如去年的约翰·麦肯罗，温布尔登决赛的第四盘第十局，当旋转的截击球砰的一声落到角落的时候，约翰·麦肯罗深深地鞠躬，将双手举向天空表示兴奋和喜悦，那也是很美的，不，大概只有那，能与美丽女人的眼泪相抗衡的只有那样的狂喜。于是，网球公子想，那样的狂喜我会有吗？不需要好多次，也不可能有好多次，然而，体验一次可以吗？怎样做呢？如何才能体验得到呢？在什么地方体验呢？大概正抱着吉野爱子的缘故，网球公子觉得这种事并非完全不可能，仿佛像约翰·麦肯罗那样深深地鞠躬，将双手举向天空的瞬间正在什么地方等待着他，又仿佛轻盈的气体在空中变成淡淡的云彩，那可能性就在头上轻飘飘地浮着，只待有人把它抓住。就这样，网球公子一直沉浸在这样的思绪中。

"在等你的这两个小时里，我想了很多。假若我去喝茶，而青木君恰巧来了，以为我回去了，那怎么好，于是我一直待在大厅里，烟就吸了十一支呀。凑巧这酒店正要开一个牙医的学术会议，一百多个牙医胸前挂着塑料名牌从我面前走过，好像大家都在看我的牙似的，要知道我可是有蛀牙的呀，多讨厌呀。我担心得跟什么似的，老想为什么还不来呢？是不是不来了呢？各种想法都有。我告诫自己要冷静呀，要冷静呀，以前我是一直能够冷静的，也觉得自己是个冷静的人，可是，事情并不能总是很顺利的吧？做爱，我特有的睡眠不足，低血压，这种种的因素使事情并不能总是很顺利吧？这时候，我在大堂里突然非常寂寞起来，我明白了，我是深深地喜欢上青木君了呀。"

就这样，吉野爱子在网球公子的怀里哭起来，还说了爱他。

然而，打电话的时候，即使吉野爱子不在家，网球公子也没有焦躁感，这其中的缘由却并不是因为吉野爱子说了爱他。

球场上，信山教练在教季岛和木岛打正手截击球。

"好像要经常跑巴西了，这边不努力练习，去那边大概也不能打，来日水平糟得厉害，你们就不愿意和我打了。"

季岛和木岛已练得汗水从下巴尖儿上直往下滴。

"青木君也想练吗？今天我用维克·布雷顿[1] 的方法教大家练一练截击。"

信山教练的球拍换了，成了大号的尤尼克斯，木岛和季岛也是大号的，是肯尼士牌和王子牌的。木岛太太将手绢铺在草地上，撑上阳伞，坐在球场边搞编织，大概又是一件新的球拍手柄套吧。

练习的时候，信山教练的语气就变了。

"不对！握太下面了，要这样，手腕伸直喽。要输的，像你这样要输球的，手腕立起来，停在脸的旁边，对了。不对！又握下面了，这样是无法打斜线截击的，错错错错错错错！不要记那些姿势，要记把动作连贯起来的轨道线条。瞧，手腕又下去了。你把动作想象成一幅幅的画面是不行的，要像水流过一样，在头脑中想象一个轨道，是轨道。大脑和肌肉之间如果没有一条超特快轨道的话，那是绝对打不好斜线截击的。"

网球也是这样，网球公子想，是身体在发生反应，我迷恋吉野爱子也是作了一条轨道的。打电话，呼叫音响起来，无数次无人接听，失望地放下听筒，退回十元硬币，绝望，绝望绝望绝望

1　美国著名网球教练（1929—2014），其教学特点是尊重科学。

绝望绝望，就是这样的轨道。想象最糟的情形，和其他男人好了？对我无所谓了？变心了？大概不好的事就是想象出来的吧。想象力产生失败，也许和别的男人睡觉了，也许讨厌我了，这样的恐惧都是从想象中产生的。不是恐惧唤起想象，一切恐惧都是因想象力的故事化产生出来的。停止想象做不到，只能故意地使轨道变得锈蚀，这得依靠努力和训练。网球公子在无意识中成功地锈蚀和破坏了自己的轨道。网球公子常常忆起那时的事情，那天去巴西的签证已经办妥，八个同行汇集在东京都的酒店里一面开会说明情况一面聚餐，红酒使网球公子有了醉意，他离开座位去给吉野爱子打电话。大概不会在吧，他有这种预感，假若不在又要寂寞的，他一面拨电话一面这样想。从口袋里掏出护照，他打量着，一面回忆过去的海外旅行一面听着电话中的呼叫音。入境邮戳有洛杉矶、台北、马尼拉和巴黎。美国西海岸和欧洲是和老婆同去的。在台北和马尼拉，因为同行的招待，他买了女色。他想起在迪士尼乐园的时候，老婆还是挺可爱的啊。在法国南部，他们吃了野鸭料理，那味道棒极了。在马尼拉，他抱过三个黑皮肤的姑娘。在台北，那个叫荷婉的小巧温柔的女人甚至还为他做好了早饭。他回想着这些，呼叫音已响了三十多次，吉野爱子还没有出现，网球公子一面看着巴西的签证，一面又等它响了二十次。签证上贴着蓝色的证纸，上面画有穿礼服的女人和双翼飞机。证纸上的蓝色挺漂亮，网球公子想，给人这种感觉的蓝在日本并不多见啊。他一面这样想一面放回听筒，取出退回的十元硬币放入口袋，然后离开电话，走了十几步，他发现虽然没有和吉野爱子通上话，但那堵心的寂寞并没有到来，这是为什么呢？网球公子想，是这蓝色证纸的缘故吧。他发现"吉野爱子不在家"和"寂寞"之间的超特快线被巴西签证上的蓝色证纸切断了。对于巴西，他并没有什么期待，据说里约热内卢的女人非常棒，有好几千，去过一次的肉店的老板还说有些女人漂亮得女演员似的，然而网球公子现在只和吉野爱子上床；那边的美食也不少，据说有一种烩豆，是炖煮的菜，还有烤牛肉串，都妙得很，然而不和吉野爱子一起享用一点意思也没有，那么，这蓝色证纸意味着什么呢？网球公子不明白，好像不是具体的东西。在吉野爱子哭泣的那天夜里，他想到过温布尔登的约翰·麦肯罗的狂喜和兴奋，想到过自己是否也有那样的可能，莫非在这巴西签证的蓝色证纸上正散发着那种可能性的淡淡的清香？不错，就是那种可能性，那种清香。

练习结束后，他们打双打，信山教练也参加，网球公子和木岛一方。信山教练发上旋球，网球公子用漂亮的削球打了回去，于是木岛夸奖了他。因为放松，所以网球公子打了好几个漂亮球，放松是想了吉野爱子的缘故。也许要结束了，每次挥拍的时候，网球公子的脑海里就闪过这样的想法，"不在家"和"寂寞"之间的铁轨正在遭受破坏，不是不会面时的寂寞有了减弱，网球公子现在也想马上见到吉野爱子，想马上见到她，顺理成章地和她接吻，相互咬舌头，然而，他不这样做，他发现自己不这样做，不是不能，而是不做，这令他生气，这种情形以前从未有过，的确不太明白，网球公子想。然而，我这是在放弃某种重要的东西，人生和网球单打比赛是一个道理，没有人能使他人变得幸福，影响他人毫无意义，了解他人难以做到，支配他人和被他人支配也难以实行。你认不认为只有香槟才是人生？吉野爱子曾经这样问。是的，只有香槟，网球公子现在觉得当时如果这样回答就好了。如果香槟是辉煌时刻的象征，那么香槟以外就无异于死亡，人不闪闪发光就是死人，要么闪闪发光，要么不闪闪发光，只有这两种情形。如果真有某种对他人可做的事，那就是让他人看到闪闪发光的自己，当失去展示自己的自信的时候，那就意味着一种关系到了它终结的时候了。

双打中，网球公子赢了。

"老婆住院了。"郡城这样说，郡城的老婆被诊断有初期分裂症的抑郁症状，因此住进了医院。

"昨天去探视了，吓我一跳，胖得不得了，有多胖呢？保不准胖了二十公斤吧。喂，你知道吗？在精神病院里，他们在饭里拌肠胃中药给患者吃，你说要命不要命，不像话呀。"在小吃店"群青"里，除了网球公子外，柜台边还坐着三个中年女人，是一起的，三人都穿网球服，皮肤晒得黑黑的，生面孔，估计是其他俱乐部的人。

"大概还是因为孩子，青木，结果只能这样，不是吗？生了孩子也活不成，一定这样的，此外没有其他结果，有吗？此外。我真羡慕你啊，孩子可要好好带哟。我想跟会长说一声，打猎我是不怎么能参加了。她进的是私立精神病院，非常费钱，这个店你知道的，没多少收入，啊啊，现在是靠去印度时存下的一点钱勉强对付着。"

三个女人在谈论网球和男人。"所以你不行，你的球全从上扣下来，所以带点削球的味道触网了，那样的话，用大拍面的球拍又有什么意义呢？""明白啦，这是习惯，没有办法的。我说你那调音师怎么回事？不是说给我们介绍么？什么时候介绍？""调音师没说要打网球？""调音师不打网球的，调音师打高尔夫。这不很好吗？高尔夫你也是打的吧？"网球公子喝波本威士忌，波本威士忌的气息使他想起了吉野爱子、吉野爱子说的各种话、让·巴杜的香水味儿、纤细的手和腿、粉红的指甲，还有她的赞叹："青木君的鸡鸡变强了呀。"

"听说你要去巴西？多好啊，你不觉得自己很幸福？你应该觉得幸福。那个，昨天，店里来了个专业的麻将士，就是打麻将的麻将士，这人的一番话很有意思，他说运气什么的是好坏相抵，加起来为零的，所以赌博没有长胜的家伙，纵其一生，稍赢一些或者稍输一些而已。他还说这里面有一点很重要，那就是持续赢着的时候你就在往输牌的方向去了，关键是你要故意地放弃一些幸运但又不至于一败涂地的程度。幸运的时候自己主动招致一点不幸，这样才能纵其一生稍赢一些吧。"

网球公子从纸袋中取出唱片，拆开封套递给郡城道："B面第四首曲子是《蜜糖滋味》，对吧？给我只放这个。"那三个中年女人还在谈论网球和男人。

"想做一首能引人回忆的曲子呢。"

吉野爱子曾经这样说，然后点了这首《蜜糖滋味》，网球公子决定在去巴西前把这首曲子听一百遍。

出店门的时候，郡城问网球公子："自己爱的女人死了和疯了，这两种情况哪一种更不幸？""不知道。"网球公子回答，然后上了450SLC。"混蛋，人生只不过香槟而已。"他自言自语地说。

《蜜糖滋味》已听了七十八遍，依然没有和吉野爱子联系上。老婆买来了新的小旅行箱，那乏味的颜色网球公子不喜欢，茶色的，脏兮兮的感觉，用这种旅行箱怎么看也像是个巡视肉类营销的。不过尽管箱子给人的感觉很沉闷，但老婆已往里面塞满了衣服、盥洗用具、糙米茶、梅干和护身符，所以网球公子也没有说要调换。父亲一直在找一个移居巴西的老友的来信。"那家伙肯定住在圣保罗，今早我查了地图的，里约和圣保罗恰似我们这里的东京和大阪，可这信却找不到呀。"二十四年前的信能找得到么？网球公子想。"吉彦不快活，别看这家伙小，他什么都懂，父亲要到地球的那边去了，他一定知道。"父亲说。吉彦依在壁龛的柱子上无神地望着忙着出行准备的大人们。"不是这样的，"老婆一面叠袜子一面说，"他从前天起就发低烧了。""混蛋，是因为我不在，他失望，所以才发烧。喂，吉彦，"网球公子招手道，"过来吉彦，我给你念书，把大象的书拿过来。"吉彦的小手在眼前直摆，嘴里说着"不不"。"不不"是他的一种表达，意思是拒绝。"真是没办法的家伙。"网球公子爬到壁龛前，叭叭地轻拍吉彦的脸。"不不。"吉彦费力地想推开网球公子的手，网球公子一面笑一面拧吉彦的脸蛋儿，这一下，吉彦便歪着脸大哭起来。网球公子望了一会儿吉彦哭泣的样子，然后抱起他，吉彦的身体还很热，感觉比平时柔软了许多。网球公子想抱吉彦去散步。"他还病着哩。"老婆阻拦道。网球公子为吉彦擦拭湿漉漉的脸蛋儿，他问吉彦："你高兴吗？活着快乐吗？"这时父亲一声大叫："找着了。"

父亲正在从壁橱的里面往外拿一束变了色的蒙着尘埃的信札，"有了，"父亲说，"地址写得很清楚，这家伙搞橡胶成功了，想必肉方面也是了解的。"父亲拂去信上的灰尘，用放大镜读信上的地址。二十四年前的信吧？这地址还靠得住吗？网球公子想这样说，老婆附在他耳边小声道："拿着吧，老爷子十天前就好像在找这信了哩。"

这天夜里，吉野爱子终于在电话中出现了。

"干什么去啦？"

"对不起，回了趟长野。"

"罗塔岛那边怎么办？"

"那个，别的模特去了。"

"是吗？"

"青木君，什么时候出发？"

"后天。为什么回长野？谁生病了吗？父亲什么的。"

"没有没有，不是这样的，只是回去一趟。"

"我担心呀。"

"可是，我没办法和你联系，现在刚回来。"

"想见面呀。"

"不好办吧，后天出发的话，见面就不好办了吧。"

"倒也是，不过总算电话联系上啦。"

听着吉野爱子的声音，网球公子非常明白自己的体内又微微地颤动起来，他很害怕，原想离开某种重要的东西，切断"不在家"和"寂寞"之间的轨道线，可仅仅是听到了这种声音，他就发现自己不能自持了。他对自己生气起来，难道最终只能适应这种寂寞么？他想。

"想为你送行哩。"

"哎?"

"瞧我这嘴，开玩笑呀，大家都会送你的吧？太太呀什么的。"

"不不，如果爱子要来，我会想办法的。"

"行啦，是我胡说，胡说的。我不喜欢伤感，送完青木君，一个人从成田回公寓，这样我不喜欢。"

"倒也是啊。"

"当然啦。"

"真想和你一起去啊。"

"去里约?"

"啊啊，能一起去多么好啊，真的。"

这是撒谎。奇怪的是网球公子并不想带吉野爱子去巴西，他有一种隐隐的预感，他觉得，假若在里约找不到那种可能性，也就是有别于从吉野爱子那里得到的欢欣之外的兴奋的可能性，他就要失去一切了。

"里约恰巧在东京的另一边吧?"

"唔唔,据说昼夜正好相反。"

"喂,青木君。"

"什么?"

"偶尔想想我。"

"胡说什么呀,我始终只想你的。"

"讨厌。"

"真的。"

"把美好的回忆全带回来哟。"

"什么美好的回忆?"

"在里约,不是有不少乐事儿吗?"

"因为要工作,不行的。"

"去其他国家,尽是好玩的。"

"倒也是啊。"

"这不明摆着吗?网球怎样?还在打吗?"

"嗯,喂,我还想去伊豆的那个酒店。"

吉野爱子在电话那头笑起来。

"怎么笑啦。"

"就要去地球的那边了,又说想去伊豆。"

"奇怪吗?"

"奇怪呀。"

"电话真不方便，我想见你。"

"我等着。"

两人互道了再见。放下听筒，两枚十元的硬币退了出来。

半夜，吉彦烧得更厉害了，网球公子开着 450SLC 和老婆一道送吉彦去看一个熟识的小儿科医生。吉彦虽睁着眼，却有气无力的样子，也不吭气儿。网球公子一面开车一面哼着《蜜糖滋味》。

在熄过灯的候诊室，网球公子想，吉彦和吉野爱子，谁更重要呢？答案似乎很快就出来了，然而他害怕，不愿继续想，不想这种事并无妨碍，这是他想过的生活，为此就不能没有兴奋和狂喜的可能性。网球公子发现刚才在电话中忘说一句话了，只有香槟才是人生，这句话是对的，网球公子忘了把这个告诉吉野爱子。诊疗室里传来吉彦的哭声。下次见面再说吧，还要问一问《蜜糖滋味》中的歌词是什么意思，望着注射针扎进吉彦的小手腕，网球公子这样想。

第
三
章

1

"在里约打网球了吧？不干活儿，专门打网球，对不对？反手击球我是无可挑剔的，而且不打削球打上旋，觉得 6 比 0 赢你不成问题，可是……喂，真的专门打网球了对不对？"

从里约热内卢经纽约到达成田时，网球公子犯难了。离开了家十九天，十九天没有听到吉野爱子的声音了。有一次，网球公子打了国际电话，但她不在公寓。回国延迟了两天，所以父亲和老婆没有来接，再晚一天老婆也不会疑心。去吉野爱子的公寓还是回家？从上了飞机直到着陆后走出海关，网球公子一直犹豫不决。"青木君，我叫出租车送我到箱崎，你呢？"南美肉食供应地视察团团长这样问网球公子。"我自己回去……"网球公子摇着头回答。时差弄得网球公子无精打采，但他还是认真地思索：现在我最想见谁呢？最先想抱的是谁呢？是吉彦。在巴西的时候，他就一直这么想的。

"喂，里约有网球场吗？想来巴西并没有什么著名的选手呀，记得维拉斯、何塞·路易斯·克拉克是阿根廷的，佩齐是巴拉圭的，对不？"

网球公子径直回到家，抱吉彦，把有大群肉牛的玛瑙斯牧场的照片给父亲看，给母亲佛坛上香时偷偷吻老婆，喝阿秋泡的糙米茶，然后急匆匆换上网球服。老婆似乎很高兴。"你不在家的时候呀，季岛和木岛老打电话来，你这个人倒是蛮有人缘哟。"老婆说。

"喂，阿青，你把球拍带到里约去了吧？"

季岛只是头发长了些，没有其他变化，网球场也是老样子，只有十九天，自然不会有什么变化的，网球公子想。他觉得奇怪，自己竟想起里约的妓女来，是啊，不能因为干了金发女人这世界就变了吧，我又不是浦岛太郎，他想。

"没有带球拍去，又不是去玩，没有人像我这样玩儿似的开店，其他店的家伙几乎都是贷的款，所以只忙着找尽可能便宜的牛肉货源。有一个人倒是带了高尔夫球棒，尽遭大伙儿白眼了。不过，网球，我还是打了的。"

"瞧瞧，还是打了吧。"

"嗯，很不错的，巴西贫富差别大，并不时兴打网球，不过好的酒店是有网球场的，还有球童。"

"多奢华呀。"

"不过很便宜，雇球童，两小时大概两千元，即使球落在自己跟前他们也拣。我是习惯了，散落的球总想自己拣，那球童就说，请客人不要自己拣，不然我要挨骂的。原来还有陪球教练，假若网球打好了，球童就可以成为陪球教练，这些陪球教练很蛮横，对球童很粗暴，我不喜欢。"

"漂亮吧?"

"漂亮? 网球场么?"

"不，球童呀。"

"漂亮是什么意思?"

"我是说脸。"

"脸?"

"像不像胡里奥·伊格莱西亚斯[1] 年轻时候的脸? 我看过巴西影集似的东西，都很英俊是不是? 女孩子也漂亮。"

"嗯，这么一说，称得上丑女的倒是不多。"

1　西班牙著名情歌歌手（1943—　）。

"听说三岛由纪夫每天买年轻男人，多好啊，真了不得，不过没有爱会是怎样的情形呢？反正快感是有的吧。喂，阿青，你买过女人么？"

"嗯。"

"很贵吧？"

"马尼拉便宜，马尼拉，啊，那里什么都便宜。"

"漂亮吗？"

"女人么？刚到那天看着全都模特似的，和可口可乐呀，航空公司之类海报上的模特没差别，不过稍一冷静就觉得一样了，还是一样。"

"一样是什么意思？"

"比率，就是比例。"

"怎么回事？"

"我是说美女和丑女的比例，所有地方大概都是一比九，是吧？好像所有地方都这样。"

一群非正式会员占据了左边的两块场地，这些人身着色彩各异的训练服，训练服上写着庆应大学橄榄球队的字样，他们六男三女，男人们打网球虽然没有章法，但臂力强劲，步伐敏捷，反应迅速，竟不时有些惊人的表现。网球，对这些家伙来说大概是不过瘾的，网球公子想。傍晚的时候，一个叫伊道的二十岁的青年总要出现在网球场上。伊道君瘦高个儿，步伐极为迟缓，是牙医的独生子。练习网球，他是四年前就开始了的，在最初的一个星期里，他打不着球，自然也不会对打，就连地上拍球，他的球拍也只能碰球一次。伊道君极度近视，但球技如此之糟并不仅仅因为这个。"我们家的吉彦都比伊道君打得好。""哪里，像他那样打球，还不如读卖乐园里的海獭哩。"网球公子和大伙儿常这样拿他说笑，然而伊道君一点也没有停止打球的意思，每天一上完私塾课，四周昏暗下来的时候，他便出现了，默默地，一个人对着墙练习。不久，球拍能够着球了，球能越网了，半年以后，他可以对付着对打了，最近还参加了俱乐部的双打联赛。不论是击落地球、截击，还是发球，伊道君的姿势比谁都漂亮，很符合标准，而且伊道君对于网球理论和击球姿势都有相当的研究。不错，伊道君的网球修养可以说在他年轻的时候就已经完成了，然而，单打的时候，伊道君谁也赢不了，不久前还败在了五十八岁的大妈手下，原因就是他反应迟缓，步伐极不敏捷。如果不跑到球的跟前，无论姿势多么优美也是打不中飞过来的球的。不过伊道君爱网球，是网球给了他自信和希望，他甚至还说只和喜欢网球的人结婚。想必今天伊道君也会来的，每当昏暗的黄昏降临的时候，他便要接受一个教练的授课，那教练是他爸爸雇的，他爸爸治好过很多人的牙，用赚来的钱雇了这教练。网球公子想，网球本来就是这样，它是一种阴郁的运动，那些臂力强劲、反应敏捷、步伐神速的人，那些在其他运动方面也很优秀的通用型选手是不愿意从事这种运动的。

"喂，阿青，和那个女人怎样了？还在来往吗？"

"很久没见面了，去里约前就有两星期没见面，所以没见着她总有一个多月了吧。"

"空白是可怕的哟，恋爱的时候不觉得，然而时间这种东西真的很可怕。"

"可是工作忙呀，礼品我都买好了。"

"等待可不好受哟。"

"我也想见面啊。"

"我这个人，喂，你是知道的，喜欢男人，不过女孩子的心也是很懂的，很懂的哟。"

学生们发出欢叫，一个男孩跳到网下，救起了一个近网低球，那动作活像打排球时常用的滚地接球。男孩西裤的膝盖磨破了，一个女孩跑过来，大概是那男孩的恋人吧，穿着黄色艾力士网球裙，扎马尾辫，周围的伙伴们哄笑起来。网球公子看到了艾力士的半个网球的标志，仅仅如此，他便想起了吉野爱子，想起了她的眼睛、耳朵、唇、身体和说话的样子。

"喂，阿青，让女孩子等待是危险的哟。"

"明白了。"

网球公子急躁起来，见面，我也是很想的啊，可是，老爷子要办野鸭宴，已蹒跚着去猎友那里采购野鸭了，老婆和阿秋正忙着煮红饭[1]，吉彦要洗澡，我和山崎要搞一个阐述成本和菜谱关系的报告，自己就要满三十一岁了……见面，我也是想的啊，一个月没见面了，是挺可怕的，反正我想见她，都要想疯啦。

尚未划区的住宅用地正在大兴土木，看上去像一座古代的坟墓，挖出的红土和杂树林构成了不规则的方格花纹，那显示区界的白色混凝土的轮廓则活像装饰在皇帝遗体周边的贝壳、小石子和首饰。

这一带一直被人叫做赤田，还有个"横滨的西藏"的称呼。因为红土，它开发得最晚，网球公子决不会忘记雨天的红土，由于红土滑，易跌跤，大人们便在上学的路上撒上碎石子儿，尖锐的碎石常扎进长统胶靴的鞋底，跳动在地面的雨点是红的，积水洼被染成鲜艳的茶褐色，表面倒映着灰色的杂树林。孩子们紧盯着脚下，一步步小心翼翼地向前走，假若跌倒了，那是必然要弄得浑身污浊的，而且还有可能被石子划伤。红土路草木不生，雨

---

1 糯米和赤豆一起蒸煮的饭，用于喜庆。

水不能使之松软，孩子们的脚印也不会留在上面。那样的路，吉彦是不会走的吧，网球公子想，杂树林和田地正在迅速消失，吉彦走的路将全是混凝土和柏油的，和东京或者其他什么地方的大街一样。

当干透的红土路慢慢吸收着雨水的时候，它会散发一种独特的气味，这样的气味吉彦也不会知道，吉彦将在单调的景色中长大，无论走到哪里，他的所见都将大同小异。黄昏时分的杂树林和建设中的住宅区使网球公子变得伤感起来。

路边长方形的玻璃电话亭和鲜艳的黄色闯进网球公子的视野，他一下子兴奋起来，那是黄昏中的黄色公用电话。停下 450SLC，他苦笑，在浓重的灰蒙蒙的景色中，这电话的黄色十分醒目。一切都在融化成伤感，那黄色正在烦躁地表达不满，仿佛在说：不要忘记我！为了听到吉野爱子的声音，网球公子过去曾几十次走近这黄色，每次都胸口跳得厉害，要破裂似的，他觉得自己无异于色情狂的姑娘，都三十的人了……他这样想。然而现在却不同，网球公子打开玻璃门，进入亭子，他的胸口不再激烈地跳动，是啊，也许是在里约抱了女人的缘故，那些女人的手腕比吉野爱子的更纤细，更漂亮。网球公子曾一本正经地参加过使用葡萄牙语的会议，那些话语他几乎完全不明白。网球公子投资了几千万，也由于这个缘故，他不能忍受在那些日裔律师、畜牧业者和巴西银行家的面前丢面子，被人瞧不起，他觉得自己仿佛代表着日本，觉得自己的所为不是为自己的牛排店，而是为了国家似的。出生三十年来，这样的情形还是头一回。网球公子也曾在三十来人的面前就日本肉产的问题用英语作了二十分钟的报告。网球公子每天累得神经受不了，不喝酒就睡不着。他去有女人的俱乐部，女人们围上来，全是妓女，酒过几巡后，网球公子生气了，他想，我在异国多么艰难啊，而和我相比，这些女人活得多么轻松啊，每天晚上做着快活的事儿赚着钱。你们这样也太自私了吧，网球公子有生以来第一次真正可以用粗暴的态度对待美丽的女人了：我是来买牛肉的，我是日本人，我爱家人和网球，我也有做模特的情人。我觉得你漂亮，我想和你睡觉，我想和你打网球，我想要你口交，要你为我做各种事。我在日本坐奔驰，我是有钱人，然而，我也是一个正在面临困难的生意人，正在干着现在世界上最困难的工作。我现在离开了家人，很寂寞，头次见到你这样漂亮的女人，你不是女演员吗？你和《驱魔人》中口吐绿汁的女演员一样呀，舔我那东西的时候可不准吐绿汁哟。你多么漂亮啊，世上绝无仅有，在这个世界上，我可是最爱你的哟。

"是，我是吉野。"

一股亲切感油然而生，然而心跳没有加快，感觉和在里约的俱乐部时一样。

"是我呀，爱子。"

"回来啦。"她平静地说。

"你好吗?"

"嗯，青木君呢?"

"我锻炼来着，用网球锻炼来着。"

"是吗? 里约热不热?"

"四十度。"

"哇，真厉害。"

"明朗了吧?"

"我么?"

"不是，我是说屋里，窗子不是贴着黑纸么?"

"现在没贴。"

"贴黑纸可不好。"

"怎么啦? 头一回说这个呀。"

"啊，是啊。"

"青木君挺精神的。"

"嗯，里约很热，不精神是会输的。"

"会输? 输给谁?"

"嗯，讨厌的日裔律师啦，职业摔跤手似的牧场老板啦什么的，爱子在做什么?"

"正在做金平牛蒡呀。"

"撒谎。"

"真的。"

"你会做金平牛蒡?"

"不难的。"

"唔唔，还是不要做金平牛蒡的好。"

"为什么?"

"不相配，总觉得。"

"怪人。"

"啊，想起来啦。"

"怎么?"

"就是刚才说的怪人，就是这种说法，就是它。"

"怎么回事嘛?"

"这样说话才是爱子，没有变。"

"青木君真坏。"

"我说，我们可是一个多月没见面啦。"

"三十五天呀。"

"真该死，想见你，想得要命。"

"我也是。"

"星期五，怎样?"

"好哇。"

"那个呢?

"什么?"

"你有空吗?"

"工作？嗯，星期五，没问题。"

"这么快就 OK 了，真爽快啊，平常你不是要看看日程安排么?"

"这个星期整个儿休息呀。"

"身体不舒服?"

"不是，因为我知道，这个星期青木君会回来的。"

暮色渐深，只有树丛和山丘的轮廓线上还残留着些许橘红颜色的残阳。有点不对劲儿，网球公子想，是长期没见面的缘故吧，他强迫自己这样想。电话那边的吉野爱子似乎小了，恰似这由杂树林和施工区构成的灰色风景中的黄色电话，当它突然鲜明地出现在网球公子眼前的时候，它也仿佛变得非常地小。

"我们去喝香槟吧。"

"嗯，生蚝已经下市了呀。"

"香槟，要喝到胀破肚皮为止。"

晚上，山崎带着三个员工来参加热闹的野鸭宴。父亲采购的野鸭是山梨县产的，勉强还在狩猎期内，这种野鸭翅下的油脂可厚达一厘米，味道妙不可言。网球公子好长时间没有喝冷酒了，那醉意和时差的晕乎劲儿使他的舌头格外利索，因此他一个人兴奋地讲了四个小时。吉彦睡前唱了一首名为《郁金香》的歌，是从幼儿园学来的。山崎和父亲喝了网球公子带回的巴西特产甘蔗酒，山崎想听网球公子讲里约的女人，他羡慕网球公子，说混血的女阴最棒，为了女阴的至善至美，人类应该进一步鼓励混血，把阿秋听得直皱眉头。酒宴中，网球公子发现自己成了大家的中心，这感觉有生以来从未有过。老婆看上去新鲜可人了，他想上床后假若还有兴致就摸摸她柔软的屁股吧。"刚才，爸爸给佛坛供野鸭的时候好像哭了。"老婆一面把网球公子送的红宝石耳环往耳朵上戴，一面小声地对他耳语，"他说你成器啦，终于想干事儿啦，再也不用他唠叨啦。"大伙儿大声地笑着，野鸭的油脂味儿和大伙儿的笑声摇撼着网球公子的脑袋，在这摇撼的间隙中，一个细小的声音在反反复复地嘟囔，那是吉野爱子的声音，正在做金平牛蒡呀，正在做金平牛蒡呀，正在做金平牛蒡呀，正在做金平牛蒡呀……

到了约会的时间，吉野爱子的身影还没有出现，网球公子正喝着冰镇干雪莉酒。在这家酒店的酒吧中约会已是第二次，自从在伊豆的海洋帕克斯上了床后，他们以后的约会就在这里了。

下面有日本庭院、跨着拱桥的葫芦形水池、小鹅卵石和石灯笼，对面是被涂成黑色的墙围着的建设中的高层酒店，现在，那些窗户中的灯都亮着。

店堂里很静，嵌入墙中的扬声器流出的音乐声、客人的说话声、酒保摇晃酒瓶时的调酒声融在了一起，每一种声音都不特别突出，好像被长毛的地毯和天鹅绒的窗帘吸收了似的。

已喝到第二杯干雪莉酒了。当一口干雪莉酒正要滑入喉中时候，寂静中响起了由远而近的脚步声。假若我是狗，网球公子想，这时候大概会转过身子用鼻子哼哧哼哧地嗅，然后疯狂地摇着尾巴狂吠起来吧。

"回来啦。"吉野爱子穿着鲜红的套裙向网球公子打招呼。

在酒店的酒吧中喝干香槟，在寿司店里饮过冷酒，他们又去一家有盲女用吉他弹唱桑巴的店喝了半瓶老乌鸦威士忌。

"倒是没怎么晒黑呀。"回到屋里，在侧灯边相互脱衣服的时候，吉野爱子这样说。

"里约不是很热么?"

"这次旅行可不是躺在游泳池边读侦探小说的那种。"网球公子回答，一面伸手将正脱着罩衫的吉野爱子揽过来，她的妆尚未脱落，红唇黏黏的，闪着光。"伸出舌头！"网球公子一面抚摸她的耳垂一面说，然后用手指拈住那伸出的粉红舌头，再向外拉出一些后吸起来。松开乳罩的挂钩时，网球公子触到她腋下的汗，很凉。"刚才你干吗那样说？"网球公子问。出租车来到吉野爱子公寓跟前的时候，吉野爱子曾提议说今天算了，到此为止。

"酒喝得太多，很累了呀。"

"不想做么？"

"不知道。"

"三十五天没见面了，你不想做？"

"男人和女人不是不一样吗？"

"混蛋，有什么不一样。"

"青木君刚回来，我想你会很累的。"

吉野爱子没脱去裙子便上了床，头发摩擦被单发出一些声响，网球公子将右手伸到她连裤袜和内裤的下面。

"轻点，我小便要流出来了。"

"什么呀，快去小便了回来。"

"像修学旅行要上公共汽车的时候哩。"

"真的要小便吗？"

"肚子里满是乱七八糟的东西。"

"啊，你真的不想做？"

吉野爱子抬起身子，一面脱连裤袜和内裤，一面紧盯着网球公子，脸上有刻意的笑，网球公子不知道这笑是什么意思，头脑里蹦出山崎所说的"空白"这个词来。这家伙一直在等我吗？还是和别的男人搞过？然而吉野爱子是湿的，似乎要顺着大腿流下来，网球公子放心了，觉得"空白"这个词和她的湿毕竟不相称。

"啊，现在想了吧?"

"唔。"

"我也是。"

"想了。"

"这样，会很舒服的。"

"唔。"

像每次一样，网球公子望着吉野爱子的脸歪起来，他确认了那脸无论怎样歪也不丑陋，他只久久地看着她的脸。

"喂，我想喝点什么。"完事后，吉野爱子沙哑着声音说，她的胸脯和肚子上凹下的地方剩着汗，一上一下地动。

冰箱里只有两瓶百威啤酒和牛奶，用嘴送给她喝吧，网球公子想。将牛奶含到口里，他慌忙跑向水槽吐掉，牛奶酸了。

"怎么啦?"

吉野爱子的声音还沙哑着。"水行吗?"网球公子问。他漱了好几次口才回到床上。

"喂，牛奶已经坏了。"

"呀，是吗？你喝啦？"

"没有，气味好难闻。"

"嗯，我扔掉它。"

"喂，里约的事有趣吧。"

"唔，很好玩。"

"还有好多有趣的东西哩，来日讲给你听。"

"我想去里约呀。"

"嗯，待我把这回的事情办完就带你去。"

"太好啦，我最喜欢了。"

"而且，还要去伊豆。"

"喂，青木君。"

"什么？"

"我困了，好久没好好睡了，好想舒舒服服地睡一觉。"

"啊啊，那就睡吧，我在你旁边待着。"

"回去也行呀。"

"我在你旁边。"

网球公子给吉野爱子擦去汗，盖上毛毯，吉野爱子闭上眼，侧转身，开始呼呼地睡去。网球公子吸烟，吻她的耳朵，然后穿上衣服。这家伙，不太高兴啊，网球公子想，这么长时间没见面，本想见面的时候她会哭的，送她带回的香水和手镯时，她也只是说了声谢谢便收进手袋中了。

吉野爱子的肩和手腕从毛毯中露出来，网球公子注视着吉野爱子的右手，端详那光滑的手背和纤细的手腕。想吉野爱子时，他的脑海中总是浮现出她的手腕，他一直认为那是女人最完美的手腕，即使身处里约也不曾忘记。在侧灯的照射下，吉野爱子的手背生着淡淡的汗毛，还有细细的皱纹，仔细看时觉得有些异样，他开始觉得在离开她的这段时间里一直浮现在脑海中的手背与实物不一样了。

离开房间的时候，网球公子将冰箱中的牛奶扔进水槽，冲上水，那粘稠凝重的白色液体老也不流走。

2

巴西牛肉的味道很好，巴西烤肉和烤肉片串都是地道的南美风味，受到意料之外的好评。

价格虽然上涨，但客人有增无减，网球公子的生活也发生了变化。在里约的交涉中，网球公子劳苦功高，得到大家的认可，在巴西牛引进问题评议会中的地位也变得重要起来，巴西牛引进问题评议会简称"巴牛评"，现有成员十七人，而且还在增加，成员都是有钱人，作为一种爱好，他们开餐馆，其中土地暴发户十一人，土地的第二代继承者四人，医生的儿子一人，继承了父母财产的失意作曲家一人。

网球公子的聚餐和约会多起来，会见的人以前多没打过交道，有通产省和农林省的官员，有公司职员，有畜产业者，有冷冻技术员，有海运方面的从业者。在关税问题研究会中，网球公子还结识了汽车出口方面的从业者、弱电器销售商和乐器制造商。

肉食考察回国后的第三天，巴牛评在西新宿高级酒店的二十八楼租了一个套间，拥有了自己的办公室。

和吉野爱子的性交过了五十次的时候，网球公子开了新店，新店有三个：一个位于进驻本地的大型商场中；一个位于新高级住宅街的尽头，建这住宅街是要切开红土的山丘的，现已建成了一部分；还有一个紧挨着作为本区开发基础项目的私营铁路终点的运动游乐园，这样一来，网球公子就成为五家餐馆的主人了。

新开的三家店不叫"BON"，它们分别起名为"弗拉门戈""瓦斯科·达伽玛"和"弗罗米嫩塞"，都是里约著名足球俱乐部的名字。

网球公子雇了两个日裔巴西人做主厨，是专门做巴西烤肉的。新开的餐馆多达三家，网球公子不得不和商场进行交涉，和分属于不动产、建设、铁路等部门的多个企业进行交涉，但他做得非常好。网球公子的父亲是本地头号地主之一，对网球公子的交涉自然有帮助，然而，促进网球公子大获全胜的不仅仅是这个。

　　是女人，网球公子想，不过他并不认为赚钱是为了把钱用在女人身上。网球公子记得和吉野爱子性交的次数、吉野爱子为自己做口交的次数、吉野爱子哭泣的次数，所有这些事情的次数他都记得。迄今为止，吉野爱子哭了四次，十四个月间哭了四次。第一次是去里约前，吉野爱子伏在网球公子的胸前哭起来。"在酒店的大堂里，我等了两个小时，等人的时候是会想很多事的吧？本想去休息室喝喝茶的，但一想到我们约会的地方是大堂，假若我喝茶的时候青木君来了，以为我回去了，那怎么好？于是我一直在大堂的黑椅子上坐着。等人时候的心情很奇怪是吧？在人来人往的地方等人心里烦乱不堪，觉得被陌生人上上下下地盯着看，老吸烟，喉咙涩得难受。我紧盯着大门，每当有奔驰停靠过来，心就咚咚地跳。凑巧这酒店正要开一个牙医的学术会议，一百多个牙医胸前挂着塑料名牌从我面前走过，好像大家都在看我的牙似的，要知道我可是有蛀牙的呀，多讨厌呀。我担心得跟什么似的，老想为什么还不来呢？是不是不来了呢？各种想法都有。我告诫自己要冷静呀，要冷静呀，以前我是一直能够冷静的，也觉得自己是个冷静的人，自己可以控制自己的，可是，事情并不能总是很顺利的吧？做爱，我特有的睡眠不足，低血压，这种种的因素使事情并不能总是顺利吧？这时候，我突然觉得很寂寞，在热闹的大堂里我突然非常寂寞起来，我明白了，我是深深地喜欢上青木君了呀。"当吉野爱子带着鼻音一面说着这些一面哭泣的时候，网球公子在昏暗的灯光下望着这美丽女人的脸正在为自己慢慢地变得潮湿起来，他想，在这个世界上还有什么样的瞬间比这个更加美妙呢？

吉野爱子第二次哭泣是他们第三十二次做爱的时候，高潮过后，网球公子在她耳边小声道："你来得快了啊。"

"最近我知道了呀，什么时候和青木君一起来，我很快就知道了呀。"

积留在胸前的汗水使身体变得更滑，网球公子一面掐吉野爱子的屁股一面小声地说："我是在努力的，我在努力，老在想，虽然没有到走路也想的程度，但为了你，我老在想，所以和老婆也顾不上，已经三周没做了，和老婆……"由于沉醉于吉野爱子细而尖的屁股，网球公子只一个劲儿地说，没有顾及太多。

"三周前做过吗？"

呻吟声变成了这样的话，网球公子终于发觉自己失言了。

"做还是做的，毕竟是夫妻呀。"网球公子笑着说。

吉野爱子哭起来，大腿还夹着网球公子的身体，网球公子能感觉到她被掐着的屁股和身体上的汗水在渐渐地变得凉了，他无语，抽出疲软下来的阴茎，从吉野爱子的身上下来，躺在她的旁边，一面担心着被她拒绝，一面把手伸到她的脑后。吉野爱子把身体靠过来，抱紧网球公子，喉咙不住地震颤。尽管汗水干了，凉了，胯间却一直是黏糊的。什么都不能为她做，什么都不能对她说，对于这个女人，我只能无可奈何，网球公子一面这样想，一面只是不断地抚摸她那少年似的短而起着波纹的头发。

令网球公子大获全胜的是女人。

没有人能使他人变得幸福，影响他人毫无意义，了解他人和被他人了解难以做到，支配他人和被他人支配难以实行，这样的道理只有女人能够让你明白，只有美丽得当你给她打电话时禁不住胸口狂跳的女人能够告诉你这个道理。别人是不需要的，你必须采取这样的生存方式，也就是说，你必须像玻璃杯中的香槟那样闪闪发光，对别人，你能够做的只是对他显示闪闪发光的自己……网球公子从吉野爱子那里明白了这个道理，正因为如此，当他面对着身着丝织套装的日裔巴西人律师，面对着杰奎琳·比塞特似的里约妓女，面对着通产省的官员以及拥有八间法式餐饮店的巴牛评代表，面对着大型商场的总经理、不动产公司的开发部长以及银行的分行长的时候，他是一步也不作退让的，他一面回想着吉野爱子的脸蛋和声音一面紧逼对手，喂，青木君，不要女人似的放高球，要像博格，猛攻猛打哟……

"托你的福，那家伙完全变样了。"

郡城穿着网球服，郡城的老婆三个月前从精神病院里出来后开始打起了网球。作为出院的贺礼，网球公子送给她一张会员证，是除周末和节假日之外使用的。网球公子最近才知道郡城老婆的本名，叫淳子，以前，郡城一直叫她简的，那好像是他们在阿富汗相识时她的昵称。"印度呀，阿富汗呀，我都要忘掉，我们重新开始，我不打猎了，是的，我要和老婆一起打网球。"郡城说。

"昨天，我们买阿瑟·阿什的教材了，晚上练了球来着，空挥球拍呀什么的。阿瑟·阿什的书青木有么？对初学者好像很管用，你若没有我借你怎样？"

淳子出院时胖得圆鼓鼓的，据说在精神病院她吃的饭都拌了肠胃药。以前她老拖着长至脚踝的印度裙，热衷于做莫明其妙的冥想，双手捂着耳朵嗯嗯地或者唔唔地哼哧，然而出院后，她有些变了，变得喜欢说话，衣服也不特别了。网球公子之所以送她网球会员证，是因为她说了下面一番话："我呀，虽说住的医院在环八号线旁边，但屋外的景色非常漂亮哟。精神病院，临窗的景色却漂亮，有点奇怪吧，不过真是不错。我不发疯，病情又不重，和同室的病友也谈得来，觉得像住家庭旅馆哩。我说青木君呀，从窗子望出去，还能看到网球场哩。正下面是一个小庭院，患者们都在那里晒太阳，那里有个喷水的小便男孩，还有道篱笆，篱笆对面就是网球场。那些晒太阳的患者几乎都是老人，精神病院的老人大都不动，老愣愣地待着，感觉挺难受的。那小便男孩身上长着青苔，没完没了地小便，咕嘟咕嘟咕嘟咕嘟，是吧？所以不由得我就想了，那些穿睡衣的精神病老人像这样老编织东西，即使没有精神病也要得上精神病吧。网球场很漂亮，线条很美，大家似乎都很快活，这样拼着命地看网球场我可是从未有过的哟，于是我就想了，我现在得病，一定是因为觉得往后的生活一目了然，和看到喀布尔淡黄的山丘时的感觉一样，可是，仅仅一个网球场就能让我高兴，所以我就想了，没有见过的东西，美好的东西一定还有好多好多吧。"

"喂，阿瑟·阿什的书你有吗？"

"没有。"

"我借你怎样？"

"啊啊，可是，阿瑟·阿什真正是神一般的人物，非常了不起，跟你说，像你这样连下手发球都不会的家伙不能直呼其名。"

"真的？"

"真的。"

"那就叫阿瑟·阿什君吧。"

"太亲密。"

"叫阿瑟·阿什老师怎样？老师？"

"不错，叫老师可以。"

淳子正在访客场地接受初级俱乐部课程，信山教练出球，几个大妈站成一排，一个个轮番击球。"从下往上，挥拍要从下往上，接球要快，球过网后快收拍，要这样，从下往上，从下往上……"这样的声音一直传到休息区。淳子身着特大号衬衫、网球裙，一面笑一面追赶球。"喂，托青木君的福，我出汗了呀，十来年了，除了盗汗，我没出过汗的。"淳子说。初级俱乐部的课堂像个幼儿的游乐场，穿网球裙的淳子和大妈们都很可爱的样子，如同天使般的幼儿。啊啊，自己也有过那样的时候哩，网球公子想，做幼儿的时候，只要跑到网球场，网球公子就高兴，那时想象和网球之间还没有很好的联系，只知道拼命乱跑，胡乱地挥拍。有一次，大概在挥了几百次拍的时候，球像有了生命似的过了网，跳进了底线的内侧，这个时候，一种从未有过的快乐油然涌起，流遍全身，这是第一次大脑和肌肉非偶然地支配了球的一瞬间，那时，他茫然了，不知道眼前的情形究竟是怎么回事，那快乐并非来自大脑，而是身体的内部，像麻药一样浸透全身的细胞，并使他再也不能忘记。吃饭的时候，乘公共汽车的时候，牵孩子的时候，突然仰望天空的时候，那些细胞便要求他去品尝那样的快乐，它们突然波涛般地涌起，哗哗地躁动，于是网球公子的脚步便毫无缘由地、自然而然地迈向了网球场，那白色的长方形的线条位于球网的两边，网球公子一站在线条上，那些细胞就更加兴奋，而大脑却相反，出奇地安静沉着，然而，即使站在了球场上，即使追球，挥拍子，那快乐也并不会简单地复苏，这是因为大脑以外的细胞是诚实的，你必须打单打，必须在完美无瑕地组成白色长方形的线条包围下一面做着相同的动作一面击球，你所要不断面对的就是这个决不会重复轨迹的迎面飞来的球。

"不过青木真了不起。"

郡城买了最便宜的王子牌大拍面球拍，球拍柄上很快贴上了印着首字母的胶带。

"的确了不起啊。"

"什么了不起？"

"啊，听说你开了三家新店。"

"瞎折腾而已。"

"地段一定好，挨着商场？田园调布[1]二期？游乐场？了不起，绝对赚钱的地方。"

"我家是暴发户，不用钱不是不正常了吗？"

网球公子有点奇怪，怎么自己对郡城就不那么盛气凌人了呢？

---

1 位于日本东京的高级住宅区。

当东大出身的北横滨银行分行长对他说生意成功后把钱存到他那儿的时候，网球公子是很张狂的。"你那里，我连尿都不撒一泡。"他说。然而现在，怎么就不张狂了呢？想来，还是不好意思吧，网球公子想。

"青木的事我一点也不知道啊。"

郡城把球拍上歪了的肠线重新弄正，近来网球学校一开始就教旋球，所以即使初学者也常常弄歪肠线。

"青木也想过很多吧。"

"我？混蛋，什么也没想。"

"像青木这样，不就是成大器了吗？而我这样的人，弄摄影什么的，搞得似乎轰轰烈烈，结果只落得个孩子也没有，老婆进精神病院，真是。我去印度干什么呢，我都觉得讨厌。"

"你，过来对着墙练习！"

"青木君真了不起。"

"不要胡说，对着墙练习！要不淳子要打过你了。"

郡城点点头，拿起两个黄球放进口袋向练习场走去，穿过球场时，淳子向他挥手，郡城也回应。这两个家伙还做吗？网球公子想。淳子比郡城大七岁，今年三十九，由于吃了拌肠胃药饭的缘故，脸颊、脖子、肚子、大腿，还有脚腕儿都吊着肉，胖得不能再胖了。网球公子想起了山崎，有一次他对网球公子说："老板，在大宫遇到厉害的家伙啦，说是去 3P，可对方是个胖婆呀，那女人和照片上的不同，她应募"家庭钻石"用的是六年前的照片，一般情况下，比如执照、签证什么的，三个月以上的照片就不能用了，是吧？就是这种胖婆，那个胖，我可是头回见到，过去有个叫卡尔霍姆的职业摔跤运动员的，还记得吧？也浑身肥肉呀。我抓住脚腕，叭地张开腿，然而赘肉太多，那东西看不见，于是她男人把赘肉左右推开道：'来，先生，这里请。'好歹我总算插进去了，但完事后阴茎的根部受到挤压，那个疼呀……"郡城正对着墙练习，他控制不住球。

吉野爱子白天在家，这是很少有的事，电话呼叫音只响了一次她便拿起了听筒。

"什么呀，你在家？"

"工作取消了呀。"

"白天打电话爱子总不在，所以我也喜欢电话呼叫音老这么响着了。"

"为什么这样？"

"这声音挺让人安心。"

"好像挺傻呀。"

"一点也不。喂，你屋里的样子我已经知道了是吧？哪里是床，哪里是电话，我都知道了，所以电话响着的时候想象那里的情形就觉得安心，真的。"

"奇怪呀，而且还有点可怕。"

"可怕？为什么？"

"我若死了，青木君是不是要把我做成木乃伊放进衣橱里？"

"怎么会那样，不过倒是怪吓人的。"

"奇怪呀。"

"取消了真可怜。"

"嗯，算啦，本来事情就无聊，算啦。"

"是照片吗？"

"录像。"

"录像？莫非是色情录像？"

"你很清楚呀，这个。"

"得啦，我不喜欢这种玩笑。"

"真的，所以，要保密哟。"

"保什么密？跟谁保密？大白天里不要乱说！"

"真的，在池袋的酒店里装别人老婆，穿着和服的。"

"可是，色情录像要受到盘问的吧？正式演了么？"

"是呀。"

"别是呀是呀的，我不喜欢这种玩笑，怎么个拍法？脸也会映出来的，你爸妈看到了怎么办?"

"他们不是看不着吗?"

"我可要生气啦。"

"唬你的。"

"混蛋。"

"为一个小陶器公司演宣传片。"

"可是，你倒是挺会撒谎的。"

"当真啦?"

"想你不会那样吧。"

"喂，假若真的拍色情录像，你会瞧不起我么?"

"色情录像不要再提啦。"

"假若我那样做了，你会讨厌我吗? 愤怒? 或者离开我?"

"我不想回答。"

"是啊，我很高兴呀。"

"你可真够任性的。"

"下次，什么时候见面?"

"周末。"

"能过夜么?"

"啊啊。"

"算啦，喂，青木君变了呀。"

"是吗?"

"是变了呀。"

透过玻璃,网球公子眺望电话亭外的景色,太阳有些偏西,被推土机铲过的泥土显得更红,零星残存于小丘上的梅花已开始凋零,只有竹林摇曳着,两只灰色的鸟正划过天空飞向远方。吉野爱子的声音听着很沉闷,打电话的时候本以为她不在家的,为什么那家伙大白天还在屋里呢?在干什么?屋子那么小,她又找不到工作,假若这样的话,去演演电影什么的也未尝不可吧。是不是在屋里看重播的历史剧呢?这样的感觉,也许是时间带来的,网球公子想。离第一次上床已经过去了十四个月,有过一段时间,只要一听到她的嗓音,网球公子就来劲儿,那甜美的带着鼻音的嗓音仿佛浸透了全身的毛孔,仅凭那嗓音就能在网球公子的身体里掀起喜悦的波澜,然而现在已不是那样了,当吉野爱子说青木君变了的时候,网球公子心中一愣,那时他只想快点挂断电话,吉野爱子甜美的嗓音与眼前的景色不相配,是啊,网球公子想,我真正想听的其实只是电话中的呼叫音而已……

吉彦的幼儿园在一幢住宅大楼的二楼,位于高尔夫球练习场的后面,那里有十来个零至三岁的婴幼儿,每天,从上午九点至傍晚,吉彦就在那里度过。幼儿园是网球公子的老婆找的,她主张把吉彦放到幼儿园里去，老婆说："附近没有孩子，吉彦老和大人在一起不行。"但阿秋和父亲反对，父亲说："托儿所那样的地方是夫妻俩都上班的孩子或者单亲家庭的孩子去的，孩子和父母在一起最好。"阿秋说："难道我照顾得不好么？"还很难看地哭起来。网球公子站在老婆一边，他说："是啊，独生子在大人中待着是不好，弄得像我这样了。孩子就应该和孩子玩。"

网球公子把450SLC停在住宅前的路上，对面空地上正在建高楼，施工的工人们望着奔驰车和网球公子，脸上满是灰尘和汗水。

吉彦正在和一个个头不相上下的女孩子玩塑料积木，网球公子一叫他，他便回过头，伸开手跑过来，网球公子抱起他挨擦着他的脸道："给小朋友说再见呀，刚才一起玩了的吧？"

"拜拜。"吉彦在网球公子的怀中向屋里招手。"吉彦，再见。"屋里七八个幼儿一起叫起来。牵着吉彦的手，网球公子让他坐上副驾驶座。工人们还在施工，发动引擎的时候他们又一起往这边看。"爸爸，月亮，月亮。"吉彦指着挡风玻璃外的天空说，微明的天上果然有一弯新月。"对呀，那是月亮，挺聪明的。"网球公子摸着吉彦的头说。工人中有个看上去最年轻的家伙，他停下手中合水泥的活儿一直望着网球公子，直到450SLC开动起来。莫非那家伙想诱拐吉彦？来日给保育员说说，对，从下次起，接吉彦的时候开老婆的本田雅阁来吧，网球公子想。

吉野爱子穿米色的迷你裙。"挺合身的。"网球公子这样一说，吉野爱子便羞得脸发红，连喝了两杯马提尼。这酒吧在巴牛评聚会时常用的高层酒店里，酒保、侍者什么的全认识网球公子，所有人都对他深深鞠躬，客气地打招呼。

像平常一样，钢琴师一坐下，网球公子就在杯子垫的反面写下《蜜糖滋味》递给侍者。"没听厌么?"吉野爱子问，她的唇上满是肉冻的油腻。

"老听相同的曲子不觉腻烦?"

"学校的早礼一开始总是要唱校歌吧? 和那一样呀。"网球公子回答。吉野爱子笑出声来。

"校歌难道就不变?"

"还有更好的歌吗? 我不喜欢频繁变化。"

"听拉丁舞曲吧。在里约，桑巴什么的没有留下印象?"

"嗯，有个叫《最后的夜晚》的曲子，很不错，从里约到了圣保罗的时候我们去了日本人酒吧，一个由当地人组成的乐队为我们演奏了《最后的夜晚》，因为那也是我们在巴西的最后的夜晚，所以很伤感，那曲子真好。"

"名字不喜欢，是怎样的歌?"

"歌词和《但是又奈何》[1]很像。"

"离别的么？啊，得啦，这种歌不喜欢。"

"《蜜糖滋味》的歌词怎样？不是离别的么？"

"不知道，不过，离别的歌我不喜欢。"

开始演奏《蜜糖滋味》了，网球公子看着吉野爱子的手腕，先前送的银手镯还戴着，那手腕虽然纤细可爱，但肤色感觉很暗，网球公子想起来了，这家伙说了今天来月经的，怡人的醉意有些醒了，什么呀，特意抽时间出来……上床看来是没指望啦。

3

吉野爱子屋里的窗子上贴着黑纸。网球公子醉了，他不记得转了几家酒吧，有个酒吧放着钢琴的，对，那酒吧在酒店里，接着他们吃了点东西，去了休息厅，那里胡乱摆着一些观赏植物，网球公子吃了野鸭，吉野爱子吃了牛肝馅饼，然后他们乘出租车上了街，那出租车司机一个劲儿地讲他的女儿，说他女儿参加竞猜节目获了奖，到比利时旅行去了。街上雾蒙蒙的，空气潮湿凝重，要下雨的样子。网球公子喝了冰镇苏格兰威士忌。那店像画廊似的，地板是大理石。网球公子想喝烈酒，他忘了威士忌喝了

---

1 *Dancing All Night*，日本老牌乐队 Monta & Brothers 发表于 20 世纪 80 年代的蓝调爵士名作。

几杯，脑子里琢磨着吉野爱子，这家伙，这种店倒是知道得不少啊，他想。他们还去了有男同性恋者的店，在那里也喝了冰镇威士忌，那男同性恋坐在吉野爱子和网球公子中间大讲耳朵形状和性器之间的关系，话很有趣，两人大笑，累得下巴受不了。大笑的时候，网球公子察觉自己醉得厉害，连手指和脚趾尖儿都麻木了，不过那同性恋者的话倒是蛮有趣，又没有其他可做的事，于是一个劲儿地喝威士忌，吸烟。街上下起小雨来，网球公子和吉野爱子挽着手，一面走一面想两个问题，为什么这世上有这么多酒吧呢？这家伙真的来月经了吗？来月经的女人能够这样喝酒吗？就这两个问题。要天亮的时候，两人要回到屋里去，网球公子因为醉了，便要出租车司机去酒店，吉野爱子更正说去原宿。"今天我想回自己的屋里好好睡一觉呀。"她说。

"喝咖啡吗？"

吉野爱子从厨房里问，她已经换上了睡衣。

网球公子没有力气回答，只好轻轻地摇头，然而脑袋里却在想，现在是要睡觉的时候，而且醉得泥似的，这女人怎么还煮咖啡呢？网球公子的脑袋一片迷糊，很快便开始失去意识。

"青木君，没事儿吧？怎么就这样睡啦？上床怎样？"

网球公子想说你不是在来月经吗？然而他嘴角麻木，发不出声儿，只有一条酸酸的唾液线垂下来。吉野爱子一动不动地望着网球公子，两手捧着冒热气儿的咖啡杯，这样的情形似乎好久以前也有过，吉野爱子没有笑，不知在想什么，她的喉咙慢慢动着，咖啡杯从手里滑落下来。

不知不觉地，网球公子在沙发上睡了，强烈的呕吐感又使他醒来。屋里一片漆黑，只有床上传来吉野爱子熟睡的呼吸声。网球公子轻手轻脚地去洗手间呕吐，然后回来，重新坐到沙发上，他的视线遇到了贴在窗上的黑纸，即使在如此昏暗的屋里，那黑纸也依然是最暗的地方。有好多次，网球公子要吉野爱子把那纸揭了，说黑纸使人郁闷。"想到你在这黑屋里住着我就不舒服。"网球公子说，然而吉野爱子每次听了都笑着摇头。"不是那样的，"她说，"我睡得很晚，假若用窗帘，光会泄进来吧？这屋子没有木板套窗，假若屋里亮，我就睡不着。"网球公子想起吉野爱子带他去过的那破网球场，只要一看到这四角规整地钉着图钉的黑色绘图纸，网球公子的眼前就会浮现出那墓地一般的网球场。网球场夹在菜地和收费钓鱼池的中间，菜地里排列着腐烂的卷心菜，鱼池里的水是黄色而混浊的，球场上到处扔着烟蒂和纸屑，拿着气球的孩子们在球场的角落里挖土玩儿。那种破烂的球场网球公子从未见过。这么说，倒是好久没有和吉野爱子打网球了，网球公子想，她的球技是不是长进了呢？书架上立着吉野爱子的球拍，网球公子取下来打量，用手指抚摸那上面的 YAMAHA 文字。想来，她的球技不会有长进，他这样想，忽然想哭，球技低劣的家伙和球技高超的人打对打需要同情和爱情，如果抽掉这两样东西持续对攻的话，便只剩下长进球技了。太阳穴正痛着，想着这些事，网球公子真要落泪了。他反复深呼吸，等待着泪水不再往外渗，然后走近床边，分开吉野爱子额上的发，一面想，这十四个月来，吃饭，喝酒，接吻，舔舌头，做爱，如此而已。昨天晚上，她说来月经的时候，自己还想了来着，那就什么都不做，就算去酒店，或是去这家伙的屋里，也什么都不做。

　　突然，网球公子止住了呼吸，吉野爱子的眼睛正睁着，自己想问题的时候，她好像一直看着自己。网球公子慌了，不知该怎么好，只好胡乱地用手捧住吉野爱子的脸。

　　"要回去了吗？"吉野爱子问，声音很清晰。"一直醒着么？"网球公子问。她点点头。"青木君吐了吧，我醒着哟。"

　　网球公子用吻堵住吉野爱子的唇，舌头胡乱地搅动。

　　"不要。"吉野爱子扭过脸去。"怎么啦？生气啦？"网球公子很震惊，他感到了某种不悦的东西，某种像这屋里贴在窗上的黑色绘图纸似的东西，这东西在自己的心里膨胀着。

　　"臭，没漱口吧？舌头好酸。"

　　"啊，是吗？对不起。"网球公子来到厨房，漱了近二十次口，然后又接吻。舌头在牙床内侧搅动，内心进行着连自己都不懂的独白：我也感觉抱歉，那么，还是打网球吧，我也没怎么打网球了，还是想去伊豆，我真的并不太喜欢做爱，像海洋帕克斯那种高格调的酒店似乎箱根也有，那么还是打网球吧。现在连郡城这种反应特慢的家伙都开始打网球了，去一般的球场尽是些笨蛋，没意思，所以近来我也完全不打网球了。还是想打网球，想和你打网球，我是想和你打网球的呀。

"喂，青木君。"吉野爱子又一次把脸扭开去，一面微笑，一面低语似的叫了一声。

"别吻了。"声音很轻，"我不想。"

"啊啊，那再打电话吧。"

吉野爱子点头，向站起来的网球公子摆手，然后闭上眼，拉起毛毯，蒙住头。"请锁好门。"她说。

季岛穿着印有猫的 T 恤和邓禄普网球裤衩，网球公子则很烦。

"我觉得这是歧视。"

季岛不喜欢春天，春天必须脱下保暖服，松弛的肚子全露在外面。

"我也是想穿的，名牌网球服，我也是想穿的，可没有呀，切瑞蒂呀，玛伽呀，都没有我可以穿的码子呀。"

"腰围上百啦?"

"那倒没有，怎么回事？难道胖人就不能穿欧洲的网球服了么？"

"赛乔德奇有皮筋的怎样？那总可以吧？"

"赛乔德奇不行，不行。到底要怎样？难道胖人就不兴打网球？"

"没有特大号的么？"

"有哇，可是生产的厂家少，再说胖子们都穿那个，所以我一穿上便会想，啊啊，我也是胖子啊，看到别的胖子穿我就难受得什么似的了。"

网球公子和季岛、戴眼镜的石田、山口一起打双打。山口是负责这一带开发的大型电气铁路公司的员工，因迷恋贝蒂娜·班格[1]而开始打网球，自称"贝蒂娜·山口"。贝蒂娜·山口认为自己属硬派风格，三十五岁左右打网球，为了打好极致的上旋，他的拉拍动作非常大，超过了比约·博格。山口只尊敬让人连想到禁欲求道者的博格，但他的脚却没有博格敏捷，打起球来不同步，完全不像打网球。贝蒂娜·山口很孤独，谁也不愿和他比赛，而他又不愿因此有所改变，便一门心事地对着墙打，默默地毫无声

---

[1] 前西德著名女子网球选手（1963—　）。

息，只有实在人数不足的时候才有人对贝蒂娜·山口发出邀请："山口君，比赛好吗？"然而贝蒂娜·山口讨厌比赛，他认为网球不是娱乐，而是精神修养。山口有生以来没有赢过一场比赛，也不把打赢比赛当一回事儿。在这场比赛中，山口奉行一球取胜的策略，只一球，假若回球得分，这位贝蒂娜·山口便像吉米·康纳斯[1]似的高举双手，摆出胜利的姿势，陶醉于渴求已久的快感中。不用说，没有人鼓掌，他总是多余的，然而他不在乎。网球公子和山口一组，他们轻易地便被季岛和石田击败了。

"我说阿山，打网球这样不讲配合可不行。"季岛一面喝宝矿力水特一面说。

"是，我常常觉得抱歉，不过没办法，我不能改变自己的打法，我认为自己和别人没有关系。"

这是山口的信条。

"山口君好像对谁都一样，不管对手是我们还是康纳斯，好像都差不多。"

老于世故的石田说话很和善。

"青木君，对不起，总是打不好，想必让你不快了吧？"

贝蒂娜·山口向网球公子道歉。

1　美国职业网球运动员（1952—　　），前世界排名第一。

"阿山不懂网球。"网球公子说，也不看他一眼。

"对不起，不过自己决定了的路子不能改变。"

山口浑身是汗，但他不喝运动饮料，也不在长椅上坐，只诚惶诚恐地站着，面朝网球公子的方向垂着头。

"什么自己的路子，不要说这种狂妄话，乱打一气最容易。"

网球公子为什么烦呢？他自己清楚，自从同吉野爱子好上后，网球公子的约会邀请第一次遭到了拒绝，吉野爱子说不能赴约，有事，有什么事又不说，网球公子很恼火，没有问。

"算啦算啦，阿青。阿山也不是故意乱打。"

季岛喝第二罐宝矿力水特。

"像山口君这样的网球假若打好了，那一定很过瘾。即使是罗斯科·坦纳[1]，据说刚开始的时候发球也不行，可后来呢，他的发球多么有力啊。"

老于世故的石田始终很和善。

"没什么，我无所谓，他要怎样打是他的事，我只是恼火。胡乱打球本来最容易，却又要说什么自己的路子之类的话。"

那三个人还想说什么，网球公子抓起包和车钥匙，说一声我先走啦，便站起身快步向停车场走去，背后传来季岛的声音："别

---

1 美国前网球明星（1951—　）。

生气啦，阿山一定是心情不好。"网球公子头也不回便上了450SLC，他把车开得飞快，在第一个看到的公用电话前停下。

"是，我是吉野。"

"是我呀。"

"哎呀，你好。"

"周六为什么不行？"

"啊，对不起。"

"要工作吗？"

"不是。"

"那为什么？有要紧事？"

"改天吧。"

"所以说，我要问是什么事呀。"

吉野爱子笑起来，那低声的笑让网球公子很恼怒。

"青木君，现在，在哪里？"

"在哪里都没关系吧？"

"像孩子哩。"

吉野爱子又笑起来。

"是要回乡下吗？"

"不是，是朋友要来。"

"朋友？男的吗？"

吉野爱子的笑声消失了。

"是青木君不认识的人。"

"是吗？我不认识的家伙？"

"是的。"

"原来这样啊，这世上，我不认识的家伙多着哩。"

"所以，改日再约吧。"

"改日会约的，不过，被拒绝挺受伤。"

"仅仅是被拒绝，还算不错。"

"什么？这什么意思？"

"从我这里，连电话也不能给你打呀。"

网球公子又扯了一下巴西牛肉多么嫩之类的话后便挂断了电话。

很久没有在东京和山崎喝酒了。山崎开着大型巴士和新来的店员看了樱花，现在正要返回。这是周六的晚上，若是平时，这个时候网球公子是一面看着吉野爱子的侧影一面喝着酒的。

"社长给我打电话，真是难得啊。"

在酒店中有钢琴的酒吧里，山崎的样子显得别扭。

"哪里，因为好久没和你喝酒了，店也托别人管着。"

这是撒谎，巴西牛引进问题评议会的聚会结束后，网球公子在酒店的房间里独自凭窗远眺，无缘无故地，他想找个人聊聊。

"你说急着要见我，我还以为肉方面出了什么大事哩。"

"不是的。"

"社长经常来这里喝酒吗？"

"起初常来这里小饮，后来外出呀，吃饭呀，也到这里来。"

"我也偶尔来，意外地便宜。"

"是啊，虽然只有傻子才会来酒店的餐厅用餐，但酒店的酒吧的确便宜，意外地便宜。"

"我用酒店是搞乱交或者换妻，在酒吧见面，满意就开房。"

"山崎还没结婚吧？"

"现在，一个人。"

"不是说有个女人后来分手了吗？"

"啊，那分手的家伙并未入籍。"

酒店窗户的灯光映在日本庭院中的水池里，光波在水面上摇曳，圆形的水池被光影切割成一块块的长方形，平常看到这样的景色总是和吉野爱子在一起。

"没结婚怎么做呢？"

"做什么？"

"换妻。"

"怎么做，还不是那样做。"

"换妻要那个的吧？要交换夫妻不是吧？你一个人怎么行呢？"

"我也带女人的，漂亮的风尘女人。"

"女招待之类的家伙？"

"啊，差不多。那个，社长也有兴趣？"

"不，我，不一样啊。"

网球公子没有醉，和山崎的交谈停顿了好长时间。看看四周，全是女人，有三五成群、身着便宜衣饰的中年女人，看来是刚参加完同窗会或者结婚宴什么的；有交叠着大腿、满头银发的外国女人；有吸着细长香烟、留着短发的年轻女人。是啊，女人形形色色，然而有吉野爱子那种声音，那种手腕，那种性器的女人却难得一见。究竟我怎么了？生什么气呢？

"我猜你有别的话要谈，对不？"山崎将嘴唇噘起，舌头一伸一缩地动，然后问，"是女人吧？上床的事？一直在来往吗？"

"算是吧。"

"出问题了？"

"也不是。"

"就是那时来的那个半老徐娘的模特吧？嗯，脸蛋儿不错，性器想必漂亮，是不是？"

"倒也是。"

"这么说要分手啦？"

"不是，我也不清楚。"

"究竟怎么啦？"

网球公子用二十分钟对山崎讲了事情的经过。

"什么呀，听起来挺傻的，这只是闹别扭呀，她是还想要，想使性子，想见面，想要更多，更多，更多，更多。不过闹点别扭而已，我给她打电话如何？要她到这里来。"

"得啦。"

"社长不懂，完全不懂，要她来，她一定来，她正坐立不安哩。"

"不，好像没那么简单。"

"当然简单，就是女人想要，所以她肯定会来。"

混蛋，她和你要好的女人不同，网球公子本想这样说，然而山崎说的一定会来有一种奇妙的力量，网球公子一想到吉野爱子在这里出现的情形，便欢喜得似乎要浑身颤抖起来。网球公子把吉野爱子的电话号码告诉了山崎。

"好像她朋友在。"

山崎很快回来了，他看到网球公子的脸因愤怒而涨红起来。瞧，打电话起反作用了不是？这样一来，我不是像傻瓜了吗？

"朋友，是男的吗？"

"啊，这我不知道，不过我对她说请她朋友也一起来。"

"你大致说了你是我的什么人了吗?"

"我说是你朋友,我说你很寂寞,要她见你。"

"然后呢?"

"她要我转告你,给她打电话,语气很客气。"

"你要她朋友也一起来,她怎么说?"

"她说她朋友不会喝酒。喂,社长,这事挺蹊跷,一定只是闹别扭,朋友什么的根本就没有,撒谎的。喂,她好像挺可爱哟,我现在觉得她可爱了,她是想见社长,所以瞎扯淡,耍滑头。"

"她朋友不是来了吗?"

"没有来。我说,现在绝对要去见她,买上蛋糕和花去见她,这样就成了,没问题,能上床的,我保证。"

"这个……"

"我说绝对就是绝对,社长快去买花吧,我用巴士送你。"

买好玫瑰花束和芝士蛋糕,网球公子上了山崎的巴士。这巴士很大,上面有电视、麻将桌、电动按摩器和豪华吊灯。在酒店的门口,三个外国观光客也跳上车,大概把它当成去机场的专用接送车了。

打开吊灯,山崎发动了巴士,网球公子坐在后面左角的位子上。

“社长，是从西麻布向涉谷方向转吧？”

“是的。啊，山崎，这个……”

“包在我身上，其实，我不是说醉话，社长对我的——那叫什么来着——恩情，我是知道的。正想找机会报答哩，包在我身上，我不会对太太说的。”

“不是，我是说……啊啊，好吧。”

由于在九州犯有轻微的伤人前科，山崎难以找到工作，那时网球公子刚开店，对做生意一点兴趣也没有，他甚至觉得店倒闭了无所谓，所以山崎最先来应聘的时候网球公子二话没说便接纳了他。对于山崎的感激，网球公子很惊讶，也很高兴，然而眼下没有工夫沾沾自喜。巴士驶上明治路，吉野爱子的公寓越来越近了，网球公子想，假若她那里有男人，我应该采取怎样的态度呢？那家伙一定比我年轻，星期六晚上不出去，想必没有多少钱，面对比我年轻的男人，我应该是一个有钱人，吉野爱子的金主，那我是不是要面带笑容，向他问好呢？假若这样，那不成十足的傻子啦？啊啊，还是不来的好啊……

“社长，劳驾注意左边，好像有电线杆。”

按照网球公子的指点，山崎往右拐出明治路，把车开进一条细胡同，胡同右边是一排熄了灯的商店，左边是一幢高大住宅楼的水泥墙。

"从那里可以左拐吗?"

"试试看吧。"

大巴士艰难地左拐,为了避免擦伤车身,它慢慢前行,终于驶到吉野爱子的公寓前。

"社长,要我去看看情形吗?要不社长自己去?"

网球公子摇头,于是山崎拿起蛋糕盒和花束下了车。凌晨两点,四周黑暗而寂静,车上的豪华吊灯特别显眼,网球公子难堪起来,想关掉吊灯,然而找不到开关。一辆摩托进入他的视野,是一辆250cc的越野摩托,正停在吉野爱子的公寓前。这样的摩托以前没见过呀,难道果真来了男人?这时传来说话的声音,他一惊,匆忙正正身,急急地回到座位上,身体沉在椅子里,显出悠闲的样子。路上出现山崎的身影,后面跟着照例穿着那件睡衣的吉野爱子,她正在睡意蒙眬地擦眼睛。网球公子的心跳加快了,他摆出沉着的样子,吸着烟。吉野爱子来到车窗下,仰面看着网球公子道:"谢谢,花……蛋糕,明天早上吃。行了吧……青木君……这样的事不做也可以的……晚安……"

吉野爱子似乎睡意正浓,一说完话便回公寓了。

回到大路前,大型巴士经过了好一番折腾,后视镜被电线杆撞弯了,树枝把车身划伤了,一个骑自行车的男人被逼得进退两难，冲巴士大叫。

"屋里有人吗？"

憋了半天，网球公子终于问，山崎点头。

"男人吗？"

"不，床上睡着一个人，但好像是女的，我看了鞋，全是女人的。"

上高速公路前，两人没有再开口。进入东名高速后，山崎把车开得飞快，时速达到一百三十公里，吊灯摇摇晃晃，速度报警器呜呜乱叫。

"不过，搞不明白。"山崎叹口气道。

"怎么啦？"

"她要我进屋，说喝口茶什么的，那女孩。"

"究竟怎么回事？"

"不知道。"

"有没有摩托长靴？"

"没有，怎么？"

"没什么，真的没有？"

"没有呀。"

车内很亮，窗玻璃上印着网球公子的脸，闪闪的吊灯下，那脸放着光。

"那女孩不化妆更漂亮。"山崎回过头说。

网球公子没答腔。

4

网球公子被幼儿和女人的笑声吵醒了，他还想睡，然而一闭上眼，那眼睑里就闪动着吉野爱子的影子，穿着睡衣，面无表情，于是网球公子怎么也睡不下去了。

楼下，老婆、阿秋和吉彦笑成一团，声音很大，网球公子想摸吉彦的脸，可起床后身体出乎意料地不舒服，头重脚轻，指尖发麻，鸡皮疙瘩直起。

"不要！吉彦他爹，不要！吉彦不让你摸脸，老板的酒气熏死人啦。"阿秋用围裙捂住脸，扭着身子，笑得支持不住了似的。

"什么事这么好笑？"网球公子一边抚摸起鸡皮疙瘩的手和脚一边问。"是这样的，车站前超市有个卖鱼的伯伯吧？总是卖文蛤呀生蚝呀什么的，吉彦学那个伯伯的样哩，滑稽得可以。瞧，阿秋一直在笑他，啊啊，眼泪流出来了……"老婆用手绢包吉彦的饭盒，手绢上印有小象，象鼻子上挂着星条旗。

"是吗？学给爸爸看看。"网球公子摸着吉彦的头说，他的情绪似乎好了些。"不，我要去小朋友那里了。"吉彦自己穿好上衣，对网球公子草草地说了声拜拜便朝门口走去。

"没问题，"山崎拍着网球公子的肩说，"那姑娘还爱着社长，她只是闹别扭。"

网球公子想见山崎，早饭没吃便出了门，在"BON""弗拉门戈"和"华斯高"转了一圈后没有看到山崎，直到晌午前才在"BONⅡ"找到。网球公子想和山崎谈昨天的事，想要山崎安慰自己，想听山崎说吉野爱子没有变心这样的话。

"嗯，虽然女人形形色色，但是那家伙，不错吧？"

"倒也是，咱店拍广告那会儿，她看上去年龄大得很，但这次看到她没化妆的样子，很可爱哟。"

"是啊，是很可爱啊。"

"社长怎么啦？没精打采的。"

是啊，山崎说得没错，吉野爱子肯定没有变心，不管屋里那人是男还是女，不管是怎么回事，吉野爱子没有变心，那女人是累了，对我们之间的状态疲倦了，这种时候我也有过。有一段时间，打电话的时候，只要那家伙不在，自己便抓胸般地难受，那种可怕的状态很难长时间地忍受。现在，我已经从那种状态中解脱出来了，但怎样解脱的呢？仿佛是站在一堵墙的前面，闭着眼，对着墙跑去，而那墙便不知不觉地抛在身后了。

"山崎……啊啊，算了。"

"怎么？"

"啊，算了，挺无聊的，算了。"

"究竟要说什么？瞧你这人，有话就说嘛。"

"唔，我是想问，你真的爱过女人吗？爱过吗？"

山崎笑起来。

"我不拼命，所以我不一样，我选择的是迷恋我阴茎的女人。"

"拼命？什么意思？"

"是这样的，在九州，以前黑道的情况各种各样，我和黑道打交道的时候，黑道里全是压根儿不要命的家伙，这些家伙的性命朝不保夕，所以他们迷恋的确实是中他们意的女人。性格、出身什么的既然无从知道，那就通过脸和性器来挑选，他们对中意的女人发动凌厉攻势，反复劝说，直到答应上床为止。社长会怎样？假若明天就有可能被刺死，你晚上还愿意和丑女人上床吗？恐怕还是想和自己中意的女人上床后再去死吧。"

"倒也是。"

"拼命的家伙就挑挑拣拣。"

"那你怎样？谁都行吗？"

"是呀，最可爱的女人不会和我上床，连吃饭、散步什么的都做不到。"

"这么说，你没有喜欢过女人。"

"啊，不喜欢，阴茎就起不来，所以还是喜欢的。"

网球公子可怜起山崎来，原来一直以为山崎用埋了珍珠的阴茎畅快淋漓地干那些与自己无缘的女人：美丽无比的有夫之妇呀，风月场上的女人呀什么的，然而现在听着山崎的讲述，他忽然觉得山崎很可怜，头脑里浮现出山崎和年过五十的胖婆做爱的情形来。这样看来，并不是大家都幸福啊，他这样想，同时也奇怪地觉得安心起来。

"那女人……"

"怎样？"

"有点奇怪。"

山崎又笑起来。

"是吗？女人一人一个样儿。"

"我不是那个意思，我是说，她在窗户上贴黑纸，把屋里弄得漆黑一团。"

"哎？莫非她性格孤僻？"

"我倒是想过，是不是脑瓜子有问题，不过……"

"的确，看着很有脾气。总是来吧？一晚上来几次？"

"什么来不来的，你说话总是这么难听。"

"是吗？我自己也觉得色……现在就想手淫。"

"哎？哦，是吗？"

"社长不手淫吗？"

"不，不手淫的，不过……"

"想那女人时会手淫吧？"

"什么呀，我说那家伙奇怪是说她不一样，有点不一样，和这附近的女人不一样，怎么说呢？总觉得她对我的努力无动于衷似的。"

"不过男人，只有来的时候感觉舒服。"

为了检查采购来的肉质是否合格，山崎说声失陪后离开了座位。牛排店"BONⅡ"有着很高的天花板，粗大的木材交错连结着，是北欧山间小屋的风格。阳光透过有着细长铁窗框的窗子照进屋来，圆形的餐桌一半沐浴在阳光里，柚木的桌面恰好分成明暗的两半。网球公子怔怔地望着这明暗交界的地方，心头涌起一股亲切之情。他想起和吉野爱子约会的时候也有过这样的心情，那是去伊豆的时候，海面被分割成光和影的两部分，闪光的部分是一道光带，阴影的部分覆盖着云的影子，像弥漫着灰色的烟，然而，这两部分都是一样的大海，他觉得吉野爱子似乎也是如此，她总是那么亲切地对自己微笑，然而她的屋里却贴着黑纸；她说想听自己的声音，对着听筒哭泣，然而自己乘大巴士深夜探访的时候，她又摆出一副冷冰冰的脸，两种态度是那么不同，又都来自吉野爱子。结果我什么都没有弄明白,对那个家伙一无所知,网球公子望着窗外路边的电话亭这样想。他想念吉野爱子的声音。"对不起呀,乡下有个朋友到东京来了,是我儿时常在一起玩的女孩子。"他想听她用总是甜美的细语这样对自己述说,他很明白,现在能救他的除了这声音之外已别无他物了。

"喂,社长,那样漂亮的女孩子让你和她上了床,这不是挺好吗?这样一想,你一定会很高兴吧?"

冷藏室里,山崎用一把半月形的牛刀刺向硕大的牛背,一面大声对网球公子说话。网球公子久久地望着电话亭,他没有勇气打电话。

网球公子在涉谷的酒店大堂里与巴牛评成员见了面,去幼儿园接了吉彦,晚饭时吃了郡城拿来的笋子、鲣鳅生鱼片和油炸蟹饼,然后和吉彦玩铁路模型,一面不时瞥一眼电视上正在播放的巨人对大洋的比赛;阿秋患了春季感冒,正一面咳嗽一面为吉彦编织夏季短袖毛线运动衫,编织毛衣是阿秋仅有的爱好;老婆正在看邮购目录,不时在白瓷器皿和藤椅的条目上用红钢笔打上记号;父亲在维修猎枪,那勃朗宁二连发单程输弹霰弹枪已被拆卸开来。网球公子的所思所想全是吉野爱子的声音,他有时想,吉彦、阿秋、老婆、父亲是不是也和现在的自己一样呢?在这晚饭后的客厅里，大家都一面休息一面用若无其事的面孔和态度掩饰不可告人的秘密和欲望……这样一想，他便害怕起来。吉彦一面唱着《郁金香》[1]，一面安装塑料的铁路线，铁路线迅速地延长，直至横贯了整个客厅。吉彦不让网球公子帮忙，他只会延长线路，还不能把它拼成圆圈儿，所以那模型火车一开到铁路的尽头便必然翻个个儿。"你倒是蛮自在啊，"网球公子对吉彦自言自语，"你倒是蛮自在啊，不必思前想后，只要线路快点延长就行，哪怕火车不能绕圈儿也是快乐的，是吧？"吉彦不回答网球公子的问话，他对网球公子说："和我一起唱《郁金香》。"父亲擦着枪笑起来："干什么呀你，不要对吉彦说这种莫明其妙的话，是不是累啦？"网球公子摇头，一面关掉正在播放江川[2]特写镜头的电视一面说："棒球这种运动其实没有什么智慧。""哎，"老婆从邮购目录上抬起头道："你打网球前不是也只喜欢棒球么？"阿秋连打了三个喷嚏，网球公子沙哑着嗓门唱《郁金香》："开啦开啦郁金香，一行一行红白黄。"父亲在笑，老婆好像拿定了主意，决定买一打有田烧[3]的白瓷牛排盘。"每朵花儿都漂亮，每朵花儿都漂亮，每朵花儿都漂亮，每朵花儿都漂亮。"我是靠秘密和谎言生活的，网球公

1　1932 年发表的日本著名童谣。
2　全名江川卓，日本职业棒球选手，1978 年加入巨人队，1987 年宣告退役。
3　日本历史上最早的烧制瓷器，产生于江户时代，用佐贺县有田的陶土烧制而成。

子想，我现在的心中只有秘密和谎言在闪耀着光芒，也许其他家伙也是如此，只有秘密和谎言是那些家伙的人生。

下雨了，网球公子从床上下来，在客厅里只吸了一支烟便离开了家。他穿着睡衣，外面套一件外套，将十二个十元硬币、五个百元硬币以及450SLC的车钥匙揣进口袋。打开车库自动门的时候，他发现自己又在盘算被老婆发现后如何解释的问题了，他不喜欢这样的自己。网球公子以前也时常这样深夜离开家，那是为了在自动售货机前买色情书，过去是买色情书进行手淫，现在则是给自己迷恋的女人打电话，哪一种幸福呢？假若是山崎，他大概会说，答案不是明摆着吗？

雨刷拂去雨粒，优质橡胶摩擦玻璃的声音轻柔而动听。来到距家最近的电话亭前，网球公子关掉引擎和车灯，左方向灯也不开便下了车。网球公子湿淋淋地跑进电话亭，四方的窗玻璃罩着白色的雾气，看看钟，凌晨一点，网球公子作了心理准备，即使一切都要结束，也只好由它去了，然后，他拨动号码盘，拨号的时候他看见自己的手指抖动着，于是苦笑起来，此后还会有这样的瞬间吗？他想，他听到了呼叫音，心跳快起来，嗓子眼儿很干，以后，例如在巴牛评聚会上说着动听的言辞的时候，一定还会想起现在的自己吧？穿着睡衣，浑身湿透，手指颤抖，在深夜里不要命地渴望听到女人的声音，这样的自己，以后一定还会想起来的吧？呼叫音响了二十次，网球公子放下听筒，很奇怪地，一股强烈的安心之感向他袭来，他觉得眼泪要流出来了。吉野爱子不在，至少还没有宣告结束。是啊，也许出人意料地只有我在挣扎，也许吉野爱子根本就没有变，她还是那个为了我对着听筒哭泣的吉野爱子……网球公子寻找电话亭，开着车绕圈子，一发现那透着黄光的直立的方形玻璃箱，他便浑身湿透着打电话。吉野爱子不在。电话亭有四个，网球公子记得连结它们的路线，他有时全速前进，有时慢速滑行，每隔五分钟便打一个电话，发尖上垂着雨滴，手指被雨水泡得发涨，车内的座椅吸了很多水。

两小时过去了，最初的安心感已荡然无存，网球公子发怒了，吉野爱子曾说过，等待不知道是否会打来的电话最难受，混蛋，他在心里骂道，那在大雨滂沱的深夜打电话的人又怎样？这不是要我在没有墙的地方对着墙打球吗？然而，即便如此，网球公子也不想回家。

那边好像是沼泽，看不见网球场。这个时候来这里，网球公子是第一次。不知不觉地，他到了这被工地包围着的网球场了。球场四周的工地隆起，挖出的树根、红土和岩石使球场更加黑暗。门关着，上了锁，网球公子翻过铁丝网和铁条栅栏进入球场，穿过停车场来到休息区的长椅前，翻越铁条栅栏的时候，他觉得自己像个囚犯了。内裤吸了雨水，性器和睾丸萎缩得像刚从洗澡木桶中洗完澡似的，鞋中黏糊糊的，口袋中的香烟变成了尼古丁的褐色汁液，睡衣也弄脏了。

　　夜晚的网球场和沼泽毫无区别。开发前，这一带有三个沼泽，为数不多的田地就是从这些沼泽里引来细流得以灌溉的。孩子的时候，网球公子给这三个沼泽起了名，分别叫青蛙泽、萤火虫泽和鸟泽。青蛙泽和萤火虫泽可以理解，鸟泽是怎么回事呢？那里并没有候鸟呀，难道有水鸟不成？网球公子想起自己过去在这里钓过青蛙的，当时，沼泽是孩子们的神秘之所，大人们吓唬孩子说，沼泽里有神，扔石头和小便是要遭报应的。可是，哪儿有什么神呢？网球公子嘀咕道，一面从口袋里掏出乱糟糟的云雀[1]。三个沼泽都因开发而填埋了，推土机和挖土机一下子使它们化为乌有，青蛙泽中的几百只青蛙翻着晒干的肚皮死去了。假若真的有神，它是一定会发怒的，网球公子想。球场的另一头是俱乐部会所，应急灯发出的光线使线带模模糊糊地显现在黑暗中，望着这线带，网球公子想起了鸟泽这个名字的由来，那是因为它的形状像鸟。他觉得挺无趣，独自笑起来，笑完后，他想，这看着像沼泽的网球场也是有神的吧，假若有神，我倒真想撒泡尿哩。

1　香烟品牌名。

"哎呀，青木君，谢谢你上次的蛋糕，第二天我用作早点了，吃了很多哩。"

两天后的上午，网球公子终于听到了吉野爱子带着睡意似的甜美的声音。

"去哪儿啦？我一直给你打电话，老不在。"

"哎呀，是吗？我去朋友那儿了，对不起。"

比平时嗓门高，网球公子想，怎么用这种高亢的声音说话呢？不满足吗？月经什么的已来过接近三周了吧。

"朋友？以前有过这种事吗？你有这种朋友？"

"青木君不认识的。再说也不是每天见面打电话。青木君不认识的。"

不认识不认识，口气完全变了呀，这家伙好像决定了什么似的。

"明天怎样？"

"不行，有工作。"

"摄影吗？"

"是的，做酒店宣传册，还能吃法国菜，不在东京都内，是热海的观光酒店。"

吉野爱子说着笑起来。

"爱子近来有点变了。"

"什么？我没怎么变呀。"

"是吗？可我约不动你了不是吗？"

"那只是我有安排呀。"

"以前可不这样。"

"哎呀，是吗？"

"是啊，以前肯定会来的。"

"像条好猎狗？"

"什么？猎狗？"

"青木君以前说过的，好狗有最起码的条件，就是叫它来它就马上来。"

"我说过这种话？"

"嗯，不过现在不来与那个没关系，只是时间不凑巧。"

"是吗？过去肯定会来的啊。"

"太勉强了不是吗？"

"太勉强？谁？"

"我呀。"

"为什么？"

不回答，又听见她笑，太勉强怎么回事？世上不是常有这种家伙吗？为了不遭嫌弃而勉强自己，为了得到爱，为了那个人，不惜费时劳神地对周围的人撒谎。这不是勉强，这是恋爱呀，是开心地勉强自己呀。

"是吗？太勉强吗？"

"你不认为这种时候也是有的么？"

什么话？不过我是懂的，的确有那种时候。山崎说过，美丽的期限极为短暂，笋子真正鲜嫩的时候最多只有三天，动物发情的时日也十分有限。原来是这样啊，你是想说那种美丽的时候已经过去了吗？

"勉强起来可是挺累的。"

"是啊，我已经是个大妈了。"

"我觉得现在的你最漂亮。"

"谢谢，这样的话只有青木君对我说。"

"老实说……"

"什么？"

"我想见你，不开玩笑，非常想见你。"

"可以呀。"

"什么时候？"

"所以，请再打电话呀。"

"现在决定吧。"

"可是，我不知道怎么安排呀。"

"爱子，你是不是不想见我啦？"

"没有呀。"

"讨厌我了吧?"

"青木君真奇怪,假若讨厌你,我会这样跟你通电话吗?我不会在电话中和我不喜欢的人说话的。"

"明白了,那我再打电话。"

"嗯,请再打电话吧。"

"不知怎的,我也累哩。"

"不要说这种话,我是喜欢青木君的。"

走出电话亭,钻进 450SLC,网球公子与骑着轻型摩托的大婶擦肩而过,遭遇追赶沙滩球冲上马路的幼儿而紧急踩刹车,对着闯交通信号灯的国产汽车大喊大叫,怔怔地打量穿网球服的女学生的腿儿,与此同时,他头脑里反复回荡着山崎的话,让你和她上了床不是挺好吗?让你和她上了床不是挺好吗?让你和她上了床不是挺好吗?做了这么多次爱不是挺好吗?不是挺好吗?……

这次巴牛评定期聚会的议题是共同出资在海外游览地创办正宗的牛排店,最看好的地方是塞班岛。理由:游客大量增加,而高级餐馆——包括酒店内的高级餐馆——却几乎没有,需求可想而知。条件:只认可同当地资本共同经营的形式,还要同航空公司进行交涉以运输牛肉……聚会上放了塞班的幻灯片,网球公子对塞班什么的没有兴趣，他几次把手伸进内口袋，确认着口袋中的两张纸片，那是两张音乐喜剧的入场券。十天未见的吉野爱子就要见到了。幻灯片嚓卡嚓地变换着，每一次变换，网球公子的眼前都浮现出吉野爱子的性器。

这是个小剧场。

吉野爱子在大厅等着，黄色的印有各种观叶植物的质地轻柔的连衣裙、网球公子送的银手镯，还有让·巴杜香水味儿。两人在大厅酒吧饮啤酒，吃三明治，吉野爱子的唇边沾着芥末，她说："你别笑，好好听我说……"吉野爱子咬着火鸡肉的白而小的牙齿和舔着蛋黄酱的细而尖的舌头隐约可见，网球公子想，是啊，我的性器也有几次伸到那里面去了哩……

"前不久呀，有人向我求婚了。"

网球公子本想问，这么说，你和那家伙上床啦？然而没有问出口。

"不是我喜欢的类型，拒绝了，不过有人求爱总是让我高兴的。"

求爱？这是怎么回事？大厅里很嘈杂，几个名人正从这里走过，闪光灯四处闪烁，快门声相继响起。一个手捧鲜花的年轻女人轻轻绊了一下坐在轮椅上的老者，女人夸张地道歉，正开着的玫瑰花花瓣撒了一地，许多高跟鞋的后跟儿踏在了花瓣上。

"谁向你求婚了？"

"一个中年男人。"

"我也是中年男人呀。"

"比青木君还要中年。"

"谁？"

"青木君不认识的。"

"告诉我吧，职业呀什么的。"

"在小代理店工作。"

"说了想和你结婚吗？"

"嗯，不过好像离过婚。"

"真要命。"

"真要命什么意思？"

"没什么，那么，拒绝了吗？"

"嗯，不是我喜欢的类型，不过真是好人，酒呀花呀，每天都送。"

"那为什么要拒绝？"

"所以说我不喜欢。"

虽说这音乐喜剧是从百老汇改编过来的，但主演的女舞蹈演员演得非常好，网球公子和吉野爱子好几次扭着身子笑，为要求再次谢幕把巴掌都拍痛了。

在钢琴酒吧里喝波本威士忌，吃生火腿和蜗牛，点听《朝阳般明朗》和《蜜糖滋味》。网球公子好几次握着吉野爱子的手腕想，是啊，一切都没有变。吉野爱子讲了热海、麦肯罗、钢琴、溜冰、鲷鱼冻，网球公子讲了上旋放挑球、塞班、马来亚足球场和牛的睾丸。

5

听到这句话的时候，出租车已"潜行"过超高层大厦围成的"山谷"，穿过街树，正在滑向酒店的大门，那显映着闪闪灯光的旋转门已近在眼前了。

"我不再和青木君睡了。"

吉野爱子的这句话一下子堵住网球公子的胸口，严丝合缝地镶嵌于他内心和头脑里的空洞中，那空洞是由焦躁、疑惑、嫉妒和绝望构成的，而吉野爱子的话则是与这空洞完全吻合的语言。出租车已停在了酒店门口，打开门，网球公子仰望这超高层的酒店，它闪耀的灯光正刺向天空。网球公子的心头很难受，觉得身体里有什么东西从因饮酒而麻木的脚尖涌上来，令人惊讶的是，那是眼泪，它没有流出来，只紧紧地附着在面部的里侧。

"请休息吧，我明天还有工作，要回去了。"

网球公子什么也没能说出来，脱口而出的东西无法形成语言，就像吉彦遭到申斥后哭泣的样子：口里嚷着莫明其妙的幼儿语，脚叭嗒叭嗒地乱蹬。出租车司机好像很高兴，对着后视镜道："顾客先生，打算怎样？九百五十元呀。"

"喂，青木君，我们再会吧，你也累了不是吗？"

为了欺辱我，大家是不是都在串通着演一场戏呢？网球公子想，他们都高兴看我孤零零的样子，都想目睹我被人从世界的悬崖上推下去大哭大叫着的样子，他们灌醉我，用让·巴杜香水熏我，引得我勃起，夺去我的思考能力、控制能力，他们想这样欺辱我。

"啊，不，送完你我就回来。司机，对不起，请送我们到原宿。"网球公子的声音很正常，连他自己都惊讶，没有哭泣，没有叫喊，仍然是一个稳健沉着的三十岁男人的声音，他觉得那声音是从别人嘴里发出的。"哎？原宿？请换别人的车吧，瞧瞧，计程表已经复原了。"司机又很高兴似的回答，这人长着胡子，嗓音却像个女人。吉野爱子低着头，网球公子不想下车，他没有气力下车了。

"青木君，我没有关系的，我坐别的车走，没关系的。"

吉野爱子一面说一面舔嘴唇。吉野爱子的舌头被暗淡的橙色车内灯照着，那里寄托着网球公子的希望，他觉得，现在可以不使自己从世界的悬崖上跌落下去的细线只存在于吉野爱子的舌头上了。网球公子摸口袋，从钱包里掏出一万元票子扔到司机座上。"劳驾，这是车费，送我们到原宿。"他说，这回的声音里好像带了点哭腔。"哎？这合适吗？这可是一万元呀，合适吗？"司机在等待吉野爱子的反应。吉野爱子紧盯着网球公子，网球公子已经无法止住眼泪了。"拜托，请让我送你吧，拜托了，我送完你就回来，请让我送你吧。"说完关上了车门。

"总之，你讨厌我了是吧？"网球公子一进屋便抱紧吉野爱子，"为什么？告诉我理由。"吉野爱子无力地垂着双臂，前额搁在网球公子的肩上半天不动弹，只让他这样抱着，然而不久她便叫痛，离开了网球公子的身体。"啊，求你了，说吧，告诉我理由，我改，努力改。"像平常经常做的那样，网球公子用食指抬起吉野爱子的下巴，使她的脸仰起，然后将自己的唇压上去，吉野爱子没有拒绝，接受了网球公子的唇和舌。网球公子用被酒麻木了的舌头扫她的牙床，捕捉她颜色浅淡的尖舌头。吉野爱子伸出舌，迎合网球公子，尖舌头给予网球公子的感觉使他勃起了，他意识到失去的东西将难以寻到替代之物，他觉得如此美丽、如此薄而尖的粉红舌头即使找遍世界也难得一遇。他想起里约的混血女人，那舌头黑而糙，厚而酸，而人们告诉他里约红灯区的女人是全世界最美的。从今天晚上起，吉野爱子的性器就要远离自己了，此后接受我的女人只有老婆和妓女了，尽管我吸过世界上最美的女人的舌头，但这家伙的舌头却再也难以企及了，如果这样的话，那不就表明无法继续了吗？总之，比赛结束了，最终的得分出来了，一切皆无法挽回，挽回也毫无益处，比赛没有了，对手没有了，球场上只剩下我一个人。网球公子离开吉野爱子的脸，带着难耐之极的思绪和寂寥的表情朝房门口走去，他希望吉野爱子叫住他，他竭力地做出悲伤不已的样子叹了两口气。

"心情好了再打电话呀。"

眼泪又从脚尖涌向脸颊的里侧。"究竟怎么回事？"他大叫起来。

"不是已经不想上床了吗？和我。"

"是的。"

吉野爱子的表情同以前在伊豆果断地打了一个斜线反手截击的时候一样。

"那再打电话怎么回事？我们还见面吗？你不是讨厌我了吗？"

"我刚才说过吧，假若我讨厌你是不会同你喝酒、看戏的。"

"那，我们还见面？"

"青木君已经不想见面了吗？"

"爱子要怎样?"

"青木君,你决定呀。"

"什么意思?"

"如果青木君不打来电话,那我们是不能见面的。"

"你是说要让你也可以给我打电话吗?要我抛弃老婆、儿子和父亲吗?"

"不是这样的。"

"我应该只为你活着,是吗?"

网球公子的脸扑扑地抖,肌肉颤动得厉害,积留的眼泪在脸颊皮肤的内侧一圈一圈地转,眼前出现吉彦的身影,啊,我在哭吗?网球公子想,他低下头,那时我怎样了来着?他想起儿时跟着艺人来到山腰独自被遗弃的情形,暮色中的我怎么了?不错,我啊嗬啊嗬地叫,可现在,无论如何也不能啊嗬了啊,本来就要精神失常了,若再那样叫,那真非要疯掉不可。

"别说了,青木君,别提那个了,我不会那样的。"

吉野爱子靠过来,手放在网球公子的肩上,他看到那纤细的手腕和银色的手镯在微微地颤动,他知道,是自己的肩膀在抖。

"我非常高兴,真的非常高兴。"

为什么我要叫啊嗬呢?他想,是的,我声嘶力竭地叫,我是想对着谁叫吧,我是想要谁听到吧。

"喂，青木君，我想了很多，算了吧，我说的不是那个。"

"那个?"

眼泪没有流下来，网球公子咬着下唇忍耐着，吉彦的脸还在眼前，他觉得如果哭起来就对不住吉彦。

"你的家庭呀太太呀，我说的不是那个。"

"那是什么?"

"嗯，是我太勉强了。"

"太勉强?"

"是的，太勉强。"

"是勉强着见我么?"

"和青木君在一起很愉快，很安心。"

"为什么和我睡?"

"在酒店里一起住着，做做爱很平常吧。"

"我可没强迫你。"

"是的，非常自然呀。"

"那么，从哪里开始的?"

"从哪里?"

"我是说，从哪一次开始觉得太勉强的，第二次? 第十次? 第五十次? 把《蜜糖滋味》当校歌点着听的那段时候? 我去了里约以后?"

"青木君，我的年龄，你知道吗?"

"二十六吧?"

"其实是二十九，今年三十了，不知道吧?"

"那又怎么?"

"大妈了呀。"

"这个，我不在乎。"

"累呀。"

累呀，吉野爱子这样说了后不好意思地微笑起来。"嗯，我明白，累我明白。"网球公子也报以微笑道。他的手绕过吉野爱子的肩头，两人搂着肩相互地抱着，就这样慢慢地在屋里走。网球公子知道，眼泪已落到了脚下，他知道只这样和吉野爱子挨着，只这样和她说话，他就很愉快。

"大家会怎样呢?"

吉野爱子的声音变得柔和些了。

"别人是怎样的呢?"

"别人?"

"和有妻子的人相好，这世上多得是吧?"

"是啊，她们或者哭泣，或者嚎叫。"

"或者动刀子。"

"或者烧房子。"

"可我做不到。"

"是心情没有到那种程度吧?"

"我么？我做不来那种事情。"

"真是这样的吗？多可怕呀。"

"很可怕哟。"

两人出声地笑起来，笑完后的瞬间，网球公子突然想吐得厉害，他感到手指尖儿、脚趾尖儿、颈项、后脑勺儿一下子冷起来，酸酸的东西抓挠着胸口，他忍住吐，脸上的肌肉变得僵硬，他用没了多少感觉的左手碰碰脸，觉得嘴唇歪着，脸颊紧绷着，似乎笑着的脸就这样凝固了。一种强烈的坠落感抓住了他，仿佛世界正在以可怕的速度离他远去。他握紧吉野爱子的手，吉野爱子也回应着握紧他。呕吐感始终不能散去，心情变得更糟，这样一来，就连失去吉野爱子身体的绝望感也变得淡薄起来。

"因为感觉到了这个，所以觉得累吗?"

网球公子的唇和舌麻木了，他竭力地说话，心想，如果不说话，也许会吐出来。

"感觉到哪个?"

"放火呀，动刀子呀，为了抑制那样的感情，所以才觉得累吧?"

"得啦，撒谎的，我虽然傻，但也不想干可怕的事，理性还是有的，是不是没有理性更好呢？"

呕吐感消失了，他发现为了阻止呕吐几乎用完了所有的力气。结果，究竟为什么吉野爱子拒绝做爱还是一点也不明白，是什么发生了变化也不清楚，只是吉野爱子的决定正好吻合了他身体中的空洞，那是叫啊嘀的时候出现的空洞；是打网球和对手隔网相对的时候出现的空洞；是体味到自己无法支配他人，自己和他人相隔甚远，自己不需要他人，不被他人需要，也无法了解他人的时候出现的空洞；吉野爱子的决定正好吻合了这个装填着这些思想的空洞。

"已经无法挽回了，是这样吧？"

"我们吗？不是那样的呀，我们可以很快乐，看电影呀，打网球呀。"

"成为朋友。"

"对，我们本来就是朋友呀。"

"我不行，我是把爱子当恋人的。啊，请等一等，我们？是朋友？不要胡说，我们不是互相亲吻了吗？我们做爱不是很快乐吗？我们做爱经常一起来吧？和朋友做爱是不一样的。"

"怎么不一样？"

"和朋友做爱要纠缠不清的。"

"朋友应该怎样？"

"应该很清纯。"

"纠缠不清的朋友呀。"

"总之，我们完了，无法挽回了。"

"不是这样的。"

"啊，明白了，我明白了，要结束了，虽然原因不清楚，但期限到了，是吧？你已经不想再勉强了，以前你一直在勉强，是吧？"

"虽然我说过太勉强，但并不是找借口。"

"你误解了，我没说这是借口，只是想搞明白，我完全弄不懂了。"

"什么弄不懂？"

眼睛痛起来，泪水落到脚下，挂着眼泪的脸颊内侧火辣辣地疼。什么弄不懂？什么都弄不懂呀，为什么不让我再见你的裸体？为什么不让我再舔你的面颊？难道事情不是总有个原因和理由的吗？

"嗯，很多地方都弄不懂。"

"性格不同呀。"

"这，什么意思？"

"喂，喝咖啡吗？"

"不要，有冷饮吗？"

打开冰箱，吉野爱子道："只有牛奶呀。""牛奶不要。"网球公子摇头。吉野爱子望了望网球公子。"啊，我去买点可乐什么的。"她说着将手伸向门把手。"算了，可乐不用了。"网球公子说。吉野爱子跕木拖鞋的时候，网球公子忽然全身起鸡皮疙瘩，似乎有个可怕的东西在他身体中代他说了话。

"不要牛奶，那就只有啤酒了。"

"啊，啤酒可以。"

刚才怎么回事？网球公子摸着鸡皮疙瘩尚未消失的胳膊，他感到一阵惊恐，吉野爱子要出房门的时候，他产生了一种恐惧，那是什么？好像是一种噩梦将临的前兆，小时候要做噩梦前总是有前兆的，后脑勺的头发波浪似的扰动，全身覆盖着鸡皮疙瘩，怎样的恐惧等待着自己呢？网球公子不愿意承认，他不愿意承认吉野爱子只是稍稍要离开一会儿，那恐惧便显现了出来。吉野爱子拿来了百威啤酒，几乎没有味道，只有从玻璃杯底升起的泡沫刺激舌头的感觉。吉野爱子也喝了百威啤酒，她一口气喝干，好像很爽快似的。

"性格呀，我觉得性格不同。"

"和我么？"

"是的。"

"我完全不明白你说些什么了。"

"所以呀，青木君爱我和我爱青木君一定不同。"

"这么说，爱子的心情和我不一样？"

"什么意思？"

"比如说，现在，你不难过？"

"现在？"

"对，现在。"

"是呀，我不难过。"

"是么？可是，这就难了，我想，一定有这样的情况吧，晚上，爱子非常难过，而我却一无所知，这样的晚上一定有吧？"

"这样的晚上，想必有吧。"

"这么说，原因在这里？"

"不对，不是这样的。"

"哎？又错啦，这我就又不明白了。"

"我呀，没有变，明白吗？一点也没有讨厌青木君。"

网球公子喝了三瓶百威啤酒，肚子鼓起来，皮带扣松了一个眼儿，无处排泄的水和酒精在身体里打着旋儿，手和脚要肿起来似的，他在床边坐下，向吉野爱子招手，吉野爱子坐下来，和他稍隔一点距离。吉野爱子没换衣裳，若是平时，她总是穿着有水珠花纹的睡衣的。吉野爱子只脱去了长筒袜，两脚整齐地并着，趾甲涂得鲜红，脚趾一伸一缩地动。

"对不起。"

"用不着道歉，只是不明白缘由挺难受，不会是和别的男人好上了吧？"

吉野爱子笑了一下，想说什么，但又止住了，只打了个大哈欠，这微笑和大哈欠里潜藏着意思，仿佛是说，什么和别的男人好上啦，不要说这种蠢话。那哈欠又像是说，青木君就迟钝到这种地步么，这缘由我是不好说的吧，自己看呀，看看我最近的态度呀。

"最终，还是结束了。"他自语道，声音里透着从未有过的沮丧。

"假若青木君说结束，我非常难过呀。"

"可是，难道不是结束？"

"我不知道，我想同以前一样，一起吃饭、喝酒、打网球的，不过，青木君不喜欢这样吧，你是想和我睡觉的，是吧？"

"我们做得很好。"

"是很好。"

"这就是性呀。"

吉野爱子害羞起来，不好意思地歪起嘴角笑，低下头。网球公子想，自己是不是说得太低俗露骨了？然而他怎么也难以将眼前的确显得羞涩的吉野爱子和长时间闭着眼口交的吉野爱子当成同一个人。

"这么重要么？"

"性吗？"

"嗯，重要吗？"

"爱子不认为重要？"

"当然不是，不过男女肯定不一样。"

"我肯定很苦恼，这是自作自受，但对爱子什么也没能做。"

"不要这样说，很多方面都很愉快。"

"是吗？香槟很不错。"

"我们喝了不少，喂，还可以一起去喝呀。"

"嗯，不过，结束了呀。"

"做朋友不喜欢吗？"

"不喜欢。"

"我适合做情人吗？这么爱伤人，又无趣，我很无趣是吧？"

"不要胡说，和爱子在一起最快乐。"

"嗯，谢谢，我很高兴呀。"

吉野爱子又打哈欠，网球公子觉得她在对自己说，我要睡了，快回去吧。是的，期限到了，这女人决定了，我再怎么哭泣，再怎么挣扎也改变不了什么，这女人一个劲儿地打哈欠，她和我不同，对她来说，今晚很普通，和其他晚上没有什么不同。不和我睡觉对她不是一个重大决定,假若是重大决定,那当初和我睡觉一定也是重大决定,然而她说过,做爱很自然,如果这样的事情很自然,那和谁不可以呢?不是和谁都可以舔舌头吗?网球公子明白了,既然如此,为什么我还这么恋恋不舍,还想知道得那么多呢?……吉野爱子不会和我上床了,再怎么握手,说话,亲吻也无济于事,只徒劳地增加哈欠的次数而已。和吉野爱子在一起大概是不可能了,所以从今天起,寂寞难耐的日子又要回来了。健康——哪怕只是身体的健康——总是好的,所以今晚还是回去睡好。我不想回去,这一点确定无疑,哪怕和这个女人多待一会儿也好,不过我知道,反正是要回去的,这个我知道,现在只想听这个女人说一句话,一句就行,我想听她说,做出这个决定,我也是痛不欲生的呀。

"相交这么久,我对爱子还是一无所知啊。"

"对我?"

"嗯,比如将来的梦想呀什么的。"

"还有理想的男人?"

"倒不是那个,我是觉得对你毫无了解。"

"这我就不明白了,我们不是谈了很多么?"

不是这个意思,网球公子想,乳房呀,肚脐呀,性器呀,屁眼呀,这些我全都记得很清楚,我估摸着终有一天会分手的,所以倒是冷静而仔细地看了，并且都记得，不仅性器，还有脸蛋儿、手腕和腿什么的我都记得，然而在这个女人的身上还存在着另外一种东西，它使我觉得记住的那些并没有意义，她的一切皆发端于那个我尚不知道的东西，它造就了吉野爱子，我的悲哀就在于这东西并不要求于我，而我却想知道它，每次做爱都希望了解它，破坏它，并把它从吉野爱子的身上剥离下来。我一边这样希望一边运动着腰肢。这个女人非同一般，假若我也有那个东西，那我就不会产生了解它、占有它、破坏它的想法了。对于我，这女人只是一个过客，虽然她让我看了她的性器，但最终，她只是一个过客。

"我大概是真的累了。"

"不然要怎样？"

"没怎样。现在，我可以推倒爱子，干一回，剃去毛，打上兴奋剂，文上刺青，不让你离开我。啊，还是不要说这种吓人的话吧，可是，我不想失去你，真的，不过我无能为力了，这是我自己的想法，我不明白，连眼泪都流不出来。"

"性格呀。"

"什么？"

"青木君的性格，很温和呀。"

"算啦，一定是我装的，我是个爱装的人。"

"谁知道。"

"你倒诚实。"

"也不是。"

"我要回去了。"

"知道了。"

"你真带劲儿。"

"过去的话就不要说啦，很伤感不是吗?"

"没办法呀，说你带劲儿我高兴，闪闪发光呀，也许你是在勉强，但我高兴，你像香槟一样。"

吉野爱子把网球公子送到公寓的外面。天要亮了，当网球公子抱住吉野爱子，给了她最后一个吻的时候，他忽然觉得憋得厉害，想小便。"啊，不行，要小便了。"吉野爱子又打哈欠，一面打一面指了指稍远地方道："灰墙那边可以的。"网球公子看着黑色的液体从墙边泄到路上，啊啊，香槟变成小便了，他心里想，多么没劲的分手啊。他忽然觉得自己今晚一直在撒谎，也许今晚上真正要做的只是撒这泡尿而已……吉野爱子站在路边，看着网球公子远去，一直到他的身影完全消失。

第四章

1

嗯着气，网球公子回到了酒店，酒喝得很重，它们在身体里打着旋儿，脑袋却奇怪地清醒。从吉野爱子公寓回来的一路上，坐在出租车里的网球公子心情不错。司机很安静，一句话也不说，网球公子只能看到司机西装白衬衣的脊背。引擎的声音优美而柔和，网球公子希望这样的声音始终包围着自己。就这样一直向前多好啊，他想，一直向前一定会到达海边的。精神疲惫的时候，年轻的朋友们总爱说去看海，因为看得到海的地方是路的尽头，再往前就需要船了，大家都相信到了那样的地方是件美妙的事情。到海边去吧，网球公子想，然而天亮了，超高层大厦群放射出银白的光辉来，网球公子去海边的想法一下子变得不强烈了。酒店大堂里的光线不强也不弱，不论是白天还是黑夜，下雨还是天晴，即使发生了地震，那里的光线也总是适度的。一个驼背的大爷正在清扫地板，吸尘器很大，大爷控制不好，很吃力的样子。驼背大爷的灰色工作服松松垮垮的，而吸尘器倒是比大爷神气许多，不过好歹大理石的地面一点点地干净起来。地面是大理石的，立柱、墙壁和天花板也是大理石的，像厕所哩，网球公子想，好像银座和六本木这些地方的俱乐部里的大厕所，枝状豪华吊灯是巨人的屁股，我和那大爷是小便，啊啊，不错，电梯就是肛门。网球公子走进肛门，门关闭前，一个染了发的女人侧身滑进来，女人穿大开胸的丝绸连衣裙，胸脯上有雀斑，腰上的肉似乎不少。

"来迟了。"女人说。

网球公子不由看了看四周，电梯里没有其他人，女人的表情变得诧异起来。

"你不是3754房间的饭岛君吗？不是？"

女人的嗓音很细，裙子是紫色的。有一次吉野爱子穿一身淡紫色的套装，网球公子说她像参加独生子入学典礼的妈妈，把吉野爱子逗得笑弯了腰，杯中的香槟也洒了出来，那是什么时候呢？

"对不起，我认错人了，我必须下去，我的房间在二十一楼。"

"这个电梯要到三十楼才停。"

女人低下头，从手袋里拿出手绢拭了拭鼻尖，手袋口打开的时候，电梯里弥漫着女人的气息，非常浓烈。

"可以的话，去我房间怎样？"

网球公子话音一落，女人便表情很认真地仰起脸，但很快又伏下脸去。电梯在三十八楼停下。"来吧。"网球公子说，一面下了电梯，女人默默跟上来。进了屋，女人望了望天亮好久的外面，然后严实地拉上窗帘。

"一下就明白了吗？"

网球公子没开灯，迅速脱去衣服上了床。

"什么明白了？"

"我的事。"

"也不是。"

"是么？请让我洗个淋浴。"

看不见女人的脸，好像在脱鞋，地毯上传来赤脚滑动的声音，浴室的灯光泄出来，屋里一刹那泛起了一些亮光。为什么不和我睡了？这不是很自然的吗？和吉野爱子的对话还在耳边萦回，那舌头的感觉，手腕上肌肤的感觉也依然残留着。假若我不喜欢，我是不会和你一起喝酒，一起看戏的呀……和青木君在一起很快乐，也很安心呀……眼前忽地出现一团白色，网球公子吃了一惊，女人穿着酒店的睡衣正站在床前。

"这个，对不起，要先付些钱的。"

网球公子从枕边钱包里拿出三万元递过去。"请让我吸支烟。"女人坐在床上，用透明的清烟油烟嘴吸"七星"。网球公子伸出手，解开女人睡衣的前襟，拈住乳头，乳房很软，网球公子的两手各捏一只，然后用拇指肚儿擦乳头。女人低声呻吟，"七星"灭了。女人脱睡衣时，网球公子开了灯。"别。"女人小声道，慌忙上了床。

"关掉灯吧。"

"好了，给我舔一舔。"网球公子说，他抬起女人长满赘肉的脖子，让女人坐起，催促女人口交。女人端坐在床上，低下头开始舔，布满皱褶的脚板心正对着网球公子。网球公子在被女人含住前就勃起了，他自己也弄不明白为什么情欲这么强。望着和吉野爱子全然不同的肥胖的侧腹、腰和屁股，他的耳边一遍一遍地响着吉野爱子的声音：青木君，对不起，现在我也可以和你共度快乐的时光，不过青木君不同吧？你是要和我睡觉的，我是不是挺无趣？和我在一起快乐吗？女人深弯着腰，还在口交。漂亮，感觉相当不错，网球公子想。他不关灯，望着女人微微动着的背、侧腹、屁股、腿肚子和脚板，真像一头猪，他想。耳朵里吉野爱子的声音在反复地回响，他觉得性器、眼睛和耳朵分了家，变得七零八落，都不是自己的了，性器因快感在频频颤动，仿佛在说，就这样挺好；眼睛正在看女人的屁股和裸体，一面想，像猪哩；

266

耳朵里回响着吉野爱子的声音：青木君对不起，青木君对不起，青木君对不起……什么感情也没有，脑袋始终很清醒，只是弄不明白自己究竟想做什么，不想睡，不想吃，不想喝水，不想回家，射不射精也无所谓。网球公子伸出手，抓住女人的脚腕，将其中的一只向上抬起，让女人跨在自己身上，把女人的屁股弄到自己的眼前，屁股上的肉左右张开着，为了容易舔，女人翘起屁股，网球公子分开阴毛，卷着舌头舔了女人的阴唇，就在这时，一股强烈的酸味传遍舌头，难耐的刺激仿佛兜头劈开了身体，一下子扩展到全身，敏感的大脑仿佛闯入了异物，感觉一下子打开了，强烈的气味直冲鼻腔，女人有腋臭，没想到有腋臭的女人不仅腋下，连阴部也是臭的。除了性器，所有地方的皮肤都起了鸡皮疙瘩，厌恶感包围了全身，网球公子一次次吞咽口水，强耐着厌恶的感觉，他发现，头脑变得清醒是为了逃避吉野爱子不在身边的恐惧，吉野爱子不会再含我的性器了，为了抵制由此带来的恐惧，网球公子让强烈的醉意流遍全身，这样才可以取消感情。

"那个，要在口里泄吗?"

女人看着网球公子问，唾液在嘴唇四周闪着光。"不，行了。"网球公子说，随即关掉灯，抓住女人的屁股干起来，"噢，噢，噢，噢"，每一次用力，女人便这样叫。网球公子害怕射精，射精后自己会悲伤到怎样的程度呢? 他害怕，仿佛脑袋和性器相隔十分遥远。黑暗中，只朦胧地看见女人肥胖的屁股，但背、脖子和脸却看不见。他想把这个女人当成吉野爱子，然而很快打消了这个念头，因为射精后，当这被想象成吉野爱子的女人仰起脸而成为另一个人的时候，那也是很可怕的。网球公子紧紧地抓着女人的屁股射精了，被酒麻痹的下半身涌起强烈的快感，好半天都不消失。

醒前网球公子做了杀人的梦，那被杀的是郡城，郡城被揍得焦头烂额，跪在地上道歉，网球公子拼命揍他，打脸，踢肚子，网球公子下此狠手好像正是因为郡城一个劲儿地道歉，没完没了，搞得网球公子非常恼火。郡城不发怒，虽然脸成了赤黑色，肿得鬼似的，但他不发怒，只一个劲儿地道歉：对不起青木对不起青木对不起青木对不起青木对不起青木对不起青木对不起青木对不起青木对不起青木对不起青木对不起青木对不起青木对不起青木。网球公子很害怕，便用石头砸，心想死了总会停下来吧，吧咚，吧咚，吧咚，声音像砍牛肉筋似的，郡城不动了，脸和脑袋瘪得像鞑靼牛排，这下总死了吧，网球公子放心了，正要走开，不想脚腕被尸体抓住，尸体又道歉：对不起青木对不起青木对不起青木，一面道歉，那鞑靼牛排似的脸还冲他笑。网球公子怕极了，大叫起来，于是被自己的叫声吵醒了。床上弥漫着浓重的腋臭味，眼一睁开眼珠便痛，并扩展到太阳穴，网球公子甚至怀疑白色的天花板上掉下了烈性的药物，于是赶忙闭上眼。这是哪里？我是谁？我在做什么？为什么光着身子？这臭味怎么回事儿？这酸酸的刺得眼睛生痛的臭味怎么回事儿？仿佛泥沼中涌动的气泡，疼痛的大脑走马灯似的闪现一些情景、声音和话语来，网球公子很惊恐，抬起上半截身子，啊啊啊地嘀咕。屋子仿佛在晃动，后颈感到挨揍似的冲击，网球公子跌落到了地板上。头天喝的酒醉到第二天，这种情况并不少，但从来没有像这次这样难受。网球公子花了好半天才搞明白昨天喝了酒，现在正醉着，他想起刚才发疯的状态，惊恐得要叫起来，并禁不住用双手捂住了嘴。身体极度难耐的感觉疯狂地刺激着大脑，眼睛干得生痛，嗓子眼里仿佛塞进了异物，后脑勺的皮肤突起来，头发唰唰地扰动，黏糊糊的口中不断冒出温热的莫明其妙的汁液。网球公子抓挠着地毯忍耐着，吉野爱子不在身边了，自己再也不可能抱她了，每每这样一想，难受的情绪便仿佛要持续一生似的，假若这样的话，自己绝对要自杀，他想。为了喝水，网球公子爬到浴室，腹中黏黏的似乎在腐烂和溶化，浴室里散落着女人染了色的毛发，似乎活物般地正在扭动。自己遭遇了报应，因为遭遇了报应，所以要乞求宽恕，怎样乞求宽恕呢？自残吧，用脑袋撞便池吧，网球公子自问自答，他切实地明白了，啊，大概人们就是这样发疯的。"不要胡来。"网球公子铆足了劲儿小声自语，支撑着便池站起来，用水冲头，发尖上的水滴流进嘴里，"不要胡来。"他又一次嘀咕，什么报应啦，这不是我的错，这不是我的错。这样一想，网球公子好受了些，用脑袋撞便池的声音也远去了。咕咚咕咚地喝了水，刷完牙，网球公子想，混蛋，是不是脑子出毛病了？是啊，明白了，认为自己不好脑子就会失去控制，以后无论发生什么事都不要认为是自己的错……

网球场上的线带仿佛歪着，每次抛球就发晕，人要倒似的，每当脚踢到地面，太阳穴就裂开似的痛。"阿青，你病了，别打网球了，还是回家吧，最好睡一觉。"季岛这样催了好几次。网球公子想，我的脸色这么难看么？上午早些时候，网球公子心神不宁地回到家，到门口迎接的阿秋和老婆误以为网球公子感冒了，因为他眼窝深陷，满脸憔悴，面色铁青，走路摇摇晃晃。老婆不由分说地往网球公子的口里塞体温表，网球公子解释道："有点低烧，但不是病，是精神疲劳，最近老开会，塞班开店这件事和当地资金保持均衡非常难。"父亲夸奖了网球公子，说他面色有神，表情专注。"像猎人的眼睛，"父亲说，"从前山梨县的深处有个猎豚鹿的名人，那眼睛就是这样的。工作很费神吧？不管怎么说，眼睛可要有精神哟……"网球公子苦笑，他想：错得多么离谱啊，我只是被女人甩了呀。

"阿青，干吗装腔作势的？年轻的女孩子，这种事常做。"网球公子呼呼地喘气，喝了三瓶宝矿力水特。他想：假若抽干身体中含有酒精的血液，全部换成宝矿力水特，那该多么爽快啊。

"并不是真的要甩你，年轻人都这样撒娇。"

"那家伙可不年轻？"

"是么？那，多大啦？

"和我差不多，据说今年三十了。"

"也算年轻的。"

"结束了，季岛君，虽然我不想放弃，但她不是撒娇，那家伙是认真的。"

"是吗？我倒并不这样认为。"

"她一点也不做作，她说，我不再和青木君睡了，说这话的时候非常自然，就像见面问好似的。受刺激，非常受刺激，季岛君，为什么做爱受到拒绝那样受刺激呢？如果她说讨厌我倒好受得多。"

"因为你是雄性，即使是人，也是雄性，做那个是雄性的使命，雄性必须那样，所以，是女人不好。雄性其实很可怜，却得不到理解和尊重。"

"我，没有错，喂，季岛君，我没有错吧？"

"嗯，不过，这不是错不错的问题。"

"老实说，我很生气。"

"可是，那姑娘不是也不好受吗?"

"她才不哩。"

"不对，这个我有经验，阿青，不能主动联系是很难受的，呆呆地在电话边等多难受啊。"

"怎么，你有经验?"

"我喜欢过一个补习学校的学生，家教很严，我不能给她打电话。"

"补习学校的学生，不简单啊。"

"在屋里，我在电话机前闭目端坐，不喝酒也不吸烟，只折纸鹤，心里一个劲儿地祈祷，再折十只就来电话，再折五只就来电话，就这样，一直折到睡去，啊啊，是阴郁的往事了，不过，相当难受。"

球场上郡城和太太在对打，两人球技都差，几乎打不下去。网球公子觉得和季岛讲着话的自己非常像另外一个人，他真想哭着哀求，季岛君，求求你了，帮帮我吧。然而，网球公子想:为什么我不这样做呢?

"不过阿青，也许这样不错哩。"

"为什么?"

"在受伤不重的时候分手也许不是坏事，假若事情搞大，闹到动刀子，或者太太知道了什么的，那可不是你阿青一个人流流眼泪就能够了结的。"

我不会抛弃家庭和工作跑到吉野爱子那里去，我不想离开吉彦，不想看到老婆和阿秋哭泣的脸，也不想像过去那样被父亲骂作无能。把她当二奶怎样？也不可能。家庭、工作、吉野爱子，这些我都要，这没有什么不对，我没有错，过去也有一切顺利的时候，那时吉彦的微笑和吉野爱子的性器不是协调得很好吗？那是闪闪发光的时候，像香槟一样，也许持续的时间不长，就像香槟的时间是短暂的，一定是这样，我没有错……郡城在练习截击，由于对手是太太，球滚得后面旁边满处都是，太太绝大部分时候在拣球。自从练了网球后，太太仿佛更胖了，她穿着网球裙，大腿好像很光滑，一只羽色鲜艳的蛾子闯进网球场，落到了她的脚边，白天的蛾子大概有些目色昏花，它无力地挣扎着在胖女人的鞋底边四处逃窜。郡城打了个斜线反手截击，太太哇地一叫跳起来，踩扁了蛾子。汗水从太太的额上和下巴尖儿上滴下来，网球场上稍带黑色的汗迹和蛾子的遗骸混在了一起，很快，那汗迹和遗骸便难分彼此了。

网球公子每天给吉野爱子打电话，吉野爱子总是不在，有黄色电话机的玻璃电话亭闯进眼帘，它使网球公子想起了吉野爱子的声音和面孔，看到第一台电话，网球公子没去管它，但第二台出现时，网球公子产生了期待，是啊，也许吉野爱子寂寞得难受，非常后悔，正在等着我的电话哩，第三台，网球公子很焦躁，赶快吧，只有现在了，现在不打电话就真的结束了，于是，当第四台电话出现时，网球公子钻进了电话亭，呼叫音响起来，网球公子数着，整整三十声，挂断，推开玻璃门走出电话亭，这种时候总有一种奇妙的安心感包围了他，这样的情形一次又一次地重复着。

第八天，终于听到吉野爱子的声音了。

"哎呀，你还好吧，正担心着哩。"

"怎么老不在？"

"工作呀，非常要命的工作，被人涮了，要听吗？"

"啊啊，行。"

"去了冲绳的离岛，那岛小得跟马粪似的，只产甘蔗。因为我以前在石垣拍过酒店的宣传册，所以这活儿便直接找到了我，他们说不通过事务所钱也不会更多，关键是工作很快就完，完后可以从从容容地观光，还说需要两个模特，要我带一个好朋友去，既然他们这样说了，我便带上了一个最要好的朋友，喂，在听吗？"

"哎？啊啊，在听哩，那朋友是谁？"

"青木君不认识的。那地方真够呛，有个叫'翠绿环抱'的家庭旅社，比情人旅馆还够呛，花床罩什么的，假若我一个人去保准会上吊。原本想和朋友在海边好好玩玩，没想到拍照没完没了，当初说好八个镜头，可实际一拍，二十个都没完，连我和朋友午饭时调笑的场景都拍下来了。我那做模特的朋友可比我红，挺傲慢的一个人，所以我知道朋友生气，只是看在我的分上不好吱声，真是糟透了。结果什么都没玩成，返回时在那霸的花费还要自掏腰包，加上拿到的酬金又少，所以最后竟然入不敷出，多么过分呀，喂，青木君，你不觉得过分么？过分吧？"

"嗯，是够过分的。"

"绝对过分，所以我和那个朋友也有点闹别扭，相互间太在意了。"

"啊，是么？"

"青木君，你还好吧？"

"啊，不太得劲儿。"

"拿出精神来。"

"胡说什么呀，我自作自受，难受着哩。"

"现在我要出门了。"

"我只问一个问题好吗？"

"什么？"

"爱子，你变了吗？"

"这，什么意思？"

"不是的，现在就我还痴心不改，挺悲惨的……"

"说些什么呀。"吉野爱子笑起来道，"说些什么呀，不要这样，打起精神来，其实我也寂寞，不过，青木君，你很快就会忘的，很快就会把我忘掉。"

"为什么这样说？"

"真的，这个我知道。"

吉野爱子一面笑一面挂断了电话，网球公子想起吉野爱子的房间，窗子上贴着绘图纸，放陈了的牛奶，空气总是很干燥，而被单却是湿的，这就是吉野爱子的房间。吉野爱子笑着挂断了电话，挂断电话后是否还在笑呢？网球公子想，放下听筒后，那笑声还在持续吗？……

2

为了纪念小吃店"群青"开店三周年，郡城开了派对。狭小的店堂里来了近三十位客人，淳子也穿上了史努比的围裙忙着送菜，四处献殷勤。开店三周年纪念日到来前，郡城改装了店堂，印度和阿富汗的民族服装、民族乐器、装饰品、照片、纸币、纺织品、家具和老式枪都搬了出去，取而代之贴上比约·博格和阿瑟·阿什的海报，摆上手握球拍的史努比偶人，墙上挂上描绘夏日大海的石版画，地板换成了苔绿色的，从小学收购来的旧椅子变成了瑞典钢制椅，店里豁然亮堂起来。郡城的脸晒黑了，网球改变了他，他用贷款的方式获得了网球俱乐部的会员资格，还进了两所网球学校，每天跑网球场。不久前季岛说："郡城君在大暴雨中都练习发球了来着。"网球公子生意做大，事业有成，大家都称赞有加。一位内科医生，拿了剑道五段的，好几次说网球公子的眼神儿和以往不同了，忽闪忽闪的，网球公子只好苦笑。理解他人终究办不到，他想，我只是沮丧消沉，因为睡觉被女人拒绝了。网球公子坐在店的一角独饮。他觉得一个人待着，被大家的说笑声包围着，这样的氛围很适合现在的心情。大家红着脸，兴致勃勃地谈话，有郡城、淳子、木岛、信山教练、木岛夫人、伊道君、贝蒂娜·山口、季岛、山崎、内科医生、酒店老板、花店老板、眼镜店老板、银行职员、大型不动产公司的分店长和部下们、画商、兽医、飞行员、公司职员。大家谈网球、天气、床、生病、孩子、外国、食物、做爱、电影演员……在纷纷嚷嚷聚集成团的声音中，网球公子自饮自酌，心情很好，脑子里一直想着吉野爱子，吉野爱子的声音、手腕、脚趾和性器在嘈杂中出现在网球公子的脑海里。低头喝着酒，他发现这样的情形似乎以前也有过，那时自己还是孩子，比吉彦大不了一点儿，大概四五岁吧，那时每月有一次猎手聚会的酒宴，酒宴上的父亲总是满脸通红地讲打野鸭、野鸡、竹鸡、鹿和野猪。在酒的气息、香烟的雾霭和菜肴的热气中，网球公子被母亲抱在膝上，打猎的事他听不懂，便总想要母亲去另一个房间为他读绘本上的故事，然而不知为什么，父亲老是不允。父亲是酒宴的中心，也许他想让幼小的儿子看到这一点，于是网球公子便在温暖的气息、烟和蒸汽中想他的绘本，不时仰起脸确认一下母亲。母亲总在静静地笑，网球公子喜欢看母亲笑着的脸。也许这就是确认，网球公子想，在与己无关的笑的漩涡中，也许自己在确认着自己绝不会被别人明白的这样一种事实，这种不卷入笑的漩涡中的时刻是谁都会有的，那种时候谁都希望自己的悲伤得到珍视。别人在欢笑，别人似乎很快乐，只有自己在想其他的事，而且明白自己的愿望绝不会得到认可，然而和别人的笑声保持微妙的距离却是轮番转换的，这一点使人欣慰，就好像比赛中轮番发球一样。随着时间场所的变化，自己被笑的漩涡接纳了，而另一个人则要离开，只有那个人沉浸在悲伤中，这样的轮番转换使网球公子感觉欣慰。

"青木，怎么不高兴？喝呀。"

郡城拿来香槟在网球公子旁边坐下，香槟的瓶塞不是软木，而是塑料。便宜货，网球公子想。郡城倒上香槟道："啊，托青木的福啊，你瞧淳子，在跟着"金杯"[1]跳舞哩，那家伙变活泼了

---

1 The Gold Cups，活跃于 20 世纪 60 年代的日本著名乐队。

吧？她自己还去买了旧式小乐队的磁带哩，网球使人变活泼了。"
淳子正和着《长发少女》的节奏跳舞。香槟太甜，没劲儿，郡城
的眼睛被酒弄得很混浊。和吉野爱子在一起时总是喝带劲儿的最
高级的香槟，例如酩悦，那银色的泡沫从玻璃杯底部升起来，进
口很刺激，嘴唇又冰凉又爽快。淳子提着裙摆还在跳。"要高兴起
来哟。"郡城拍拍网球公子的肩膀道，然后离开了。网球公子一口
喝干没了气泡的香槟，来自喉咙的不快又使他意识到和吉野爱子
在一起的闪闪发光的日子绝不会再回来了。旁边坐着个陌生女人，
妆化得很浓，脸颊的肉很厚。"我在前面一站路的站前小酒馆干活
儿，"她说，"那小酒馆叫凯迪拉克，郡城君常去的。你是青木君
吧？郡城君总是提起你。"大家开始和着《我的玛丽》[1]跳贴面舞，
淳子和画商，公司职员和飞行员的太太，眼镜店老板和兽医的太
太，内科医生、酒店老板各自找到大型不动产公司的办公室女职
员，季岛和木岛太太，山崎和花店老板，大家相互搂着腰，画商
的手好像放在淳子的屁股上，淳子的脸看不太清。"喝冰镇威士忌
吗？这酒很厉害吧？"凯迪拉克的女人相当醉了，她穿无袖的针织
连衣裙，手腕上的汗毛看得很清楚。毛很深吧，网球公子想起了
吉野爱子的腋毛，冬天里，吉野爱子不剃腋毛，做爱正来劲儿的

1　日本老虎乐队的名曲。

时候，网球公子就舔她的腋下，他喜欢那种有毛的感觉，吉野爱子要来的时候，他喜欢咬住腋毛将其扯下来，迫使吉野爱子在高潮将临前恢复清醒。"怎么有点儿不高兴似的，跳舞吗？"有些醉了，网球公子想象凯迪拉克女人的阴毛，不由得坚挺了起来，他觉得挺逗，独自发出声地笑。"真讨厌，一个人笑什么呀，怪怕人的。"凯迪拉克一把夺下网球公子嘴上的香烟衔在自己涂得橘红的唇上，吸起来。

"干吗一个人笑？"

"想着你那个地方的毛了，硬起来了。"

"哎呀，那让我摸摸怎样？开玩笑呀。"

"想问你个问题。"

"我独身。"

"和朋友做爱吗？"

"我不做，怎么啦？"

"和女人分手了，她说不再和我睡觉，可又说不讨厌我，要和我一直做朋友，你不觉得这挺惨吗？一直做朋友，这太难受了。"

"那女人是不是双鱼座？"

"这倒不是太清楚。"

"一定是双鱼座，我有个朋友，也是双鱼座，就是不分手，对方赶着要和她分手，她宁愿做朋友也不答应。"

"这么说，双鱼座的女人和朋友也能上床？"

"是的，但要看性格，有的女人和朋友上床，有的女人不和朋友上床。"

凯迪拉克女人胡乱拉起网球公子的手腕要去跳舞，她的手掌有汗，黏黏的。淳子在唱歌，一面扭着腰。网球公子右手拿着酒杯和凯迪拉克跳贴面舞，挨近了看，凯迪拉克的脸上有粉刺，很明显。网球公子一面跳一面喝了三杯冰镇威士忌。"好好跳呀。"凯迪拉克夺下杯子，身体紧贴过来，"要放松。"凯迪拉克在耳边轻语。网球公子和女人挨脸，女人脸上的肉很厚，用舌头舔舔脖子，女人的脊背便一抖。网球公子的视线和山崎碰在了一起，山崎正在捏花店女老板的屁股，女老板扭着腰，双手仿佛吊在山崎的脖子上。"再放松些。"凯迪拉克继续在网球公子的耳边轻语，网球公子的舌头沿着颈脖子滑到下巴，然后触到女人的唇，女人不抗拒，伸出舌头，那舌头平而厚，网球公子吸起来。"我说得没错吧社长，女人多的是哟。"山崎从背后凑近网球公子耳边说。网球公子吸着凯迪拉克的舌头想，像喝着便宜的香槟呢。

450SLC奔驰在神奈川和山梨两县之间。父亲在副驾驶座上打开地图，阿秋和老婆在后座上把吉彦夹在中间，吉彦一直在唱《鲤鱼旗》。五月快结束了，星期天，天气晴好，网球公子说，大家一起去什么地方玩玩吧。头天的醉意已经消失，"群青"的派对结束后，网球公子和凯迪拉克女人去二四六国道旁边一个昏暗的小酒馆里喝了酒，网球公子倚着柜台，一直摸着女人的身体。女人要网球公子送她，然而女人住得远，网球公子拒绝了。女人又约他去汽车旅馆，网球公子想醉得这么厉害，恐怕勃不起来，而且想睡觉，又拒绝了。凯迪拉克女人把电话号码写在一张纸片上，放下后就先回去了。早上醒来时，网球公子的手里紧捏着纸片，纸片散发着酒气，网球公子想象那脸上多肉的女人开始手淫，但太阳穴痛，很快停止了。父亲正在院子里，网球公子对父亲道："去什么地方玩玩怎样？河呀什么的你熟吧，大家都去。"

"好像没有呀。"副驾驶座上的父亲这样嘟囔。

父亲想让吉彦看鹳雉[1]，于是决定去富士山内侧，金时山的半山腰，父亲认为，即使现在那里也应该有鹳雉，而且山水清洌，可以喝到甘美的泉水。父亲身着猎装背心，脚蹬至膝长靴，腰佩柴刀和短刀，头戴绿色贝雷帽，帽子上挂着配饰，配饰上刻着"横滨西北猎友会"的字样。

"不过，鹳雉、野鸡什么的吉彦都不认识。"

"不，他认识的，你没见过从溪谷里飞起的鹳雉，所以才这么

1　日本特有的雉科鸟，分布于本州、四国、九州等地。

说，鹮雉飞起来比野鸡快三倍。"

"不都是鸟吗？鹮雉、鸵鸟、麻雀，吉彦全都叫'鸟'。"

"你不懂，鹮雉和别的鸟不同，叫声非常响亮，盲人和婴儿都听得出来。"

450SLC从中央高速进入大月，依照父亲的指引，网球公子将车开出县道，开始沿山路向上行驶。"绿色多漂亮啊。"老婆发出赞叹。花、草和树叶的气味从车窗飘进来，车里溢满清香。道路在河边延伸，弯弯曲曲的，眼下的河滩上传来摩托车引擎的声音，有人在那里试骑摩托。网球公子用余光看着那边的场景，想起了曾停在吉野爱子公寓前的越野摩托。浅滩上的光带破碎了，光斑闪烁，水花飞溅，奔驰的摩托后尘土飞扬。吉野爱子也许迷上了骑摩托的，网球公子想象起来，那屋里贴着黑纸的女人说不定会很快喜欢上了风驰电掣般驾车奔驰的摩托车手，网球公子的脑海浮现出吉野爱子和摩托车手口交的情形，吉野爱子伸出纤细的手，手指拉下了皮制骑手短裤上的拉链，然而吉彦的声音、挡风玻璃外五月的光线和表面浴着明媚阳光的鲜艳的新绿很快便使那样的想象消失了。

"只要吉彦听到扑腾翅膀的声音我就满足了，那种声音猎手听了后都会兴奋，响得很，仿佛藏着鹮雉的整座山都叫起来似的。"

跟随父亲来这里，网球公子是第一次，附近的山倒是和父亲一起去过，但离家远的冬猎，父亲决不带网球公子去。闲暇无事的时候，父亲一定要外出打猎，所以网球公子一直以为打猎是父亲的职业，也许这是因为和做农活相比，父亲出门打猎总显得更加快活。现在吉彦也以为网球公子的职业是打网球，去里约或者有其他事不在家的时候，每当吉彦问起爸爸的去向，家里人就回答："打网球去了。"在吉彦看来，网球公子不在家的时候一定就是去网球场了。

　　道路变得狭窄，河滩已经消失，黄花密布的田地一层层地向道路两边延续，竹林和茅草屋顶的房子渐入视野，孩子们的面容纯朴天然，景色很快变得亲切，食品店的玻璃门沾着泥土，门上挂着工作手套和晾晒的鱼干，猫趴在向阳的石墙上打盹儿，院子上空飘扬着遗忘了的鲤鱼旗，地上的鸡在忙着啄食。各种气味透过车窗的间隙闯入车里：尚未成熟的西红柿的气味、飘舞在阳光中的尘土的气味、来自清凉的储藏室里的潮湿天花板和墙壁的气味、放置在田埂上的茶叶的气味、女人们刚摘下的艾蒿和鸭儿芹的气味。网球公子回过头道："吉彦，多漂亮呀。"

　　"房舍没有了，再往前就没有人家了。"父亲双手抱在胸前，眼看着前方说。他们明白，过了采伐场，铺装的路面就到了尽头，前面只有红土的林间路了。

"若下雨可要够呛。"网球公子嘀咕道，父亲随即笑起来。

网球公子对老婆说："我上学的时候，去学校的路比这个还窄，你不知道吧？"老婆正在喂吉彦甜瓜汁。

"下起雨来路上滑得很，溅起的水花把短裤里面都染红了。"父亲点着烟加了一句。

路面更窄了，两边是杉树林，没有护栏，450SLC在宽度刚好可行一辆车的路面上小心翼翼地前行。林间回荡着鸟儿的鸣叫，是鹌鹑，父亲把视线转向幽暗的林子。空气渐渐凉下来，吉彦穿上了胸前缀有消防车图案的对襟毛衣。

来到能看见富士山内侧的旧碎石场，父亲要停下车。网球公子换上深筒雪靴，吉彦和老婆穿着长筒胶鞋，阿秋是要留在车里的，车开出杉树林，看到通往下面的溪水时，阿秋就这样决定了，当时阿秋说："如果有人强暴我，我就大声喊：老板，快来救我。"阿秋一脸认真，除吉彦外，大家都笑起来。

吉彦坐在一个钢制背架上，由网球公子扛着，老婆背一个红色的耐克背囊，他们在父亲的引导下开始沿一个陡峭的小路往下走。父亲用柴刀打掉一些小枝和藤蔓，一面滑行似的走下斜坡。由于醉意尚未完全消失，网球公子还未下到三十米就开始气喘吁吁，膝盖直打颤儿，他不安起来，担心返回爬这个斜坡时情况会更糟。吉彦背靠着网球公子坐在背架上，老婆随后跟着，两人正在学鸟叫。父亲在网球公子前二十米的地方引路。"注意石头。""抓住这根藤蔓。"父亲不住地发出提醒，声音在杉树林间听着非常响亮。网球公子额上的汗流到眼里，每走几步就要摇晃脑袋，每次晃脑袋，背架就跟着动，吉彦也因此发出笑声。

"啊啊，这是要去哪里啊?"

网球公子喘着气大声问，同时，他们听到了流水声。

眼前出现一米来宽的溪流，沿着溪流往前，杉林没有了，阳光照在一块约三张榻榻米大的岩石上。"就在这里歇息吧。"父亲说。为了放下背架，网球公子蹲下身，额上的汗滴在干燥的石头上，老婆把吉彦抱下来。

父亲砍下竹子，做成水筒，汲来溪里的清水，网球公子一口喝干，又自己趴在石头上汲，连喝了几竹筒。

老婆带吉彦用竹叶做成小舟，漂在溪水里玩起来。

"没有鹬雉，天有点热过了头。"父亲遗憾地说。

"没关系的，不是还可以来吗?"网球公子安慰父亲。

"是啊，吉彦好像很高兴。"

"啊啊，孩子就喜欢这样。"

两人沉默好半天，吸着烟望着吉彦。

"看到吉彦我常常产生一个想法，"父亲缓缓地说，视线依然没有离开吉彦，"假若从他这么大再活一次，那会怎样？重久，你觉得怎样？"

网球公子想了一下，然后回答："不，我不喜欢，父亲怎样？"

"我也是啊。"父亲说，慢慢按灭了香烟。

梅雨期到来前的网球场潮气大，地面的反光很强，球场上没有什么人，穿网球裙的中年天使们都消失了踪影。除了参加孩子的入学式、朋友的婚礼、亲友的葬礼，或者遇到丈夫意外生病外，这些人几乎每天都可以打网球，所以遇到大风或者天热的日子，她们就不来网球场了，网球是最适合中年主妇的运动。炎热的网球场上只有郡城夫妻俩在对打，他们老打不好，刚才网球公子和伊道君打了单打，网球公子六比二赢了。

"青木君，反手击球打好了呀，是不是特别练习过？"

伊道君打开水龙头，把头伸到龙头下，用哗哗的自来水猛冲后脑勺。

"很像伦德尔[1]的反手击球呀。"

伊道君像狗一样敏捷地摆脑袋，甩去头发和脸上的水。

"没有练习，只是过去教练教的东西终于显示作用了。旋转上

---

1 前捷克斯洛伐克男子网球选手（1960— ），80 年代初期夺得多次 ATP 巡回赛单打冠军。

身，要旋到对手那边只能看到后背的程度，膝盖放低，身体放松，快速拉拍，攻其侧翼，这样就行了。这不是学一次就能掌握的，我只是脑袋里明白，但做不好，需要时间。"

网球公子一面做动作一面向伊道君解释，这时吹来一阵风，风中夹杂着一种气味，它使网球公子想起了吉野爱子，气味来自从休息区垃圾箱边沿上滴落下来的牛奶。

"伊道君。"

"什么？"

"你失恋过么？"

"说不好啊。"伊道君用浴巾拭着头发，不好意思地笑。

"怎么啦？"伊道君问。

"唔，最近我失恋了，很难受的失恋。"

"你不是有老婆吗？"

"虽然有老婆，但也是失恋。"

"是这样啊，我也有这种体验，我在美国待过半年。"

"美国哪里？"

"西雅图。"

"怎样呢？"

"我给考试杂志的交友通信栏写了信，结果一下收到二十来封回信。"

"哎，了不起呀，挺有人缘嘛。"

"不是，住在海外的人总是受欢迎的，加上我能写日文，对那个国家又有些了解。只要接到国外的信大家好像都很高兴。"

"是这样啊，那么，通信了?"

"是的，那人住在千叶县。"

"美女?"

"容貌并不知道，因为照片之类的是以后才寄来的，我选了年龄最大的。"

"为什么?"

"年龄相当没有话说。"

"那人多大?"

"当时，大概二十七吧。"

"你多大?"

"十七。"

"了不得。"

"叫美吉。"

"不过，和二十七岁的人通信挺特别吧，当然，那人想必独身?"

"我也觉得怪怪的，但还是写了很多信，她好像很喜欢书呀电影呀什么的。"

"和二十七岁的人通信会有什么想法？见过面吗？"

"是这样的。"

"什么？"

"美吉是冉-迈克尔·文森特的忠实影迷。"

"那又怎样？"

"那人是美国影星，我去洛杉矶偶尔在一家名为劳里的肋骨牛排店遇上了他，请他签了名，我把签名送给美吉，不知道是不是因为这个原因，美吉非常高兴，信的内容也发生了变化。"

"什么变化？"

"有了一些难为情的内容，我还是处女啦，爱你啦什么的。"

"是够难为情的。"

"还一同寄来了照片，挺漂亮的人，我也回寄了照片。"

"相爱了吗？"

"是啊，后来每天来信，什么都写，成长经历啦，家事啦，工作啦，仿佛她的事我都知道了似的，两个人都说想见面想见面，叫得非常起劲。"

"那么，见面了吗？"

"见了，只一次。"

"怎样见的？"

"在成田机场，然后游玩了九十九里[1]，晚上吃饭的时候她说不再通信了。"

"为什么？她对伊道君不是很满意吗？"

"她说没想到我这么完美，似乎真的要爱上我了，她害怕，所以不想继续下去了，我挺受伤的。"

"后来没再通信？"

"是的，以后她就不回信了。厉害吧？我搞不明白。"

"女人就是难懂，尤其是二十七的女人，你绝对搞不明白。"

"我也这样想。"

郡城夫妻俩的对打非常糟糕，所以上完课的信山教练便和他们打。初学者期盼对打能够持续，刚会握拍的人只要看到离开自己的球重新飞回来就高兴，能来回击球就快乐。教练和球技高的人善于把球打到容易接的区域，所以网球公子想：如果有上帝的话，对于初学者来说，球技高的人、教练之类大概就是上帝了，在郡城这样的人看来我和信山教练就等同于上帝。想着想着，网球公子看到了垃圾箱上滴落的牛奶，他觉得自己有点理解吉野爱子了，是的，也许事情意外的简单，首先那家伙对我有点意思，睡在一起很自然，于是做爱，由于感觉愉快，做爱便持续下去，

---

1 指九十九里海滨，位于千叶县，濒临太平洋，是理想的夏季海滨浴场。

后来厌倦了，便决定不做了，然而并没有讨厌我，就这样，没有什么理由，不过如此，就像要小便就去找厕所小便一样，而我却要寻找小便的理由。网球公子这样一想便原谅了吉野爱子，对吉野爱子又有了亲切感，他想打电话，告诉她：你的心情我能够理解了。

"青木君，听说后天你要出国，是去哪里？"伊道君一面把球拍往箱子里放一面问。

"哎？去塞班呀，要去那里开店，先去摸摸底。伊道君要回去吗？要不再赛一局？"

网球公子握紧球拍站了起来。

3

"是我，对不起，还在睡吗？"

去塞班的那天早晨，网球公子从成田机场给吉野爱子打电话。

"我要去塞班了。"

"真了不得。"

"没什么了不得，很近。"

"近么？"

"据说三小时就到了，去里约二十小时哩。"

"一个人去？"

"不是，喂，还记得吧？有天晚上我们开一辆大巴士去了你公寓，那时有一个男的和我在一起。"

"山崎君。"

"记得很清楚呀。"

山崎坐在黄色电话对面的长椅上，正在找坐在旁边的两个结伴出行的女人闲扯："喂喂，就你们俩去塞班吗？住哪个旅店？可不要被查莫罗人[1]骗了哟……"即使在从箱崎出发的机场接送车上，山崎也对过道对面的女人说个没完："我觉得呀，只要在我们社长周围，一米以内的女人都是有缘分的。"旅行者中尽是新婚夫妻和年轻的女人，在他们中间，山崎的衣着非常特别：黄衬衣、红领带、淡米色麻布套装、蛇皮长靴、保时捷的热线反射眼镜、卡地亚的公文包，活脱脱一个走私珠宝的黑道老大。

"去干啥？"

"唔，这回我要把店开到塞班去。"

"好棒啊。"

"我明白了。"

"什么？"

"爱子的心情，我明白了。"

1　马里亚纳群岛土著的俗称。

“说什么呀。”

“你说了不和我睡觉的，我一直搞不大懂，但现在明白了，你这是诚实。”

“诚实？我么？讨厌，我一直是诚实的呀。”

“太勉强呀，累呀，我也懂了，不过做朋友我不喜欢。”

“遗憾呀。”

“可是，非常高兴。”

“过去的事不用说啦，很寂寞不是吗？”

“即使如此，也已经结束了。”

“如果青木君自己要结束，那只好结束呀。”

“想清楚这些用了三个星期。”

“现在精神复原了？”

“差不多。”

“三个星期还没有复原我可是管不了的哟。”吉野爱子说着笑起来。

挂断电话后，网球公子想，机场上的公用电话真是不错，看着飞机说着话，道别时说声再见，心情很爽快，和自家旁边住宅区里的黄色电话亭很不一样，住宅区的电话虽然通过地面一台台相连，但感觉很难受，让人发出为何终难相见的慨叹，而机场上的电话却给人以明朗之感，走进喷气机，道一声拜拜，什么都不留下。

"现在由我为大家服务，我是模特吉村，将为您表演时装秀，虽然没有照明和音乐，但还是请您慢慢欣赏。"……在大陆航空公司的航班里，空姐演起了时装秀，那叫吉村的空姐皮肤黝黑，身材小巧，穿着紫色的丝织女装在通道里走起来。乘客们大多未热心观看，穿着相同T恤的新婚夫妻正握着手窃窃私语，女人们只顾说着话，只有山崎很热情，每当吉村从身边走过，山崎便拍手，还照了几张相。"喂喂，像你这样漂亮的美人儿怎么待在大陆航空公司里?""我喜欢海。""我也喜欢海呀。""我爱潜水。""潜水好呀。""我还喜欢滑艇。""在塞班真是无所不能啊。""先生这是去工作吗?""去玩儿，请多指点哟。"网球公子捅了捅山崎的腰："混蛋，玩什么玩。"山崎不好意思地笑，他喝了三罐啤酒，鼻尖变红了。"拜拜，凯悦酒店见。"他朝吉村小姐挥手道。

到达塞班机场的时候，网球公子奇妙地感到亲切，走下舷梯的一刹那，他感受到了包裹着肌肤的湿热的潮气、花的芳香，点缀着低矮房屋的浓密的绿荫和红土带来的晕眩，这样的情景仿佛早就在什么地方见过。

两人从到达当天就开始工作，网球公子造访了马里亚纳政府旅游局和宣传科，听了他们对各种当地资本的介绍，又请政府方面的律师讲解了合同条款，领取了必须提交的文件规定用纸。山崎要从当地日本人那里接受有关当地从业人员的技术指导，那些日本人在塞班经营潜水商店和小餐馆已达十五年，与此同时，山崎还要去餐馆试吃一遍，了解肉的种类、烧制方法、调味方法和顾客入座的情况。

"查莫罗人好像很不好打交道。"

"瞧那面孔凶的。"

网球公子和山崎在游泳池边喝啤酒，晒日光浴。正午的日光几乎直射游泳池的水面，整个池子银光闪闪，在池子右边，紧挨里院的地方长着一些九重葛，有人在九重葛边拍照，好像是给杂志拍插页，那做模特的女孩个子很高，大概只有十几岁，腹上脚上的肉不多，很漂亮，反光板的光线照在她脸上，似乎很晃她的眼睛。

"山崎，昨天你是不是戏弄了前台的女孩子？"

"那个姑娘吗？她叫娜罗，二十一岁，可爱吧？"

"最好不要做出格的事，听说有几个碰了当地姑娘的日本人和菲律宾人被杀了。"

"有这种事？"

"混蛋，这是真的，听说鸡鸡被人用蛮刀斩了。"

"撒谎。"

"有个众所周知的故事，说是一个日本厨师迷上一个和他在同一餐馆干活的姑娘，并且搞上了，那姑娘有个大哥，进过监狱的。"

"流氓大哥？很有日本故事的味道。"

"那大哥有不少厉害的朋友，他们把厨师带到万岁崖[1]，用蛮刀乱砍他的脸和身子，还把他的鸡鸡从根部砍掉了，挺残忍的。"

"哎呀呀。"

"你也要小心。"

"不过吉村小姐倒是正经女人。好吧，从今晚起我只找旅行团里的日本人，怎么样？社长。"

一对新婚夫妻来到游泳池边，他们身着套装，手拿相机和花束，新郎正打算拍纪念照，当发现为杂志拍插页的一行人后，他的眼光便落在了那模特身上，模特正抬起一只脚摆姿势，她和新娘很不一样，新娘的脚多毛，粗壮，眼睛浮肿，一副蠢女人像，她也在看模特，即便如此，新郎还是为抱着花束的新娘拍了几张照。

"社长，鸡鸡砍去后会怎样？"

1　位于塞班岛最北边的峭壁。1944年美军攻击马里亚纳诸岛上的日军基地，日军退到岛的北端，为了逃避被俘虏的命运而由此跳崖，因此也称自杀崖。日本人在万岁崖旁立了观音像慰灵塔，在峭壁的最高处立了和平纪念碑。

"人会死的。"

"过去中国常给人去势是吧？"

"那是要正儿八经止血的，用蛮力砍一定活不成。"

"那鸡鸡会变样吧？"

"变样？"

"萎缩，恐怕还是难免。"

"硬着是因为充了血对吧？就是血一下子集中在海绵似的东西里，假若被切下来，血全放了出去，那自然就萎缩了。"

"能吃吗？"

"也许睾丸什么的不错。"

"咬起来一定得劲儿，不过若不用大蒜去去味，保不准有点腥。"

游泳池是葫芦形的，有屋顶葺着椰子叶的小酒馆。透过对面的金属网能看到网球场，眼下正热，网球场上空无一人，只有椰子叶的影子投在场内的地面上。网球公子轮番地慢慢打量这网球场和正在摄影的模特，网球场通常会勾起网球公子的思绪，他会想，若是和吉野爱子在这摇曳着椰子叶投影的网球场上打网球，那该多好啊，于是难过起来，然而现在他正看着年轻的模特，年轻模特没有脂肪的腹部把网球公子从伤感中解救了出来，他不觉得那么难过了。吉野爱子说过比她漂亮的女人多得是。不错，比你漂亮年轻的女人的确多的是，网球公子对浮现在头脑中的吉野爱子轻声嘟囔着。

"热得够呛，我游会儿泳再来。"山崎跳进了游泳池中，网球公子的额上不住地流汗，假若只看打网球，只看吃饭，比吉野爱子漂亮的女人数不胜数，看吧，现在我眼前就有这样的女人哩。年轻的模特头上插着芙蓉花，正在微笑。

在酒店餐厅里就着硬邦邦的西冷牛排喝了三瓶蓝圣斯桃红葡萄酒后，两人都相当醉了。山崎抓住一个在休息厅闲逛的出租车司机道："带我们去有女人的酒馆。""是，明白了。"那司机用日语回答，发音怪怪的。"什么呀，你是日本人吗?"山崎惊讶得大叫。

风很潮湿，凉凉的，司机一面开车一面讲自己的身世。他是冲绳人，因为冲绳和塞班日光都强烈，所以皮肤黝黑，和本地人没有差别。他说他四十一岁，但看上去像过了六十似的，父亲在战争中死去了，他是七个孩子中的老六，还说塞班这地方对外来者很苛求等等。"单身吗?"网球公子问。"根本赚不到钱，我来塞班六年了，还是不行，存不住钱。""一次婚都没结?"山崎注意着自己被风吹乱的头发。"是的，我年轻力壮的时候，冲绳还被美国占领着，是吧? 被占领国的男人软弱无能，女人都做邦邦女郎，不过女人总是这样，女人喜欢强大的男人，而我很穷，又贫弱，我有病，痔疮，是老毛病了。""可是，痔疮不是寒冷地方的病吗？这种病的确可以通过洗澡治好的。"网球公子嗅着夜晚潮湿的空气。"不，天热的地方也犯痔疮的。""你怎么处理呢？"山崎把白金钻戒戴在左手无名指和小指上，往上哈气，然后擦拭。"什么处理？""性欲的处理呀，这里有泡泡浴池之类的地方吗？""泡泡浴池？过去有，现在没有了。""那你怎么处理性欲呢？""我不想。""没有的事，有睾丸谁都想。""可我真是这样，以前我喜欢钓鱼，住在邦城，那里的海非常棒，我经常去钓鱼，钓起过很大的鱼哩，不过来塞班后渐渐没钓了，这爱好也丢了。""多长时间没和女人做了？""这个啊，很长，都不想说了。""半年吗？""不，三年没做了。""那东西光用来小便会越来越不行的，手淫吗？""手淫？太寂寞，不做。""我说，现在要去的地方有哪个国家的女人？能干一回吗？""塞班没有情人旅馆，冲绳倒不少，但塞班没有，所以不行。台湾、韩国、菲律宾的女人倒是有，但女人都睡在店的里屋，做爱是不行的。"

　　清冷的路边有一幢平房的店，虽然小小的霓虹灯闪烁着"彩虹"的字样，但看上去还是和夜总会相去甚远。黑暗中站着两个光着上身的本地人，正朝这边张望，网球公子害怕，心想，可不要把鸡鸡给砍了去。门口的水泥地上睡着一只死了似的脏兮兮的野狗。

　　这叫"彩虹"的夜总会像个兵营，细长形，天花板很低，顶头有个半圆的舞台，舞台靠里面摆好了乐器，店里装饰着球形反射灯、小电珠灯饰、霓虹灯、万国旗、椰子、焰火形的人造花。女人们围坐在靠近中间的一张桌子边，昏暗的光线下看不清她们的脸。除网球公子和山崎外，还有一个客人，穿着夏威夷衫，是个老人，但看上去既像本地人，又像日本人，还像中国人和菲律宾人，那人正大声说着什么，旁边坐着三个女人，由于墙上发出的迪斯科音乐的干扰，完全听不清他讲的是哪国语言。

　　"群马的伊香保温泉有和这里一样的迪斯科舞厅。"山崎在网球公子的耳边轻语道。

　　两人在桌边坐下，两个皮肤黑黑的菲律宾女人过来问他们要什么，同时也在桌边坐下。"这地方挺冷清啊。"网球公子望着女人的脸对山崎说，山崎大声道："社长，这地方不热闹，真的没意思。"他旁边的女人穿着廉价的饰着银线的连衣裙，山崎用手指点着她的胸脯问："How old are you？"网球公子旁边的女人说话了："你是社长吗？""我？是的，我是社长。你日语说得不错嘛。"菲律宾女人嘴唇很厚。"我，日本去了六次，赤坂、滨松、仙台、热海、草津、成田，都知道。"店内更暗了。"社长，不会是空袭吧？"山崎说，其实是演出时间到了。打扮得军乐队员似的姑娘们出来了，她们走到了舞台里侧的乐器旁边。"哎，少女乐团？挺漂亮呀。"已把那菲律宾女人抱在了膝上的山崎说。表演是跳舞和短剧，跳的是大溪地舞、有女乐队队长指挥的行进表演、脱衣舞、法式康康舞等，都是模仿而来，近乎于体操。短剧则使用一些简单的道具，如桌子、椅子、伞、手枪、花束等，是些完全看不明白的玩艺儿。山崎指着一个舞者道："上品，上品，那可是上品哟社长。"那女人皮肤白，有点胖，小鼻子张开着，眼睛大。"喂，能把舞女喊到我桌边来吗？"网球公子问旁边的菲律宾女人。"没关系，表演完了后，没关系。"表演的最后，网球公子、山崎，还有那老年的客人一起被请上舞台比赛跳草裙舞，山崎对网球公子说："社长，不要不好意思，快活起来，尽情地快活起来。"山崎游手好闲的日子里谙熟舞技，跳舞非常拿手，什么伦巴、吉特巴、哥萨克舞全被他演示了一番，一人占尽了风光。那舞女来到了网球公子身边。的确是美人，网球公子想，也许有西班牙人的血统。"you beautiful，you beautiful."网球公子一遍遍地这样说，然而舞女面无表情，毫无反应，那喊来舞女的皮肤黝黑的女人用很快的他加禄语[1]把网球公子的话作了翻译，舞女突然朗声大笑，牙床暴露无遗。什么呀，这家伙连英语都不懂吗？"菲律宾什么地方

1　主要被使用于菲律宾，菲律宾官方语言之一的"菲律宾语"就是以此为主体发展而来的。

的人?"网球公子问。"我来菲律宾两次了,知道马尼拉、百胜滩、宿务。"舞女说的地名网球公子没听过,一定是偏僻之极的农村,网球公子想起在拉古那湖[1]边看到的小木屋,那里还有成排的用纸板、木片、铁皮和旧轮胎搭建的小屋,有裸体的少年、瘦骨伶仃男人和孕妇。消瘦的男人驾着长满青苔的独木舟刚从湖上归来,手上提着网兜,里面有几条瘦弱的鱼和扁螺似的不起眼的贝类。傍晚的拉古那湖隐在灰色中,那时网球公子寂寞地想:到了晚上,这些家伙怎样打发时光呢?无论哪个国家,乡下的穷人都不得不在没有任何娱乐的环境中生活下去。那一笑就露出牙床的漂亮舞女已和网球公子跳了好几曲,店内闷热,网球公子的手绢和衬衫被汗水湿透了。"明晚还来吗?"舞女用笨拙的英语道,"如果明晚来,我给你把这手绢洗了,洗东西我最擅长……"网球公子把手绢递给了舞女。

"可是,常有人从这种地方跳下去,他们怎么想的呢?"

两人租了一辆车在岛上转悠,他们来到万岁崖,断崖刀削般地向下延伸,眼下白浪汹涌,漩涡翻腾。

"关键是这种地方不能打仗,太热,社长不这样认为吗?"

---

1 菲律宾最大的淡水湖。

"山崎打过仗吗?"

"说什么呀,我四十二岁,战争结束时才四岁。"

"父亲呢?"

"去了中支。"

"中支?"

"就是现在的中国,社长的父亲呢?"

"好像是在相模原的高射炮部队。"

"不是塞班就好。"

"为什么?"

"因为热呀,恐怕水也不够喝,负了伤很快就化脓,算啦,别谈这个,咱们回去吧社长,我不喜欢这地方,郁闷。"

　　来了一队游客,导游讲解万岁崖悲惨的历史,人们对着慰灵塔默哀,男男女女相互拍照,新娘微笑着,远方是水平线呈弧形的太平洋。山崎冲两个年轻女人打招呼:"喂,和大叔约会怎样?那个大叔是 tennis 的教练,这个大叔是 penis 的教练,[1] 大叔什么都懂,可有意思啦。"听到山崎 penis 教练这样的话,女孩子们喊着讨厌呀大声地笑。网球公子看着她们从凉鞋中露出的涂成粉红的脚趾甲一面说:"今晚上我们在凯悦的迪斯科舞厅,要来哟。"

1　这里是利用 tennis（网球）和 penis（阴茎）的谐音达到调侃的效果。

网球公子很惊讶，每次只要看到年轻女人涂了指甲油的脚趾甲他就会勃起。那天晚上和吉野爱子分别后，网球公子和那个有腋臭的胖女人上了床，自那以后他还没有和女人做过爱。那两个女孩子只是讨厌呀哎呀呀地叫，并没有对网球公子邀她们去迪斯科舞厅作出回应，她们竞相笑着又回到了巴士中。

"不是什么了不起的女人。"网球公子发动汽车后说。

"不过还是难得的，想想战争若不认为难得，那是要遭报应的哟。"

山崎这样说着笑起来。

网球公子订好了网球场，时间是傍晚的一小时，山崎提不起兴趣，网球公子让他握住拍，教他正手握拍法和挥拍的姿势。站在球网附近，网球公子击出球，山崎似乎中学时打过棒球的，那挥拍击球的样子恰似击棒球，但还是很快把球击了回去。十分钟后，山崎捂着胸坐下来。"不舒服，啊啊，难受，让我休息一会儿吧。"他说，再也不愿动了。

网球公子独自练发球，他一面不间断地朝对面无人的后侧发削球，脑海里一面交替浮现一些场景：菲律宾舞女、从万岁崖上眺望的太平洋、年轻女人粉红的脚趾甲、吉野爱子的手腕和性器。

南边的迪斯科舞厅像一艘太空船，没有客人，打磨的地上放着一些小器物，圆形的，像计量器似的悬着。球形反射灯射出光来，铙钹架、听筒线、细长扬声器的一部分在光线中显露出来。

"丑女们不来了呀。"

"太早，不是还不到八点吗?"

山崎喝兑苏打的波本威士忌，网球公子喝迈泰鸡尾酒，喝完第五杯，客人们终于来了，乐队也开始演奏，白天在万岁崖见到的那两个女孩没有来。

"去那菲律宾姑娘所在的'彩虹'怎样?"

"那里太冷清。"

"人家洗了手绢等着哩。"

"拿了手绢恐怕也受不了。"

"可两个男人待在这迪斯科舞厅里也受不了呀，社长跳舞吗?"

"甭开玩笑。"

"我来可是要跳舞的。"

山崎说完把视线转向舞台，那里有四对男女在跳舞，加上两个外国大妈和一个独自舞着的长发的女子。网球公子和山崎久久地望着那长发的女子，两人互看了一下，点点头。女孩的舞跳得很好，在球形反射灯和频闪灯的光线下看不清她的脸，洁白的牙不时露出来，一面跳一面微笑，好像很快乐。"漂亮。"网球公子和山崎同时叫出声来。

"没有同伴吗?"

"不会是一个人来的吧。"

音乐慢下来,长发女子用手臂擦着汗从舞台上下来,走到靠墙的一张桌边坐下,那桌边还坐着另外一个女子,手支着下巴,短发,两人交谈起来。网球公子和山崎等了足够的时间,待确定没有男人后,山崎站起来喊侍者:"喂,小姐,对不起,请给那张桌上送去九重葛和香槟。"

东西送到后,两个女孩朝这边望过来,山崎挥挥手,做了个表示一起喝的动作。两个女孩头凑到一起说了几句话后,那长发的姑娘便站起身走过来,粉红的衬衫,粉红的女式超短裤。

"一起喝吧。"网球公子说。

姑娘束了粉红丝带的长发飘动着,一笑就露出虎牙。

"谢谢,我是可以的,但姐姐不愿意,那家伙害羞。"

"呀,是姐妹么?那你再邀她一次怎样?"

"不喜欢,她老这个样,我累了,大叔们自己去吧。"

"行,那这样吧,"山崎提议道,"待下个曲子开始,我们中的一个大叔和你跳,剩下一个大叔去请你姐姐跳。"

"没用的,姐姐来这地方不跳舞的。"

山崎很快带着妹妹去了舞池,短发的姐姐靠着墙,仍旧支着下巴，看了看重又跳起舞来的妹妹后把视线转向网球公子。她所在的位置是墙边最暗的地方，几乎看不清脸。网球公子喝干迈泰鸡尾酒后便站起来，走向短发姐姐的桌边。"喂，跳舞吧。"姐姐摇头，脸朝下，伏在桌上似的。"我也跳不好，但特意到这南国的地方来就是要开心是吧，你瞧，这里尽是跳不好的家伙，都不行。"姐姐仍没抬头，网球公子想了想，也不知怎么的就说出了这样的话：

"喂，你若跟我跳舞，明天我教你打网球。"

那短发稍稍动了动，姐姐扬起脸，频闪灯闪烁的光照在她脸上，网球公子差点没叫出声来，天哪，多么漂亮的女人啊……

4

这女人的脸蛋肉嫩皮薄，白皙的眼皮上透着细微的青筋，耳垂上晃动着海豚形状的金耳环，手指夹起香烟往嘴里送时那指甲光滑鲜亮。网球公子看着，像看慢镜头电影似的，他想，这女人一定有严重的缺陷，因为长这样漂亮的脸蛋儿是要付出代价的，也许脚有毛病，也许脑子有毛病，也许只有一片肺，要不就是聋子，哑巴，私生女，父亲杀过人，没有乳房，如果这些都不是，她只是一个普通的女人，那她一定活不长。那脸没有幸福的欲念，看不出有那种意愿。"能在你旁边坐下吗?"网球公子问。女人点点头，为网球公子拉拉椅背，又把一只玻璃杯放在网球公子面前，并默默地为他斟上香槟。两人好半天没说话，网球公子一面叹息一面从侧面看女人的脸，女人面无表情地望着和山崎跳舞的妹妹，那山崎正和长发的妹妹跳吉特巴，他团团地拥着粉红的丝带、粉红的衬衫和粉红的女式超短裤，一会儿将妹妹抱起，一会儿又压在妹妹身上，像要把她推倒在舞池里似的。

"干杯。"

网球公子把香槟伸到姐姐的眼前，姐姐碰了碰杯缘，还是不作声。是哑巴，网球公子想，他开始琢磨，自己能为漂亮的哑女做点什么呢？至今还没有一个哑巴的朋友，怎么做才能让她高兴呢？劝她写文章吧，他想起一位大学的老师，主要写游记的，经常光顾自己位于住宅区正中的牛排店"瓦斯科·达伽玛"，把她介绍给那位老师试试？要不劝她搞音乐，不行，音乐不行，是的，让她会会常来"弗拉门戈"吃午饭的本地新闻记者，另外，为了振作精神，无论如何网球是有益的，哑巴也可以打网球，像她这样的女人想必可以打类似安德里亚·耶格[1]风格的网球，成为一个腿健、善于放中高球、有爆发力的反拍全能选手。然而，美丽的姐姐并不是哑巴，山崎和妹妹回到了桌边，妹妹说："哎呀，这

---

[1] 美国女子网球名将（1965—　）。

个大叔舞跳得真好，姐姐也跳一个怎样？""我不跳。"姐姐小声地回答。

妹妹和山崎聊开了。"来的就你们俩吗？""是的。""找男朋友吧？""不错，但没合适的。""不像姐妹哩。""你是说我是丑女。""不是，你俩都漂亮。""两位大叔干什么来的？""我是木匠。""到塞班定居吗？""不是，这次是来建餐馆，别人请的。""那位大叔呢？""啊，他是泥瓦匠。"……"喂，我还以为你是哑巴呢。"网球公子和那漂亮的姐姐搭起话来。

"总是这样子吗？"

"总是？"

"不太说话。"

"不是的。"

"会网球吗？"

"倒是想打。"

"明天打吧？"

"明天不是多半要去军舰岛[1] 的吗？"

"傍晚能回来吧？我们傍晚打，白天热，反正也不能打。你搞过什么体育运动？"

1　位于塞班岛西侧中部外海的小岛。

"中学时打过垒球。"

"打什么位置?"

"三垒。"

"不简单哪。"

"能从三垒投到一垒的只有我,并不是因为我打得好。"

"臂力强呀。"

"我不喜欢。"

"为什么?"

"这不成肌肉女了吗?"

"肌肉女?"

"就是《花花公子》上登的那种做健美的。"

　　紧接着,网球公子硬拉美丽的姐姐去舞池,美丽的姐姐一面笨拙地跳舞,一面告诉网球公子她叫本井可奈子。网球公子说:"你的舞跳得是不怎么样。"话音一落,女人便要回桌边去。"我不是说了吗,跳舞我不喜欢。"她说。

　　"等一下,总应该有原因吧?"

　　"跳舞我是第一次,真的,有生以来第一次。"

　　"从不去迪斯科舞厅吗?"

　　"偶尔也去,但不跳舞。"

　　"去迪斯科舞厅不跳舞,那干什么?"

"唔，给朋友照看东西，喝饮料。"

明白了，你大概觉得自己不好，网球公子望着本井可奈子在频闪灯下忽明忽暗的耳垂、唇和颈项，他想对本井可奈子说，你一定总是感到抱歉，只有自己长得这么漂亮，你一定觉得实在对不住别人，你因此拘谨、缄默，然而，这样想是不对的。

"明白了。"

"什么明白了？"

"你是太紧张，就是打网球，紧张也发不好球的，你放松试试。"

网球公子把手放在本井可奈子的肩上，反复说着放松放松。"嗯，好多了。"网球公子说，于是本井可奈子高兴地微笑起来，那是完美的微笑，像克莉丝·埃弗特的反手击球一样完美无瑕。

山崎和长发的妹妹明美提出半夜去开车兜风，网球公子马上同意，但本井可奈子不愿意，好像担心被强奸。网球公子要山崎回屋取来两人的护照、驾照、名片和"弗拉门戈"的照片。"这些给你们保管。"网球公子对姐妹俩说，"我们是社会上讲信用的人，山崎说木匠和泥瓦匠是唬你们的，我们其实是牛排店的经营者和员工，这护照和驾照放在你们那里，你们现在就把它们放到自己屋里去保管起来，等我们兜完风把你们完好送回后再还给我们，怎么样？""好像过分了，"明美说，"过分了，不过，姐姐保存吧，这样回头返还时还可以去他们屋里喝酒哩。"本井可奈子轮番地看护照、驾照、名片和牛排店的照片,然后对网球公子道:"你这个人,不简单啊。"

网球公子开着吉普,路边的空罐、瓶子的碎片和横穿道路的野狗的眼睛不时因车前灯的照耀而反射出光来。珊瑚质的道路白花花的,沿海岸成排民居的灯火已经熄灭了。

"喂,这是什么曲子?"

被本井可奈子这样一问,网球公子才意识到自己一直在大声哼着歌,是《蜜糖滋味》,网球公子把曲名告诉她。"挺好的曲子。"本井可奈子说。哼着《蜜糖滋味》,网球公子忽然想起三周前的那个和吉野爱子分手的难受的夜晚来。他不解地想,现在这样兴致勃勃,是不是只因为看到了旁边这个女人的美丽的脸呢?抑或是在这三周里自己变了?如果美丽的女人能使我的心情焕然一新,那么在这之前呢?我是否一直这样,必须被美丽的女人支配着生活?不,美丽的女人是催化剂,一定是这样,她们使我现在的这种心情得到放大和强化,只要看到她们,我身体中的某一部分就兴奋起来,那个部分是真正的我,其他则是假象。我已经不在乎吉野爱子了,恐怕那家伙死了我也不会难过了。

"我想开车。"本井可奈子说。

"不行，"妹妹制止道，"姐姐刚拿驾照会出事故的，挺安分的人怎么这么闹腾。"本井可奈子最初在东京地方银行工作，干了两年后辞职去了一个小化妆品公司做面部模特，后又因了这个机缘上了美容学校，在那里，由于朋友的劝诱，她成了美容师，据说现在在横滨西郊的一个电视演播室上班。妹妹则在汽车制造厂工作，好像已有了恋人，半年后就要结婚了。姐姐二十二岁，妹妹刚二十。

　　吉普驶进山道，网球公子把车开向万岁崖，山崎小声嘀咕："我可不想鸡鸡被这里的流氓割了去。"姐妹俩忙问怎么回事，于是山崎绘声绘色又带些夸张地讲了那日本厨师被割去性器送了命的故事，妹妹听后道："被杀的家伙可恶。""不过会很痛吧？"本井可奈子问，着实很吃惊的样子，大家见了大笑起来。听到海浪声了，网球公子停下吉普。"喂，那对面什么地方？"明美一面战战兢兢地从吉普上下来一面问。"是太平洋。"山崎牵着她的手腕回答。本井可奈子说："等一下眼睛习惯了，就能就着月光看清东西了。"她很不安的样子，一下吉普就站住向明美招手，两人嘀嘀咕咕地说话，网球公子从山崖边向她们喊："过来看呀，海浪很壮观哩。""姐姐说要小便。"网球公子忙跑向站着不动的姐妹俩。"怎么办呀？准是啤酒喝多了……""能忍到回酒店吗？""不行，这里没洗手间吗？""没有呀，等等，我给你弄个地方。"网球公子从吉普中拿来手电，照向路边的树丛，在灌木中找了一个可以进去的空隙，然后除去小枝、草和藤蔓以便本井可奈子蹲下，弄完后，网球公子喊来本井可奈子。"我不去，好怕人的。""没办法呀。""里面会不会有什么东西？""把手电给你，快点。""别离开。""嗯，我等着。""不要过来看呀。"本井可奈子钻进了树丛，传来宽衣解带的声音，小便的声音。然后听到本井可奈子说："喂，过来，过来看。"本井可奈子正用手电照着椰子树的树根，那里有拳头大小的椰子蟹，正在伸展有力的爪子往树上爬，风吹过树丛，南国树木肥厚的叶子一齐摇起来，网球公子握住本井可奈子的手，山崎和明美向悬崖那边去了。

"月光很亮呀。"

"嗯，这么说，可奈儿每天都能见到电影演员呀，歌手呀什么的。"

"是啊。"

"没有人对你动坏心眼儿？"

"也有非常讨厌的人，哎，怎么啦？"

"没有比你漂亮的女演员吧？"

"别说傻话。"

"你是自己不知道。"

"别说了，我说，你真的教我打网球吗？"

"嗯，大概下午五点开始打。"

“没球拍呀。”

“酒店可以借的。”

海天的界线模糊不清，月亮在海面的正中投下了一个摇曳着的狭窄而暗淡的光带，明美对山崎说：“没有行船，没有港湾的灯火，这样的夜晚，大海不是太浪漫。”本井可奈子正眺望着远方，网球公子下了决心，他想，明天白天给她买副网球拍吧。

没有风，帆板上的风帆无力地垂悬着，太阳刚偏西，即使待在树阴下，那汗也流个不停。网球公子和山崎躺在太阳伞下，山崎的大腿内侧有一道细长的伤疤，问他，只简单地回答：“小时候被哥哥用剪刀刺的。”

“这种地方若待上半年，人的想法保不准就和以前不同了。”

山崎的身体泛着浅黑，肌肉也紧致，只有手又滑又白，是经常抓肉切肉造成的。

“恐怕待上十天就厌倦了。”

“我不怕，大概熟悉九州的缘故，我适应这里，不过在这里待长了人恐怕会变。”

“怎样变？”

“对任何事都抱无所谓的态度了，你不这样认为吗？”

“是啊，也许干活也觉得无聊。”

"搞夫妻交换和 3P 也会产生各种想法。有个医术高明的牙医，已经到了要拼命捋鸡鸡才能硬起来的程度。做交换的夫妻都很恩爱，所以老婆和别的男人在一起时自己若硬不起来好像就会很绝望。那牙医总跟我说，每天看别人污浊的蛀牙，一天看几十人，于是就阳痿了。我觉得挺没意思的，假若让他看这里的大海，会不会有变化呢？"

"有变化？怎样变化？"

"啊，他会发现世上有什么都不想的，更加快乐的活法。那牙医也真可怜。"

来海岸之前，网球公子去会见旅游局的官员，顺便去免税商店买了网球拍，是送给本井可奈子的礼物，威尔逊牌克里斯·艾夫特亲笔签名款，山崎则给明美买了赛乔德奇牌有黑白条纹的网球服，刚才山崎发牢骚，说比明美年轻的姑娘他也睡过，但对明美却怎么也产生不了情欲。

山崎没有成家。

明美很快对网球厌倦了，她三下两下脱去有黑白条纹的网球服，跟山崎在游泳池里游起泳来，姐姐依然在打网球，罩衫被汗水紧贴在皮肤上，满脸通红。西斜的阳光透过椰子树和铁丝网照进网球场，椰子树和铁丝网在逆光下成了剪影，网球场则被染成金红，那里只有两人的影子和网球。网球公子常常想：网球场是没有多余之物的地方，线、网和球，然后就是站在对面的优雅的对手，假若人生亦能如此地度过，简洁，美丽而又紧张，那该多好啊。欢喜，快乐，失望，失败，尽在其中，然而没有谎言。网球场外尽是谎言，我没有去菲律宾舞女那里取手绢，对吉野爱子说即使分手也忘不了她，这些全是谎言。和本井可奈子坐在长椅上，网球公子望着摇曳在网球场上的椰树叶的影子，喝着菠萝汁。满脸红晕的美女微笑着，南国的夕阳把天空染上令人难以置信的颜色，完美的一天，网球公子想。

这六天里山崎一直吃牛排，他说牛排吃腻了，看着就饱，于是四人决定品尝塞班菜，蝙蝠汤和椰子蟹，蝙蝠装在银盆里，依然保持原来的样子，明美一看就惊叫，但可奈子却哟哟地赞叹着吃了蝙蝠的内脏和翅膀，还要把网球公子切下的蝙蝠头带回去作纪念。"别，要烂掉的。"山崎提醒说。"能晒干就没问题。"她说着把蝙蝠头用餐巾纸包好，收进手袋里。这样愉快的旅行是第一次呀，在迪斯科舞厅跳舞是第一次，在树丛中小便，打网球也是第一次……也许难有第二次了吧？

明美回屋去了，她说军舰岛太晒人，身体不舒服，山崎也不知道是不是有意避开，说是要到那菲律宾女人所在的"彩虹"去，也离开了，酒店迪斯科舞厅里只留下网球公子和本井可奈子。两人喝牛奶，牛奶装在大金鱼缸似的玻璃杯中。往外看，天上起了云，风却住了。店里有很多团队游客，闷热得很，即使待着不动，腋下的汗水也依然打湿了衬衫。两人在这样的闷热中挨着身体坐在墙边的角落里，每当他们的大腿碰在一起，网球公子就会勃起。刚才网球公子老实地说自己结了婚，有了孩子。"结了婚才好哩。"本井可奈子老低着头说话。

"这么说青木君是青年实业家吧？青年实业家若独身就像花花公子，我不喜欢。"

"那可奈儿呢？"

"结婚？我，不能结婚的。"

"为什么？"

"身体不好。"

"身体？那里不好？"

"别问，怪臊人的。"

"可是，你打网球那样起劲地跑不是蛮好吗？"

"是这样，我每年只来三次月经。"

"然后呢？"

"就这。"

"就这?"

"是。"

"每年只来三次月经的女人就不能结婚?"

"不能吧?"

"法律这样规定了?"

"反正我不想结婚。"

空调不起作用,窗子虽然开着,却一点也吹不进风来,空气潮湿而凝重,那菲律宾乐队音质低劣的扬声器在慢慢搅动着沉淀的空气,适合这店堂里闷热空气的只有肤色黝黑的侍者们的走动,侍者们头微偏,浸透着汗水的腋毛向四周散发又酸又甜的气味,屁股上的肉伴随脚步的迈动左右摇摆。"真热呀,这种时候跳舞会热死的。"本井可奈子用印着史努比的手绢擦鼻子和后颈脖上的汗。网球公子要了苏格兰冰镇威士忌,虽然喝了迈泰、牛奶、啤酒和玛格丽特,但在闷热的空气中,它们全都像水,他想喝带劲儿的酒,潮湿沉淀的空气模糊了身体的界线,他想往身体中倒入烈酒以加热喉咙和胃。频闪灯停止了闪烁,乐队开始演奏舒缓的曲子,两人都没有等对方邀请就上了舞台,他们贴着汗湿的身子跳贴面舞。反射灯在头顶旋转,每当眼睛因小小的光点逼过来而闭上的时候,眼睑内便飞舞起同样颜色的残像。缠在网球公子脖子上的本井可奈子的手腕被太阳晒得微红,肩上的汗毛变成金色,被汗水打湿的肌肤显出细微的纹路，只有颈脖还是白的，纤细的青色血管在反射灯小小的光轮中显现出来。网球公子用唇碰了碰那肩，本井可奈子的后背便微微一抖。"难受吧？""唔唔，像在酒里跳舞哩。"仿佛漂在和体液同样密度的水中，扬声器含混不清的声音不时在这液体中搅动，泛起的波纹荡漾到腰间，身体变得更加沉重。"瞧，那两个正接吻哩。"本井可奈子用下颌朝那边示意。是个白种男人和本地女人，赤黑的舌头正伸在金色的胡须里，那本地女人的高跟鞋高得可怕，脚趾跷曲着，涂成银色的短趾甲似乎陷在肉里。网球公子把本井可奈子的腰搂得更紧。透过大开的窗子能看到外面的景物，他看到青白的除虫灯正在引诱蛾子和昆虫。前天夜里，他和山崎花好半天看蛾子飞进除虫灯时的情景，蛾子死去时总是伴随噼噼的声音，于是山崎道："电椅一定也是这种声音吧。"

"去外面怎样，待在这里闷热得要死了。"

网球公子这样说，本井可奈子点头。

吉普停在万岁崖的顶上。网球公子把窗户全关紧，锁上车门，放下椅背，身体压在本井可奈子身上。解下女人连衣裙上的钮扣、用红黑皮绳编织的腰带，脱下凉鞋，这期间时常抬头确认窗外的情况，他害怕遇到查莫罗人的暴力团伙。涛声和虫子的鸣叫隐隐地传来，没有其他声音。在封闭的吉普中，他的感觉更加奇异，强烈地觉得自己身体的界线正在变得模糊不清。闷热中的身体和着汗水仿佛正在溶化、膨胀，变成一种黏糊糊的东西。衣服脱光后，自己的皮肤、吉普上的座席、本井可奈子的裸体、空气接触皮肤时的感觉都变得模糊一片，相互间的区别更加难以辨别。视觉已变得清晰，他看到本井可奈子的身体只有乳房和腰显得白皙，这样的女人是漂亮的，他想。脑袋里浮现着受到查莫罗人暴力团伙袭击时的场面，自己和本井可奈子抱成一团，而蛮刀却砍了过来，当想象中出现这样的情景，他那完全没有感觉的全身一下子起满鸡皮疙瘩，手脚里侧的鸡皮疙瘩则仿佛不是自己的。本井可奈子是处女。当他把身体沉下去的时候，听到两种惊心动魄的声音，心脏仿佛要破裂了，那是叩击车身的像击鼓一般的骤雨声和本井可奈子嘶哑的高叫声，它们几乎是同时发生的。网球公子把这突然而至的骤雨声误当成查莫罗人暴力团伙来袭击了，想象中出现自己手捂胯部，血淋淋地在地上打滚的样子，他想抬起身子，就在这一瞬间，他发现本井可奈子正挺直了身子叫，他很快明白了，那不是发自快乐的叫声吗？这叫声把网球公子从恐惧中救了出来，跟处女做爱的兴致战胜了因惧怕查莫罗人暴力团伙袭击而产生的恐惧。望着本井可奈子完美的脸歪起来，肤色深浅不一的光滑的身体出现痉挛，网球公子感动了。想起本井可奈子说过，她一年只来三次月经，网球公子便按住那正挣扎着的手和脚射精了。本井可奈子的痉挛变得更强，下颌颤抖得发出声音，为了避免咬到舌头，网球公子把手伸进她嘴里，牙陷进肉中，血渗了出来，但并未觉得痛。

两人等待雨住，然后光着身子从吉普中出来。网球公子抱起踉跄的本井可奈子来到海角顶端，把她放在生着浅草的地上。两人抱着，不说话，本井可奈子急速的心跳透过汗水传过来，凉风吹过，树丛发出声响，覆盖着天空的云被撕开，朝着水平线的方向飞快地远去。

5

网球公子把汤勺插进木瓜中，想着昨晚的事，完美无瑕，他想。露天咖啡厅充满上午柔和的光，网球公子正在回味本井可奈子硬直着大腿久久痉挛时自己性器的感觉，完美的夜晚，完美的一天。他曾任性地认定这种事只存在于电影和小说中，即使现实中有也不会和自己沾上边。和美丽的女人在迪斯科舞厅相遇，深夜的兜风使关系变得亲密，在椰树摇曳的网球场上看女人光滑的肌肤上流淌汗水，游泳池、香槟和音乐，无人的断崖上和处女做爱，突破之时突降骤雨，两人光着身子眺望远空，低云在眼前飞快地流过，这就是一切，其他全没有必要，没有缺欠，连一滴木瓜汁那样小的缺欠也没有，完美的一天。

"昨天回得很晚呀。"山崎正在吃很硬的煮鸡蛋，腮帮子鼓着，"莫非搞上啦？"

"你怎样？那妹妹，搞上了吗？"

"她的那地方倒是让我碰，在海边的时候，不过不让我上，社长搞上了吗？"

"是处女。"

"撒谎。"

"混蛋，这个撒谎干吗？"

"这么说，今早上那租用汽车里应该有血的气息吧。"

"没出血。"

"有这种事？"

"我是第一次，所以不懂，和处女是第一次，难道必须出血吗？这个你很懂吧？"

"倒是知道几个。没有出血吗？处女不出血，奇怪呀，不过明天就要回去挺遗憾的。在东京还能见到吗？问清电话号码没有？"

从露天咖啡厅可依次望见院落、网球场、游泳池、椰树林，再往前就是大海。球场上传来规则的击球声，因为挡墙的遮挡，网球公子看不到击球者，但推断那击球者的球技相当高。帆板的风帆在海上移动，被风推动的呈三角形的红黄蓝色同这上午的亚热带岛上风光十分谐调。

"我蛮感动的。"

吃完木瓜，网球公子这样说，山崎笑了。

"真的，我感动。"

离开吉野爱子还不到一个月，吉野爱子说不再和他睡觉的那个晚上他觉得世界陡然变得很小，他以为往后无论怎么努力，那种怦然心动的瞬间再也不会来临，然而想不到，现在，在这个鲜花怒放的小岛上，在这温暖和煦的阳光中，自己已在一面品尝美味的水果，一面回味着一个美得以前从未见过的女人的身体因自己性器的进入而痉挛的情形了。和吉野爱子在一起时老是担忧，一面陶醉于《蜜糖滋味》的旋律和香槟的光彩，一面想：这样的幸福往后还会再来吗？于是总变得有点悲伤。然而，事情根本不是那样，好运已经等在了那里，在那个地方相遇，只需轻声地说着放松放松，一面跳跳舞，这完美的一天便不期而至了。在那个眺望流云的夜晚，网球公子光着身子驱车前行，脚板下的油门踏板凉凉的，很舒服。本井可奈子在副驾驶座上坐着，月光下只显出身体的轮廓，她正在慢慢扣着连衣裙上的钮扣。车前灯下的道路白花花的，网球公子直视着路面说了几次我很高兴。"我很高兴，真是难以置信……"他说。当突然的骤雨叩击引擎盖的时候，本井可奈子痛苦得脸都歪了，然而没有哭，她一面喊痛一面跟跄地下了车，靠在网球公子肩上，双手抱住后背，调整呼吸后，几次索求网球公子的吻。"很久没做了吗？"网球公子问。本井可奈子倚在网球公子身上摇头。"第一次。"她说，害羞似的，声音很小。"这么说，害怕吧？"网球公子抚着她的头发问。本井可奈子点头，这时一种莫名的优越感扩展到他的全身，仿佛有人正在夸奖他，从暖暖的黑暗中，抚着他的头道，你了不起，有出息。是啊，我很感动，这漂亮女人虽然脸都痛歪了，却并不憎恨我，我因此而感动……"今天还见面吗？"山崎问，他正给花坛边的麻雀扔面包屑。

"今天去军舰岛。"

塞班的麻雀似乎小一圈儿。

这里花木鲜艳，所以这褐色的鸟显得尤其贫弱。

时间过去了十五分钟，睡眼惺忪的本井可奈子来到大堂。带花边的运动T恤、棉麻短裤、塑料凉鞋、用串珠工艺编织的发带，都是粉红的，网状的手提包中装着太阳镜、防晒霜和香烟。"还痛吗？"网球公子问。"有点。"本井可奈子低头回答，一面用指尖儿点了点网球公子的胸。

两人挽着手向服务台告知的码头方向走去，他们从一家餐馆前走过，餐馆的招牌是用大砗磲贝壳做成的，门前停着一辆黑色的奔驰，在这个岛上，这种车并不多见，两条短毛的瘦狗躺在车下。"这车若开起来，它们不是要被碾着吗？"本井可奈子说，还频频回头看。网球公子想起家中车库里的450SLC，脑子里突然浮现出坐在副驾驶座上的吉彦的脸来，他一面走一面看自己浓重的影子，一直到了码头，上了船，吉彦的脸也没有消失。

倒映在海面上的云正在慢慢移动，网球公子往本井可奈子的胸脯、背和腿上涂防晒霜，光滑的肌肤上粘着细细的沙子，显现着平滑的曲线。分开本井可奈子温热的发，网球公子吻她的脖子。"难受吗？"本井可奈子问，她身体抖了一下，又取下太阳镜。两人分着喝了罐装啤酒，因潮气而感觉黏糊的喉咙一下子变得甘甜。多么不一样啊，网球公子想，在那个最后的夜晚，在吉野爱子的屋里也喝了啤酒，真没见过那样难喝的啤酒，小便样的颜色，泡沫的感觉一粒一粒的，舌头和喉咙感受着粗糙的刺激，胃被搅和得很不舒服，呕吐感仿佛变成了液体，那样的啤酒我绝对不会再喝了……他觉得自己掌握了拒绝难喝的啤酒的窍门：首先，心情不好的时候不要喝啤酒，而且，为了避免心情不好，要拒绝自我反省，承担恶名。对情人什么也做不了，从情人那里什么也得不到，只有床上和装着香槟的玻璃杯中存在着瞬间的辉煌，那辉煌是没有东西可以取代的，但也产生不出任何新的东西来。所以，不要反省，无论谁受到怎样的伤害都不要认为是谁的责任。女人不是狗，不一定唤一声就总会摇着尾巴过来跟着，虽然有时也有那样的情况，但那不是女人贤淑，而是时机恰当。接受你的女人是宝贵的，应该好好对待，然而，即使那女人对你阴沉着脸，对你伤心哭泣，也不要反省自责，否则那啤酒就一定苦涩难喝了……本井可奈子正细眯着眼望着远方的海面，和美丽的女人单独待着，总能沉浸在一种奇妙的亲切感中，美丽的女人没有失落感，所以视线没有束缚，自由的视线超越了风景，即使美丽的女人不在身边，那幸福的时刻也能在记忆中搜寻得到，这样的搜寻很容易使自己的心中充满亲切感。太阳把本井可奈子的大腿和肩膀染成了橘红色。

在游泳池边的酒馆中干活的本地小伙计正隔着挡网愣愣地看网球公子和本井可奈子打球，和本井可奈子懒散的对打使网球公子有点厌倦，他向小伙计招手道："过来，想对打吗？"小伙计拿起一只低劣的球拍蹦蹦跳跳地跑进球场。

小伙计的球技一团糟，显然未受过训练，大概也就是这样在工作的间隙里向游客讨来打一下而已。无论哪个网球场都有这种贫穷可悲的小伙计，他们只凭着对体力的自信和对运动的感觉在球场上蹦跳奔跑，挥舞低劣的球拍拼命扣击，然而他们得不到快乐，网球拒绝了他们。

"打双打怎样？"

小伙计回去后，两个穿着齐整的日本人在球场的入口向网球公子打招呼。"不，我们十分钟后就不打了。"网球公子回答。汗水已充分流过，肚子也饿了，而且明天就要回家，两人商量好最后一天要在塞班的夕阳下散步，再说网球公子对这两个人还有一种不好的预感，他不喜欢表现得过分亲切的男人，尤其在网球场上，过分亲切的男人没有好东西。

"我们六点开始租用球场，但两个男人对打无趣透了，所以想和你们双打，怎样？"

两人都戴着眼镜，小网球公子三四岁的样子。说话的男人穿黑色鳄鱼牌运动服，眼角向下耷拉着。网球公子问本井可奈子："比赛怎样？光练习挺没意思的。""我怎样都行，随你定……"本井可奈子回答。

鳄鱼牌的男人球技很好，击出的球虽缺少威力，但打法不像年轻人，出球准确，韧劲十足，另一个人大个子，穿阿迪达斯的运动服，球龄大概刚一年，同网球公子和本井可奈子这一对相比，他们的实力是相当有余裕的。按常理，至少在日本的网球场上他们不会和网球公子这一对打双打，然而鳄鱼和阿迪达斯对初学者的本井可奈子的确很有绅士风度，打出的球速度慢，还落到最好接的位置，既像练习，又让人体会到双打的趣味，是一种很善意的打法。本井可奈子每次击球都哎地发出可爱的叫声，仿佛这初次的比赛让她感觉非常快乐。然而，不知为什么，网球公子不好的预感并未消失，在网球场上，过分亲切的人不能信任，这种人有企图，网球是离亲切和好意最远的运动。

第四局，阿迪达斯第三次发球得分，不好的预感在此时变成了现实。本井可奈子击出的球越过挡网滚进了椰子林中，因阿迪达斯距入口最近，他便去拣球，剩下的三人擦着汗，在球场上休息。

"夫妻俩在这样美丽的地方打网球真是不错，令人羡慕啊。"鳄鱼说。

网球公子和本井可奈子相互看了看，苦笑起来。"不，我们不是夫妻。"网球公子脸上带着苦笑不好意思地说。

"哎，那不是你太太?"

本井可奈子坐在发球线上，觉得有趣似的笑出声来。

"那么，一对情人?"

本井可奈子停住了笑。

"不错呀，偷偷来塞班约会的吧。"

鳄鱼取下头带，在手中拧着，汗水滴到地面上。"别胡说，我们是这里认识的。"网球公子后悔起来，心想承认是夫妻就好了。

"真的吗？看不出来啊。不过感觉是不像夫妻，所以刚才我故意那么说了来着，若是夫妻，应该更加，怎么说呢，就是有点感觉无趣的样子。原来这样啊，你被大叔骗啦。"

鳄鱼的脸上冷笑着，本井可奈子对他用你称呼自己很反感，而鳄鱼则似乎在欣赏本井可奈子不满的样子。网球公子眼望着椰林那边，球还没有找到。

"你多大啦？不像太年轻啊。一个人来的？哎呀呀，我希望你赶在大叔前先认识我哩。我叫吉田，做潜水教练的，也搞水下摄影，上个月的《MORE》看了吗？没看《MORE》？是冲绳的特辑呀，在石垣岛¹拍日本蝠鲼，是我拍的，我也拍女孩子哟。在冲绳的时候，我们乘着四十英尺的游艇，一面四处转悠一面潜水，快活，真是快活。喂，下次我们乘游艇怎样？"

本井可奈子不搭理，鳄鱼轮番看着本井可奈子和网球公子，嘴里喋喋不休，看样子的确兴致很高。本井可奈子走近网球公子耳语道："你说点什么，我讨厌这个人。"

"这样，"鳄鱼对网球公子道，"我们单打如何？谁赢了谁得到这个女人，怎样？啊啊，开玩笑的。我是真的不想双打了，赢了也没意思。"

---

1 位于日本琉球列岛的八重山群岛的南方，面积 222.6 平方公里，是冲绳县内仅次于冲绳岛和西表岛的第三大岛。

"嗯——不，我们现在很饿了。"网球公子心跳加快，失礼的家伙，他想，心里很不高兴。然而想来这家伙也没有说什么特别的坏话，只不过企图用过于亲切的态度在我和本井可奈子的甜蜜时光里泼冷水，挑拨我们的关系罢了。

"哎？真难办啊，你打得比我好很多，难道想逃跑不成？"

网球公子想说，不，不是这样，只是累了，然而话未出口便被本井可奈子瞪了一眼。"打吧，"她说，"我不想比赛了，你们两人打吧。"

从未进行过如此讨厌的单打，网球公子想，即使赢了也不会怎样，鳄鱼的技术勉勉强强，但明显比自己差，他输了大不了说句还是输了啊，恐怕还会愉快地一笑，但若我输了，损失就很大。这是我们在塞班的最后一个晚上，夕阳中的散步要牺牲掉，现在肚子也饿着，假若在这美丽的女人面前又输给这个让她讨厌的男人，这可不是小事儿……不要紧吗？网球公子自己问自己，不要紧吗？压力很大啊，我能赢吗？

比赛以网球公子的发球开始，白昼海滩的阳光、湿度和比赛的压力给网球公子带来一种倦怠的感觉，在这种感觉中，网球公子回忆着和鳄鱼对打时的情形。这家伙的前场马马虎虎，旋球也有角度，反交叉比我强，后场也能用双手的削球稳妥地对付。若我上网，他就放高球。他比我年轻，跑得快，有耐力，即便输了，损失也比我少。算了，不考虑拙劣的打法，要实行稳妥的策略，抓牢发球局，没有相当好的机会不实行强攻，最要注意的是不要双发失误。然而即使这样，还是有不利因素啊。本井可奈子坐在长椅上轮番看着站在球场上的两个男人。"青木君，加油。"刚才她这样给网球公子打了气，那鳄鱼还模仿本井可奈子的声音和语气同网球公子打趣。做裁判的是阿迪达斯。

网球公子放松地瞅准对方后场打了一个削球，鳄鱼双手回球，浅浅的削球，很漂亮，球落到发球线附近，低低地弹起。网球公子一面往前跑一面犹豫不决，继续和他拖？还是给以重击？这球确实是个机会球，但因为是下旋，弹得低，大概达不到猛扣的高度，怎么办？假若对这种球也用稳妥的回球，那整局比赛都变得小心翼翼了。然而，紧接着的一瞬间，他的身体已向着猛击的方面作出反应了，球拍画了一个很大的弧，身体后摆，左脚向对方左角方向有力的迈出，拍面擦向那黄球下方三分之一的地方，击球的时机和后续的动作完美无瑕，球擦了一下网，而速度丝毫没减，漂亮。在距鳄鱼右边两米的地方，球飞了过去，鳄鱼一步也没有动。厉害的扣击，这样有力的攻击在网球公子的记忆中不是太多。鳄鱼显然不安起来，接下来两次回球失误，40∶0。对打虽进行了六个回合，但鳄鱼前场失误，终于没赢一球便一败涂地，网球公子始终保有发球权。两人交换场地，沿着边线，网球公子一边走一边纳闷，按说接下来应该认定使用强大的攻势，争取发球得分，以全胜的得分拿下这一局，然而为什么这种残酷的自信并没有占据自己的内心呢？通常这种时候他会暗自大叫，蠢货，俯首投降吧，你别想赢一分，然而现在这样的争斗之心却并没有产生，发球得分的时候还有一种莫名的歉疚，他在想，在那骤雨来临之时，自己抱着面容皎好的处女接吻，一面期待海边的日光浴，然后是香槟和做爱，到了这步田地还使用发球得分的强大攻势，这合适吗？

　　鳄鱼的发球比预想的弱，网球公子破了两个快速开球，虽有一个触网失误，但鳄鱼也两次双发失误，于是网球公子很容易地又赢了一局。如此轻易地赢得两局，网球公子的争斗心和专注力消失殆尽。第三局的比分你增我涨，反复处在平分状态，时间也拉得很长。想必鳄鱼非常不习惯这种打法，手臂放不开，动作也迟缓，不过网球公子这边也打得离谱，他连续强攻，四球中却有三球出了底线。这令人厌倦的一局使网球公子失去了兴奋感，脑子里只想着和本井可奈子的晚餐，而对手即使占了先，也会接下来随随便便地失误，很快又变成平分状态，这样的情形前所未有地削弱了网球公子对比赛的兴趣。第十一回合，对方占先，鳄鱼对着厌烦的网球公子的后场发了个无力的球，那球慢得连球上"邓禄普"的字样都能读出来。网球公子用削球打了个斜线，对方又用中高球向纵深击回，他一面跑动一面击球，身体几乎失去平衡。网球公子判断这个球要出界，于是垂下球拍，径直向球的落点走，然后站住，视线跟着飞来的球，那球有气无力地抖动着落在了线上。

"什么球？在界内吗？我这里看不太清。"裁判席上的阿迪达斯问。

"啊，线内球，在界内。"网球公子如实地回答。鳄鱼一喜，舒了口气。网球公子虽然输了一局，但随之而来的却不是危机感，而是无力感，唉唉，这么一来，晚餐又要推迟了，他这样想，于是失去了力气，讨厌起网球来。本井可奈子似乎并不热心看比赛，是不安，还是对这散漫的比赛厌倦了呢？

网球公子反复强攻，虽然偶尔也发球得分，然而主动失误非常明显，相反鳄鱼却一点点地找到了打网球的感觉，尽管他的球依旧那样软弱无力，但前场和后场都能照顾得很好了。

打到各赢四局的平手时，网球公子紧张起来，他很愕然，忙摆好架势。

"好好打。"他在心里说。

鳄鱼摆出发球的姿势，笑着。这怎么回事？弄不好要输，恐惧在心中滋长，心跳快起来，焦虑使身体变得僵硬，动作不能随心所欲，回球失误，耳朵发热。打到总第三十回合后的第五分，经过四个回合的争夺，网球公子逼近网前向对方前场的纵深放了个下旋的近球，鳄鱼追上来，摆出开立姿势，紧咬的牙里挤出一些声音，身体做出最大幅度的击球动作。忍耐已久的鳄鱼第一次发起进攻了，那扣出的球平平的，以刚刚能过网的高度对着网球公子直飞过来。网球公子没时间躲闪，顶多只能闭上眼，偏一下头。球击中了网球公子，仿佛要陷进臂膀根部那柔软的肉里似的，球没有反弹，径直落下来，滚到地上。网球公子捂住左肩，蹲下来，只听得风把椰树吹得沙沙作响，仿佛很多人发出了笑声。

"对不起，没伤着吧?"

鳄鱼要跑过来，网球公子抬手拦住，他看了看本井可奈子，她虽眉头锁着，但表情并没有太大变化。网球公子向接发球的位置走去，一面想，这女人奇怪啊，好像在哪儿见过，是小学同学中有和她相像的吗? 是像死去的母亲吗? 不对，母亲可是丑女。

比赛重新开始，鳄鱼第二次发球，球很和缓，但网球公子打在了拍框上，球朝一个匪夷所思的方向飞去。这样不行，要输的，网球公子苦笑。五比六，这是第十二局，接下来他又犯了两个双发失误，一转眼工夫，网球公子便只有决定胜负的最后一分了，他很明白，网球在报复自己。网球在责备我，要我不愉快，这失败是缺乏专注力造成的，我明白这一点，又不得不面临最后的一分，没有比这种情形更让人感觉凄凉了。对手的离去缘自于自己的失误，你是不被需要的，他听到了这样的声音。在最后的对打中，本井可奈子发出惊叫，一只大青蛙为了捕捉聚在照明灯下的三只小虫钻过了挡网，出现在本井可奈子的脚边。"讨厌。"本井可奈子叫了一声踢开青蛙，与此同时，网球公子败局已定。

"不过我并不知道谁赢了，当明白是青木君输了的时候，我很懊恼，但那家伙好像也难受不是吗？握完手后就嚷着累呀累呀，也不喋喋不休了，所以很不错哩。"

香槟泡沫反射着烛光，刚才网球公子已琢磨明白本井可奈子像谁了，有一部名为《团伙》的电影，本井可奈子很像其中一个扮演阿兰德龙情人的女演员，那女演员的长相几乎全忘了，所以相像的地方恐怕并不是脸吧。阿兰德龙的确是孤儿，后被暴力团伙的黑老大收为养子，那黑老大在一次事故中成了坐在轮椅上的植物人。团伙的成员都住在郊外的一幢房子里，和妻小一起生活。在一个酒馆里，阿兰德龙遇到了那女人。他和伙伴们在酒馆和美国大兵打起来，并用手枪制服了美国大兵，这种卑鄙的做法引起酒馆里所有人的反感，只有一个女人对阿兰德龙投以亲切的目光。离开店的时候，阿兰德龙向女人扔去一朵玫瑰，女人微笑着接受了。深夜里，女人郑重地拿着玫瑰走在铺装的路上，阿兰德龙从车上喊住女人，两人成了相好。虽然网球公子忘了女人的脸，但女人非常漂亮，而存在感却很淡薄，身材有点欠匀称，乳房过小，或者肩膀过窄，或者脚过细，总之是有类似的问题，虽然脸很完美，但身体太纤弱，给人以脆弱的印象。恐怕女人周围还有更漂亮的女人，或者女人出身贫寒之地，缺少男人的称赞，或者对自己缺乏兴趣，所以对自身的美一无所知。

电影最后阿兰德龙死了，女人哭泣着，那哭泣缺乏诱人落泪的悲伤，却使网球公子的心里涌起类似对幼时母亲的回忆的东西，虽然那时母亲的气息、感触、语言和容貌都从记忆中消失了，但的确有东西残留着，那是一种沉浸于愉快空气中的安心感，是透明的记忆，而本井可奈子使那种透明的记忆复活了，她就是这样的女人，和阿兰德龙的情妇一样，因一朵玫瑰而跟定一个男人，即使背离全世界也在所不惜，然而她还能经常地唤起那种透明的记忆，这样的女人决不会让男人感觉疲惫。

"可奈儿，回东京后还打网球吧，只有你能把垒球从三垒投到一垒对吧，所以网球一定能打好。"

听网球公子这样一说，本井可奈子高兴地点头。吃饭的时候，网球公子一直想象吉野爱子和本井可奈子打单打的情形，脑子里浮现出她们作为非常要好的朋友一面相互快乐地嬉笑一面打网球的样子，然而，最后恐怕还是本井可奈子获胜，网球公子想，她能把垒球从三垒投到一垒，这可不简单啊……

第五章

1

望着吉彦娴熟地操纵电动车，网球公子很惊讶，其他车子都在挡墙边撞成一团，而吉彦则稳稳当当地把着方向盘。"这家伙，谁教的？"网球公子钦佩地嘟囔。"幼儿园郊游，去了好几次游乐园。"老婆在旁边回答。

巴牛评决定将餐馆开到塞班的第二天，网球公子一家三口去了游乐园。

一家三口这样外出的确很久没有过了。

"喂，你带吉彦到这里来过的，那是什么时候？"

"正冷的时候。"

"是吉彦生日之前吧？"

那是大概两年前的一天，那天阿秋回乡了，据说是因为乡下一位亲戚病故，父亲因猎友会的事出了门，老婆患感冒躺在床上。网球公子不知道如何和吉彦打发时光，便带他开车去游乐园。网球公子记得很清楚，吉彦那时还不会走路，初冬的傍晚，下着小雨，游乐园没有游人，网球公子抱着吉彦，打着伞在游乐园里走。只有旋转木马在营业，那检票的大妈看到吉彦的样子便呵斥了网球公子，因为吉彦鞋袜都没穿，裤子和毛衣上沾满食物的残渣，脸上挂满口水和鼻涕。"你瞧瞧，这孩子要感冒的，你不要他活啦。"大妈说。

"那天我的样子也吓人，穿着父亲的坎肩、凉鞋，胡子没剃，打着阿秋的破伞，当时以为反正上车后吉彦会睡着的，就这样去了游乐园。"

"那检票的大妈惹你生气了吧?"

"倒是生气了来着。后来我俩坐木马时冷得不行，浑身打颤，那大妈可怜我，说是木马白坐，不收钱。"

"还跟踪了你们吧?"

"以为我们是出走的父子俩，正在找自杀的地方。"

"真好笑。"

"一直跟到停车场，还喊来了同事，一起四个人跟了来，对我说好好活下去之类的话，眼里噙着泪，说'生活中美好的东西还是有的'。搞得我真的以为自己很可怜，挺难堪的。"

"你倒不像拥有五家牛排店的老板。"

"现在也是吗？现在像了吧？"

"不太清楚。"

"老爷子不是总说我变了吗？"

"是不是说你过三十了，老了？"

"别胡说，都说我变了。"

"我不太清楚。"

吉彦下了电动车跑过来，老婆抱起吉彦。休息日的游乐园充满和风、阳光和笑脸，看上去谁都很幸福。

他们坐上观览车，俯瞰整个游乐园、相邻的高尔夫球场、游泳池，还有网球场。随着观览车的上升，他们看到多摩丘陵和多摩川，还眺望到远处副中心区的超高层建筑群。吉彦把观览车当成了宇宙飞船，嘴里嚷着他喜欢的电视剧台词："太阳战队，出发！六神合体战神马斯！合体炸药机器人！夏利班，赤射变形！[1]科学之剑重力下落！"网球公子一下子害怕起来，也许老婆什么都知道，他想，谁都觉得我变了，猎友会有纠纷，老爷子会找我商

---

1 夏利班是当时日本电视剧中一个虚构的会变形的宇宙机器人，"赤射"是他的变形方法，全称为"赤射蒸着"，没有相应的汉译词。其他如太阳火神等都是上世纪 80 年代日本电视剧中深受儿童欢迎的宇宙战士机器人。

量；郡城尊敬我，对我的网球技术也崇拜；就连什么都知道的山崎也说我变了，巴牛评还决定把塞班的店都交给我管，然而谁都不知道，我对牛排店什么的无所谓，对巴牛评也不感兴趣，我只是想在那远方可见的超高层酒店的一个房间里抱女人，我是为干那种事儿而工作的。刚才老婆说她不太清楚，说不定只有这家伙心里全明白……

观览车开始下降，网球公子听到挥拍击球的声音，这声音混杂在孩子们的叫嚷、游乐园的广播和发动车辆的嘈杂中，多好听的声音啊，网球公子想。

在酒店大堂的休息室里，本井可奈子已经等在了那里，这是塞班分别后的第八天。

"晒黑了。"

网球公子说着坐下来，本井可奈子放下咖啡杯，郑重地道谢："在塞班，承蒙关照。"她身着质地光滑的蓝色连衣裙，紧裹着腰和腿的细长便裤，赤脚蹬一双麻布的船形舞鞋。网球公子喝着雪莉酒，不太说话，只长时间打量本井可奈子的脸，每当雪莉酒滑进喉咙，胃里的热气得以减少，那初见本井可奈子面庞时的惊讶感便会重新出现，在塞班的那个迪斯科舞厅里，在那频闪灯的光照下，本井可奈子的脸使网球公子惊叹不已。

"感觉呼吸停止了。"网球公子说。

于是他对本井可奈子解释："我是说因为可奈儿太漂亮，我觉得自己的呼吸都要停止了。"他的表情很认真，本井可奈子羞得用双手捂住了脸。

他们去了位于酒店地下的日本餐馆。

"在塞班我们几乎什么都没谈。"

"是吗?"

"是呀，我是说一般的家常，比如出生地呀，父亲干什么工作呀，兄弟几人呀，还有你自己的工作呀什么的。"

"去塞班不就是为了要忘掉这些吗?"

"啊啊，倒也是。可奈儿，出生地，在哪里?"

"信州。"

"哎，长野人么?"

"是啊，在北方。"

吉野爱子的老家也在长野，难道我和长野的女人有缘？网球公子想，不过那家伙搬了很多地方，成人后才定居长野，她确实这样说过……白身鱼的生鱼片和冷酒的味道很好，也许这也是一个原因，网球公子发现自己几乎想不起吉野爱子的脸、声音和手腕了，能忆起的只有她那发自电话那头的笑声。网球公子不喜欢吉野爱子的笑声，那笑声总显得做作，想笑又不笑的时间拖得很长，让人觉得她总是在准备着瞅机会笑似的。

现在想起吉野爱子，网球公子已不觉得心头难受了，不，不仅如此，即使那家伙现在在我面前脱光了，保准我也硬不起来，网球公子想。

"生鱼片好吃。"

"是用比目鱼做的吧？"

"味道清淡，很不错。"

"你喜欢清淡的东西？"

"我什么都喜欢，肉也喜欢。"

"可是，信州不靠海，生鱼片什么的吃不到吧？"

"没有那么严重。"

"不是说只能吃到鱼干吗？"

"并不是那样的。"

"啊，是吗？可奈儿小姐年轻，和我处的时代不一样。我住的地方现在属横滨市，过去可是在山里，没有路也没有电车，鱼什么的只有过年吃得上，平时全是吃鱼干的。"

网球公子讲了开发前的情形，开发前到处是野鸡和竹鸡，下雨时踏着泥泞的红土路上学，有青蛙和萤火虫的沼泽，掏蜂卵被蜇，吃熟过了头的通草果闹肚子等等。

本井可奈子也讲了她小时候的故事，他们那里有湖，冬天结冰后湖就变成了溜冰场；湖边是有名的避暑胜地，像轻井泽似的远离尘嚣；一到夏天就有迎考的学生来这里用功；上中学和高中时，本井可奈子爱慕那些从东京和名古屋来的迎考生，梦想同他们泛舟于湖上……

"歌谣曲[1] 里也常常唱这类事吧？"

"比如《高原之恋》。"

"我喜欢独自去山里摘野菜和野花，去的时候总是脏兮兮的，穿着长靴之类，下山的半道上一遇到东京的学生，我就羞得满脸通红，啊，真令人怀念啊。"

"像女学生们读的小说哩。"

"是呀。"

"那学生总是患有肺病什么的。"

"白血病也行呀。"

"不过可奈儿小姐，你一定受男孩子们喜欢。"

"哪里，没那种事。"

"撒谎，是不是经历过轰轰烈烈的恋爱？私奔呀什么的。"

"这个啊，假若真那样倒也不错。"

---

1 日本以演歌为中心的独特的通俗歌曲。

本井可奈子酒量很大。

出了酒店，他们去酒吧，酒吧里有厚实的花梨木柜台，搁物架上摆着各色各样的瓶装酒，他们由左边开始依次地喝，法国绿薄荷酒、野牛草伏特加、烈性伏特加、苹果酒、干雪莉酒、干桃鲁酒，他们胡乱地喝，而首先不胜酒力的倒是网球公子。

好像恰巧店里舞会刚散，不知从哪儿来了不少剧团演员，一个男的开始跳舞，脚蹦得老高。网球公子交互地看这舞者和本井可奈子的脸，充满醉意的身体仿佛涌起一股神奇的力量，以前醉过好几百回，却从未有过现在这样的感觉，似乎沉睡的细胞一下子突然醒来，于是他也跳起来，和其他几个演员挽着胳膊，像跳队列舞似的。本井可奈子笑着。"那是你的女人？"挽着胳膊的演员在他耳边问，网球公子点头。"多漂亮啊。"演员叹息道。

"哪里遇到的？"

"塞班的迪斯科舞厅。"

"睡了吧？"

"睡了。"

"你这人，幸福。"

网球公子和每个剧团演员握手，然后去找新的店。本井可奈子也醉了，两人挽着手，扶着护栏，摇摇晃晃地走。每当有车迎面驶来，网球公子就看本井可奈子的脸，在车前灯的强光下，本井可奈子的脸一下子白晃晃地浮现出来，每当这时，网球公子就觉得他们以前见过似的，有了曾经邂逅今又重逢的安心感，又仿佛梦中久已期待的东西终于实际地看到，有一种浑身震颤的快意。这脸即使断绝了怎样的想象，美丽之物也依然会很快滑入自己的记忆中。美丽的东西会超越印象，很快地溶入印象，创造出故事来，故事在大脑里随意地成形，全身的细胞会记住它。当女人不在身边的时候，那脸恐怕就会经常地在眼皮里闪烁，于是故事便自动地展开，这是发自细胞的行为，和网球一样，无法停止的。对于女人，我一定还只是刚会挥拍的初学者，初学者几十次几百次地挥拍，突然，他看到那球活了似的越过球网，落进对方的场地，这是梦般的瞬间，是大脑、肌肉、球和球拍以近乎奇迹的几率触及到幸福而产生的结果，然而，不论是梦幻还是奇迹，这瞬间的快乐已深深铭刻在了身体中，全身会再一次谋求这种快乐，那是整个身体的谋求，是类似于毒瘾依赖的开始，整个身体都坚信这样的快乐没有取代物。我已经不可救药了，网球公子想，也许一生都离不开这个女人了……

"我不要煎蛋卷。"

在第四家酒吧里，本井可奈子这样说。这家店就煎蛋卷有名，两人都饿了，想吃点东西，结果一看菜单，只有煎蛋卷。

"是吗？这可难办啦，真的不喜欢？"

"不喜欢，怎么啦？"

"可是，我看可奈儿吃东西并不挑剔似的。"

"猜着啦。"

"那，这怎么回事？"

"我不是讨厌煎蛋卷，只是现在不想吃，现在醉着，而且煎蛋卷对消化不好，肯定。"

"可是，你瞧瞧这菜单，我可不想再换店，动不了啦。"

"有鸡蛋呀。"

"所以尽是煎蛋卷呀。"

"让他们做煮鸡蛋吧。"

本井可奈子喊来酒保，请他们做煮鸡蛋，要求煮两分三十秒。

"对不起，本店只做煎蛋卷，在店里吃煮鸡蛋有点不好办……"

"那就当作礼物，"网球公子道，"怎样？在店里吃不行是吧？那就当礼物送给我们，钱不是问题，做六个，半熟的，顺便来两瓶百威啤酒，拜托了。"

网球公子转向本井可奈子道："这样吧，去我酒店的房间吃。"

从三十七楼往外看，灯光已经稀少，两人一面看夜景，一面穿着刚换上的睡衣吃煮鸡蛋。

"像到温泉了。"

视线落到睡衣下摆上，从那里看，本井可奈子的腿非常完美。

"为什么？"

屋里暗下来，对面超高层大厦的灯光照进来，本井可奈子的脸颊、手腕和小腿显出一道反射着灯光的边线，那小腿的边线是乳白的，内侧的腿肚有着不可思议的曲线。

"穿着睡衣呀。"

脚背上鼓着青筋，这是知道的。

"在温泉不是常能吃到煮鸡蛋吗？"

红色的指甲在剥碎蛋壳，白色光滑的椭圆形球体含在唇上，又被牙咬破。

"不给妹妹打电话行吗？她会担心的。"

黄色粘稠的汁液覆在牙和唇上，舌头把它们送到喉咙深处。

"今天明美不在家，我恰巧在想，今天一个人，会不会很寂寞哩。"

一滴半熟的蛋黄滴在脚趾上，也许是醉了，她并没有察觉，蛋黄闪着光，像透明的指甲油。

新网球场建成了。

主人是网球公子的同班同学，园艺师的独生子，也是土地暴发户，他把家中闲置的土地建成了网球场。网球公子接到电话，于是携酒前往道贺。

球场位于住宅区里面，大概因为这个缘故，只有四个，虽然少了点，但有灯光设施，俱乐部会所也大，很漂亮。

"我说，成为我的会员如何?"那叫饭野的园艺师家的主人说。

"我已在别人那里入会了。"

"不要钱。"

"哪有这个道理。"

"替我宣传就行，我完全没有会员。"

"我当会员不行的，不就是宣传吗? 散发广告呀。"

"虽然我和你的关系不是太亲密，拜托这种事也不好意思，但还是有求于你啊。"

"什么事?"

"在小册子里给我简单写点东西。"

"别胡说，怎么叫我写?"

"哎呀，青木可很有名的。"

"说什么呀你，这地方可不缺大名人，三丁目有作曲家，有演员；一丁目，喂，不是还住着个NHK的播音员吗?"

"不打网球的吧，那些家伙。"

"四丁目有专业教练的住宅，那家伙当过戴维斯杯的教练。"

"可我不认识呀。"

"请人介绍。"

"在我认识的人中，我觉得青木是最棒的，真的，我不唬你。"

"说什么呀你，我知道你交游广，有一次在站前小酒馆，你吹嘘了来着，说是认识演歌歌手，还记得吧？"

"记忆力挺好啊。"

"反正我不行。"

"等等，你听我说。"

饭野中学时就恶名在外了，父亲倒是个规矩正派的人，但饭野是独生子，大概放任惯了，在区内读高中时两次退学，最后还是在东京的私立高中毕的业。后来娶了老婆，好像收敛了些，但还是经常听到他在酒席上打架的传闻。网球公子读高中时，饭野尚未退学，那时他在练拳击。

"我这个人没啥正经能耐，不懂怎样搞网球俱乐部，也没人商量。"

"哪里话，学校之类的地方有不少类似协会的组织，只要你提出来，他们就马上派来教练，知道了吧？类似派遣家庭老师的机构。"

"青木青木，你错了，不是这个问题。我这个人，我想你也知道的，这一带名声不好，糟透了，对吧？"

"这个啊。"

"买我账的只有川崎的姐姐和沟口的哥们儿，但那些家伙不打网球对吧?"

"倒也是。"

"拜托了，做我的会员吧，我给你些钱都行。"

"等等，究竟你怎么搞起网球俱乐部来啦?"

"老头子要我必须干点事儿，我不喜欢土木类的活儿，他又好像要我去出让的店当店员，所以再不拿下遗产就没戏啦。"

网球公子苦笑，他很清楚，饭野和四年前的自己一模一样。想当初开发刚开始那会儿，公司代表遍访地主之家，大门口堆着现金，虽然网球公子和饭野那时还是孩子，但也明白这大笔的金钱是可以不劳而获的。房子变成了新的，以前只在电视和杂志上见过的东西：外国车、皮草、宝石和家具，现在随随便便就源源不断地到了手。得到了不少，却未见损失，那不知如何处理的杂树林子倒是易主了，但感觉上并没有觉得真的失去了什么。

这样的孩子绝对不想干活儿，想正儿八经干活儿的，那准是有毛病。

"可是，怎么想到搞网球俱乐部呢?"

"不合适吗?"

网球公子点头，饭野大笑。

"是老婆的意见。"

"这样啊。"

"我也不讨厌。"

"怎么回事？你打网球吗?"

饭野不好意思。

"新婚旅行时在新加坡和老婆打过，输了。"

"夫人不简单呀。"

"胡扯，现在是我打得好。啊，青木，我们试试?"

　　网球公子答应成为会员。和饭野对打的时候，他觉得奇怪，饭野打过拳击，脚下功夫好，再过半年恐怕就是个不错的单打对手了，然而即便如此，他也感觉奇怪，现在他们在这里打网球，而十年前这里可是黄颔蛇的老窝，石头、红土、沼泽、竹子……饭野的反手削球很漂亮，看着这个怎么也不像喜欢打网球的人拼命地追球，挥拍子，网球公子感动了。网球是抑制性的运动，要想控制好球，需要的不是力量而是技术，不自我抑制就掌握不了技术，所以和初学者打网球你会沉浸在感动中，遇到饭野这样的人尤其如此。网球公子很明白，他们是怀着共同的想法几千次几万次地挥舞球拍的，这是一种共生的感觉。网球拯救了我们，他想，并因此而感动。

网球公子在十四份文件上签了字，文件都是与塞班的牛排店有关的。开工时间定在十一月。

那天夜里，网球公子和一个声言要退出巴牛评的原作曲家谈话，劝说那人留在巴牛评，这令人疲倦的交谈一直持续到午夜一时。那原作曲家的店引进了巴西烤肉后业绩反而下降了，这种情况只有他一家。作曲家的店开在麻布，附近有正宗的巴西餐馆。

结果劝告一无所获。

网球公子一个人进了那煎蛋卷的店，本井可奈子大概睡了，网球公子想。喝酒的时候，酒保过来打招呼。

"还要做上次那个吗？"

"今天算了。"网球公子喝纯波本威士忌。

"上次那位真漂亮啊。"

听酒保这样一说，网球公子非常想见本井可奈子了。直接要她来，那家伙恐怕也会勉强地来，他想，然而勉强不好，勉强不能长久。

网球公子心生一计。

"啊，可奈儿小姐，睡啦？对不起，有件东西必须交给你，送到后我就回，请告诉我你家怎么走，我不久留的。"

"寓所在中野，路窄又复杂，不好走的。请在早稻田路本町五丁目的交通信号灯前下出租车，然后给我打电话。"本井可奈子说。

下了出租车，在高楼的阴影处撒完尿，网球公子打了电话，本井可奈子出现了，粉红睡衣上套一件对襟毛衣，没有化妆。

"对不起，今天因塞班开店的事说了很多话，伤透了脑筋，疲倦得不行，不过，还是很想见你。"

网球公子递过纸包。

"什么呀？"

本井可奈子捋捋头发接过纸包。

"煮鸡蛋。"

美丽的脸上露出微笑。

"去煎蛋卷的店了么？"

"啊，想见你，想得要命。"

"半熟的吗？"

"有点熟，幸福的两分三十秒。"

网球公子吻了本井可奈子的颊，上出租车回酒店，网球公子看着本井可奈子一直挥着手，直到身影完全消失。

躺在酒店的床上，他产生一种难以抑制的欲望，这幸福的感觉，他要对人说。

凌晨三点，这个时候能听他说话的只有一个人，思来想去，网球公子拨动了电话，六次呼叫声响过后，那熟悉的声音出现了。

2

"是，我是吉野。"

声音带着鼻音，大概睡了，可这女人睡着怎么也能回应得如此清晰明确呢？因为性格呀，吉野爱子一定会这样回答。

"半夜打扰，对不起。我是青木。"

"哎呀，好久没联系，怎么啦？"

"想听你的声音。"

"很高兴呀，一直惦记着青木哩。"

"惦记？"

"哎？我们那样分别，所以惦记呀。"

"分别后不是打过电话吗？"

"打过两次。"

"两次么？"

"是的，第二次是在机场，我听到飞机的声音，所以记得很清楚。"

"的确记得清楚啊。"

"塞班怎样？"

"很愉快，已决定在那里开餐馆，由我来做。"

"想去吃牛排哩。"

"很便宜哟。"

"不能白吃吗?"

"啊啊，白吃也行。"

"我去过很多店，可青木的店还是最初我们认识的时候去的，我还想去哩。"

"巴西风味的烤肉串很好吃哟。"

"还打网球吗?"

"打，在塞班也打的。"

"不热?"

"热还是热，打完后就这样跳进游泳池里。"

"听到你的声音很高兴，我真的惦记着，看来你很好，我高兴呀。"

我很好，你高兴? 现在我可是有生以来最好最幸福的时候哟。网球公子觉得吉野爱子的声音比以前微弱了。

"爱子，不要惦记我，我很好，爱子没有做伤害我的事。"

"倒也是啊。"

"我已经恢复了。"

"是啊，恢复了，上次在电话中你说过的。"

吉野爱子沉默了，网球公子接下来不知道说什么好，交往的时候他们说过什么呢？这也忘了。

"不过，我要谢谢你，我，非常愉快。"

说什么混账话，网球公子想，然而他继续说。

"我们经常喝香槟，和爱子在一起闪闪发光哩。"

吉野爱子没作声，连应和的声音都没有。她拿着听筒的表情是怎样的呢？网球公子搜寻和吉野爱子交往十四个月的记忆，他想谈谈最快乐的事，然而脑子里什么也没有，伊豆的海洋帕克斯被万岁崖的骤雨冲得一点印迹也没有留下。我们到底做什么了？除了吃、喝、舔之外，我们做了什么呢？

"青木君，你现在在哪里？"

"哎？什么？"

"这电话从哪里打来的？"

"酒店。"

"不是电话亭？"

"嗯。"

"不久前我去了电话亭来着，是按键式的黄色电话，电话上八、三、一、四键被人烧了。"

"哎？听不太清楚呀，爱子，能大点声吗？"

吉野爱子的声音没有变。

"按键被人烧焦了呀，不能按了，大概是用打火机之类的东西烧的吧，像瘢痕疙瘩了。"

"爱子等一下，我去把空调关了，听不清楚。"

"不用了，青木，不用，我大声说吧。后来我想，一定是个在电话中听到过伤痛之语的男人，啊，是女人也说不定的。像是用打火机烧的，那按键是很硬的塑料，大概烧焦它并不容易，于是我有了个奇怪的想法，在那一刹那，我想，是不是青木君干的呢？"

"我没干。"

"我知道，那地方在青山，我也知道不是青木君，我只是瞎想，不知怎么的，我就这样想。"

"我，我可没有这么阴暗，我阴暗么？"

"不呀，我说了是我瞎想的吧？青木君不是总是说在黄色的电话亭打电话吗？所以我有了这种印象，仅此而已。是啊，青木君不阴暗，也许是我阴暗哩。"

"窗子上还贴黑纸吗？"

"贴的，只是为了早上不晃眼睛。我呀，还稍微想过。"

"什么？"

"哎？"

"想过什么？"

"我想是不是哭着去找青木君的太太反而好些呢?"

"眼泪可不适合你。"

"并不是呀,吉野爱子常常哭的。喂,青木君,心情好了还打电话来。"

"啊啊,会打电话的。"

话说完了,然而吉野爱子并没有挂断电话。网球公子起身关掉空调,电话那边传来奇怪的声音,是抽泣,吉野爱子正在压着嗓门哭。真烦闷呀,网球公子想,他突然觉得疲劳,想睡觉,要打哈欠,于是紧按住听筒。

"爱子,怎么啦?"

"对不起,今天遇到烦心的事。"

"是吗?"

"对不起。"

"没关系,说来听听。"

"算了吧,啊,今晚上听到青木君的声音真好,一定要再打电话来。"

"明白了。"

"谢谢,再见。"

烦心的事,什么烦心的事?不过不爱了的女人流眼泪是够烦闷的,那家伙比我更难受,这倒不错,总之可奈儿的事是没工夫谈了……网球公子这样想着，很快滑入了睡梦中。

开着450SLC，网球公子去接吉彦。老婆跟他说过，进幼儿园不能鸣笛的，据说一鸣笛幼儿们便都以为是自己的爸爸妈妈来了，争先恐后往大门口跑，然而当发现不是自己的爸爸妈妈时，有些孩子就会受到很大的伤害。

网球公子推开门。"呀，是吉彦君的爸爸。"一个光着下身的小女孩大声说。吉彦端正地坐着，正和大家一起看电视，网球公子招手道："吉彦，回家啦，过来。"吉彦没回答。女保育员在给一个出生不久的婴儿换尿布。"吉彦君，回答话呀，那是你爸爸呀。"女保育员一面忙活一面说。

"没见到我在看《太阳战队》[1]吗？"

吉彦指了指电视说。

天黑得越来越早了，网球场上没有人，球网松松地耷拉着，吉彦坐在副驾驶座上往外看。"呀，网球。"他叫道。

"吉彦，喜欢网球吗？"

"唔，喜欢。"

---

1 朝日电视台从1981年2月7日至1982年1月30日期间每周日早上播出的节目，是东映制作的"超级战队系列"的第24部作品。

"长大后打网球吗?"

"唔,打。"

"爸爸教你。"

"爸爸,炸药人[1] 你知道吗?"

"知道一点。"

"炸药人知道一点?"

"是的。"

"那个,粉红的是女孩子。"

"哎?"

"就那,不是有红炸药人、黑炸药人、蓝炸药人、黄炸药人、粉红炸药人吗?那粉红的是女孩子。"

"哦,是这样啊。"

"唔,就是,所以,我,喜欢粉红的。"

"因为是女孩子,所以喜欢吗?"

"唔,是的。"

"为什么喜欢女孩子呢?"

"爸爸也喜欢女孩子吗?"

"哎?不错,喜欢。"

---

1 日本电视剧《科学战队炸药人》中的一组英雄人物。

"因为女孩子可爱?"

"是啊。"

"女孩子就是可爱。"

网球公子顺路去商店给吉彦买了个粉红炸药人娃娃,正如吉彦所说的,只有粉红炸药人娃娃的胸脯隆起着,那天夜里吉彦是拿着粉红炸药人睡去的。

"所以,我才想搞一个群青杯锦标赛呀,打混合双打。自从我们打起了网球,这店里客人就多起来了,季岛呀,木岛呀,山口呀,伊道君呀,还有四丁目的牙医、唱片店的老板,加上青木和我,瞧,八个人,可以搞锦标赛了。"

郡城的店渐渐成了网球爱好者们聚集的地方,淳子在网球学校结识的大妈们也常来店里喝茶,郡城考虑就依靠这些朋友搞一个网球大会。

"好是好,就是大家的技术相差太大不是吗?"

网球公子一边拿出从塞班带回的作为礼物的灯罩一边这样说。他喝着百威啤酒,回味着在军舰岛和本井可奈子边接吻边喝的那百威啤酒的味道。人就是为了喝那种啤酒而活着的,知道吗?郡城……

"打混双不就行了吗?比如淳子和信山教练组合,就是技术好的家伙和技术差的家伙搭配。"

"那你呢?"

"我技术差,所以要找强的女人。"

"唔,我看不错,球场就用饭野的。"

"青木,你好像成了他的会员。"

"饭野不错,令人惊讶。郡城,说不定你都打不过他。"

"其实我已经输给他了。饭野打电话约我单打了,我也成了他的会员,不过成为会员并不仅仅因为这个。"

"那家伙这样白送会员行吗?"

"不过,我不喜欢和他打。"

"怎么?"

"饭野属于攻击型对吧?而我呢,若问属什么型,那应该叫非力量型,所以球打得平和。非力量型输给了攻击型,很悲惨的。"

"比分多少?"

"六比一。当然平和的打法也有压力,胜了还好说,若输了就觉得真的不明白为什么打网球了。"

"反映出了性格。"

"也许吧。青木是攻击型吧?反手击球什么的打得干净利落。"

"性格的表现多种多样,乱打一气就不能叫干净利落。你看看山口，那家伙胆小得很，若耐心打球他犯错更多，所以他怕，索性一味进攻，那样容易呀。"

"青木才是攻击型。"

"我是小心谨慎。"

"怎么？"

"我不喜欢让别人进攻，所以先发制人。"

郡城换了球拍，硼纤维肯尼士的。在塞班那穿鳄鱼球衣的年轻男人用的也是肯尼士，那真是一场够呛的比赛，紧张，注意力消失殆尽，没有比那种单打赛更叫人难受的了。本井可奈子观战的压力、酷热和饥饿，这都是原因，然而不仅仅这些，还有其他东西，那东西仿佛突然嵌进了身体中，自己、自己的身体、周围的一切都七零八落了，就像透过广角镜头的所见，所有东西都离得那么远，感觉自己被遗留了下来。网球公子明白，这种状态假若发展到极点是要发疯的，当初被滑稽演员带到傍晚的山上又独自被落在了那里，和吉野爱子分手后的次日早晨在醉意未消的时候听到怸愚自己用头撞墙的话语，这类状态的最终结局一定都是这样：自己、自己的身体、周围的一切都变得七零八落了。这种状态会突然到来，而恢复却要很长时间。网球公子只有一个预防的手段，那就是不认为自己有错，不反省，在反省的一瞬间，人就会被周围，被自己的身体遗留下来。

本井可奈子在等网球公子。

巴牛评的会议延长了两个小时，马里亚纳旅游局和政府官员的解说都非同寻常地缓慢而冗长。

约会的地点在西新宿超高层大楼内的咖啡店里，位于大型体育俱乐部的休息厅楼层，透过厚厚的玻璃能看到潜水池。

侍者拿来水，网球公子一口喝干，然后擦汗。

"跑来的吗?"

本井可奈子问，声音里含着一点责备。

"全力奔跑，在旋转门里也在跑。"

本井可奈子喝着苏打水，吸管衔在唇边。"这样等人，平生还是第一次哩。"她嘟囔道。

本井可奈子坐在 450SLC 的副驾驶座上听车载音响中播放的桑巴舞曲。网球公子提议去横滨吃北京烤鸭，这才好歹使她高兴起来。

网球公子给自称喜欢桑巴的本井可奈子讲里约的见闻，过了霞关[1]，里约讲完了，两人开始讲各自的初恋故事。"我初恋的对象是幼儿园的老师。"网球公子说。

---

1 地名，位于东京都千代田区，是许多政府机关的所在地。

"我们那地方也就是个乡下，所谓幼儿园是街道自治委员会办的，借的社区服务中心之类的地方，我想多半没有经过区和市的认可，幼儿园的老师也一定没有正式的资质，虽然我记不大清楚了，但感觉那老师好像就是住在附近的大妈。有个大妈特别喜欢在孩子们的屁股上打针，现在想想一定是变态，好像她认为多打针就死不了人。不过我天真无邪，每次被她摸屁股扎针，便奇怪地兴奋。哎？那时是否我也变态呢？是有点难堪的初恋啊。"

"我的初恋是上高中的时候，"本井可奈子讲起来，"大概是高中二年级吧，我喜欢上了一个高我一级的篮球队队长，晚饭后我们便煲电话粥。我时而咯咯地笑，时而叫着哎呀讨厌呀什么的。大概女儿一这样，做父亲的就要上火，于是父亲发火了，干吗打这么长的电话？他冲我大叫，我也毛了，用万能笔在日历背面写上'因为我喜欢'几个大字，还把它伸到父亲的眼前。这时母亲来了。'怎么回事？'她问。父亲拿着那纸哗哗地抖。'瞧瞧这个。'父亲说。我觉得父亲的样子挺滑稽，便笑起来，结果挨了母亲的大嘴巴子。"

网球公子嫉妒起那高本井可奈子一级的篮球队队长来，那家伙长什么样儿？个子一定很高吧，现在干什么的？他这样想着，很快便自觉滑稽地苦笑起来。"笑什么？"本井可奈子问。"没什么。"网球公子回答，一面在录音机上换上新的桑巴舞曲。看得见海了，太阳向工厂区的方向沉下去，东京湾变成了橘红色，投于其上的客机影子慢慢移动着。"忘记第一次看到海是怎样的情形了。"本井可奈子点着一支细细的薄荷味香烟，一面这样说，"只知道的确非常感动。"

两人手挽手在外国人墓地的旁边散步。因为是普通的日子，路上人不多，网球公子想起小学郊游时来过这里，他现在又体味到当年走在这附近时那强烈的自卑感了，自家的周围只有红土、沼泽和竹林，和这里相比，同样是横滨，怎么差异就这样大呢？点心店的墙是绿色的，透过玻璃从路上能看到里面一家外国人正在相互说笑，大家都穿着雪白的衣服，现在回想起来，那不就是网球服吗？在绿色墙壁的衬托下，那白色非常眩目。

走下通往蓄水池的石阶，他们看到一对年轻人正相拥在昏暗树荫下的长椅上，傍晚时分，这样的情景到处都有，然而此时人与物的轮廓是模糊不清的，在夜晚将临的时刻，风景融合在一起了。

本井可奈子把脸搁在网球公子的肩上，头发在风中轻抚着网球公子的衬衣，发出微弱的声音。

一个拄丁字拐的女孩子牵一只长毛的狗从旁边走过，从本井可奈子颈脖后飘来甜甜的花香，黄昏的风景包裹在花香中，网球公子觉得，就连那女孩扭曲的左脚也闪烁着幸福的光辉了。

　　把 450SLC 停在中华街旁边，两人逛工艺品商店，看肥胖的厨师把猪内脏切成薄片，观看人们学打太极拳。

　　"工作方面的事你没怎么说呀。"

　　"没意思。"

　　"歌手演员之类的经常见到吧？"

　　"是个小演播室，来的人不是太有名。"

　　"女演员还是很漂亮的吧？"

　　"各色各样的人都有。"

　　"没有被男演员邀请过？有过吧？"

　　"都是讨厌的人。"

　　"怎么？"

　　"我不喜欢没头脑的人，因为自己就笨。"

　　"别这样说，我都不知道如何是好了。"

　　"青木君不是挺聪明吗？"

　　"拜托了，别这样说行不行？读高中时，数学分等级，A、B、C、D、E、F、G，我是 F。说我聪明，活了三十年今天头次听到。"

　　"算了，别谈这个了。"

"那好吧。"

菜还剩下很多。

"打包吗?"

"只吃北京烤鸭就撑饱了。"

"带给明美怎样?"

"不用了,啊,这样,拿到那煎蛋卷的店里给那侍者如何?我们两次硬要人家做煮鸡蛋了来着。"

网球公子想起对虾拌辣酱是老婆喜欢的,还在和吉野爱子相好的时候,每当吃到好吃的东西,网球公子便总能想起老婆,为此而感到难过,现在却不了,是习惯了有情人的生活?还是自己变了?本井可奈子正在从女侍者那里学说汉语。"xièxiè,xièxiè。"她说,很开心的样子。离开的时候,网球公子拍拍侍者的肩,那侍者说:"夫人漂亮,你幸福。""xièxiè,xièxiè。"网球公子回答,本井可奈子笑弯了腰。

人们在停车场后跳盂兰盆会舞[1],两人隔着铁丝网久久地看着那小小的人圈,舞蹈的曲调通过音色低劣的扩音器流出来,只有寒伧的鼓台上架着大鼓,照明是吊着的灯泡,孩子们在灯下来回

---

1 日本在盂兰盆会时为送走亡灵而跳的舞蹈。

地跑，摇晃的影子在地上拖得很长。

"他们好像很愉快。"本井可奈子说。网球公子想，这女人一定想起故乡的盂兰盆会舞了。和吉野爱子一起的时候也常常产生感悟，然而两人的面前一定隔着铁丝网和玻璃墙似的东西，舞圈离他们那样远，两人都不能加入其中，只好隔着玻璃墙或者铁丝网远远地看。

网球公子抱住本井可奈子的肩把她揽过来，用指头左右分开垂在她额上的发，他忆起刚见到她时觉得长这样漂亮脸蛋儿的女人一定有某种缺陷。

那应该是重大的缺陷，他那时想，若不付出代价是不会长出如此漂亮的面容的，也许眼睛、耳朵或脚有毛病，也许脑子有毛病，也许有心脏病，也许只长着一片肺，也许成长在只有母子俩的家庭里，也许父亲是杀人犯，也许乳房上长了毛，假若这些都不是，那她一定活不长。

网球公子在电灯泡好容易才照射过来的暗淡光线下从傍端详了本井可奈子的脸，他好像有点知道那缺陷是什么了。本井可奈子有一副弯弓般整齐的眉，小而精巧的鼻子上有一点汗，柔软的上下唇，唇边因为微笑有点皱纹，还有眼睛，那眼睛无法形容。网球公子以前看过一部电影，里面有小鹿和少年，虽然印象已模糊，但小鹿流泪的镜头是记得的，那是眼睛的特写，镜头虽不悲伤，眼泪却流个不停。也许因了这眼睛的缘故，网球公子感到了无法言说的美，想到自己没有这样的眼睛，抑或想到那小鹿终将长成大鹿，还会死去，那时也许是哭了的。本井可奈子的眼睛比那时小鹿的眼睛还要漂亮。

"喂，回去吧。"

本井可奈子的眼睛不自然。自然的东西多少有一点微妙的缺陷、斜倚或破损，那是不完美的，不完美中存在着种种基准，本井可奈子的眼睛偏离了基准。

把对虾拌辣酱和奶油煮鲍鱼送给了那煎蛋卷店的侍者，在酒店的酒吧里喝了点酒，两人回到屋里。

屋里很昏暗，网球公子不开灯，拉开窗帘，眺望窗外的街灯。本井可奈子拿来啤酒，坐在旁边。

"和可奈儿在一起我就安心，为什么？"

"因为我傻呗。"

"不对。"

"在青木君身边我也安心呀。"

"一点也不累。"

"觉得累可不得了。"

啊啊，和上个女人交往的时候我可是累得够呛，网球公子想这样说，然而没有。是啊，吉野爱子就是累，要琢磨她话里的意思，笑的时候还要想这女人为什么这个时候笑。

"喂，青木君，上嘴唇和下嘴唇的不同你知道吗？"

"不知道。"

"上嘴唇是给予爱的，下嘴唇是接受爱的。"

"啊，这样啊，那我呢？"

"你下嘴唇厚，是接受爱的。"

"可奈儿呢？"

"我也是这样。"

"两人都接受爱，这不麻烦啦？"

"没关系的，又不是没有上嘴唇，只要把全部的爱都献出来不就行啦？"

"倒也是。"

"全部，明白吗？"

"明白了。"

"是全部哟。"

网球公子的脑海里浮现出这样一个情景来：在海边一个寂寞的镇子里，他和本井可奈子生活着，两人在狭窄阴暗的屋子里正就着鱼干吃饭。

这情景中强烈的现实感令网球公子感觉害怕，他把本井可奈子抱过来，放在膝上，闻她脖子上的气息，舌头在其上滑动，他想把脑袋里的情景赶走。本井可奈子索求网球公子的唇，舌头伸进他嘴里。"是全部哟。"她喃喃地轻语着。

3

郡城在练发球，以自己店铺冠名的网球锦标赛三天后就要举行了，他要把球技再提高一步。

"阿青和谁一组？"

季岛穿一身斐乐的运动服，刚才他被打网球的大妈们戏弄了一番，她们说这种尺码的斐乐运动服根本不会有。

"还没决定。"

季岛的斐乐运动服是从意大利直接购入的，非常贵，国内生产的斐乐不合他的体形。"喂喂，季岛君，这斐乐不错呀，"大妈打趣地说，"是不是从两国[1] 那里买来的？我听说呀，相扑运动员也想穿名牌，他们的斐乐呀，艾力士呀，赛乔德奇呀都是两国、藏前[2] 那地方的小洋货店私下做的，所以呀，那些斐乐、艾力士什么的都有一个行司[3] 军扇[4] 的标志。季岛君的斐乐是不是也有一

---

1 地名，位于日本东京都东部，隔田川两岸，从墨田区西南端至中央区西北端的地区。
2 地名，位于隔田川以西。
3 相扑的裁判。
4 相扑裁判使用的指挥扇。

个这种标志呢？"季岛经常这样遭大妈们戏弄，这并不是他性格和脾气的缘故，应该怪他打网球的样子。

"我和谁一组好呢？"

季岛正手击球的姿势很完美，假若球的落点合适，他能挥臂猛击，球以专业级的速度飞向对方，然而他很胖，跑到球的落点那里非常不容易，加上他近视，打截击和扣击便老挥空拍子。当一个爱说怪话的大妈说他"击球跟不上趟儿"时，这位温厚的季岛终于发火了，糟糕的是，季岛即使发火也完全吓不着人，是不是同性恋发起火来都不吓人呢，网球公子想。

"由自己找伙伴行吗？郡城怎么说的？"

"他说可以由自己组对子，如果由主办者决定，容易闹出各种意见来。不过，会有人和我结对子么？"

"怎么这么悲观？"

"大家不是都说我坏话吗？"

"哦哦，不过说你跟不上趟儿挺损人的，你可没那样。"

"连阿青都笑我。"

"对不起。"

"算啦算啦，都笑我也行，算啦。"

"不过，跟不上趟儿，这话怎么来的？"

"跟不上趟儿的人不是拼着命搞一件事儿吗？所以反应慢，老失败，好像这一点像我。"

"拼着命搞一件事不是挺好吗？这样瞧不起跟不上趟儿的人可不行。"

"你现在也怪模怪样的了。"

"哎，难道你不这样认为？"

"什么意思嘛，你这样一说，我不真成跟不上趟儿的人了吗?"

"没这个意思。"

"就是这样的，连阿青都过分，过分呀，是不是？对我倒也罢了，可这样说对反应慢的人也是不尊敬呀。我已到了中年，人又胖，动作快不了，还是同性恋，假若是个作曲家或者有钱人什么的倒也不错，然而又不是，啊啊，真窝气啊，啊啊，眼泪都流出来啦，怎么偏这样想？虽说我不是因为这样想才来打网球的，但我是想打好的呀。喂，阿青，网球打好了就会好起来吧？如果网球打好了?"

"季岛君，大家看着哩，别说了。"

"我，心里窝火。"

"不要哭呀闹的。"

"可恼。"

"别再来咬毛巾那一套，看不得。"

"我说阿青，看不得我也知道，我也真想笑一笑算了。不过，总有个限度吧？要我一笑了之也得有个限度呀。"

"对他们发怒不就行啦，真正的发怒。"

"阿青，难道你不知道？"

"什么？"

"丑人发怒只会招人嫌，这你不知道？"

"啊，这倒是第一次听说。"

"我，长得丑吧？"

"所以说呀，这种话不要自己说。"

"这不，阿青还是觉得我丑不是？算啦算啦，越辩解越难受，知道吗？被人指责替自己辩解非常不是滋味。"

"可是，季岛君倒是个奇怪的人。"

"怎么？"

"你现在这样不歇嘴地又说又哭，可我并不觉得你怎样难过呀。"

"是啊，这个和我刚才说的话是有联系的。刚才我说丑人不能发怒，说过吧？老实说，我在家排行最小，是惯着宠着长大的，脾气非常坏，成为同性恋前总是发怒，所以讨人嫌，这很可悲。"

"成为同性恋是突然的吗？"

"是呀，突然意识到的，就像看到黑暗中唰地射过一道亮光来，是宗教的救赎，了不得。

"再说漂亮的人，他们发怒就有效了。美人发怒是真的发怒，大家一面想着漂亮呀漂亮呀一面就害怕了，可是，丑人发怒就很可悲，只会讨人嫌，丑人发起怒来谁都懒得看他的脸。我是好了，成了同性恋后解脱了，我们班上比我丑又爱发怒的孩子也有，因为没成同性恋，变成了坏孩子，就是这样的。啊啊，真烦人啊，长得丑真烦人啊，不做出愉快的样子就讨人嫌，这世道就是这样，认为又丑又阴暗的人就该枪毙，对不对？嗯，不错，战争就是由又丑又阴暗的人发动的，一定是这样。对对，我有个老朋友，是穿女装开店的男同性恋，过四十后得了忧郁症。"

　　"忧郁症？"

　　"对，叫中老年忧郁症。那个，得忧郁症的，假若是一流公司精英、大藏省官员什么的大家就都同情，然而同性恋得上了，谁也不会同情的，这难道不是歧视？不过我还是觉得阴暗的人不会是同性恋，所以要让我说呀，为了不引发战争，成为同性恋也不是没有道理。"

　　"我搞不太明白了。"

　　"刚才不是说了？丑人不能发怒，丑人憎恨社会的多，于是就阴暗，所以一旦来了战争，这种人就希望大家都去死。"

　　"是吗？"

　　"是呀，所以说呀，我是反战主义者，把这样的我说成跟不上趟儿过分呀，不过有人愿意和我结对子么？假若实在没有，我就去租。"

"租？"

"最近有可以租用的女孩子了，打网球呀，打高尔夫呀，以小时为单位。"

"最好不要那样。"

"可是……"

"让不认识的人混进来没意思，这是朋友参加的大会，季岛君绝对找得到对子的，你比郡城打得好。"

"你这样认为吗？我说，那女孩子，怎样啦？完全分手了吗？"

网球公子意味深长地笑着点头，然后讲了本井可奈子、塞班、万岁崖的骤雨、军舰岛的啤酒。"那样漂亮的女人真没见过，看到她的时候，觉得呼吸都停止了。"网球公子说。"你真是称心如意啊。"季岛要和郡城他们比赛，去球场时甩了这么一句后便离开了。网球公子想起美人发怒才有效这句话来，他想象本井可奈子激动愤怒的样子，脑海里描绘着不理睬人、用鼻子笑、骂人、吐唾沫的本井可奈子，好像的确可怕。美人发怒也不讨人嫌……季岛正在发球，每当他向下挥拍，那运动服便向上翻起，露出后背的肉。

这么说，再也用不着在深夜里找电话亭打电话了，网球公子想。和吉野爱子交往的时候，尤其是最后阶段，那深夜的电话亭就像亲密的朋友。拿起听筒，放入百元硬币，听呼叫音，等待那带点鼻音的声音，这是仪式，而那有着黄色机器的透明箱子就宛如祭坛似的东西。虽然他并没有不信赖吉野爱子，但仔细想来，她常常使网球公子觉得不安稳。

本井可奈子不同，不论待在一起还是分开，都让他安心，性格不同呀，吉野爱子也许又会这样说，然而网球公子多半不这样认为，他觉得本井可奈子更单纯。

远处传来信山教练的声音。为了办好群青杯网球大会，信山教练正在给季岛、郡城和淳子讲解混合双打的战术。"明白了吗？混双最重要的是分工明确。专业选手另当别论。女的防守，男的进攻，女的在底线附近应付，当然也要放高球，男的伺机截击得分，这是基本要求。两人都防守当然必要，但完全这样无法取胜；两人都进攻也必要，但完全这样必然失败。男的必须控制自己的发球，然后两人齐心协力首先挫败对方女性的发球，这是自古沿习的打法。同样是球飞了过来，女的多不猛击，而是考虑应付，男的就不同，男的不击败对手就不行。明白吗？理解了这个一下子就强大起来了……"

吉野爱子的成长经历是否不幸呢？虽然没有任何依据，网球公子却突然这样想，她说过小时候搬了不少地方的，总之，那家伙并不和我在底线上应付……

季岛过来喊网球公子打双打，网球公子拿起球拍走向网球场，他觉得现在无论和谁组成一对都会毫不留情地打截击了。

位于西新宿超高层酒店的大堂层前台边的高级酒吧是网球公子和本井可奈子约会的地方，时间几乎是固定的，本井可奈子下班后一小时。联系有时是当天在本井可奈子工作的地方，也有时头天晚上把电话打到她的寓所去。那打到家里的电话总是妹妹明美接。"是，我是本井。哎呀，青木君吗？你好吧？我很好。姐姐么？在，稍等……"声音很明快，像鱼贩的嗓门。不过一会儿，听筒里传来沉静的声音："晚上好，我来呀。"于是告诉时间，电话几乎都很短，本井可奈子不喜欢在电话里聊个没完。"没意思呀，挺累人的，"她说，"电话里有什么可聊的呢？"总是明美接电话是因为明美的恋人几乎每天都打来电话，本井可奈子不太喜欢她那恋人，所以只要明美在，便总是她先接。

本井可奈子总是在家，迄今为止，晚上打电话的时候还没遇到她不在家，好像本井可奈子并不喜欢外出。姐妹俩养了猫，本井可奈子说她喜欢和猫玩。记得母亲活着的时候，网球公子的家也养了只黑猫，这猫只在吃食的时候回来，所以大概其实是只野猫吧。猫的名字叫咪，父亲讨厌咪，但他知道母亲喜欢，母亲满心喜悦地照料，所以父亲就忍着，即使觉得讨厌也没有踢它打它。母亲也小心，若父亲在家就把咪放在厨房里，不让它进客厅。即使咪进了客厅，父亲也能忍，并不发怒。只有咪谁都不在乎，只管自由自在地闲步于家中，在最舒适的方打盹儿，津津有味地吃饭。网球公子对猫谈不上喜欢也并不讨厌，只是不知为什么，看到咪就觉得安心。

本井可奈子到高级酒吧的时间是七到八点之间，网球公子三十分钟前便坐在这里喝兑了干雪莉酒的冰镇威士忌。这之前他还在酒店的地下洗了桑拿，在自家附近和季岛他们打了网球，然后驾着450SLC在高速公路上飞驰。桑拿洗出一身汗，随后等待那美得令人屏息的女人的到来，就是这样。进高级酒吧的时候，他很激动，心怦怦地跳，出现这种情形，洗了桑拿也是一个原因。今晚喝冰透了的伏特加，吃鱼子酱，他想。看看周围，傍晚后的酒店高级酒吧来了形形色色的人。最先被他注意到的是穿着套装谈生意的男人们，他们不断抽烟，满脸无趣，一面说话一面打量店内的女人。女人中最多的是三三两两聚在一起出席婚礼和谢恩会的客人，还有三五成群的大妈，参加吃喝会呀茶话会呀时装发布会呀什么的，这些人围在桌边，脸颊抽搐着，五六个人没完没了地说，给人的感觉很不幸，觉得如若生为女人，这种人最低贱。客人中也有一对一相对无语的男女，有女招待和客人，也有平庸的公司职员模样的男人和粗俗的时髦女子。男的兜里没几个钱却要在酒店约会、吃饭，在最高层的酒吧喝酒，设法做出很出息的样子。看着这些男女，网球公子很为他们难过，那男的必定沉迷于几乎没有意义的夸夸其谈中，什么自己是滑雪部的主力队员啦，自己写的论文受到教授的赞赏啦，认识某个名人啦，拥有三十个烟斗啦，祭扫亡母每年从未间断啦，知道伦敦的某个上好的中国菜馆啦，全是这类话。女人毫无兴趣，却竭力掩饰，嗯嗯地应和。将第二杯干雪莉酒送到唇边的时候，网球公子的兴奋和缓下来，心中充满满足感和优越感。高级酒吧里绝对没有比本井可奈子漂亮的女人。有时女演员和模特之类的人也来这里商谈工作，然而那些女人平素的面容很粗糙，身材意外地矮，要不就近视，多毛，化妆过浓，她们知道自己的真实容颜比显像管、屏幕和杂志上的难看，所以总是不好意思地注意着四周。喝完第二杯干雪莉酒时，本井可奈子出现了，她没有意识到自身的美，出现在入口时有点紧张。发现网球公子后，她微笑，然后穿过那些可怜的人们的座席走来。几乎所有人都看着本井可奈子，她却全然没有感觉，对周围毫不在意，她只是不习惯这个地方，有点紧张，她就这样走来，样子非常美。

　　用餐的时候，本井可奈子讲极平常的话，家乡的事情、高中时代的回忆、和同事们的淫猥之谈，虽然话题多样却总是平凡之语，没有特别的含意。见过几次后，网球公子有所领悟，她和吉野爱子不同。"喂，今天我讲的虽然是香槟，其实我的意思是说今天我非常高兴呀。"吉野爱子说出的话总是这样的。

出了酒店，他们去逛酒吧。"十月要去塞班了，大概要滞留两个月，到时候请可奈儿去玩呀。"……本井可奈子满面容光。见面、喝酒、谈话的时候有的人累，有的人不累，觉得累一定是因为消耗了不少能量。吉野爱子就累，好像她的成长经历很不幸，她说过哥哥小时候夭折了，成长经历不幸的人一定会让对方累。"啊，我也是这样想的呀。"本井可奈子说，"中学时有个叫和子的女孩和我要好，因为和子长得漂亮，不漂亮的孩子我是不爱理的。和子没有爸爸妈妈，由爷爷奶奶带着，奶奶待和子很不好，和子也不明白怎么回事，后来才知道和子是爷爷和别的女人生下的孩子。和子大致没有什么朋友，没有朋友她也不在乎，可为什么和我成了朋友呢？原来有一个叫高秋的男孩，长得帅气，住在我家隔壁，和子想见他，所以一有点想见的念头便来我家玩。由于和子长得漂亮，高秋也喜欢上了她，两人好上后和子便不来我家玩了。当时我虽然还是个中学生，但也感觉和子这孩子挺累人的。高中时，和子为高秋堕过胎，高中毕业后，和子参加了工作，好像上班的地方是市政厅或邮局什么的，记不清了，但很快她就辞了职，去了一个小酒馆上班，在那里和一个客人私奔，那人是有老婆的。那时和子十八岁呀。半年后，和子被人带回来，不久便和一个平凡的公司职员结了婚。可怜的还是高秋，高考也落榜了。前不久同学会上见到他，还说起了和子来着，和子真是累呀，那样累的女人真是少见呀什么的……"本井可奈子长得白，皮肤如婴儿般光滑。网球公子做爱中途有时打开灯，他喜欢白色的裸体突然显现于黑暗中的样子。本井可奈子的肩呀腕呀腰呀腿呀都纤细，屁股也小，像少女似的。乳房比其他地方白，皮肤上隐隐地显出血管的走向。虽然身体瘦弱苗条，却并不显得弱不禁风。她的乳晕不大，乳头也小，兴奋的时候颜色就深些，每当仰躺着的身体摇动起来，那乳头也跟着颤动，并画出美丽的圈来。网球公子喜欢本井可奈子的脚，喜欢她的脚背和脚趾，记得在东京首次抱她的时候，那煮鸡蛋的蛋黄就是滴落在她的脚上的。有时网球公子抬起本井可奈子的脚，弯下她的膝，然后吮她的脚趾。不论什么女人，由于脚是接触地面支撑身体的，所以并不习惯把它暴露在男人的眼前。脚不是观赏物，难有完美的形态，像青虫，仿佛处在拟态和变形中。女人越美，她的脚、脚背、脚趾的难看大概就越可爱。在屈着膝，进入身体抽动的时候，网球公子试着抬起本井可奈子的双脚，将脚板压在自己身上，脚板很热，只看那翘曲着的脚趾，他便觉得凄凉，仿佛这美丽女人最隐秘的部分是由这脚趾支配着的。好像那时本井可奈子的脚变得不是身体的一部分了，它完全成了另外一种生物，然而，脚趾显然不是青虫，它是脚背延伸的部分，与腿肚和大腿相连。网球公子很快明白它是身体的一部分，把它错认为青虫是奇妙的幻想，于是迟缓下来。看看她的脸，那脸上的美丽击碎了脚趾的印象，做爱的时候，她的脸歪着的时候，那美恐怕达到了极至，久久地望着这张脸，再把视线移向脚趾，网球公子感到一阵晕眩，快感冷却了眼睛，烘热了下半身，并扩散到全身。本井可奈子的脚趾和脸恰似幼虫和蝴蝶。要射精了，网球公子如幼儿索乳般地吮本井可奈子的脚趾，他觉得这躺着的颤动着身子的女人就是一只自己正在吃着的美丽的幼虫，高潮临近的时候。本井可奈子的脚背鼓起了结实的肌腱，肌腱上透着血管，网球公子一面看着这颤抖着的肌腱一面在本井可奈子的腹上射精了。本井可奈子伸出双手，抓住网球公子的手腕和肩把他拉向自己，网球公子压在了她身上，腋下的气味有点刺鼻子，那是肉体的气味，每当闻到这种气味，他便有一种奇怪的体验，觉得自己正在向某个很深的地方坠下去。

洗完淋浴后，两人光着身子俯瞰楼下的夜景，像塞班的那次初体验，那万岁崖的下面是黑暗的大海。两人喝啤酒，什么也不说。和这个女人就这样不说话，光着身子，看窗外的景色，这恐怕是我决不愿意放弃的事情，网球公子想。窗外的景色想必变化着，网球公子想到两年后，五年后，十年后，他害怕起来。看看本井可奈子，她在微笑。

那时，网球公子把所有的恐惧都抛在了脑后。

九月，晴朗的星期天，群青杯网球大会举行了。网球公子和饭野的太太一组，得了亚军，冠军是信山教练和淳子这一组，季岛和那位说他跟不上趟儿的大妈一组，第一轮便败下阵来。

吉彦和老婆前来声援网球公子，大家午饭吃了油炸豆腐寿司。吉彦手拿油炸豆腐寿司，一面饭粒儿直掉一面在球场上乱跑。"爸爸好像不太好。"老婆在网球公子的耳边小声说。近一段时间，父亲的精神萎靡下来，网球公子从塞班回来后，父亲常常白天里也在铺了被褥的地上睡觉。"干吗不去医院？"网球公子问。"不是害怕吗？怕提到他的病。"老婆指着自己的肚子回答。网球公子的父亲因十二指肠已经住院三次了，第三次是两年前，切除了溃疡。

吉彦双手握着从淳子那里借来的球拍正在一顿乱挥。网球公子想起父亲曾说过的话，当时父亲望着吉彦道："啊，我常常产生一个想法，假若从吉彦这么大再活一次，那会怎样？你觉得怎样？愿意再活一次吗？""我不喜欢。"网球公子回答，又问，"父亲怎样？""我也是啊。"父亲也拒绝再活一次。网球公子想问问老婆，你怎样？从吉彦这个年龄开始，从三岁开始新的人生怎样？愿意吗？网球公子觉得老婆多半会回答愿意的。

吉彦跑过来，老婆为他擦汗。

"喂，爸爸赢了吗?"

"嗯，赢了一盘。"

"厉害呀。"

"一般吧。"

"我老子也厉害。"

"说我老子要挨妈妈骂的。"

"爸爸不是也这样说吗?"

"长大了可以说。"

"奇怪呀。"

"粉红炸药人娃娃没带来?"

"我，不喜欢粉红炸药人。"

"为什么?"

"演完了。"

"演完了?"

"炸药人演完了，现在演生化人[1]女孩子有两个，黄色四号和粉红五号。"

"喜欢哪一个?"

----

1 日本电视剧《超电子生化人》中的人物。

"粉红五号。"

"为什么?"

"她可爱。"

"粉红炸药人也可爱呀。"

"不可爱了。"

"为什么?"

"她演完了。"

网球公子答应给吉彦买生化人中的粉红五号娃娃。"你的粉红炸药人呢?"网球公子问。

"丢了。"吉彦回答。

4

为了做十二指肠手术,父亲住院了。虽然不是癌,但网球公子觉得这次住院同以往的三次不一样,这次恐怕不容乐观。病房里的父亲奇怪地多话:"青木,你觉得工作快乐吗?"两颊深陷的父亲在病床上问。网球公子一下紧张起来,我勤勉工作只是为了多会情人,莫非老爷子看出这个来啦,他想。

"虽然谈不上愉快,但大致都顺利。"

"是啊,愉快的工作是没有的,我最近常常琢磨摆弄猎枪的事。"

"待身体恢复了还可以摆弄猎枪的。"

"不是，摆弄它当然好，不过不是这个意思。我一直种田来着，我琢磨农民这种人，恐怕自己根本就不能决定什么？不能决定啊。"

"怎么？"

"比如冬天你就不能插秧。"

"这倒也是。"

"打猎可不是这样，打猎由自己决定，很多事都由自己决定，从这里攻击呀，在那边埋伏呀，这脚印怎么回事呀，都由自己决定。"

"不过，是不是因为打猎不能谋生的缘故？假若一天打不着鹿就犯愁，情况会不会有点不同？"

"你不明白。"

"是吗？错了？"

"错了。有谁会凭兴趣种粮食呢？怎样？明白了吗？"

"是因为凭兴趣种不好粮食吗？以前我也除过草，草尖儿扎在胸前挺难受的。"

"不仅种粮食，反正正事儿都如此，正事儿里面难有乐趣，正因为不是正事儿所以才有乐趣。"

"哦，是这样。"

"我不想做农民，想做摆弄猎枪的人。"

"你不是一直在摆弄猎枪吗？"

"和农民的活儿相比，打猎不重要不是吗？"

"不太明白，重要不重要的，不太明白。"

"正因为它不重要，所以凭兴趣打猎的家伙才这么多吧。"

"重不重要难道要靠有没有趣来决定吗？"

"说不清楚了，下次再聊这个。"

"好吧。"

"这个星期去东京吗？"

"星期三去，聚会。"

"吉彦这孩子……"

"我在家随时带他来。"

"不是，男人老在家里不好，你和孩子一起的时候太多了。"

"啊，是吗？"

"手术前带他来一次，想看看他。"

"吉彦？"

"嗯，能带他来一次吗？"

"行了，不要说一次这样的话，听着难受。"

"一次就行，孩子不喜欢医院的。"父亲望着天花板说。

病房里阳光充足，是单人房，这是父亲希望的。据说近来的住院病人因为害怕寂寞和无聊几乎都不愿住单人病房了，老人尤其如此。

父亲却非常希望住单人病房。

离开躺着亲人的病房有一种独特的哀伤，那不是可怜，而是无奈，是深感人最终对他人无能为力的无奈，然而当病房的门一关上，人就会舒一口气。即使是亲人，不，正因为是亲人，如果他成了病人，他便令人抑郁，他明显地向死亡靠近一步了。所以，一旦病房的门被关上，就会使人倍感轻松。网球公子一面想着瘦弱的病人，一面走在弥漫着消毒液气味的走廊上，心情也变得不错了，因为他明白，自己离开了极端不自由的状态，注意力又转移到护士们的屁股上了。

走出医院的大门，上了车，他的解放感更强了。母亲在世时也是这样，母亲得癌症住院时就是这种感觉，走出病房，那景色特别新鲜。

网球公子向开在商场中的巴西烤肉店"弗拉门戈"打电话，让山崎转告定好的洽谈推迟两小时，然后向网球场走去，他想打网球。

饭野网球俱乐部的会馆里摆放着第一次群青杯赛的亚军奖杯。饭野穿着赛乔德奇网球服，满脸无聊地在前台坐着，虽然四面场地中的两面都有人打球，但打球的全是刚接触网球的大妈，她们击球的动作和干农活的架势没有什么两样。

"看不得，青木，但她们也是客人，没办法。"

"那穿长裙的，最好提醒一下。"

"懒得去说。"

"还有穿慢跑运动鞋的。"

"真该把她们毙了。"

网球公子和饭野打单打，他追球，掂量输赢，寻找打上网球的时机，逼近球网，在这个过程中，他似乎有点明白父亲要表达的意思了。父亲希望尽可能用自己的判断自由地行动，无论什么事，打网球，打猎，经营餐馆，都有制约，比如球网、天气、资金什么的，其他还有很多，然而，一旦有了技术和力量，你就接近了自由，能反手击球了，能截击了，猛扣有杀伤力了，低截击、半截击、放小球，假若这一切都完美了，你在球场上就获得了自由。然而农民，即使他的技术完美无瑕，无可挑剔也是无法自由的。网球公子以六比三赢了饭野，他的发球、反手扣击常常使饭野败下阵来。

"青木的反手击球是不是学的伦德尔？"

"不是，首先，我没有打那种旋球吧？"

"反手挺棒呀。"

"这么说，你的截击和发球莫非学的麦肯罗？"

　　"哎，看出来啦？"

　　"学麦肯罗不好，天才是学不来的。"

　　"我觉得麦肯罗可以成为一个好拳击手，他的肌肉有柔韧性，腰部灵活，步伐敏捷，给人以高手的感觉，当然，维兰德[1] 这些人给人的感觉却是大师。"

　　农民是没有高手和大师的，老爷子想说的也许是这个，网球公子擦着汗想。

　　"最近怪事儿多起来了。有些人自己不做，也不露面，只把老婆借出去。大致搞交换的夫妻是恩爱的，不恩爱做不成，然而，那是叫做 3P 对吧？我嗨嗨地一搞，那男的便问他老婆，你怎么样？没事儿吧？于是我便更加卖力，老婆也回答，好呀，没事儿呀，那男的就很温柔地抚摸老婆的头发，一面说着好了好了。开始我不明白，这怎么回事儿？后来才知道，这就是爱呀。拿社长说，例如，夫人是巨人队阿原[2] 的追捧者，夫人突然遇到了阿原，于是握手呀什么的，夫人高兴了，夫人一高兴，社长也会高兴吧？就是这个道理，握手的延长就是做爱，做爱和握手不同，即使不

1　瑞典男子网球选手（1964—　　），曾经排名世界第一。
2　巨人队球星原辰德的昵称。

是追捧者，感觉也蛮好，所以假若有爱，你就会以老婆的高兴为高兴。我总是想，这个我恐怕做不来。昨天，就是昨天，我在酒店里约会，却只等来了女的，是丑女，瘦瘦的丑女，带个可录音的单放机和我做爱，说是要把做爱过程录下来带回家放给丈夫听。啊啊，亲爱的，现在我正被一个完全陌生的男人抽动着，我摇动着屁股，这人可了不得，埋了七颗珍珠的，她一个人滔滔不绝地这样说。社长怎么想？我可是糊涂了，这种情况也有爱吗？"

山崎没有变，虽然他只比网球公子大十岁，但还是老样子，也就是说，打网球呀，住院呀，听新歌呀，他一概没打算做。

"你倒是没变啊。"

"喂，社长，爱是什么？"

"大概是牺牲精神吧。"

"倒也是，就是说为了那女人，自己牺牲些也行。"

"我说，怎么大家都这么喜欢吃肉了？"

网球公子店的销售额正在一路攀升，不仅开在新商场中的餐馆是这样，那游乐场，高级住宅区的两家店也是这样，甚至包括以前的两家"BON"。由于盈余的增长幅度大大超过了当初新建那三家店铺时的贷款年返还额，会计师便找到网球公子商量税款对策，因为仅仅依靠针对于设备和巴牛评的投资已经无法抵消盈余了。会计师建议购入不动产以为公司增添设备。"别搞这个，"

网球公子提议道，"让大伙儿全带上家属去塞班旅行吧。土地呀房子呀别墅呀高楼呀我都不想买了。"会计师道："社长，话虽这么说，但纯利若不用某种方式存积起来，一旦不景气，即使一亿元也会突然消失的。"会计师和父亲年龄相近，他又告诉网球公子，他已经委托和商场一个系统的大型私铁不动产部门寻找适当的购买对象了，这大型私铁就是购买父亲的山林的买主。网球公子觉得当初用卖杂树林子的钱开了餐馆，现在又用开餐馆赚来的钱从买杂树林子的买主手上购买不动产，这非常可笑，宛如用放高球把一个无力的机会球打了回去一样。"行了，"网球公子道，"去塞班能消除大伙儿的疲劳，还能促进和睦不是吗？"于是那会计师眼里含着泪水说："自从你父亲对我说把儿子托付给我这样的话后，我就一直干着这个工作，直到最近我都很不安来着，老担心，不论是听到从巴西进口牛肉的时候，还是听说要开三家新店的时候，我都反对，因为我不想看到令尊大人的财产打水漂呀。不过现在，我服了社长了，也终于明白你的想法了。昨天我去看望了令尊大人来着，为的就是说说这个。"会计师很感动，办公室的女孩子们拍着手道："哎呀，要去塞班啦。"网球公子很不好意思，迅速退出办公室去会山崎。怎么大家都搞错了呢？网球公子想，我只是为获得和情人相会的时间和金钱而工作的，牛排店什么的垮掉了无所谓，房子、土地都是自己的，养吉彦和老婆也凑合了。反正我不是好经营者，原本就不是搞经营的料，应该不适宜干这个……

"带员工去塞班旅行是真的么？厨师们都在议论。"

"嗯嗯，不过山崎，怎么都喜欢吃牛肉了？"

"虽说不景气，但是……"

"我小的时候，牛肉什么的一年只吃两三回。"

"现在有钱了。"

"谁？"

"国家吧。"

"是吗？可网球不行呀。"

"这和网球有关系吗？"

"网球可是有钱者的运动，打网球还像以往似的只一块空地可不行，那是要有器具的。虽说在有贫富差别的地方网球可以发展得不错，但真正的穷国，迄今没有改观的穷国还是不行。无论哪个国家，网球上不去，那就是劣等国。"

"我说，那漂亮姐儿，处得好么？"

是啊，女人让我明白了道理，和女人在一起的时候我学到了最重要的东西。吉野爱子说，假若对手攻到网前，你就打喷火一般的超身球，不要女人似的放高球。吉野爱子让我明白既然网球不能当饭吃，那么猛击的快感就是一切。你要总是闪闪发光，不要企图理解他人，影响他人，也不要希望被他人理解，从他人那里获取，自己闪闪发光比什么都重要，只要明白了这个，美丽的女人和美味的啤酒就会迎面而来。为什么我说出了要带员工去塞班旅行的话呢？大概还是觉得对不起大家吧，大概想让大家也分享一点在塞班的海岸和本井可奈子喝到的那种啤酒的美味吧。没有什么东西比得上那啤酒的美味，男人的一切时间都是为了得到那种啤酒的美味，即使那会计师也不例外，然而穷惯了的人不明白这个。麦肯罗和维兰德也是这样吗？他们也是为军舰岛上啤酒的滋味活着的吗？恐怕麦肯罗和维兰德有点不一样，对于那些家伙来说，大奖赛上赢得冠军的瞬间和啤酒的滋味一定是不同的，因为他们是高手和大师，高手和大师一定不一样……

　　网球公子一面听着本井可奈子借给他的南天群星[1]的磁带，一面从东名高速的川崎入口进入高速路。450SLC的时速达到了一百三十公里，首都高速收费站的中年男人满脸堆笑地道着辛苦。网球公子交完四百元后便驾车驶下池尻，从环六线经富谷向右拐，然后从代代木公园左拐进入一段平缓的弯道。远方高塔似的超高层大厦突然进入眼帘，傍晚时分，这样的景色格外迷人。

1　由日本著名歌手桑田佳佑等6人组成的乐队，1978年出道，在日本家喻户晓。

"呀，又是去银行上班的时候啦。"

做完爱，本井可奈子用手背碰着网球公子萎顿了的性器略略地笑。网球公子问干什么，她只笑，并不回答。"怎么？把我和其他男人比么？"网球公子这样一说，本井可奈子便止住笑，讲起她遇到色情狂的一件往事来。

"那时我高中毕业不久，大概十八岁吧。我乘电车外出，车上并不挤，我坐着，忽见站在前面的一个大叔掏出了那东西，是从外套的缝隙中突然出来的。哎，这什么呀？对于十八岁的乡下女孩来说，突然见到这东西并不明白是什么，你说呢？虽然小时候和父亲洗澡时应该见过，但想必已经忘了吧？所以我疑惑了好半天，因为疑惑，便盯着它看，于是突然明白了，哎呀，这怎么办呀，我想。"

"等等，一起坐着的其他人没有发现？"

"他做得巧妙，被提包或外套什么的隐藏着。现在想起来我是冷静了，但当时察觉的时候可是乱了方寸的，心怦怦地跳，完全不知所措，于是那大叔突然将那东西按在了我的手上。"

"厉害呀。"

"厉害吧。"

"后来呢？"

"到了下一站，我下了车，便在站台上抽抽搭搭地哭，车站上的工作人员过来问我怎么回事，我又说不出理由，这事不好说的是吧?"

"那么，觉得怎样?"

"什么?"

"感觉呀，和我的一样吗?"

"忘了，不过都挺热乎的。"

"热乎?"

"嗯。"

"硬着吗?"

"硬着就热乎?"

"啊啊，是的。"网球公子点着头回答的时候枕边的电话响了，网球公子没多想，拿起听筒，当听到老婆的声音时，他非常惊慌。

"啊，吵醒你了吗?"

有好几次网球公子都是在这家有巴牛评办公室的酒店过夜的，但老婆一次也没有打过电话来。光着身子的本井可奈子就在眼前，网球公子猝不及防，根本没考虑如何撒谎。

"喂喂，是你吗?"

"啊啊，是我。"

"你怎么啦?"

"啊，没什么……"

说不出话，本井可奈子怔怔地看着他。

"父亲他……"

"老爷子有什么不对吗?"

本井可奈子裹着浴巾下床去了浴室，洗淋浴的声音传过来，网球公子怕老婆听见，便用左手护着听筒口，萎顿的性器让他觉得不好意思，光着身子听老婆的声音也使他臊得慌。

"父亲不在家我有些怕，阿秋也不在。"

"是吗?"

"喂。"

"怎么?"

"屋里有人吗?"

这时他原本可以说句别胡说之类的话的，然而他没有，他没有回答屋里没有人，觉得那样就很抱歉，既对不起本井可奈子，也对不起老婆。别担心，虽然我同美貌绝伦、高雅贤淑的女人在一起，但我是不会抛弃吉彦和你的，这只是我的活力之源，一切都是正常的，他真的想这样说了。

"有人吗?"

老婆的声音很紧张。

"那么抱歉。"

老婆突然挂断了电话。网球公子一时不明白怎么回事，心怦怦地跳。把脚伸进三角裤的时候，本井可奈子从浴室出来了，她开始用吹风机吹干湿漉漉的头发，那声音弄得网球公子心里很乱，他不知道该怎么办，也不知道说什么好，只觉得时间过得很慢很慢。本井可奈子穿着内衣钻进旁边的一张床上，用毯子蒙住头，网球公子悄悄揭开毛毯，那美丽的眼睛正瞪着他。

"是太太吗？"

"是。"

"什么事？"

"老爷子住院，十二指肠不好。"

"这种事，别再有了。"

"什么？"

"打来电话什么的。"

"明白了。"

网球公子感觉屈辱，没心情对本井可奈子道歉，他觉得道歉、讨好已无济无事。床上的本井可奈子只露出个脸，紧盯着网球公子，很可怕的样子，他想起季岛说过美丽的女人发怒才有效的话来，不知什么原因，他固执地认为不能撒谎，正因为决定不撒谎，所以他说不出话。这样跟你说吧，可奈儿，我是不愿意抛弃老婆孩子的，老婆孩子不仅仅是老婆孩子，他们和许多东西相连，我要郑重地对待他们，当然可奈儿也重要，我离不开，也考虑过一起生活，然而现在不行，啊，无论如何都说不明白的，然而一辈子我都不想离开可奈儿……他不能说这样的话，只好久久地沉默。

"请说吧，"本井可奈子的语气很强硬，"我、青木君、太太、孩子，请就这几方的关系说点什么。"

"顺序。"

网球公子这样说。当吐出这两个字的时候，连他自己都惊讶了。他不明白顺序这个词是从哪里来的，这是吉彦在幼儿园最先学到的词。幼儿们不知道等待，不论是荡秋千、吃饭还是选择电视频道，他们都争先恐后，于是保育员便教他们顺序这个词，要他们知道等待和耐心，如果你等待，就会在某个时候轮到你，抢先是不行的，先到的人必须受到尊重，这是规则。

"顺序是什么？"

"我认识可奈儿前就认识了老婆，我认识可奈儿前也有了孩子，直说了吧，我爱孩子，我现在无能为力，只能按顺序来。"

本井可奈子哭起来，一面哭一面说："明白了。"

本井可奈子开始发出轻微鼾声的时候，网球公子从冰箱里拿出啤酒喝起来，然后悄悄出了屋。

"喂喂，是我。"

"啊，是你吗？"

"睡了？"

"没，你现在在哪里？"

"酒店的大堂。"

"怎么？"

"刚才对不起，屋里有流氓。"

"流氓？"

"虽说是流氓，但也正儿八经是有公司的人。这次我们去塞班开店吧？他们也想去塞班开夜总会，说是来打听情况，那时他们就在屋里。"

"可是，你直说不就行了吗？"

"混蛋，他们可是流氓，我正紧张着哩，在那种气氛中不能谈家事，不管他人多规矩，流氓就是流氓，很可怕的。"

"为什么你和那种人来往？"

"你大小姐出身什么都不懂。我们这地方是新住宅区，什么事都没有，自然很好，但塞班那种地方是有当地的暴力团伙的。不用说，流氓这类人也开店，态度冷淡就会得罪他们，弄不好还会被杀掉。"

"哎呀，真吓人呀。"

"所以，我要代表巴牛评和他们谈判，不能把事情弄僵。"

"不要紧吧？"

"谈得很顺利，喝醉了，正在屋里睡着。我想让你消除误会。"

"没有误会呀。"

"你不是以为屋里有女人吗?"

"明天回来吗?"

"回来。"

"带吉彦去医院。"

"明白了,休息吧。"

"晚安。"

放下听筒,舒了一口气,网球公子坐在大堂的黑皮沙发上吸烟。凌晨两点,寂静的大堂里只有清扫工操作机械清洁地平的声音,对面沙发上坐着个浓妆的女人,也抽着烟,大概是妓女吧。网球公子对清洁工打了个招呼:"真辛苦啊。"清洁工是个老年人,工作服脏兮兮的,他瞥了网球公子一眼,没有搭理。

父亲正睡着,网球公子把食指放在唇上嘘了一声,示意吉彦安静,并让他坐在圆椅上。吉彦不愿来医院,网球公子在半道的商店里给他买了玩具,这才把他弄了来,那玩具是个机器人,动一动脚呀手呀就可以变一辆吉普。吉彦坐在圆椅上玩着,时而变一辆吉普,时而变一个机器人。不久,父亲睁开了眼睛,网球公子照吉彦头上戳了一下,催促吉彦说事先教好的话。

"爷爷,快快好起来。"吉彦就说了这么一句便又埋头摆弄那吉普机器人。“吉彦。”父亲的声音是沙哑的，吉彦没理会。“喂，爷爷叫你哩。”网球公子把吉彦抱到父亲的枕边。

“什么呀，爷爷。”

“幼儿园好玩吗?”

“唔，喂，买了个吉普机器人，你瞧。”

“要总是快快乐乐的，明白吗?”父亲说。

吉彦一面摆弄吉普机器人一面回答：“明白。”

5

左眼皮儿总是一下一下地跳，晚上，看着会计师留下的报告书，那眼皮儿便乱跳一气，是不是得了颜面神经痛这种讨厌的病呢？网球公子想，于是问老婆。“是年龄的原因呀，”老婆说，“我父亲读报纸也是跳，还扑扑地发出声音，因为肌肉渐渐松弛了呀，上了年纪就容易疲劳，所以……”“别说得那么吓人。”网球公子噘起了嘴，但心里却认为老婆说得不错，他想起山崎的口头禅：“不用会不行的，”山崎老这样说，“我说社长，不每天做爱是不行的，没有女人手淫也行，反正若不能硬起来，血管就会塞住。”山崎好像还是一天一次手淫，这是他的老习惯。公司员工去塞班旅行已经正式决定了，巴牛评的联络起了作用，住宿和机票都便宜了许多。这次旅行还要完成餐馆建设的最后一次谈判。父亲的手术定在后天，检查结果是前天出来的，中期十二指肠癌。老婆很惊讶，哭了，然而医生说通过手术，病灶可以完全摘除。网球公子很冷静，在父亲面前的谈话和平常一样。"我的老爷子，"父亲说，"我的老爷子是地地道道的农民，虽说不是佃农，但是穷，没有摆弄过猎枪，只知道干农活儿，到了晚年，他身体不行了，每晚便老说那几句话，什么我是幸福的，孩子们都大了，孙子又这么多，没有人像我这样幸福，我很满足了。然而在我看来，他好像并不怎样幸福，原因我不清楚，我倒是打猎，上酒馆了来着，要说幸福也许算得上幸福，然而我想，农民只一味地干活儿就能满足地死去吗？这可不是我羡慕的，所以我不说那样的话，当然不说那样的话不是因为这个，而是我尽是遗憾，我想去北海道猎熊，这也想，那也想，全是这样的事……"当时有一句话就要冲出网球公子的嗓子眼儿了，父亲，你爱过母亲以外的女人吗？有过抛弃母亲和我的念头吗？他想这样问，然而没问出来，压了下去。他觉得问这种事是违反规则的，这不是可以向父亲发出的质问。假若父亲回答，嗯，有，有这种女人，他觉得自己并不会得到拯救，只是假若他知道父亲也有情人，父亲带着这个秘密生活到现在，就仿佛可以稍微安心一些。最近吉彦变得狂妄自大了，每每挨了严厉的申斥，他就还嘴骂"混蛋！"虽然这种反抗大抵都是饿了或者要睡觉的时候，然而网球公子一定要扇他的嘴巴。不过有时候，在会了本井可奈子后回来的夜晚，面对哭闹着反抗的吉彦，网球公子就打不下手，虽说自己和别的女人寻欢作乐了，但对吉彦终究是管吃管喝了的，按说打的权利还是有的，然而他犹豫不决，那种时候很难受。网球公子想起父亲说过的关于狗的话，父亲老说，对于幼犬，假若主人爱护有加，长大后接受训练时，即使拳脚相加，主人也不会心痛，那狗也不会离开。网球公子觉得狗也好，孩子也好，乃至于女人都是这样，他想起山崎曾用打趣的口吻问过自己，爱究竟是什么？网球公子觉得现在可以给他一个明确的回答了。

假若有爱，打也好，踢也好，都是没有关系的……

那天老婆打来电话后，本井可奈子说是要上班，一大早就离开了酒店，后来一直没有联系，那天早晨网球公子倒是吻了本井可奈子，还目送她离开，然而两人当时都睡意蒙眬，本井可奈子的心情是否恢复了，网球公子并不知道。

网球公子一面惦记着这件事儿，一面和山崎在附近的店里吃寿司。山崎要网球公子在公司员工的塞班之行前给他两天休息，但并不说明理由，网球公子答应了。

"事情很快就完。我说，去博多怎样？"

"我？"

"一起去吧，河豚多半上市了。"

"九州么？我想问题不大吧。"

"去中州如何？忙吗？想着那个漂亮姑娘？"

"不是，时间没问题，我去合适吗？"

"九州的男人一无是处，但美食和女人绝对一流。"

"九州这地方……"

"去过？"

"以前，修学旅行。"

"修学旅行只是去名胜吧，阿苏呀别府呀国立公园呀，都是没劲的地方，可那里是有好女人的哟。有个叫'阿树'的俱乐部，俱乐部的妈妈桑就叫阿树，那可是极品。虽说三十四岁了，然而是熊本山中土生土长的，生活在小镇上，是镇上开旅馆人家的女儿，那旅馆在镇上是最大的。阿树成了镇上最大的木材加工商的二奶，那时她十九岁，虽说是二奶，但也住在木材加工商的正宅里。"

"一起住？"

"佳话吧？过去的男人了不起。因为那里野猪多，那男人便教阿树打猎。"

听到打猎这样的话，网球公子差点儿没被口中的康吉鳗噎住，他想起了父亲，他试着想象父亲教本井可奈子打猎的样子，觉得那情景非常好。

"过去的男人教女人很多东西。"

网球公子觉得山崎是在责难自己,过去的暴发户了不起,真心实意地爱自己的妾,现在的暴发户顶多带女人搞搞网球旅行,所以她们怪可怜的,网球公子觉得山崎仿佛是在说这样的话。

"和妾一起住能相安无事?"

"相安无事?"

"我是说那木材加工商的家里。"

"据阿树说,那掌柜的、正妻、他们的三个孩子、女佣,加上她阿树曾一起去吃过杂粮煎饼。"

"当时谈什么来着?我是说话题,吃杂粮煎饼的时候。"

"想必是战争方面的事情吧。吃完杂粮煎饼,正妻掏了钱包,据说掌柜一到店铺,那正妻便气得发抖,抓起钱叭地砸到店铺的墙上。"

"真厉害呀。"

"这是诅咒店。"

"不吉利呀。"

"没有不吉利,所有人都没有遭遇不幸,三个孩子好像是上大学的上大学出嫁的出嫁,掌柜的年过五十了,还和正妻和睦地生活着,阿树则开了一家俱乐部。"

"开俱乐部是掌柜出的钱吧?"

"错了,和掌柜分手后,阿树去博多的俱乐部挣钱,自己有了点积蓄,大概后来她开旅馆的娘家也拿出了一点。"

"为什么不做二奶了?"

"是不是因为长大了? 好像那掌柜的还经常去阿树的俱乐部,拿来漂亮的花,阿树好像也并不理会,然而掌柜的笑嘻嘻的,总是说:'阿树呀,出息就好啦,年中和年末的时候可不能对客人这样无礼哟。'说完后便一个人回去。佳话吧? 我喜欢这样的故事。"

两人吃最后一道青葱鲔鱼的时候,网球公子的一个打网球的朋友在店里出现了。这人叫石波,瘦小个儿,是家大广告代理店的董事。石波总是一身非常华贵的切瑞蒂网球服,但他年纪大了,网球打得很糟,所以在俱乐部里人缘不大好,总是从东京带来部下,和朋友在最远的一个场子上打。不知为什么,网球公子并不讨厌石波,常和他对打或比赛。寿司店老板很客气地和石波打招呼,石波带着家人,一副威风凛凛的派头。相反的情形也有,网球公子想,有些人只在网球场上充满自信,威风凛凛,也就是说那些男女穿着网球服的时候的确人模人样的,然而一走出更衣室便猥猥琐琐的了,从银行退休的木岛是这样,骑自行车来网球场的大妈们是这样,还有几乎所有的教练都是这样,只有网球场能使他们光鲜起来，而拥有如此效力的运动也只有打网球。

在寿司店里，网球公子有点醉了，趁着这醉劲儿，他给本井可奈子打电话，和平时一样，电话里出现明美的声音。

"哎呀，青木君，好久没来电话了呀。"

"明美，你好吗?"

"啊，我总是那个样，过、得、去。请稍候。"

没去过本井可奈子的寓所，不知道那屋里是怎样的情景，和吉野爱子打电话的时候网球公子可以想象，脑海里浮现出拿起枕边黑色听筒的白皙的手腕来。然而不知道对方屋里情景的时候，网球公子便觉得奇怪，他想，是不是只有打电话的时候那屋子和人才会在黑暗中出现呢? 而其他的时候，那屋子和人是否压根儿就不存在?

"喂喂。"

"啊，可奈儿，好吗?"

"不太好呀。"

"不舒服?"

"有人伤害了我。"

"有人，是指我么?"

"是的。"

本井可奈子的声音很低沉，也许是倦了，网球公子有所醒悟。

"还生气?"

"不是还生不生气的问题吧? 是无法改变的事实，不过，我还是不希望在我面前出现那种情况。"

"事实?"

"事实就是事实。"

"啊，你是指我有老婆孩子这件事吗?"

"这是改变不了的吧。"

"我说可奈儿呀，我希望你能好好听我说，我总是琢磨来着，觉得人能够给别人的东西并不只是结婚呀，生孩子呀什么的，嗯，虽说我也说不好，可我觉得根本就不是给不给的问题，而是自信，也就是说自己要有某种程度的自信，假若有自信，别人不是也会感觉到这种自信吗?"

"……"

"明白吗?"

"这个，怎么都行。"

"啊，是啊。"

"我不是扯歪理。"

寿司店的醉劲儿起了相反的作用，网球公子的脑子乱了，有点生气。什么呀，在塞班的时候，你说有老婆孩子才好哩，这话谁说的？不是你可奈儿吗？现如今怎么又说这个伤害了你呢？哎，有老婆孩子才好哩，莫非这话是吉野爱子说的？

"我也没扯歪理呀。"

网球公子压住火，因为他仿佛听到了山崎的声音，女人怪可怜的，山崎这样说。

"可奈儿，马上要过生日了，是吧？能在生日前后休息四五天吗？"

"干吗？"

"去旅行吧。"

"哎呀。"

"伊豆有很好的酒店哟。"

"哎呀，好呀。"

"那酒店的院子里有家日本餐馆，稻草葺的屋顶，那里的笠锅，就是牛肉火锅，棒得很，那味道美得，吃得你脑袋都要晕乎，去吧。"

"我申请休假试试，给我过生日吗？"

"当然，这是主题。"

"真高兴呀。"

"好了，明天，我再打电话来，我要知道你能不能休息。"

"等等，待我气消了再打电话。"

"记得你倒说过不太喜欢在电话里聊的，你说过吧？"

"说过又怎样？到时候打电话吧。"

"明白了。"

"真的明白了？"

"明白了。"

放下听筒，网球公子尝到了从未有过的疲劳，他想，以前很容易追上的球假若现在又够不着了，那网球选手气喘吁吁的样子大概也不过如此吧。

回到家，吉彦已经睡下，老婆正在熨网球公子的西装衬衣和她自己的衬衫，网球公子叹着气刚一在矮桌边坐下，一杯热腾腾的糙米茶便递了过来。望着茶碗里冒出的热气和熨斗喷出的蒸汽，他觉得疲劳正在消融，那布料被烘干时发出的气息让他觉得亲切，不由自主地，他和老婆的视线碰在了一起，他微笑。"怎么啦？"老婆笑着问。"没什么。"网球公子移开了视线。

"你熨衣服不多见啊。"

"没有的事。"

"总是阿秋做这类事吧？"

"衣服我还是熨的。"

望着蒸汽，网球公子想，我大概还是没有习惯父亲这个角色，吉彦叫我爸爸，老婆叫我孩子他爸，在这个家里，我的确做着父亲，然而，说不定在这件事上我很疑惑，也许我正在本井可奈子身上追求着业已逝去的母亲的身影。和本井可奈子在一起的时候有快乐也有安心，那安心很像这熨斗喷出的蒸汽。幼儿时对母亲的记忆、母亲真切的气息、语言、容貌和触觉已经不复存在了，只有那沉浸于愉快空气中的安心感还留在记忆里，那是透明的记忆。

过了一会儿，老婆说："这样下去可不行。"老婆觉得吉彦一个人挺可怜，她想再要一个孩子。"是吗？想法不错呀，但这个月不行吧。"网球公子说，老婆笑起来。

熨斗停止了喷蒸汽。和山崎一道去博多看看吧，网球公子想。

用电话确定了去伊豆旅行日程的第二天，他和本井可奈子在酒店的酒吧里会面了，那酒吧的柜台是用黑皮镶了边的，感觉很不错，然而人太多，两人找到钢琴边上的一个桌子，在桌边坐下。

演奏钢琴的还是那个瘦男人，他慵懒地面无表情地演奏过于甜腻的标准爵士乐。和吉野爱子一起的时候，也是在这里点他和吉野爱子的主题曲《蜜糖滋味》的。

"怎么不说话？"本井可奈子把一个垂着水珠的橄榄往嘴里送，一面问，"是不是想起过去的女人了？"

本井可奈子紧紧地盯着网球公子，网球公子想起儿时看过的电影《鹿苑长春》中那小鹿的眼睛来，他想说，可奈儿啊，你怎么把我内心的事看得这么准呢？然而他没有说。

"过去的女人，我没有那么多过去的女人呀。"

"撒谎。"

"首先，我是不讨女人喜欢的。"

"这样说不对，我喜欢你，不是吗？"

"可是，我真的不讨女人喜欢。"

是的，这是真的，可奈儿不知道，仅仅两年前，我半夜里还悄悄离开家去自动售货机前买色情书手淫来着，这只是两年前的事啊。那时我还跟超市收银员喝酒，醉了后倒在污秽的洋灰公寓里；我和年近四十的夜总会女招待口交，一面听那女人讲自己的身世。马提尼啦香槟啦，那都是最近的事，这你不知道吧，我也是说不清道不明的人啊。

"青木君这个人啊。"

"怎么？"

"即使到了六十岁、七十岁，我觉得也会恋爱。"

"别胡说。"

是啊，不要一派胡言。我就喜欢上个夜总会用六千元解决问题，或者和园艺店干业务的女人约会吃个饭什么的，也就是个穷百姓，暴发户的儿子。

"我是这样想的，你七十了，还紧抱着年轻的姑娘，嘴里说着可爱呀，漂亮呀，高兴呀。哎呀，多难看呀，不过，保准就是这样。"

没有的事，一般来说，这种事不会有，尽管有那样的人，不过可奈儿，我一定不是那样的。我已经感觉到了，和上一个女人好的时候就感觉到了，美好的时光非常短，谋求相互理解亦会招致痛苦。我知道比紧抱着年轻的姑娘更有快感的事情也有，例如，在温布尔登的决赛上，麦肯罗击败了博尔格，麦肯罗欢喜之极，他弯腰致意，双手举向天空，然而那样的事自己难得一遇，找不到可能性，正因为如此，便只有女人，意识到这一点时，那种寂寞总是令我心里一哆嗦，这样的情绪我是体味过好多次的。

"青木君喜欢什么类型的女人？"

"大眼睛好。"

"因为像娃娃么？"

"不是，总觉得视野开阔不是吗？"

"我小学时被人叫作凸眼金鱼。"

"这就怪了。"

"怎么？"

"凸眼金鱼是说眼睛向外突出吧，指的是眼睛突出的家伙，但可奈儿的眼睛不突出呀。"

"可是别人这样叫我。"

"眼睛又大又亮的女人都不笨。"

"我怎样？"

"笨不笨和学习成绩是没有关系的。反正我讨厌小眼睛，有的人眼皮儿厚，眼珠儿藏着似的对吧？这种女人眼睛像包茎，我受不了。"

"哎呀，真是这样呀，这种眼睛最难化妆，太亮的眼影又不能用。"

"我觉得眼睛像包茎的女人绝对哪里有毛病。"

"这么一说，也许真是这样。"

"绝对是这样。"

"化妆时我就想过来着，眼睛小的人大多注意周围人的反应，为什么呢？是不是非常在乎别人的判断呢？好像多是些不能自己决定什么的人。"

网球公子右前方的一张桌子边坐着一对男女，女人长发，年轻的男人留着胡子，女人低着头，脸歪着，正在哭，稍一留意便能听到断断续续的哭声，我，我，我，那女人抽抽搭搭地说了三声我，后面的话却没有接上来。

"有个女人在哭。"网球公子小声地告诉本井可奈子，"在可奈儿的右后方，不要回头，好像事情很严重，你要装着找什么似的看。"

本井可奈子拿起马提尼的杯子喊侍者，然后看了那哭着的女人。

"真的呀，哭得挺厉害的。"

一起的年轻男人似乎不愿引起旁人的注意，不时看看周围，那女的抑制不住感情似的，眼泪不断地滴在黑漆的桌面上。"虽然你那样说……可是我做不到……"从女人那里传来这种片断的话语。

"是不是在谈分手?"

"我想不是，是不是遇到了什么其他的不幸? 两个人是亲属，比如重要的人去世了什么的。"

"是分手。"

"是吗?"

"我想若是死了人，他们不会到这地方这样地哭的。"

男人不时伏下身子在女人耳边轻轻说什么，女人听了一会儿，然后拼命地摇头，谈话停止了。男人抬起头，垂头丧气地叹气，把手放在额上，一副悲痛之极的样子。男人的玻璃杯是空的，侍者默默地拿走那杯子，男人想对侍者说什么，然而女人又哭着说起话来，于是男人的脸转向女人。男人频频地吸烟。很累吧，网球公子在心中说。

走出酒吧的时候，网球公子和那男人的视线碰在一起了。坚

持住，网球公子小声地嘟囔，要坚持住哟，千万不要认为是自己的错······

　　进入房间，先洗了个淋浴，然后坐在床上，一面抽烟一面等待本井可奈子。本井可奈子的身上裹着浴巾，头上罩着浴帽，这是要上床的时候，她正坐在梳妆台前。网球公子喜欢这种时候，每当在稍微离开一点的地方看本井可奈子修饰容颜，他脑海里便总会浮现出一个固定的画面，画面展现的是他和本井可奈子共同生活的情景，那地方不是横滨，不是东京，而是一个偏僻的小镇，两人的生活不富裕，也不穷困，也许是时代不同，对，不是场所，而是时间，那地方不是偏僻的港口小城，那是二十年前，两人在一起生活着，屋里的结构、家具、衣服、食物、发型、窗外的景色都是过去的。每当脑海里浮现出这样的情景，他便想，也许自己和这个女人分不开了，在冻结的时间中和这个女人也许是可以生活在一起的。在冻结而静止的时间里，"美丽短暂的时光"也好，"谋求相互理解而招致的痛苦"也好，想必都不会成为问题吧。

　　河豚的味道很好，据说是三个小时前在下关刚捕到的，网球公子说和东京的河豚相比，这里的味道更浓烈，山崎听了很高兴。

"山崎是这里出生的吗？"

"不是，我出生在一个叫唐津的小城里，那里只有海水浴场和烧烤，十八岁时来到博多。"

大概鱼鳍酒[1]也起了点作用，山崎的脸变得有些和蔼了，口齿也利索起来，若在平时，他是不愿意谈过去的。

"一直都吃这么好的东西么？"

"河豚吗？"

"嗯，这东西真妙，像麻药啊。"

"不能的，吃这个是来博多以后，黑道能吃到很好的东西。"

"我五年前还只有干鱼吃来着。我说，那个我们就要去的俱乐部的妈妈桑……"

"阿树吗？"

"对，山崎干过吗？"

"怎么会呢？"

"为什么？不一样吗？"

"我说过的吧？阿树是优秀的女人，优秀的女人不能干，仅仅看一眼就激动不已了……"

把烧得半熟的鱼白放入口中，网球公子想起了奇怪的事：本

---

1 浸泡着烤干的河豚鱼鳍的热酒。

井可奈子正在来月经，老婆也是。

烧得半熟的鱼白在口中融化着，它使网球公子想起两人女人都在流着的那浓稠凝重的血。

第
六
章

1

　　走出河豚店，他们来到一个叫中洲的大游乐街，街给人的感
觉暖暖的，网球公子嘟囔道："很不错的街啊。""不知为什么，一
走上这条街我就觉得轻松。"山崎笑着说。

　　这里有一条很宽的河，白天那河水想必很脏，然而现在河面
上映着霓虹灯，灯影摇曳，整个景色因此让人觉得安详而柔和。
河岸有成排的饮食摊，卖拉面、炒面、杂烩、烤鸡肉串，甚至还
有快餐店。脱衣舞小屋的招牌上画着裸体仰卧的外国女人，那女
人正来呀来呀地招手揽客；露着金牙的大妈向网球公子他们打招
呼："社长，两万元玩个高中生怎样?"；公共厕所的墙上胡乱地写
着"坚决反对乱搞"的字样；牵着狗的乞丐、和着录音机中浪花

节的音调带着自己的孩子跳舞的卖艺者、在水泥的长椅上化妆的男娼……对面林立着杂乱的高楼，它们的个头比银座和六本木的小一圈儿，俱乐部"阿树"就在这些砖结构建筑物的地下。

山崎和网球公子坐在柜台边喝兑水的威士忌，店里生意正当红火，算上妈妈桑，有七个女人，网球公子叫来其中的一个让她坐在身边，她叫百合。

店打烊后，网球公子带上山崎、妈妈桑、百合，加上一个女招待和一个酒保离开店，他们吃铁锅烧出的食指大小的热腾腾的饺子，在一个会员制酒吧里喝酒，那里不断播放着从冲绳美军基地弄来的外国色情录像；他们来到一个空旷得像仓库的夜总会唱小林旭的歌，那里有个八人乐队演奏着音乐。网球公子喝得烂醉，眼里的百合成了世界第一大美人儿。百合高度近视，大概因为这个缘故，她的眸子又大又水灵，忽闪忽闪的。妈妈桑不停地劝网球公子和山崎做博多的橄榄油按摩，据说那过程是先做四十分钟按摩，然后舔二十分钟，一直舔到屁眼，做完爱后又做二十分钟按摩，妈妈桑说："从东京来的人都是流着眼泪喜滋滋地回去的，你们也……"网球公子本想向妈妈桑请教和情人和睦相处的方法，然而不能，因为他要追求百合。网球公子一面跳贴面舞一面拨弄百合的头发，嘴里不停地轻声说着平素难得一说的话语："我一看到你这样的美人儿就生气，你知道为什么吗？因为你没有发现自己，你觉得自己漂亮吗？瞧瞧，摇头了不是？这是不行的，因为你漂亮。我有个朋友，也非常漂亮，但自己没感觉到，所以不幸福。不幸福是不行的。喂，怎么这样谦虚呢？这绝对不好，是罪过哟。我知道，你这样谦虚是因为没有看清自己的美，所以我担心你会受长驻分社的那些古怪职员们的骗呢，被骗过吗？这样可不行，是有罪的，明白吗？漂亮不是罪，不知道自己漂亮，那才是罪……"网球公子不停地轻语，搞得他自己也觉得百合的确漂亮了，"跟你说，懂门道的漂亮女人我见得多，我还搞过电视广告，所以模特呀演员新秀呀都认识，不过你是特别的，真的，我就这样想，你是特别的……"

"山崎，我，送完这位百合小姐后再回酒店。"

凌晨三点，网球公子邀百合继续喝酒："再去一家怎样？你知道哪里有合适的店吗？""对不起，我一般不太喝酒的，所以不知道。""去海边吧。"网球公子叫起来，他想起遇到本井可奈子的塞班的海边了，只有海，幸福全在海里……"喂，司机，去海边，这地方靠近海吧？""啊？"年轻的司机无精打采地啊了一声道，"海倒是有，可那里什么都没有呀，游泳太凉吧……"正当司机含混不清地说着话的时候，网球公子觉得头晕，喉咙和后脑勺发麻，很不舒服，他让停下车，跑到楼边的树丛里吐，百合为他抚背。"去海边会很冷的。"她一面抚一面这样说。

忍着从下腹涌上的呕吐感，网球公子躺在床上，几乎是无意识地，他拨通了本井可奈子的电话。很长的呼叫音后，明美出现了。"啊，明美小姐？这么晚打来电话，对不起。我是青木呀。姐姐，在吗？"明美没作声，咚地传来放听筒的声音。"怎么啦？"本井可奈子问，声音里流露出无以复加的不快。

"现在，我在九州。"

"我知道呀。"

"喝多了。"

"我管不着。"

"你不高兴吧。"

"肚子痛。"

"啊，在来月经。"

"伊豆是不是很暖和？"

"游泳不行，但打网球是会出很多汗的。"

"从塞班回来后就一直没有摸球拍了。"

就在这时，网球公子的眼前出现了一个裸体女人的腹部，原来百合洗完了淋浴，光着身子站在了网球公子的面前。百合的下腹有妊娠纹，由于网球公子醉得厉害，他一下子把这裸着的腹部当成老婆的了，因为老婆也是有这种纹路的。不知怎么回事，他的脊背起满了鸡皮疙瘩，话也说不出。"喂喂，青木，你怎么啦？

喂喂，怎么啦？"网球公子陷入到惊恐的状态中，他一下挂断了电话。

带着惊恐，网球公子抱过百合，摆动腰，灯还亮着，他抓着百合屁股上的肉想，接下来我会怎样呢？他一面这样想一面集中精力做爱。"啊！"百合忽然一声大叫，随即网球公子便感到胯部内侧一阵发凉，"来了啊。"百合抬起身子道。床单上印出一个赤黑色的意大利半岛的图形，网球公子的性器、大腿的内侧都染上了透着凉气的血。什么呀，月经都赶到一起了么？他忽然有了以往跟随滑稽演员去半山腰被甩掉时的那种寂寞，因为透凉而凝重的血仿佛把他和女人们远远地隔开了。

"屋里有女人吧？"

回到横滨，他立即给本井可奈子打了电话。

"怎么误会得这么厉害？"

"请说清楚，我不会生气的，只是失望，难过。"

"误会了呀，我是不舒服，心脏不舒服，心脏。"

"那为什么不明说？"

"为什么，请不要用这种奇怪的语气，那时我突然要吐，不能说。"

"青木君，你要和别的女人寻欢作乐随你便，不过请不要在那种时候打来电话，明白吗？"

本井可奈子哭起来。

"我说了，这是误会。可奈儿，我是爱你的，明白吗？喂，明白吗？"

"不明白。"

"那，为什么我要腾出时间和可奈儿在一起，嗯？"

"想和我做。"

"做爱？"

"是的。"

"不要胡说。"

"好吧，那你说吧，要我明白，要我理解，那你就解释给我听。"

"我有多忙，你知道吗？"

"知道。"

"我是为可奈儿腾出时间的，为了享受和可奈儿在一起的时光而工作的，连这个你都不知道吗？我工作只不过是为了我们俩去伊豆过得愉快呀。"

"嗯，这个我知道。"

本井可奈子的态度缓和了，随后他们谈了些平常的话，爱呀，我也爱呀，对不起呀，抱歉呀，再来电话呀，希望呀，晚安呀，再见呀，拜拜呀，真的喜欢呀，真的？不骗你呀，然而，挂断电话的时候，网球公子的心情还是很沉重。

当网球公子听到本井可奈子要他明白无误地解释一下的时候，他发现自己什么也说不出来，他非常难过。过去读中学和高中时遇到考试题完全答不上，又没有可以逃离的地方，网球公子便很难堪，现在的情形和那时非常相似，那题目是这样的：

"请用不超过三十字的篇幅简述怎样才叫爱本井可奈子（20分）。"

"如果爱本井可奈子，今后打算怎样做？请用不超过四十字的篇幅尽可能具体地予以说明（30分）。"

"请尽可能简明地阐述与本井可奈子的相关事项以及它们与自己的妻子和孩子之间的关系（50分）。"

每题的得分无疑是零，假若用橡皮反复地擦了改，改了擦，付出许多徒劳的努力，每题也许可以得上五分，然而还是不及格。怎样才能及格呢？这样的问题网球公子不能想，当年教室的后面站着监考官，那眼神儿总像是在对网球公子说：你是个蠢货，这种题目当然答不上。现在的情形和那时很相似，但夺走网球公子思考能力的是透凉而凝重的血，因为那血的感觉依然留在他大腿的内侧。

父亲的手术成功了，医生说转移和留下后遗症的可能性还存在，但病灶好歹是完全成功地摘除了。

父亲恢复得也快，手术两天后便拿着移动式点滴器在医院里走动。看着人的身体恢复元气，那感觉非常惬意，觉得一切都在向好的方向发展，当具体的希望伸手可及，大家似乎便只想着事情的好的方面了。父亲十来天没有走动了，看着他笑容满面地拉着吉彦的手走动的样子，网球公子想象起在温暖的伊豆和本井可奈子在球场上对打的情景来，他决定去伊豆前给本井可奈子买件网球服。

来到成田的新机场，网球公子想给人打电话，本井可奈子想必正在工作，那就试试给吉野爱子打吧，他认真地想，然而同行的有很多公司员工，还有老婆和吉彦，打电话不合适。

"喂喂喂，请大家记住在公司交代过的话，第一天的午饭和最后一天的晚饭是要自己掏腰包的，这次旅行为期五天四夜，请不要一下子把钱用完了，即使身无分文，公司也不会借的，塞班的雨林里有又青又硬的香蕉，到时候请吃那个吧。"

山崎对大家这样说。

老婆一开始不愿意来，她担心公公的病，再说又是公司员工的塞班之行，所以只是推辞。网球公子说服了她，他说吉彦一天天大了，自己又忙，现在不去，以后什么时候可以去就难说了。

带上吉彦和老婆，这是网球公子决定好了的，他觉得这样做绝对必要。以前没有带孩子旅行过，和老婆去海外也只是旅行结婚的时候，后来生吉彦前和老婆去苗场[1]滑过一次雪，在那里住了一夜。他很想在塞班的海边和吉彦一起玩，想让老婆留下美好的回忆，只有美好的回忆使人温和而安详，它是非常时刻忍耐不幸的原始动力。

和本井可奈子曾在这酒店里共度过完美的一天，现在酒店的院子里依然有不少新婚的人，还有两三个做杂志插页摄影的模特。不论面对谁，网球公子都有一种优越感，因为他带来的家属和员工共三十九人，这是很让他觉得骄傲的。

平素并不喜欢孩子的山崎在领着吉彦玩，他时而扛着吉彦在院里散步，时而在游泳池里为吉彦拉游泳圈，时而教吉彦花鸟的名字。"难为你了。"网球公子说。"没有别的事可做，"山崎答道，"都是公司的人，找女人不行吧，社长。"

"看你们这样玩，谁都会以为山崎是个父亲吧。"

"黑道的父子俩？"

"是的是的，前些日子去了读卖乐园来着，多摩川呀川崎呀都

---

1 此处指苗场滑雪场，位于新潟和长野交界处的苗场山。

在那附近吧？那里有不少轻浮的蓝领夫妻和流里流气的人，他们让自己的孩子坐上汪汪电车，自己则笑得鬓角都动起来，很奇怪的。"

"汪汪电车是什么？"

"就是那个，汪汪叫的，一圈圈地转。"吉彦告诉山崎。

"嗯，不错，不过社长，黑道上的人比较爱孩子。"

"哦？是吗？这倒没觉得。"

"只是爱的方式不同。我有一个好朋友，叫中川，现在在监狱里。中川的女儿顽劣至极，于是班上的老师来家访，当时我恰巧也在那里。年轻的老师说，女儿吸烟，吸香蕉水，很难管教，于是中川态度激昂，坦然大方地说，这孩子我好好教育过，因为社会对她冷眼相看，所以像普通孩子那样教育不行，我是明确对她说了的，做波波要收钱，海洛因碰不得。老师一听这话，什么没说就回去了。"

"波波是什么？"

"啊，就是阴户。"

"阴户是什么？"吉彦问。"女人的鸡鸡。"山崎告诉他。网球公子苦笑，他想要是老婆在一定会生气的。老婆去免税商店购物去了。

"是么？这样的么？这样的父亲也挺不错吧。"

"不过，父亲这种角色似乎谁都可以做。"

"是吗？但是人家的孩子我爱不来。"

"只爱自己的孩子？"

"是呀，大家都这样吧？"

"我不打算要孩子，不过若是自己爱的女人，她的孩子，我还是爱的。"

"即使不是自己的孩子？"

"是的，不是常说妹妹的孩子可爱，兄弟的孩子不爱吗？自己喜欢的女人，她的孩子一定也喜欢不是吗？"

网球公子不大明白，他想若本井可奈子和别的男人有了孩子那会如何呢？他脑子里浮现出盛气凌人的男高中生要他不要纠缠母亲时的情形。那男孩说：你想把母亲怎样？你以为母亲是什么？你想干什么？……网球公子无法回答，于是高中生打了他。网球公子想象那高中生的脸，他惊讶地发现那是高中时的自己，接着他想象本井可奈子带着一个和吉彦年龄相当的女孩的情景，他觉得无论如何那孩子应该是自己的。

老婆回来了，吉彦问："妈妈知道阴户是什么吗？"老婆慌忙严厉地呵斥："这种话说不得的！"老婆瞪网球公子，网球公子说："是山崎。""请不要胡来。"老婆真的生气了，因为幼儿园对吉彦的评价就不好，说他老是大声嚷难听的话，臭屎呀，鸡鸡呀……

"太太请放心，吉彦学坏了我揍他。"

山崎说着笑起来。

傍晚，网球公子和老婆打网球，大概也是这个时间，在这个球场，他和本井可奈子也是这样打过的。老婆高中时打过软式网球，所以挥拍击到球的几率很高，网球公子教老婆调整反手击球的拍面，教她不同于软式网球的握拍方法，网球公子小心翼翼地把球打到最容易接的地方。混凝土的球场上还残留着白天的炎热，没有风，汗水很快打湿了衬衫。

"爸爸最棒，妈妈最棒。"吉彦骑在裁判席上叫，球场旁边汉堡店里的几个查莫罗男女正微笑着朝这边看。网球公子想，无论谁看了，恐怕都认为这是一个和平的景象，幸福的家庭吧，而且实际上也的确和平幸福，中间有孩子，女的打出毫无道理的球，男的四处奔跑，将球打回到容易接的位置，这样的状态是和平而幸福的，和平幸福只存在于这样的状态中，其他地方没有，它不是永远存在的东西，这个道理我究竟是从什么时候知道的呢？网球公子想，很多事周而复始，反反复复，于是我知道了，宛如学习的过程，预习，上课，复习，循环不已，同一个汉字反复书写，于是便记住了，就是这样。美味的啤酒、香槟、难喝的啤酒，美味的啤酒、香槟、难喝的啤酒，只需这样反反复复，人就会最终明白。

椰树叶沙沙地响着，凉爽的风吹过胸膛和脸颊，每个人都在笑，在这个南国的网球场上，本井可奈子的眼泪、父亲的点滴器、博多女人的血都是不存在的。

网球公子他们一回国，父亲便很快出院了，好朋友们被招了来庆祝父亲出院，有猎友、郡城夫妻、会计师。山崎也请了，但没有来，山崎讨厌家庭，庆贺之类的事也不喜欢。

清炖雏土鸡、炖煮马内脏、冷鲜鹿肉，菜是特意为病后的父亲做的，当然也是父亲喜欢的。

"尽管没有感觉到变化，但变化正在进行着，"父亲说，他的话很多，"我的感觉是不会有太大错误的，有没有鹿，捕不捕得到，草丛里是不是有野鸡，这些我都能感觉到个八九不离十。"打猎的朋友们一致赞同。"我以为这次回不了家的，真的，毕竟是自己的身体，比山里打猎了解得多，然而，我活过来了，这不是因为我的感觉变得迟钝，而是有东西变了。""说明现在医学的进步是很惊人的。"郡城说。淳子微微皱了皱眉，也许她想说精神病院可不是这样的，想必她头脑里又浮现出了进精神病院时的不快。"是啊，世界变了，在手术室里，那医生啊，只看机器，闪闪发光的机器到处都是。我琢磨了来着，真的觉得给重久钱，让他打理新的生意，这是做对了，很多事情，我们是完全搞不明白啦。"会计师频频点头，会计师的鼻子破了一块皮，他在塞班的好几天里都打高尔夫。"这次我们去塞班是托社长的福，一般根本去不了，不过说来也怪，我们这代人一提起塞班岛便只想到那熟知的玉碎，啊啊，当然，慰灵碑我也参拜了，但现在那地方尽是新婚的新人，气氛很轻松了呀。"谈完塞班，一个猎友开始讲在泰国买十四岁少女的故事，淳子好像不愿听，起身离开。"去洗手间吗?"郡城问，淳子摇头，于是郡城跟着她。过了一会儿，郡城过来对网球公子道："对不起，先走一步。"

"打猎的都这副德性。"

"不是因为这个。"

郡城诡谲地笑。

"怎么啦?"

"啊啊，好像是有了，虽然还不确定。"

"真的?"

"啊，没确定，还没看医生，但感觉好像是。"

"总算怀上啦。"

"嗯，现在想来，觉得多半是精神方面的原因。你瞧，现在她打网球，状态和以前大不一样。以前，虽然我也不太清楚，好像半年都难来一次月经。"

"淳子高兴吧？"

"啊啊，这都多亏了青木。"

"胡说。"

"你劝她打网球了来着。"

"高龄产妇，要尽快去医院。"

"嗯，谢谢。"

这么说，这两个家伙还是可以很好地做爱呀，网球公子钦佩地想。真是郡城的孩子吗？不知为什么，他这样怀疑，不过很快便否定了这个想法，他想爱上淳子的男人大概不会有。

吉彦在吃冷鲜鹿肉，嘴唇被鹿血染得通红，网球公子把他抱到膝上问："好吃吗？""阴户。"吉彦睁着调皮的眼睛道。网球公子笑起来。

本井可奈子的旁边放着麻布质地的绿色手提包，她已经在酒店大堂里等着了，瘦长的西服裤紧贴着双腿，宽松的毛衣上起着黑白的花纹，头发向后扎着。

和身着粉红的对襟毛衣在热川车站等网球公子的吉野爱子相比，本井可奈子更漂亮，有一首歌，名叫《谁都不读昨天的报纸》，那歌中唱道："谁会读昨天的报纸呢？谁愿意约会昨天的女人呢？"然而即使丢开这条规则，本井可奈子也比吉野爱子漂亮，不过和吉野爱子在一起的时候那感觉是更加兴奋的。网球公子想，又到了临近做爱的时候了啊。

"喂，马上就要去那个高档的酒店了吧?"

"并没有那么高档。"

"温泉，有吗?"

"那个酒店?"

"嗯，有吗?"

"酒店里没有，那里高尔夫有名。"

"我要洗温泉。"

"不要突然提要求。"

"不行吗? 算是对你在博多胡来的惩罚，可以吧?"

网球公子打电话给海洋帕克斯取消了第一天的预约。他想，这女人够烦的，不过漂亮、年轻，没办法，只好由着她。

上了高速，本井可奈子用大音量听南天群星。网球公子想起和吉野爱子在一起的时候，那时是小林旭和中岛美雪。本井可奈子很快学会了操作车载立体声盒式录音机，她反复地倒带进带，只选自己喜欢的歌曲。

在热海的车站前，由于旅馆方面的照应，他们被安排进一间临海的八张榻榻米大小的屋子。

形同夫妻的样子大概使本井可奈子很高兴，在塞班的时候，他们是被看着一对情人的。

正值淡季，没有其他客人，两人进入大浴池，蒙蒙蒸汽中，网球公子一看到本井可奈子赤裸的后背，相聚时经常想到的那个光景便带着更强烈的现实感浮现在眼前了。

那是二十年前两人一起生活的光景。本井可奈子的脸颊泛着淡淡的红晕。

2

网球公子第一次和本井可奈子一起洗澡。和女人一起进浴室除了小时候和母亲，后来去过川崎的泡泡浴池外，从来没有过，不不，有过一次，那是和一个体重七十公斤的三十八岁的小酒馆的女人，在新横滨的情人旅馆里，那时网球公子醉醺醺的，那女人衔着网球公子软绵绵的性器突然哭起来，那哭声和抽水马桶冲洗的声音一样。网球公子很奇怪，为什么老记着这件事呢？是不是那里的瓷砖太凉了？新横滨的情人旅馆里的瓷砖非常凉，按说一般喝醉了不会记得这么久，然而那瓷砖异常冰凉的感觉令人难耐，网球公子想，大概每当搜寻到不快的记忆，这口交的胖女人就会在头脑中浮现出来吧。

本井可奈子把英国产的肥皂涂在德国产的海绵擦上为网球公

子洗后脊梁，转过身去的网球公子感觉到自己的腰和屁股之间的地方触着本井可奈子的阴毛，他一下勃起了，而且奇怪地感到羞耻，于是用毛巾遮住了那个地方。

浴室里两人都没有怎么说话。

先离开浴室的网球公子给家里打电话，他想对老婆说，他正在接待与进驻塞班有关联的公司的客人。

"喂喂。"

"哎，什么呀，吉彦吗？妈妈呢？"

"你是谁？"

"是爸爸。"

"爸爸？有什么事？"

"工作的事。妈妈在吗？"

"在。"

"要妈妈接。"

"在打网球吗？"

"不是，在工作。快点喊妈妈。"

"爸爸再见。"吉彦说着就要挂电话。"吉彦别挂。"听筒里传来老婆的声音，老婆拿过了听筒。

"啊，是我。"

"怎么啦？"

"现在在热海。"

"哎呀，好呀。"

"是工作，有什么好的。吉彦会人模人样地打电话了啊。"

"你和山崎教他说怪话，他在幼儿园里胡说八道，看到大家惊讶，他就觉得好玩，要他不说，他反而更来劲儿，我羞得什么似的。"

"怪话？就是那个吗？"

"是的。"

"真难办啊，不过待他明白了意思就不会说了吧。"

"若那样就好了。"

"那家伙以为我的工作就是打网球吧？"

"可不，吉彦只知道在家的你和打网球的你呀。"

"我大后天回。"

"等着你高高兴兴地回来。喂，吉彦，给爸爸说再见。"

"拜拜。"远处传来吉彦的声音。

放下听筒，抱着大膳案的女侍者已经站在房门口了。"可以安排进餐吗？"女侍者问。"可以。"网球公子应道，随即坐在一只无腿坐椅上。"客人是东京来的吗？"女侍者一面往桌上摆盘碗一面问，女侍者理应四十多岁了，头发却染着红色。"不，从横滨来的。"网球公子回答。"停车场上那外国车是客人的吧？多漂亮啊，是什么车?"菜太多,桌上就要摆不下了。"奔驰。"网球公子自己打开啤酒盖喝啤酒。"哦,是奔驰么? 很贵吧?"正说着,穿着睡衣的本井可奈子进来了,脸颊红扑扑的,看到桌上的菜,她高兴地叫道:"呀,多丰盛呀。"

晚饭后,两人看了脱衣舞,然后叫了出租车,他们问司机哪里有好玩的,请他做向导。

在距繁华街市稍远一点的地方有个胡同,胡同里有个亮着紫色霓虹灯的地方,那霓虹灯映出"珍珠座"三个字来,一个穿雨衣的男人站在那里。"是的是的,每人四千元。"那男人说。

他们被请进观众席,脱去鞋,观众席很窄,零乱地放着鞋,很有家的感觉,气氛有点像熟人家的一个聚会。

网球公子一面说着打搅一面进得屋里,昏暗中几个人笔直地坐在地板上。像守夜哩,他想。

屋子的大小不到十张榻榻米,薄薄的地毯上摆着坐垫,穿睡衣的老人们眼盯一个胶合板铺的舞台,墙也是胶合板的,那上面正在放映外国人演的色情片。

色情片突然停止,《陆奥孤旅》[1]的歌曲响起来,伴随着曲调,

---

1 日本歌手山本让二(1950—)的代表作,陆奥是日本古代令制国之一,相当于如今的日本东北地区。

一个穿粉红旗袍的女人出现了，穿睡衣的人都鼓掌，本井可奈子在微笑，穿旗袍的女人有点胖，肤色白皙，脚上青筋突露，穿着金色的高跟鞋。

女人撩起旗袍，叉腿坐下，旗袍下什么都没穿，女人从手提包里拿出了香蕉。"是手淫表演吧。"本井可奈子小声地嘀咕。女人涂了些强生婴儿护肤油，放进香蕉，又取出来，然后剥去皮，香蕉被挤成四段，叭嗒叭嗒叭嗒叭嗒地落在地板上。本井可奈子很钦佩。"像变魔术哩。"她说，"青木君若和她做就要撕成段儿了。"女人接下来夹住笔，写了"忍耐"两个字，又放进金鱼，然后一声叫喊，将金鱼飞出一米开外，并不偏不倚地落进一只放了水的金鱼缸里。第二个女人更年轻，她吹灭了胯前的蜡烛，又衔住笛子演奏了《小马父子》[1]。"好呀好呀。"本井可奈子兴奋地叫好，虽然花电车[2]网球公子第一次看，但常听山崎说，他告诉本井可奈子，这种东西并不是谁都能演的，需要长期训练。

他们在一家临海的小酒馆喝了点酒，然后去打靶场。女主人半老年纪，和服上系着围裙。矮脚饭桌边坐着个男人，年龄和女人相当，胳膊肘撑桌面上，大口饮着玻璃杯中的酒。"欢迎光临，

1　一首日本童谣。
2　原意是指用假花装饰的电车，这里特指这种表演。

哎呀，多俊的人啊，喂，你瞧瞧，多俊啊。"女人看着本井可奈子这样说。男的相当醉了，不答话，只把混浊的眼睛转向本井可奈子。

网球公子射下了一个小猫形状的摆设，塑料的，估计扔到地上谁也不会拣。"我说你，起来吧，不回去不行的——人家等着吧？"女主人留着艺伎似的发型，她对醉倒在矮脚饭桌边的男人这样说。男人的睡衣上罩了件褐色皮茄克似的东西。"电车已经没有啦。"男人把脸伏在桌上道。想来他们并不是夫妻，矮脚饭桌上有酱油瓶、骨头和盛着干鱼的盘子，那干鱼只剩下鱼尾巴了。

"你们是演电影的吧？"女主人问网球公子和本井可奈子，本井可奈子郑重其事地拿着那猫摆设摇了摇头道："你弄错啦。""哎呀，是吗？前一阵子来过不少人，好像是拍实景的，所以以为你们也是呢。也有女演员，不过还是你漂亮。"本井可奈子被女主人说得不好意思。

两人走出店的时候，那矮脚饭桌边的男人打起鼾来。

两人又一起洗温泉，忍耐不住的网球公子在浴池里抱住本井可奈子，大概被热水洗着，缺少粘液的润泽，本井可奈子叫痛，不一会儿便离开了网球公子的身体。

风大起来，窗玻璃发着响，涛声传过来。网球公子忘不了那打靶场上的男人，男人把脸伏在矮脚饭桌上，好像很寂寞，然而看上去那醉着的样子其实很安详，自己也会变成那样吧，他想，流落到一个海边的小镇上，与老婆、吉彦、公司断了消息，和本井可奈子一起变老，酩酊大醉，大概只有山崎偶尔来访，网球应该是不打了，本井可奈子开了个小店，也许是书店，也许是烟草店，也许是化妆品店，每天晚上自己喝得大醉便回忆奔驰、网球场、西新宿高层酒店里的酒吧……那回忆绝对不坏，很愉快，那样的生活也许谈不上幸福，想必也没有兴奋和快乐，然而自然，没有谎言，好像非常轻松闲适。

"哇，棒极啦，有钱人来的地方呀。"看到海洋帕克斯橘红的屋顶、雪白的墙，还有停车场上成排的外国车，本井可奈子这样说。

网球公子让身着佩了金饰带制服的门童打开 450SLC 的门，让侍者从车后厢拿出行李送到大堂，然后去前台用房卡记了账。前台服务员说："三点入住，这之前如何打发时间？假若想尽快打高尔夫，可先在这里预约。""不，不打高尔夫。"网球公子亮了亮球拍道。"啊，青木先生，以前来过一次的，我记得清楚，两年前……"前台服务员说着看了看本井可奈子，那眼神仿佛在说，女人变了呀。

走在大堂里，网球公子强烈地觉得这里发生了很大的变化，酒店的内部仿佛和吉野爱子来的那会儿大不一样了。大堂的地上铺着有黑白相间方格花纹的意大利瓷砖，沙发是黑皮的，壁炉和柱子是真正的大理石，休息厅的壁上有描绘法国革命场景的巨大挂毯，走下中间铺了红地毯的大理石台阶，右边是整面墙都是玻璃的瞭望室，还有自助餐台和宴会厅。然后是长长的走廊，走出长廊，经过一家高尔夫商店便是铺了油砖的曲廊，有修剪得很好的花坛和游泳池……一切都没有变。

到了高尔夫球、网球服务窗口，见到身材高大、皮肤黝黑、态度傲慢的工作人员时，网球公子终于明白了，发生变化的不是酒店，而是自己。两年前，网球公子走在酒店里的时候是小心翼翼的，他被酒店的气氛震慑住了，然而现在不同，是第二次习惯了吗？肯定不是，网球公子想。两年来，某种东西发生了决定性的变化，恐怕现在无论去哪里，无论干什么都不会诚惶诚恐了，这与代表巴牛评去里约热内卢谈判的经历、经营新餐馆的成功、在西新宿超高层酒店租套间开办公室，以及诸如此类的事情没有关系，也不是吉野爱子和本井可奈子的缘故，而是在这两年时间里，网球公子头一次将目光投向了外面，他睁开眼第一次打量了外面，只要认可了外面，理解了自己也是其中的一部分，那多余的自我意识就自然而然地消失了。

一看到网球场，本井可奈子便高叫着跑起来，网球场处在一个能俯瞰海湾的悬崖上，四周环绕着长满青草的山丘、树丛、花坛和松林。

这酒店是以上佳的高尔夫球场而倍受青睐的，所以两处的网球场上并不见人影。网球公子打网球已近五年了，然而每当他向远处的球场走去时，他依然会心跳加剧，兴奋不已。勾勒出球场长方形的白线总是很完美，那里应有尽有，却摒弃一切多余的东西。网和线是网球的法律，不，它们超越了法律。在现实中，触犯了法律就会变成罪犯，或者被拘禁，或者受到审判，但即使受到了惩罚，被惩罚者也是可以驻足在现实中的，然而在网球的世界里假若触犯了网和线，那就不仅仅是难以饶恕，而是要受到永远的流放了。流放者不能驻足在网球这个现实里，只能作为禁治产人[1]而受到嘲笑。

网球的世界中存在着类似审判的东西，如同活动在法律近旁的人时常汇集了奖赏和权力一样，网球中的权力者们总是在线的边缘和网的边缘一决雌雄，对抗了法律和严厉的选手是胜利者，因此，如同在约翰·麦肯罗身上经常见到的那样，一旦有了与线即法相对立的主张时，现实审判中容易出现的纠纷便会出现在网

1　是大陆法系国家民法学中的一个概念，具体指因精神障碍不能处理自己的事物而由利害关系人向法院申请，经法院依法定程序宣告其为禁治产，而成为无民事行为能力人。

球的世界中来。虽然有审判官的判决，有裁判，有协调整个锦标赛的总指挥，但在那个时候，网和线依然是无表情的，就像嘲笑这些纠纷和与之相应的判决一样，这是同现实的法律不相一致的地方。

在网的两边相互对峙，在被线围着的四方形中对决，这样的运动除了网球外还有其他项目，然而它们的规则几乎都是根据参入的人数制定的，在最初的时候，网球大概也是这样，然而现在，不仅世界顶级水平的网球比赛，就连俱乐部中的选手也不只是冲着场上对手，而是进一步地向网和线发起了挑战。

例如，打过去了一个机会球，对方夺得了网上优势，对方逼近网前，在前场的右侧打一个绝妙的近球，于是好容易追上球，猛击回去，打到对方够不着的地方，这时对方打截击，打猛扣，把网和线作为自己的盟友发起进攻，用打出去的球进攻对手，和线一起决定胜负，假若球落到线的内侧，就算取得了胜利。

网和线就是这样，对于网球手来说，它们不仅仅是一种附属的设备，它们还是有生命的东西，是可爱的对手。

可爱的对手总是以不变的美等在那里，仅仅看到它们，竞技者们便无一例外地欣喜不已了。

"不错呀。"

网球公子一面这样说一面将球打到最容易接的地方。不错呀，这是一句非常重要的话，它帮助初学者树立自信，而树立自信是非做不可的事。网球是有相当难度的运动，假若初学者一开始就失去自信，以后便很难重新把它找回来，但过分赞扬也不行，还必须让他们至少对比利·简·金所说的恐怕需要三辈子人生才能成为一个十全十美的网球手这深邃的话语有一定程度的理解。

"不错呀。"

这是最恰当的话语。

"同我这种笨人打球挺没意思吧?"坐在长椅上休息的时候，本井可奈子这样问。"没有的事。"网球公子回答，他本想说，在自家附近的网球场上我常和高手打，所以不在意，然而没有说。

"青木君什么时候开始打网球的?"

"五年前吧。"

"如果打五年，谁都可以打得像青木君这样好么?"

"不对，虽然我没有怎么去网球学校，但五年来我是拼命努力的。"

"每天打?"

"最近两年几乎每天打，拼着命打。"

"拼着命打?"

"嗯，我朋友中有个叫季岛的。"

"啊，听说过，那人是同性恋吧?"

"同性恋，胖子，又不讲卫生。因为是胖子，大热天就够呛，呼呼地喘气。那好像是前年的夏天，八月的下午两点，赤日炎炎的，站在太阳下人就要倒，一般那种时候是不打网球的，打网球只在早晨和傍晚，也搞搞夜间比赛，可那个时候我们怎么打起单打来了呢？啊，对了，因为太热，网球场上只有我和季岛。

"夏天烈日下的硬场地有多热，你不在那里站着试试是不知道的。"

"我知道呀，塞班不是也热吗？"

"唔，和那不同，塞班打球还是临近傍晚的时候吧？"

"是呀。"

"反射非常厉害，像在烤炉中一样。"

"成面包啦。"

"是啊，像烤鱼。缺氧，感觉无法呼吸，所以打的时间一长就觉得心脏痛。"

"真要命。"

"这时，季岛出危险了。本来我也难受得厉害，若是平时，季岛就会说，哎呀，我不行了，走吧，阿青，休息吧。然而那个时候有人观看，有观众，是高中生，正隔着铁丝网看着。"

"高中生，男的吗？"

"不，女高中生，女流氓头似的人。"

"可是，那胖子不是同性恋吗?"

"好像没关系，关键是他的自我意识过剩，即使那观看的是个大妈，是条狗，也都一样。

"于是，就强迫自己继续打，我打了一个近网低球，季岛跑向前接球，但他忽然站住，手捂着胸口蹲下来，那时我也非常难受，所以立即明白情况不妙，我把他拖到日阴下，见他的样子像要死去的金鱼，于是便想:大概他要死了。"

本井可奈子笑起来。

"别笑呀，真的要死了。"

"我笑你说他像金鱼，倒是和季岛君挺贴切。"

网球公子也跟着笑了，他可怜季岛，丑人即使快死了也要受人嘲笑么?

"后来呢?"

"我叫了急救车，不过看他那样子好像等不到急救车，于是我给他做了紧急处理，是以前从父亲那里听来的，抢救狗的办法，起作用了。"

"什么? 狗?"

"狗，我说的是猎狗，它们有追逐猎物的本能对吧? 炎热的时候，假若无休止地追逐猎物，又不做体表呼吸就容易死去。"

"可怜。"

"老爷子很了解狗，他打过猎，紧急场合的应急处理是从他那里听来的。

"首先，用冷水冷却心脏，也就是降低体温，尤其是心脏的温度。我把季岛弄到水龙头下躺着，哗哗地给他冲水，当时俱乐部会馆的三四个教练也来帮忙。然后是舌头，狗是不出汗的，热的时候很可怜，是吧？伸出舌头，呼呼呼呼地喘，好像这种时候舌头会胀大的，热使舌头膨胀，进而堵塞气管，最后窒息死亡。"

"真难听啊。"

"于是我弄开季岛的嘴，想拉出那塞着喉咙的舌，因为季岛不是狗，所以这样做会很痛。"

风从海上吹过来，穿过松林吹到身上很凉爽，还带来各种微妙的气味：潮水的气味、烧过的草的气味、秋日的花的气味。本井可奈子拿起拍子站起来，当她空挥球拍做练习的时候，网球公子闻到了腋下的气味，本井可奈子腋下的气味不坏，像生鹿肉，网球公子第一次知道腋臭的味道像肉。

为了去餐厅——那里是要求西装上衣和领带的，本井可奈子花了一个小时化妆，镜子前摆着网球公子未曾见过的瓶子和盒子，对于化妆，本井可奈子的确很有兴致。

这样一面怔怔地看女人化妆一面等女人在网球公子是第一次。

他坐在沙发上，腰上只缠一块浴巾，大海正从橘红变成淡紫色，他一面轮番地看大海和女人一面喝啤酒。

"哎，青木君，胡子剃了吗?"

本井可奈子的发上缠着毛巾，只在一只眼上涂好了眼影，她这样说。

"嗯，剃了。"

"擦了什么吗?"

"啊，还真忘记擦化妆水了。"

网球公子这样一说，本井可奈子便递过来一个小瓶子。"用这个也行呀。"她说。瓶子很漂亮，里面装着透明而光滑的液体，本井可奈子倒出液体，把它们擦在网球公子的脸上。网球公子抱紧穿着丝织长衬裙的本井可奈子，两人的舌头缠绕在一起，网球公子的舌头爬向女人的耳朵眼儿、后颈脖子。"别，妆还没化完哩。"本井可奈子这样说，然而她看到网球公子的浴巾脱落下来，那地方有力地勃起着，于是鼻子哼了一声，涂了红指甲油的指尖儿抓住了它。"怎么? 这样硬么?"充满化妆气息的屋里响起衣襟摩挲的声音，只有一只眼涂了眼影的本井可奈子蹲在地上，口衔住网球公子。他觉得口交的本井可奈子像一个丑角演员，然而那美却是人所难有的。那快感像这屋子里的空气，它们正伴随着融进暮色的大海渐渐地变得浓密起来。

"喝香槟吧。"网球公子喊来侍酒师。"可是,明天才是生日呀。"本井可奈子说。"每天都喝不好吗?今天喝,明天也喝。"侍酒师技法娴熟地启开了唐-佩里侬干型香槟王的瓶栓。

"喂。"

"什么?"

本井可奈子穿着有金色缝窝边儿的针织连衣裙,配上缀有南国贝壳的衣带、象牙的首饰、银色的高跟鞋,看到坐在餐厅正中的本井可奈子,连几组高尔夫旅行团的客人们也惊讶得站在那里喘不上气来了。

"香槟不错吧。"

"太棒啦。"

"你觉得仅仅是香槟吗?"

"什么?"

"啊,我是说,人生是丰富多彩的,我喝香槟是近两三年的事,好像有个诗人,他老琢磨,是否只有香槟才是人生呢?"

"这,什么意思?"

"啊,所以说,人生不仅仅是像香槟这样闪闪发光的时候吧?"

"不太明白。"

"哦,是啊。"

"可是,现在,我们正在喝着香槟吧?"

"可不。"

"香槟很好喝，这不是很好么？"

是否只有香槟才是人生呢？这是吉野爱子说过的话，本井可奈子恐怕死也不会说出这样的话来，本井可奈子不说故作高深的话，想表达什么她就明确地说出来。

本井可奈子吃着牛排，舌头舔着唇边的油脂。网球公子想，上床后闻闻她腋下的气味吧，再用舌头舔舔她的汗衫，美女腋下的气味是否真的像生鹿肉呢？他想再证实一下。

3

与网球场相连的斜坡是一片平缓的芳草地，那里摆放着跷跷板、秋千和滑梯。

来到海洋帕克斯的第二天中午，这儿童游乐场上出现了两个带着孩子的家庭，大人们身着黑色礼服，大概是参加婚礼的，两个孩子都和吉彦一般大，由两个男人照看着，女人们好像是姐妹俩，她们靠在秋千的支柱上相互翻看着手袋里的东西。

网球公子和本井可奈子手挽手地从游乐场边走过，刹那间，网球公子感到自己暴露在了这两户人家的视线中。

晴，没有风，日照和气温正适合打网球。本井可奈子有了一些进步，若是正手球，难度又不高的话，她能相当有力把球打回去。网球公子希望她打得更好。本井可奈子打网球的机会不多，住在市中心，仅凭自身的力量生存，这样的年轻情人网球并不适合她。据说本井可奈子曾一度想去那种有点传统的俱乐部学校，但因没有介绍人而被拒之门外。"那受理的大妈心眼儿特坏，气死我了。"本井可奈子说，"她说网球这种运动可不是你这种乡下出身的穷人家姑娘玩的，她就这样说。"

就目前来看，网球虽然不是有钱人的运动，但需要坚守一些东西，缺乏某种认定的确难以参入。网球离不开安定性，要求安定性：稳定的职业、安定的住所、家庭、信用，要打好网球，这样的安定是不可缺少的。

本井可奈子说从塞班回来突然这样一运动脚就痛，但她还是挥舞着球拍，头发被汗水打湿了。虽然她美丽，但在网球场上却显得渺小，年轻漂亮的本井可奈子具有一种绝对无法与那些相貌丑陋、生活乏味的中年女人相抗衡的东西，网球正是那种东西的象征，而网球公子不能把网球象征的那种东西给予本井可奈子，否则他必须失去很多，那必须失去的一连串东西都是以吉彦的笑脸为代表的。

游乐场上的两家人发出欢笑和交谈的声音，似乎在显示他们多么幸福，有可爱的孩子，有钱，在如此奢侈的地方举行婚礼，还顺便享乐两三天，他们的笑声似乎是想要谁知道这一切。

"喂，我的球，打好了吗？"本井可奈子拂开头发问，"身体有点沉，是因为脚痛吧。好像昨天状态不错，你说呢？"

"没有的事，"网球公子说，"没有的事，你打得很好，昨天只是打得着球，你尽力了不是吗？"

"是啊。"

"这不是一下就能上手的运动，你的动作非常敏捷。"

"我跑不快呀。"

"不对不对，我说动作敏捷是指判断了球的方向后跑向球的速度，专业的情况当然不一样，但对我们来说，球场不是显得很大吗？所以，重要的是跨出第一步的速度。"

"第一步，明白了。"

"但是，这第一步不能靠练习，是天生的，反应慢的家伙怎么练都不行。"

两人停止打球，去球场后面的松林里散步，松林在悬崖上，透过树枝可以看见翻滚着的白浪。"喂喂，你瞧那蓝色，多漂亮呀。"本井可奈子说，白色的波浪打在岩石上，然后退下来，还原成淡淡的蓝色，本井可奈子所说的漂亮的蓝就是指那种颜色。本井可奈子对颜色很敏感，她曾说半熟的蛋黄比全熟的蛋黄好看，她喜欢附着在野鸭肉上调味酱的橘红色，喜欢摘下大波斯菊后残留在手指上的花粉的颜色，还喜欢用海龟壳制作的耳环，本井可奈子喜欢的，都是生物体上的一部分。

也许因为天气好，婚礼纪念照是在平缓的斜坡草地上拍摄的，黑色的人墙站了几排，本井可奈子说："像四脚防波石[1]哩。"

"那孩子，大概几岁?"

在摆放着观叶植物和藤制家具的日光浴室里，本井可奈子朝对面桌边坐着的男孩抬了抬下巴，然后自言自语似的嘟囔。

"四岁左右?"她问网球公子。

"三岁吧。"

"挺会猜的，哦，恰巧也那么大。"

"嗯。"

"你那样觉得?"

"唔唔。"

"怎么啦?"

"什么?"

"不想说?"

---

1 从中心向正四面体的顶点伸出四只圆筒状脚的大型钢筋水泥砌块，用于防波堤和护堤。

"没有，根本不是那么回事儿。"

打完网球，洗了淋浴，他们坐在能望见地平线和岛屿的日光浴室喝生啤酒。刚才本井可奈子说，过这样舒心的生日是她生平第一次，网球公子听了很高兴。

"青木君，孩子怎样叫你？"

那男孩大声叫阿爸，于是本井可奈子这样问。

"别说啦。"

"哎呀，怎么啦？告诉我嘛，叫阿爸？"

"阿爸什么的，不这样叫。"

"那么，爸爸？"

"到这种地方来，别说这个吧。"

"名字叫什么来着？"

"吉彦。"

男孩坐在那男人的膝上玩机器人，那男人大概是男孩的父亲。

"果然是男孩，好像喜欢宇宙战士高达之类的东西，青木君的孩子也这样么？"

"那家伙，可不是宇宙战士高达，他喜欢的那个叫炸药机器人。"

"哎呀，知道得挺清楚的。"

"嗯嗯，又叫炸药人，虽说是小孩子，但毕竟是男的。"

"怎么啦?"

"现在他又迷恋上生化人了。炸药人是去年在连续剧中出现的，那队员中有个女的，非常有人气。"

"吉彦君也喜欢那个女队员么?"

"抱着那娃娃睡觉。"

"常和他玩么?"

"很少。"

久久地望着和吉彦年龄相当的男孩子，啤酒的醉意、脸颊发烧的感觉，加上令人舒服的疲劳，使网球公子一下忘记正在和他交谈的是本井可奈子了。

"别是学坏了哟。"

"不会的，我家老爷子说过，'親'[1] 这个字是'树荫[2] 之下关注着'的意思。这很好，稍稍离开一点，注视着他，危险来了就帮他，比如在塞班，吉彦在游泳池里游泳，忽然要淹着了，于是，我……"

说到这里，网球公子看了一眼本井可奈子的脸，糟了，他想，然而晚了，本井可奈子的表情变了。

---

1 日语中"親"是父母的意思。
2 来源于"親"字中的"亲"字傍，即'立木'，在日语中是小树丛的意思。

本井可奈子一言不发地回到屋里，网球公子关上门，本井可奈子把脸伏在网球公子的胸脯上哭起来。"怎么啦，怎么哭啦，是因为我说了孩子的事吗？"本井可奈子一面哭一面点头。"等一等，别哭，别哭呀，所以我不是说了别谈这个吗？我说别说啦，但可奈儿又问名字，又问孩子是不是叫我阿爸，可奈儿这样问了吧？"本井可奈子离开网球公子，双手捂住脸，倒在床上继续哭。网球公子不知道怎么办好，只好默默地站着。

哭声低下来，网球公子也上了床，和本井可奈子并排躺下，抚摸本井可奈子的头发说："是我不好，对不起，不过我是真心待可奈儿的，也请可奈儿明白，明白吗？"本井可奈子点头。"孩子我是爱，我要好好待他，不过对可奈儿我也是这样想的呀，我的意思你明白吗？"本井可奈子紧闭着嘴唇，努力不让眼泪往外流。"行了呀，行了呀，"她小声道，"行了呀，我不是生气，只是，看到那边的孩子，我就想，他和青木君的孩子一般大吧，青木君是不是也这样想呢？我知道青木君爱孩子，说起来，我的父亲也是爱我的，虽然我要自己不想这个，不想这个，但还是很难过……"本井可奈子扬起脸，用手指擦泪，想努力笑出来，看到这样的动作和表情，网球公子胸口堵着似的难受，他搂住女人的颈和肩，口里喃喃说："我们决不分开的。"他真的这样想，他觉得自己决不会离开这个女人了，虽然他也不想离开老婆、父亲和吉彦，但也绝对不愿意离开本井可奈子。我没有错，他现在能够这样想了，他确信自己没有错。这样美丽的女人在自己面前一面哭泣一面拼命地想笑出来，这样的情谊不报答，那肯定是不对的……

听说是过生日，侍者为本井可奈子做了樱桃居比丽[1]，柠檬皮上的白兰地摇曳着青色的火苗，餐厅的灯光调得很弱，其他客人也为他们鼓掌，本井可奈子那孩子般的大瞳孔里映着青色火苗留下的影像。

为了消除香槟的醉意，两人在院子里散步，家庭和团队的旅客都不在院子里，月光下的庭院只将这溢满花香的静夜给了他们俩。

明月映照着海面。

"喂，想起塞班啦？"本井可奈子指着月光闪烁的海面问。

"啊啊，我也正想这样说呢。"

"我在想是否只有那个呢？"

"只有那个是什么意思？"

"大概只有塞班吧，不过，这样也好。"

1　一种诞生于 19 世纪末的英式甜品，将樱桃放在冰淇淋上，浇上白兰地，再点燃火苗。

"什么这样也好?"

"今天是我生日,那,叫什么来着,冰淇淋上放了樱桃的。"

"樱桃居比丽?"

"对,那个也吃了,香槟也喝了不少,这就该全部结束了吧?是不是要结束啦?"

"我们吗?"

"是呀。"

"说什么混账话,怎么会结束呢?"

"唔,一直在一起我高兴,这样我就高兴。"

树荫下传来沙沙的声音,有个东西在枯叶上动,是一只小麻雀,不会飞,正在挣扎。

"好可怜呀。"

本井可奈子拾起小麻雀,双手捧着。"帮帮它吧。"她说,把麻雀递给网球公子。"没办法帮的。"网球公子说,"它大概是从巢里落下的,这种情况绝对没有救。"网球公子把麻雀放在一个一人来高的夏橙树的枝上,"也许这样它父母会发现它,不过也难……"

"啾啾地大声叫妈妈哟。"

本井可奈子这样说,久久地用食指抚摸小麻雀的头。

屋里很热,大概是在凉爽的庭院中待久了,身上出起汗来,网球公子通过客房服务叫了啤酒。"打开窗吧。"他说。然而本井可奈子使劲摇头，并把噘起的唇凑过来，唇上绯红的口红闪着光，舌头从唇间现出来，像溶化成黏稠状的金属中诞生了粉红的生物。当舌尖交合的时候，网球公子的太阳穴麻麻的，他撩起那黑绢的连衣裙下摆，抓住了穿着紧身短裤的屁股。本井可奈子的表情仅有微小的变化，虽然平时也这样，但因为变化太小，所以究竟哪里发生了怎样的变化还是难以洞察，那眉间微微皱拢，眼睛稍稍眯起，光滑的脸颊极细微地抖动，白色的牙在颤抖的唇间稍显即逝，大概就是这样。本井可奈子的暗示具有绝对性的强制力量，它使网球公子不仅想剥去女人的衣服，甚至连皮也想剥了去。网球公子把紧箍着皮筋的紧身短裤连同长筒袜一起退到脚腕，还顺势脱去了本井可奈子的一只高跟鞋。本井可奈子的双手抵着水汽朦胧的玻璃窗，挺起腰，两人站着做，刚一开始，屋里的铃声便响起来。"客房服务。"侍者在门外叫，按了十几回铃。"客房服务，让您久等了。"侍者这样叫着的时候，网球公子抓着本井可奈子的屁股只管挺进，待他离开时，本井可奈子一下子跪倒在地板上。网球公子穿好三角裤和西服裤走向门口，本井可奈子则爬到电视机前按下按钮。送来啤酒的男侍者怔怔地看那脱下后扔在地上的紧身短裤、长筒袜和只穿着一只高跟鞋从黑绢的连衣裙下延伸到地板上的本井可奈子的白皙的脚。请客人签完字鞠躬告退的时候，侍者的嘴角歪着，他在憎恶本井可奈子的情欲，憎恶弥漫在屋里的肉的气息。本井可奈子看着电视，屏幕上什么也没有，弥漫在屋里的肉的气息是特别的东西，它们来自那紧身短裤、长筒袜、映在窗玻璃上的两个手掌印、脚趾之间，以及腋下和屁股。本井可奈子站起来，用仅穿着一只高跟鞋的脚一瘸一拐地走，双手重新抵在窗玻璃上，手掌正好同已化开了水汽的上次的手掌印重合在一起，然后看着网球公子。屁股一被抓住，那没有穿高跟鞋的脚便抖动起脚趾来，看上去那脚仿佛包在透明的高跟鞋里，后跟抬起来，青筋显露的脚背一上一下地抖。本井可奈子第二次跪到在地上后，两人脱光衣服一起进了浴室。本井可奈子在上了热水的浴池里撒了花瓣的香料和蓝色粉末状的肥皂，网球公子用手掬起泡沫，慢慢洗去本井可奈子脸上的铅华，擦眼皮时那闪光的蓝，拭嘴唇时那带油脂的绯红都混进了泡沫中。带着星星点点地沾在身上的花瓣的香料，两人上了床，相互舔对方的凹处，衔突起的地方。本井可奈子的身体深深地弯着，正在舔着的网球公子想在这被粘性的分泌物和唾液弄得滑腻腻的屁股上再弄出一个龟裂来，他的牙咬向那在毛的刺激下感觉粗糙的气味浓重的沟边，那里的表面像烧得上好的精致的鸭肉，仿佛可以很容易地撕咬下来。本井可奈子尖叫着，但并没有想把屁股挪开。当牙齿离开去，两人相对着的时候，本井可奈子含着眼泪诉说疼痛。网球公子打开屋正中的灯，一面确认屁股凹处的牙印一面摇动身体，他抱住本井可奈子的脖子，另一只手抚摸她的头发，舌头伸向耳穴、牙床和颈脖子，但还觉得不满足，不彻底，本井可奈子要全身摩擦，他们舌头交合，手指发汗，指甲插进对方的皮肤里。

这样想是第一次，两人缠绕在一起却还不觉得彻底是第一次，网球公子对只用胯部接触感到愤怒和绝望，他把这个意思告诉本井可奈子，本井可奈子频频点头。他们需要更多更多的凹处，需要展露着生肉的凹处，他们要交接全身，裂开皮肤，伸进舌头，像奇异的双生儿般成为一体。本井可奈子蹲在地上，网球公子在她的口中射精了，然而他不停地在心中喃喃自语，这不是我的错，这不是我的错，本井可奈子的脚趾完全交叠着，它们的颤抖让网球公子觉得太凄惨，因为强烈的快感似乎变成了恐惧了。

网球公子把本井可奈子送到寓所附近后便径直去幼儿园接吉彦，吉彦正和其他幼儿一道看电视，幼儿们聚在一块，都端坐着，望着屏幕上有着鲜艳色彩的机器人四处闪动。"吉彦。"网球公子这样一叫，那一团小脑袋中便有一个孩子站起身，喊着爸爸跑过来。网球公子抱起他，挨他的脸，吉彦脸颊上柔软的皮肤让人伤感，它属于一个对什么都懵懂不知的生命。

"爸爸去哪里啦？"

"工作呀。"

"为什么要工作？"

"大人都要工作。"

"妈妈呢？"

"妈妈在家里工作。"

"爷爷呢？"

"爷爷生病了，不工作了。"

"爸爸还去工作吗？"

"今天不去了。"

"哦。"

"吉彦，去商店吗？"

"嗯，去。"

"要我给你买什么？"

"那个，爸爸，女孩子，怪啦。"

"是吗？"

"嗯，奇怪呀，没有鸡鸡吧？有两个屁屁。"

网球公子笑起来，吉彦还在说，喂，奇怪吧，一面也笑起来。网球公子拉着吉彦的手，一面笑一面想起了本井可奈子的两个屁股。

"十一月出发好像不错，到那时候基础工程已经完成了。"

山崎正在介绍塞班分店工程视察的日程。网球公子在塞班的餐馆上投资占了八成，预定明年五月竣工。工程已经开始了。

"哦，是吗？机票什么的要办了吧。"

"是，只要联系，巴牛评很快就可以办好。"

"山崎也一起去吧?"

"这样想了来着。社长，博多有电话来。"

"谁?"

"社长干过的女人，就那，胸蛮大的。"

"打到店里?"

"是的，打到我的办公桌，没事。"

"哦。"

"哭了。"

"胡说。"

"寂寞了，说是想见面，要到东京来玩，说无论如何想见一见。怎么办?"

"真的。"

"真的，社长的确说过请到东京来玩这样的话的，说过三十来次哩，什么酒店的床特大啦，寿司好吃啦。"

"真为难。"

"没关系，我很好地应付过去了，我说要出差，所以尚不能约时间。"

"真抱歉。"

"让女人哭可不好。"

"别那样说。"

"那漂亮姐儿好吗?"

"好好,这回我好像弄得很深哩,不过山崎,可奈儿也好,博多的女人也好,都为我哭过吧? 这么一来,我是不是还是不对?你认为是我错了吗?"

"没错,是她们自己的原因,即使杀了她们也没错,女人是混蛋。"

"混蛋么?"

"混蛋多着哩。不过社长的太太不是。"

"也不尽然。"

"不,过去怎样我不知道,不过现在了不起,是学好了吧。"

"学好? 什么意思?"

"她相信社长了吧? 最终。"

"那当然。"

"聪明。"

"是吗?"

"是呀。那漂亮姐儿,代我问她好。"

"会说的。"

"小心孩子。"

"我知道。"

"不要弄怀孕了。"

"是啊。"

山崎最近好像不搞夫妻交换了，问他缘由只摇头，并不回答。

两年前，这用于联系吉野爱子的电话亭附近正在施工，地上的红土被挖了起来，而现在，这里已排列着新建的房屋，景色焕然一新，到处晾晒着坐垫，孩子们四处奔跑，空气中回荡着轻型摩托的引擎声，那让人想起以前杂树林时代的东西没有了，只有黄色的电话亭，它是唯一未变的。不知什么原因，这黄色电话从施工开始前就存在，那时的路面还是碎石子的，有个小酒馆兼食品店的商铺，电话亭就立在西红柿田的旁边，恰巧和吉野爱子约会的时候，推土机来了，频繁打电话的时候，人造的台地也建成了。

"是，我是本井。"

"哎？明美呢？"

"哎呀，青木君。"

"可奈儿接电话不多见呀。"

"明美和朋友喝酒去了。"

"是吗？那你一个人怪寂寞的。"

"有猫陪着没事。"

"和猫玩?"

"是的，抱着看电视。"

"不要抱着。"

"讨厌，猫也要嫉妒?"

"想见你。"

"我也很想。"

"总是在一起的。"

"嗯，我真的也很寂寞。忍着，还能见面的。"

"很快就能见。"

"青木君好像累了。"

"没有的事，我干得可来劲儿哩。"

"为了争取和我在一起的时光而工作吗?"

"是的。"

"真高兴。"

"再打电话吧。"

"我等着。"

黄色电话亭周围的景色如同网球公子自身，在自动售货机前买色情书手淫的自己和在超高层酒店的房间里让本井可奈子这样的女人蹲着口交的自己已经完全不一样了。对于网球公子来说，黄色电话亭意味着什么呢？他觉得有种东西清晰地存在着，那是傍晚时分电话亭醒目的黄色，那黄色连接着过去的自己和现在的自己，不知什么缘故，他觉得那黄色的东西带给他非常忧郁的心情。

4

在塞班，日本人不能拥有土地，那里是长达四十年的租借地，合资的比率也不能超过五成。然而，假若采取一种特殊的融资形式，支付所需的资金是可以取得完全经营权的。

网球公子喜欢土地租借这种体系，厌倦诸如将荒芜的红土杂树林以几十亿卖掉，确保为价值显著的土地支付定金，和地主交涉，登记之类的事务。网球公子对开发前的山林、沼泽和田地并不心存依恋，也不讨厌土地的投机交易，但他觉得土地已经束缚住了住在那里的人们，他不想再加上自己，使自己也成为一个被缚住的人。

在网球公子的心目中，和本井可奈子在海边一个寂寞小城生活的图景正在变得更加清晰，去塞班的前两天，在酒店的床上，网球公子把这个感觉告诉了本井可奈子。

"哎，为什么是寂寞的小城？大城市不行吗？"

"啊，也并非那么寂寞，但有点古老，不是闹哄哄的地方，工地也少见。"

"不明白。"

"就是说麦当劳呀，肯德基呀什么的绝对没有。"

"这就难了，这种东西到处都是，据说连我们乡下都有了。这么说寂寞的小城还是不行。我就不适合大城市么？"

"不是这个意思，我也不太清楚，只是……"

"什么？"

"最好没有熟人，周围的人全不认识。"

"有点明白了，你是说要有重新开始的感觉吧？"

"所以说呀，你说，麦当劳的汉堡包呀，肯德基的又白又胖的大叔呀，周围这些是不是感觉都像朋友？"

"不错，我也讨厌这个。"

然而，网球公子真的期盼和本井可奈子共同生活吗？这个连他自己也不明白，不离开老婆和吉彦的想法很明显地同时存在着。和本井可奈子共同生活的情景出现在同他想象和思考不一致的另一个地方。读高中的时候，网球公子被警察训导过一次，那是在沟口，他和其他学校的学生打了架，三人对三人，一个学生的肩膀骨折了，他们相互约好不让学校和警察知道，然而四天后警察还是出现在了大门口，网球公子被叫去交待事情的经过，警察和学校知道了一切，网球公子停学两周。这件事使他明白，看上去什么都没有发生的时候其实所有的事正在发生着，表面可见的行为几乎只是演戏，在风平浪静的时候，有时自己加重了自己的不幸。他感到自身以外的力量是巨大的，它在起作用，无法想象的事就这样若无其事地降临到自己的头上。

和本井可奈子共同生活的情景也是这样在网球公子的心中发生着，不管是否希望，那似乎是一种即将发生的事情的前兆。每当头脑里浮现出和本井可奈子一起生活的情景，网球公子就想：是不是自己老了呢？因为那种时候和想起自己临终的情景非常相似，两种情形都伴随着令人愉快的断念。每次闻到本井可奈子腋下微弱的气味，网球公子便强烈地觉得自己是动物。父亲曾说，他时常觉得野鸡是知道自己要被击中才飞了起来的，野兽和鸟依靠本能活着，所以即使它们知道那样做会招来杀身之祸，它们也无法抑制住自己的身体……网球公子还听到一个有名的网球教练如何大声申斥年轻的专业选手的事，那教练说，不要思考打前场还是打后场，你的思考没有用，球飞来后让身体作判断，你作不了决定，作出决定的是你的身体……

对于本井可奈子，网球公子没有信心抑制住自己。一切让身体决定吧，他想。

本井可奈子得到了四天休息，十一月底两人在塞班碰头。

"社长，求你一件事。"

到达塞班的第二天，网球公子见了行政官和旅游局的官员，在律师在场的情况下签署了文件，让设计师引导着巡查了施工现场，网球公子和山崎累得筋疲力尽，晚饭吃得很迟，吃饭的时候，山崎一脸认真地这样说。

"什么事？"

"塞班方面的店长，由巴牛评定吗？"

"一般是这样，不过我的投资占百分之八十啊。"

"这么说社长能决定？"

"可以吧。"

"那，我怎么样？"

"这个难办。"

"为什么？"

"塞班的店，预计的销售额也就占七分之一到八分之一，相比之下横滨方面还是重要得多，这个你不明白？"

"是，我明白。"

"再说横滨的客人讲究吃喝，而这里只是游客，相比贫穷的新婚夫妇，横滨的客人更难搞，你若来塞班，横滨方面就为难了。"

"哦，还是不行啊。"

"怎么回事？"

"哎？"

"有什么不满的地方吗？"

"不是，以前说过的，我感谢社长，没有不满。"

"那，为什么？"

"是我任性。"

"说说理由嘛，我也被山崎帮助过，假若有话又不说出来，往后也许麻烦。"

"横滨店附近的街市，社长喜欢吗？"

"唔唔，那是我出生的地方，不过变了。"

"喜欢吗？"

"老实说，不太喜欢，尽管不太明白为什么，不太明白。"

山崎在本店"BON"附近租了一套两居室，网球公子只去过一次，屋里的陈设很简单，几乎没有家具，大屏幕电视和佛坛很显眼，佛坛里没有照片。对自己的家人，山崎完全闭口不谈。

"我不喜欢。"

"这里的街市吗？"

"是的。"

"因为旧貌不再？"

"说不好，大概是变得更乱套的缘故吧，按说应该各是各的，拉面店呀，药店呀，果蔬店呀，酒馆呀。"

"你是说都市感太强吗？"

"不是，我也常去六本木、赤坂这类地方喝酒，六本木就是那样，但我喜欢，我们这里，怎么说呢？鄙陋，像丑女化了浓妆一样。"

"啊啊，有点明白了。"

"什么都不分明，我常常怀念过去，有富人的公馆街，有穷人的大杂院、百姓村，一切都很清楚对吧？等级分明就觉得清晰明朗。"

本井可奈子说过同样的话，那是最近一次他们见面的夜晚，本井可奈子说："昨天演播室来了一群参观的大妈，别提多讨厌了，出奇地傲慢。我觉得傲慢也怪累人的，假若像江户时代似的，等级分明，不是挺好吗？……"网球公子想支持山崎和本井可奈子，然而他没有自信，他想，假若实行等级制度，那自己至今仍然是个农民的儿子，网球不能打，本井可奈子也不能抱了，如果那样，我会是什么呢？他想，大概山崎还是黑道中人，本井可奈子会成为权势者的小妾，而我会成为什么呢？

"山崎出生于富有人家吧？"

"不是的，怎么？"

"有这种感觉。"

"并不富有,不过父亲倒是花花公子。"

"是么?刚才说的事,我考虑一下。"

"算了,甭管它了,是我瞎说的。"

"夫妻交换还在搞么?"

"没有。"

"厌倦了?"

"上床是不会厌倦的,不过男人挺可怜。"

"可怜?"

"让别的男人抱自己女人还是不行。"

"什么呀,突然讲起道德来啦。"

"不是道德,只是感到可悲,最近。"

"这样啊。"

"那漂亮姐儿来吗?"

"下月底来。"

山崎和网球公子回到屋里,听了设计师有关厨房设计的说明,然后去了上次那个菲律宾女招待所在的俱乐部。女招待们的面孔几乎都换了,那拿走手绢的女人也不在了。山崎和一个小个头的年轻菲律宾女人跳了很长时间的贴面舞,网球公子则同一个淡妆的台湾女人跳舞,台湾女人的汗水发出酸酸的气味,网球公子因而想起了本井可奈子并且勃起了，台湾女人笑他道："社长是个色鬼呀。"

一星期忙得网球也不能打，山崎搭上了两拨旅游的女孩子，网球公子也同他们一起吃饭，去迪斯科舞厅，然而最后连个吻都没有接上，山崎很钦佩，说最近的女孩子真是出人意料地规矩正派。

十天后山崎回日本了，因为山崎不在店里的时间一长，牛排的味道便差了。

网球场上椰树摇曳，树影婆娑，本井可奈子曾在这里第一次握拍，老婆曾在这里挥拍击球，现在，网球公子又在这里结识了一个入住酒店的出租车公司的年轻美国人，山崎回去后他们每天傍晚打单打，发出的叫喊仿佛是为日本队加油似的，使人感受到戴维斯杯的气氛。那年轻的美国人叫弗兰克，透着一股意大利人似的开朗活泼，在技术上他虽然比不上网球公子，但能和网球公子相互拼杀，这人脑袋里只有进攻，仿佛此外别无其他的打法。

有一天，网球场上出现了一群来自福岛县的网球旅游者，三男五女，说是观光的同时还为他们的俱乐部招募成员，筹集资金。

网球公子和弗兰克参加了他们的双打大会，大家技术相当，比赛异常激烈。网球公子和弗兰克对阵福岛县队最强的搭档，比赛进行到中途突降暴雨，场地变得湿滑，网球公子提议中断比赛，于是对方用咄咄逼人的东北口音道："在俺们那里，即使大雪天也照打不误。"说得网球公子和弗兰克都笑起来。网球公子想起初学网球的时候，有时球场上积了雪，他们便清除积雪，继续练习。弗兰克是作为一名乐队队员经由菲律宾来到塞班的，他说为了击球果断且又不将球击出底线，他曾经练得胸口发痛，看来网球要打得得心应手，谁都免不了一段忘我的练习。要被网球接受必须拼命努力，就如同要移民到一个称心的国家不得不疯狂地学习那个国家的语言一样，也如同一个倍受冷落的穷人的孩子只知道一味存钱一样，网球就是语言，就是货币，弗兰克和福岛县队员们拥有和网球公子相通的语言和货币，他们的笑脸使他觉得幸福。

就这样，网球公子习惯了塞班，每天上午很晚起床，处理事务性的事情，读巴牛评发来的电文，和律师商洽业务，同行政官和旅游局的官员吃饭。下午巡视工地，与网球相伴着迎来黄昏，在游泳池里清凉身体，洗淋浴，在凉台上一面喝啤酒一面看夕阳完全地沉下去。在休息的日子里也和将成为餐馆员工的本地人吃烤肉野餐，或者玩水上滑艇。网球公子喜欢这种生活，他和当地人交朋友，身上也晒得和查莫罗人没两样了。本井可奈子只打来一次电话，她很生气，问怎么不联系她了，网球公子也只给本井可奈子寄过一次明信片，他撒谎说，塞班岛这地方就是个乡下的小岛，即使电话也联系不上，再说过几天就见面了，有什么不可以呢？于是本井可奈子理解了他。那次电话后，网球公子和弗兰克去了酒店中的迪斯科舞厅，他们搭上了两个同行旅游的女孩子，请她们喝了八杯牛奶，网球公子和矮个的女孩睡了，那女孩的脸蛋和身体都中等模样，好像在证券公司上班。第二天，女人留下东京的电话号码回国，网球公子送她到机场，回来的路上，租来的吉普被骤雨淋湿，那写了证券公司女人电话号码的纸片被弄得破破烂烂，网球公子把它扔在了路边。是个留不下任何印象的女人，他想。

本井可奈子的旅游券是便宜的一种，所以落脚的酒店比网球公子的档次低。三十分钟前网球公子就去了那酒店的大堂喝着啤酒等着了，不过一会儿，车身上写着酒店名称的巴士到了，第十一辆车里出现了本井可奈子的身影。"马上要办理入住手续，请大家在大堂集合。"导游这样叫着，于是大家慢慢地朝网球公子这边走来。本井可奈子羞涩地微笑，向网球公子招手。

"晒黑了呀。"

"毕竟待三周啦。"

"我们不在一个酒店哟。"

"去我屋里就行。"

"我和同室的女孩在飞机上熟识了，把她一个人落下可不好。"

"说什么呀，我们分开三周了。"

"可是，那孩子非常好。"

"先一起吃饭，请那孩子也来，我结识了一个叫弗兰克的外国人，四个人一起吃。"

"白人？"

"弗兰克？是的。"

"那我算了。"

"种族歧视可不好。"

"不是歧视，我不喜欢。"

本井可奈子同室的女孩是银座酒吧的女招待，二十四岁，叫梨枝。

网球公子、本井可奈子、弗兰克和梨枝吃完铁板烧后去了一个墨西哥人经营的酒吧，那酒吧只有本地人知道，有自动赌博机、扑克、台球、墨西哥啤酒和大麻。萨尔萨舞曲的音量太大，几乎无法说话，四个人一个劲儿地抓着香辣酱豆往嘴里扔，喝啤酒，吸大麻，打台球，玩扑克。听到本井可奈子以前也有过一次吸大麻的体验，网球公子很惊讶，说不定她曾经浪荡得厉害，网球公子想，于是想象本井可奈子从有名的演员那里接过大麻，蹲在那男人面前口交的情景，身上起了鸡皮疙瘩，然而在萨尔萨舞曲的伴奏下跳舞，出汗，吸本井可奈子柔软的唇的时候，那强烈的快感又把鸡皮疙瘩消除了。大麻使头脑内部变得迟钝，表面却火辣辣地敏感于情欲。"你让人羡慕，"弗兰克说，"如此美丽的女人、大麻叶、墨西哥啤酒、南国的岛屿，这是完美得不能再完美的人生哟。"网球公子抱着本井可奈子细嫩的肩，想到就要光着身子和她相互舔舌头，那喜悦之情便流遍了被大麻和啤酒弄得软绵绵的身体。假若我是狗，他想，假若我是狗，尾巴要摇断的。

　　吉普正沿着海岸线飞驰，喝得烂醉的网球公子感觉在飞。梨枝说难受，把身体探出车外哇哇地吐，网球公子不管。凉风吹过火辣辣的脸颊，火焰树的枝条在轻柔地摇曳，满天星斗在叶缝间闪烁，月亮映照着海面，轻波上显现出光带，后座上的弗兰克吻完梨枝后唱起了《海港灯火》，风吹起本井可奈子的头发，她在微笑，看着她那小鹿似的眼睛湿润着，网球公子的醉意突然醒了，他害怕地想，也许没有比这更加欢快的时刻了，正如弗兰克所说的，这是完美得不能再完美的人生。

　　"你好像不舒服，我们明天吧，明天我带你看色情表演。"弗兰克劝梨枝明天再玩，然后就回去了。梨枝还在哇哇地吐，把她送到屋里，让她睡下后，酒店的走廊上才终于留下网球公子和本井可奈子两个人。本井可奈子用一种严肃的眼神盯着网球公子看，喝得醉醺醺的网球公子不明白这眼神的意思，直到回到他所在酒店的屋里，已经在了床上，他才明白过来。两人淋浴也不洗便光着身子抱在一起，不一会儿本井可奈子开始哭，大概只是寂寞吧，网球公子想，于是抚摸着本井可奈子的头发道："不是又有四天在一起了吗？"本井可奈子的屁股被网球公子抓着，随着呻吟声高起来，她止住哭迎接网球公子，两人喘息起来，本井可奈子说："进去也可以的。"网球公子还不明白。"混蛋，"他笑道，"这样一弄不是要弄出我俩漂亮可爱的孩子吗？"

"已经有了，所以没关系。"

网球公子惊愕了，他停下运动的身体，看着本井可奈子的眼睛。

"真的？"

"是呀。"

"不要开这种过分的玩笑。"

"前天，医生确认了，说是三个月了。"

"是吗？"

"我谁也不能说，青木君也不给我写信，也不来电话。"

"对谁都没说么？"

"不能说呀。"

"也没对明美说?"

"嗯,我不喜欢那样。"

"很坚强啊。"

"别胡说。"

"很不安吧。"

"非常不安。"

"是吗? 对不起,我没照顾你。"

"是呀,我都想死了。"

"对不起。"

网球公子说着抱紧本井可奈子,醉得软绵绵的身体里一片混乱,仿佛有不明的异物闯了进来,他知道,由网球、弗兰克的笑脸、大麻、满天星斗、椰树影、珊瑚礁摇晃的光波构成的幸福和喜悦的玻璃板砰然破了。醉得浑身无力的身体仿佛坠入黑暗幽深的波浪里并且迅速地沉下去,形形色色的东西在迟滞沉重的大脑深处和热辣辣敏感的皮肤表面之间闪烁着,形成没有脉络的影像:婴儿时候的吉彦在笑,山崎喃喃地说所以要注意哟,父亲生气地大叫,老婆惊讶得张大口,吉野爱子说多傻呀,弗兰克的反手击球失误了,查莫罗人抽出了蛮刀,椰树林发出声响,猪叫声,摇曳的月光,大麻的袅袅升起的烟,本井可奈子的白色连衣裙翻动着，女人滞重的血泪汩汩汩汩地没完没了地流，所有这些东西都发出了声响，声响变成了一群狗的吠声，并从天花板上传下来。

"难办啊。"

网球公子这样一说，本井可奈子便吃吃地笑起来："我一直在想像青木君会说什么来着，估计大概是'难办啊'这样的话，果然不错。"……网球公子不明白为什么这个时候本井可奈子还笑，他有一种被人苛责的感觉，他搜寻过去的体验，晕晕乎乎的头脑里希冀着发现迄今为止最寂寞难耐的体验，并以克服那种体验使自己存活下来的东西作为战胜现在的失落感的力量。他的头脑里浮现出蓝色翅膀的形象，那是描画在巴西签证上的图案，是梦想的象征。和吉野爱子相好时候，网球公子认为，如果存在着胜过美丽女人眼泪的东西，那就是温布尔登赛上打败博尔格时麦肯罗那喜悦的表情，他认为只有那种东西能与美丽女人的眼泪相媲美，假若能拥有那种东西，即使没有美丽的女人也行，而蓝色的翅膀就是那种东西的象征。然而女人的眼泪并没有变成蓝色的翅膀却造就了孩子，本应是蓝色翅膀的东西最终却成了孩子，不过网球公子并不认为自己不幸，尽管天花板上响着群狗狂吠般充满懊悔的斥责和刺耳的谩骂，网球公子却既不感到难受，也不觉得寂寞和悲哀，类似于听到吉野爱子说不跟你睡了时的那种起鸡皮疙瘩的寒战也没有，情人怀孕了，那不是不幸，不是难受，也不是悲哀，只是，那只是忧郁。

"喂，怎么办呀?"

本井可奈子已经停止了吃吃的笑。

"我们是特意到塞班来相会的，这件事在塞班不考虑，怎样?"

"哎，怎么啦?"

"我，还不太清楚该怎么办。"

"我也不清楚呀。"

"所以，既然特意来塞班，就要高兴是吧?"

"这个，难做到呀。"

"努力，在塞班把它忘了，孩子的事忘了，明白吗? 过后反正要认真商量的，现在要快乐。划不来吧? 在塞班烦恼划不来吧?"

"可是……"

"怎样? 就这么说定了，在塞班绝对不提孩子的事，忘了它，快乐起来，能和我约定吗?"

"嗯，明白了，可是，忘不了呀，完全忘掉做不到呀。"

"不会忘不掉的。"

这以后两人又做爱，网球公子重又在本井可奈子的身体里射精了，那射精的过程长得令人忧郁。

酒店院里的水池中央立着一个用铁管制成的圆锥形灯饰，那是圣诞树。

傍晚，池水映照着紫色的天空，灯饰闪烁着，灯影摇曳在水面上。

网球公子和本井可奈子每天晚上喝得醉醺醺的便坐在这水池的边上看着这灯饰。

有一天，骤雨过后，本井可奈子讲了这样一段话：

"小时候，暑期里，傍晚常会有雷阵雨吧，那时的心情很好哟。在沙滩上搭建隧道什么的，天空暗下来，于是哇哇叫着往家里跑，对吧？雷阵雨来了，那沙上的隧道是不是倒塌了呢？我这样想着，感觉那隧道仿佛被整个冲走了，那时的心情非常好哟……"

网球公子想，当本井可奈子上了麻药，张开大腿，就要失去知觉的时候，是否会想起夏天傍晚的阵雨和映在水池中的灯饰呢？

5

网球公子没料到不能与他人言语竟是如此地难受，他很想就本井可奈子怀孕的事同某个人谈谈。"哎呀，女人肚子大啦，难办啊。""我说青木，真是善有善报啊。""是么？那可是非常漂亮的女人，啊啊，不过，挺难办的……"假若能这样和谁轻轻松松地聊上一通该多么痛快啊。山崎也许可以，然而网球公子没有找他，他想本井可奈子对妹妹明美尚且闭口不谈自己怀孕的事，若自己对山崎谈起便对不住本井可奈子了，而且很不好意思。书架上有蒙了灰尘的《家庭医学》，有关妊娠和生产的章节已读了好几遍。本井可奈子的妊娠并非一直在头脑里盘桓不去，那不是难耐的悲伤和痛苦，也不是从根本上动摇生活的大事，然而每当工作结束，吃完饭，老婆和吉彦睡去，一个人自饮自酌的时候，它就变成巨大的忧郁出现了。他忽然想，让她生下来有何不可呢？也许用钱可以找到办法，不过即使这样，那忧郁之源还是始终存在，在腹中成形，长大，接触到空气，进而成长下去，忧郁没有消失。他了解吉彦这个具体的先例，半夜里哭闹，生病，撒尿，送礼物，去神社，抱，跟他说话，去公园散步，让这一切以社会上并不认可的方式重来一次，这令人忧郁。网球公子打算下次见到本井可奈子时要她终止妊娠，然而他担心被本井可奈子厌恶，不仅本井可奈子，还有大家，他是这样感觉的。假若不在乎老婆和吉彦的感受，让自己喜欢的女人生下孩子也未尝不可，经济上不存在问题，老婆若说三道四，可以斥责她，扇她耳光，质问她是谁养活了他们。然而我不行，网球公子想，是我不行，这一点我非常清楚。和吉野爱子要好的时候，有时想见吉野爱子，非常想见，于是深夜里打开车库门，钻进 450SLC 里，插进车钥匙。是的，我记得很清楚，想见面是出于嫉妒，不是嫉妒她可能和某个男人抱在一起，而是嫉妒无法和她共有和支配所有的时间。我无法老是待着，于是钻进车里，钥匙已插了进去，却不发动引擎，因为透着黑暗的挡风玻璃上有一张可怕的脸。那时为什么看到自己的脸了呢？因为焦躁不安。大不了不就是个女人吗？我对自己这样说，然而这是欺骗自己，我看到了自己的界限，我察觉到一个三十岁的男人已经转向防守了，对我来说，一定存在着不愿失去的东西，那是我自己创造的，守护它想必也不是一件令我生厌的事……《家庭医学》中有这样的话："……妊娠期间和平时是不同的，必须每天慎重对待，绝对要避免过于疲劳和熬夜，要充分睡眠和休息，为此要计划安排家务，过有规律的生活，全家人一起努力吧……"老婆想要下一个孩子，却只能无谓地流着黏稠的血；本井可奈子使用口和腹避免怀孕，却还是怀孕了，事情远不像网球场上的线条那样简洁完美。

"怎样？对我刚才说的有不满就直说，我尽量考虑。"

在他们平素常来的酒店咖啡厅里，网球公子把他想好的话的开头部分对本井可奈子说了。本井可奈子穿着有灰色和粉红花纹的毛衣。

"就这次，希望你堕胎。"

本井可奈子抬起一直低着的头。

"就这次是什么意思?"

"嗯,我,认真考虑了可奈儿的情况,明白吗?"

本井可奈子点头。

"包括老婆孩子的情况也认真考虑了。我的意思你明白吗?"

"明白呀,可是,就这次是什么意思?下次就可以生吗?"

"是的,我读过书,那上面写着,多次终止妊娠对身体不好。"

"下次真的可以?"

"是的。"

"这次和下次有什么不同?"

"是我任性,我的要求任性,可奈儿想生吗?"

本井可奈子又低下头,用手指掐破吸管包装,网球公子一口喝兑干雪莉酒的冰镇威士忌,心里反复地念叨,这不是我的错,这不是我的错。

"可是,不能生呀。"本井可奈子用手指弹着揉成了一团吸管包装说,"爸爸妈妈会担心的,我也不想辞去工作,青木君也不赞同,所以不能生呀。"

本井可奈子说着便别过脸去,好像在忍着不让自己哭出来。网球公子什么也不能说了,他想:这样的情形往后是否还会出现好几次呢?他感谢不哭的本井可奈子,以前,也是在这个酒店的酒吧里,他们曾看到过哭得伤心至极的女人和困苦不堪的男人,而现在，他们可以不那样了，网球公子因此感谢本井可奈子。本井可奈子突然话峰一转，讲起了另外一件完全无关的事，她说一起去塞班的那个叫梨枝的银座女招待打来电话，说弗兰克突然到日本，好像向她求婚。在塞班的时候，弗兰克和梨枝一起开车兜风、游泳，玩得很开心，然而却没有到看看色情表演，轻轻松松地上一次床的程度。弗兰克是认真喜欢梨枝的，他没有和梨枝上床就回去了，然后，依照草草写在纸上的地址追到日本向梨枝求了婚。梨枝会跳弗拉明哥舞，是个正派姑娘，她虽然很犹豫，但最终还是答应了弗兰克的求婚，据说两人在塞班一个能看到大海的山丘上住下了。"是吗？弗兰克这家伙，"网球公子嘟囔道，"也是个规矩诚实的人啊，网球也打得好……"

"嗯，看来梨枝很高兴，她感谢了我。"

"为什么？"

"不是我们让梨枝和弗兰克相识的吗？"

"啊，倒也是。"

"有点奇怪哩。"

"怎么？"

"我们现在感觉不好受，却成全了别人。"

"嗯，总觉得对不起啊。"

"对不起？"

"真的觉得对不起。那边跨海求婚，我却让你堕胎，太不像话。"

　　"真的这么想?"

　　"是啊。"

　　"我也是这样想的。"

　　"果然啊。"

　　"可是，没办法呀，我不是梨枝，青木君也不是弗兰克。"

　　"可奈儿，求你一件事。"

　　"什么? 没关系，我自己处理。"

　　"不是这个。"

　　"那是什么?"

　　"请不要讨厌我。"

　　本井可奈子愣愣地望了一会儿网球公子，然后将玻璃杯中剩下的橘汁吸干，手支着脸颊道："假若能讨厌倒还真是不错。"

　　为了做堕胎的手术，本井可奈子请了四天假。"事情就是这样发展下去的么?"本井可奈子说，"九月份请了四天假，去伊豆过了生日对吧? 十一月份又请了四天假，去塞班约会了对吧? 现在十二月，堕胎对吧? 那么下次呢，是什么? ……"网球公子想，这样周而复始的状态倒是的确存在着，而谁也不知道接下来会发生什么。那是在 1981 年的全美公开赛上，玛蒂纳·纳芙拉蒂诺娃[1]对决特蕾西·奥斯汀[2]。第一局,玛蒂娜·纳芙拉蒂诺娃占压倒优势,几乎不失什么分就以六比一获胜。第二局,也许是心情放松了,纳芙拉蒂诺娃开始犯错误,简单的截击也出现明显的失误,但她依然充满自信,她认为自己在力量和技术上都高奥斯汀一筹,因此不会输,这一点从打球时的表情中就能看出来。由于不断出现难以置信的错误,纳芙拉蒂诺娃骂自己,嘲笑自己,她竭力不分心,然而做不到,输了第二局。纳芙拉蒂诺娃的自信心一下子丧失殆尽,恐怕会输的危机感通过表情暴露无遗,她尝试所有的方法拉开比分,底线猛击,近网低球,放高球,然而一无所获。纳芙拉蒂诺娃终于没能战胜分心而输掉了整场比赛,她哭了。事后在回忆这场比赛时,纳芙拉蒂诺娃这样说:"改变比赛进程的因素非常微妙,我几乎以为是上帝之手在操纵了。为了万无一失,我聘请了教练、营养师、医师、精神科医生,以及处理所有相关信息的电脑技师,然而,一旦情况稍有变化,比赛的局势还是改变了。"

关系总是在变化中,摇摆不定的不是纳芙拉蒂诺娃,也不是奥斯汀,而是她们的关系,期待、紧张、松弛和失望在关系中像十字路口处的交通信号灯一样地闪烁着。

---

1 前世界女子网坛头号选手(1956—),出生于捷克,后加入美国籍。
2 美国女子网球选手(1962—)。

"接下来会发生什么谁也不知道呀。"网球公子知道这个道理，所以他这样回答，然后补充道，"不过我和可奈儿有些不一样的。"有些不一样，网球公子的确这样想。和吉野爱子在一起的时候，他们的高潮一起来，明显觉得达到了顶点，然后关系就松弛了。然而本井可奈子不同，首先以"完美的一天"开始，有频闪灯下的相会、浴着骤雨和月光的性交、使肌肤变得黝黑的阳光和紫色的黄昏，尽管总是觉得这样的事只有一次，然而顶点却接连而至，横滨的日落、伊豆的樱桃居比丽和塞班沿街的火焰树，仿佛高潮没完没了。网球公子把这样的意思对本井可奈子一说，本井可奈子便问："那最后会是什么呢?""这个不知道，"网球公子说，"这个虽然不知道，但我想即使本井可奈子到了五十岁，看到你的裸体我还是会硬起来的哟……"恐怕一切的关键存在于本井可奈子的脸上，网球公子想。即使现在，当本井可奈子突然仰起脸时，网球公子仍然会怦然心动，兴奋不已，他希望今后依然能多次地在本井可奈子盥洗、扫除、喂奶、烹饪和化妆的时候看到她突然仰起脸把视线投过来的情景，他依然在认真地考虑和她一起生活的可能。假若分开了，我一定难以忍受，无论相隔多远恐怕都要去本井可奈子那里看她突然仰起脸时的样子，网球公子想。

前一天的晚上有个聚会，是巴牛评为庆祝第一家海外分店落成而举办的。在办公室所在的酒店里，他们租了个小宴会厅，近百人汇聚一堂，有冰雕和胸前系了丝带的男人的演说，在香槟和笑声中，网球公子想着本井可奈子。"怎么没精神似的?"山崎过来问，网球公子大概是醉了，便把事情说了出来。

"怀上啦，可怜兮兮地哭了吧?"

"哪里，没哭。"

"一个人哭了的。"

"是么?"

"什么时候堕胎?"

"明天。"

"要去陪她的吧?"

"打算去。"

和山崎说了这些话后，网球公子奇妙地欢快起来，他和并不太亲密的巴牛评成员们喝到很晚，还用卡拉OK唱了小林旭的歌。在大家面前唱歌，这是十几年没有的事，巴牛评的人一定以为塞班店的落成使网球公子非常高兴。谁都无法理解他人。回到酒店的房间时已是凌晨三点，所以当早晨七点叫早的金属般清脆的铃声把网球公子叫醒时，他的酒气还没有散去。网球公子一骨碌从床上爬起来，走近冰箱的时候，脚尖每一次接触地毯就觉得太阳穴发出声响。把橘汁一口气灌进喉咙，洗了个热水淋浴，刷牙用了十分钟，他想本井可奈子一定铁青着脸躺在床上，自己可不能满嘴酒气。

坐进停在地下停车场中的 450SLC，他确认了一下自己的手脚和大脑麻木的状态。可不要出事，他告诫自己，出了事就不能陪本井可奈子了。

路上雾蒙蒙的，街上的空气很混浊，他已很久没有见到太阳刚刚升起时的大街了。在慢慢变得暖和的空气中，很多上班的人步履匆匆地走着，前往工作场所的汽车拥堵在交通信号灯前。

由于环七路堵车，他来到高圆寺站前用了三十分钟，那里是被告知的医院所在地。混杂在众多的汽车中慢慢前行，网球公子想：虽然大家朝着同一个方向前进，处于相同的车流中，但像自己这样的人大概绝无仅有，在这朝雾尚未散去的路上，想必只有自己是前往医院陪伴终止妊娠的情人的吧。这样一想，他便伤感起来，觉得其他车上的人也有各自特别的事情似的，他惊讶地发现眼眶里已溢满泪水了。

儿时跟随滑稽演员去了半山腰，被落下后心里发慌，啊嗬啊嗬地叫，那回忆总是存留在网球公子的心里，仿佛刻进了身体中，每当他有了被落下的感觉，那初秋傍晚时分杂树林子的气息甚至也仿佛清晰地重新弥漫开来，吉野爱子说不跟他睡了的时候就是这种情况，然而现在不同了，为了清算这多次肉体关系的欠账，本井可奈子躺在了病床上，网球公子觉得自己和本井可奈子以及其他众多的人在一起了，这许多人似乎也正借助着汽车排气的声音和喇叭的鸣响啊嗨啊嗨地叫起来。

在高圆寺车站前找停车场非常吃力，那里道路狭窄，进入了只能朝一个方向行驶的环状交叉路，警察冲着 450SLC 大叫："不要东张西望，快走。"经过好一番折腾，网球公子终于把车开进了银行的停车场，行车的艰难加上昨天醉意带来的不快使网球公子非常生气。

电线杆上悬着妇产医院的小招牌，网球公子按箭头的方向行走在商业街上，商店几乎都还关着门，上学和上班的人群默默地与他迎面而过，似乎每个人都在看他，网球公子不停地喃喃自语："这不是我的错，这不是我的错。"

医院处在商业街和住宅区之间，是个木结构的老医院，有静悄悄的铺路石和格子门。网球公子站在阴暗的门口。"对不起，有人吗？"他朝屋里说。他不知道该说什么，只觉得自己像个推销员，于是苦笑。一个年老的护士出现了，小个子，白发，戴着眼镜，她用一种一切都明白了的眼神看着网球公子。网球公子脸上的苦笑消失了。

"什么事？"

护士的语气里有一种我正忙着，没时间跟你这种人瞎耽搁的意思。

"这个，有个叫本井的女性在这里吧？"

"在，你是谁？"

不能说是父亲，只能说是朋友，这样说的时候网球公子体味到强烈的屈辱感。

"要怎样？"

"我想陪她。"

"就要麻醉了，不行。"

"睡了么？"

"马上就要打麻药进行手术，所以整个上午都得睡眠。"

"哎，整个上午么？"

"你不知道终止妊娠对身体有怎样的伤害吧？上午必须睡，做完手术后最好住院一天。"

"是这样啊。"

"有话我给你转达，因为还没有上麻药，但最好不要进去。"

"是吗？"

"有需要我转达的话吗？"

继续掩饰只能使屈辱感更加强烈，他想。

"请告诉她，我爱她。"

听到网球公子这样说，护士的表情变得很复杂，好像不知道该做出轻蔑的样子还是该微笑似的。

反正见到她也说不出什么抚慰的话来，现在不用陪在她身边了，网球公子有了一种奇怪的安心感，安心感中还掺杂着什么都不能为她做的自责，这使他连说这不是我的错的力气都没有了。

回酒店的路上，网球公子打开车窗，一股剩饭的难闻气味涌入车里，一辆垃圾搬运车开上人行道时出故障了，生活垃圾撒了一地，戴着橡胶手套的工作人员正在用铲子清理。网球公子觉得那些垃圾就是自己餐馆的残骸，工作呀，梦想呀，结果都变成散乱在地上的剩饭了。

第二天中午，他给本井可奈子打电话。

"是，我是本井。"

"是我呀。"

"啊，青木君。"

"昨天，去过医院。"

"护士跟我说了。"

"是吗？"

"我也听到了声音，青木君的声音，那时还没有麻醉。"

"昨晚上就想给你打电话来着，但一直开会，没打成。"

这是撒谎，在刚做完终止妊娠手术的夜晚，他害怕打电话。

"唔唔，我很好呀，反正，一直睡着。"

"是吗？"网球公子道，接着是很长的沉默，他觉得必须说点什么，于是问："难受吗？"话音一落，他便听到本井可奈子压着嗓门的哭声。"怎么啦？"网球公子问。没有回答，那哭声却开始大起来，像婴儿似的放了嗓门。"等着我，"网球公子大叫，"等着我，我就过来，好吗？等着！"

去总店"BON"让人做了两分三十秒的煮鸡蛋，买了粉红的玫瑰，拿上阿瑟·阿什的网球教材，网球公子急匆匆便往本井可奈子的寓所赶去。

把450SLC停在早稻田路沿途的加油站里，网球公子奔跑起来。

本井可奈子没有化妆，抱着猫等待网球公子。

屋子比吉野爱子的寓所稍微宽敞一点，有电暖炉和双层床。

"我给你泡茶。"

"不用了。不躺着行吗？"

"刚才一直躺着的。"

猫是暹罗猫，叫阿员，据说本井可奈子有个叫员一的弟弟，小时候病死了，于是给猫起了这个名字。

网球公子把玫瑰花束、煮鸡蛋和阿瑟·阿什的书递给本井可奈子。

"喂，青木君。"

"什么？"

"离那次我们一起吃煮鸡蛋差不多半年了吧？"

"是啊。"

"一晃眼的工夫。"

"身体没事吗？"

"我身体壮，就是瘦了。"

电视正开着，是重播的历史剧，凉台上的衣物飘舞着，墙上挂着完成的拼图。"喜欢拼这个吗？"网球公子问。"是妹妹明美拼的。"本井可奈子答道，"我可不喜欢精细的活儿。"两人面对面地坐着，脚放在电暖炉的下面，猫跳到本井可奈子的膝上，网球公子想抚摸它，刚伸出手，那猫便唔唔地吼叫。

"这猫个性很强哟。"

"像可奈儿啊。"

"我？也许吧。"

"我，没有太多时间。"

"是吗？"

"正在工作。"

"对不起。"

"不，别在意。"

"那位护士……"

"嗯。"

"我麻醉前哭了，于是那护士问，其实你是想生的吧？她很难过的样子。"

"我去之前吗?"

"是的，她说下次生下来哟，加油吧，她这样一说，我当然会难过，是吧?"

"是啊。"

"所以青木君打来电话的时候，我便想起了那个。"

网球公子憋闷得难受，他想起了因癌症住院的母亲，想起了父亲的病房，本井可奈子不仅穿着睡衣，连这屋子也很像个病房。我什么也不能为她做，网球公子想，他想赶快逃走。本井可奈子在剥鸡蛋壳，手指上的皱纹很明显。

"我绝不会离开你的。"出门的时候，网球公子说，并抱紧本井可奈子。

"喂，我，心里有个疑问。"他说。

"什么?"

"在塞班，你讲过傍晚雷阵雨的故事吧？你说，傍晚的雷阵雨来了，一切都被冲走了，你的心情非常好，因为用沙做成的隧道什么的都被冲走了。"

"记得很清楚呀。"

"你说你希望马上出现类似雷阵雨似的东西。"

"嗯。"

"这个，什么意思？是说要把我和与我有关的东西都冲走么？"

"是的。"

"果然是这样啊。"

"唬你的。"

"哎？"

"傻呀，唬你的。"

"那怎么回事？"

"想让青木君成为傍晚的雷阵雨呀，明白了吗？"

到底哪是真的呢？不知道，大概都没错，网球公子想。

离开本井可奈子后，他觉得景物变得新鲜了，仿佛从病房中出来似的。网球公子去幼儿园接吉彦，吉彦说有要买的东西，网球公子带他去商店，吉彦拉着网球公子往柜台走，但路过玩具柜时并不停下来。

"那不是玩具吗?"

"唔,不是那个。"

吉彦把网球公子领进玩具柜旁边的体育用品店,指了指网球拍。

"怎么,你想打网球?"

"是的。"

"那还要等你再长大些,现在不行。"

"是吗? 可是,我,已经是哥哥了呀。"

"还是不行。"

吉彦很惋惜的样子,但他不再坚持,便买了宇宙刑警夏伊达[1]的娃娃。

"呀,早苗。"

吉彦在玩具柜边发现了幼儿园的小伙伴,于是便早苗早苗地叫着甩开网球公子的手跑起来,网球公子在后面追着,一面想,等吉彦五岁了给他买网球拍吧,他又想起了本井可奈子,于是喃喃地念叨:"傍晚的雷阵雨么?"

假若傍晚的雷阵雨下下来,那就打不成网球了,他这样想。

---

1 电视剧《宇宙刑警夏伊达》中的人物,于 1983 年到 1984 年间播出。

TENNIS BOY NO YUUTSU

by MURAKAMI Ryu

Copyright © 1985 MURAKAMI Ryu

All rights reserved.

Originally published in Japan.

Chinese (in simplified character only) translation rights arranged with

MURAKAMI Ryu, Japan

through THE SAKAI AGENCY and BARDON-CHINESE MEDIA AGENCY.

图字： 09-2004-473 号

图书在版编目（CIP）数据

网球公子的忧郁/（日）村上龙著；张唯诚译.
—上海：上海译文出版社，2021.8
　（村上龙作品集）
　ISBN 978-7-5327-8786-9

　Ⅰ.①网… Ⅱ.①村…②张… Ⅲ.①长篇小说—日
本—现代 Ⅳ.①I313.45

　中国版本图书馆 CIP 数据核字(2021)第 128358 号

网球公子的忧郁

[日] 村上龙 著　张唯诚 译
责任编辑/吴洁静　装帧设计/山川制本　插画师/木内达朗

上海译文出版社有限公司出版、发行
网址：www.yiwen.com.cn
200001　上海福建中路 193 号
江阴市机关印刷服务有限公司印刷

开本 787×1092　1/32　印张 16　插页 5　字数 214,000
2021 年 8 月第 1 版　2021 年 8 月第 1 次印刷
印数：0,001—5,000 册

ISBN 978-7-5327-8786-9/I·5424
定价：88.00 元

本书中文简体字专有出版权归本社独家所有，非经本社同意不得转载、摘编或复制
如有严重质量问题，请与承印厂质量科联系。T: 0510-86688678